성남세고
城南世稿

성남세고
城南世稿

이동진(李東珍)·이일우(李一雨) 지음
박영호(朴英鎬) 역주

경주이장가(慶州李庄家)

금남 이동진공이 세운 경주이장가(慶州李庄家) 전경

≪성남세고(城南世稿)≫

소남(小南) 이일우(李一雨, 1870~1936) 공

일러두기

1. 이 책은 최종한(崔宗瀚)이 편집하고 서문을 지은 『城南世稿』(경북대학교도서관 소장본)를 저본으로 역주한 국역본(國譯本)이다.
2. 번역문은 쉬운 우리말로 옮기는 것을 원칙으로 하였으며, 번역문을 상단에 두고 원문을 하단에 배치하였다. 단, 한시는 번역문을 왼쪽에 원문을 오른쪽에 배치하였다.
4. 주석은 각주로 처리하였다. 각주는 해당 항목을 제시하고 주석하였으며, 문장 전체에 해당하는 내용은 항목을 제시하지 않고 주석하였다.
5. 맞춤법과 띄어쓰기는 한글 맞춤법과 표준어 규정을 따르는 것을 원칙으로 하였다.
6. 이 책에 사용하는 보호는 다음과 같다.
   ( ): 번역문과 음이 같은 한자를 묶는다.
   [ ]: 번역문과 뜻은 같으나 음이 다른 한자를 묶는다.
   " ": 대화 등의 인용문을 묶는다.
   ' ': 강조하는 부분을 묶거나 작품명을 묶는다.
   「 」, 〈 〉: 편명을 묶는다.
   『 』, ≪ ≫: 책명을 묶는다.

간행사

경주이장가(慶州李庄家)를 일으킨 금남(錦南) 이동진(李東珍) 공과 그 아랫대 소남(小南) 이일우(李一雨) 두 분의 문집인 ≪성남세고(城南世稿)≫가 1936~1939년 사이에 유학자 최종한(崔宗瀚) 선생이 서문을, 상악(相岳) 선조가 유사(遊事)를, 상무(相武) 선조가 발문(跋文)을 쓰고 편집과 마무리를 하여 석인본(石印本)으로 대구에서 출간되었습니다. 한지에 석인본으로 2권 1책이며 사주쌍변(四周雙邊)으로 반곽이 18.6×14.0cm 크기이며 계선이 있으며 10행 21자로 상하향 사변화문어미(上下向四瓣花紋魚尾)로 책의 판형 크기는 26.8×18.6cm 입니다. 서문은 "기묘년(己卯年, 1939) 동짓달 상순(上旬)에 영천(永川) 최종한(崔宗瀚)은 삼가 쓰노라(歲己卯陽復月上澣永川崔宗瀚謹)"라고 기록되어 있으며, 발문(跋文)은 "불초 차손 상무 근서(不肖次孫相武謹書)"로 되어 있습니다. 이제 경주이장가(慶州李庄家)를 일으킨 금남(錦南) 이동진(李東珍) 공의 종손이며 거명공(居明公)의 42세손, 금남공(錦南公)의 5세손 소남공(小南公)의 4세손인 원호(源鎬)가 삼가 양위가 남겨주신 문집 ≪성남세고(城南世稿)≫를 한글로 풀어 번역 출판하니 종중은 물론이거니와 세간을 환하게 밝히는 등불이 되기를 기원드립니다.

동진(東珍)공, 자는 사직(士直), 호는 금남(錦南)이며 부인은 광주이씨 이인당(1840~1917)이며 맏아들 일우(一雨, 1870~1936), 둘째아들 시우(時雨, 1877~1908)와 따님 둘을 두셨습니다. 동진공 선조는 중후한 인품과 총명한 기개를 겸비한 인물로 알려져 있습니다. 동진공은 어린 시절의 가난을 뛰어넘는 근면한 노력으로 낙동강을 통한 어염미두의 유통사업과 경산과 청도 지역의 채금사업으로 벌인 2백원을 자산으로 하여 방적, 영농 사업으로 대구, 경산, 청도 등지에 일천 수백 두락의 전지를 마련하였습니다. 동진공은 3대 독자 소년가장으로 가업을 일으켜 대성하였으나 늘 겸손하게 학문을 존숭하고 가난하고 힘든 이웃을 위해 헌신한 인물입니다. 이장가(李庄家)의 문호를 열어낸 분으로 조선말 사회적 격동기에서도 가난한 이웃을 본심으로 도와주는 부의 사회적 환원을 몸소 실천한 경세가로서 훗날 대구 지역의 계몽운동의 씨앗을 뿌린 인물이기도 합니다. 1901년 3월 11일과 1904년 5월 10일 《황성신문》 기사에 금남공의 사회에 헌신한 내용이 "자비와 덕의 마음으로서 빈민을 구휼하였다."라는 기사를 통해서도 대구의 부호로서 이미 기반을 확보하였으며 이를 사회에 나누어준 미담은 그의 후손가에 교훈으로 그리고 실천덕목으로 살아남게 되었습니다.

소남공은 경주이씨, 시조는 신라시대 알평공(謁平公)의 제73세손이며 중시조 거명공(居明公)의 제39세손이며, 고려시대에 익제공(益齊公)의 제18세손으로 파조로는 논복공(論福公) 제10세손, 무실공(茂實公) 제6세손, 동진공(東珍公)의 아드님이십니다. 특히 동진공 이후 이 집안을 "경주이장가(慶州李庄家)"라고 합니다. 이 명칭은 금남(錦南) 이동진(李東珍, 1836~1905) 공이 〈이장서(李庄書)〉에 남긴 글을 보면 밭 260두락과 논 994두락 가운데 밭 80두락과 논 150두락을 친지들에게 고루 나누어 주고 논 400두락은 종족에게 농사를 짓도록 하여 의식 걱정이 없도록 하면서 종족과 이웃이 함께 잘사는 길을 열어주시고 실천하셨습니다.

〈이장서(李庄書)〉에서 '李庄'이란 '義庄(지혜로운 재산 형성과 그 회향함)'의 뜻을 생각하였으나 범공(范公, 범중엄(范仲淹)을 말한다)의 의미가 없으므로 '義'를 대신하여 '李'라 하고 '庄, 농막장'은 스스로를 낮춘다는 의미로 경주 '이장가(李庄家)'라 하여 후손들이 조금도 태만하지 않고 근검절약하여 함께 도우며 살기를 바라는 동진공의 깊은 뜻을 담고 있습니다.

금남공의 아드님이신 소남(小南) 이일우(李一雨, 1870~1936) 선생은 일제강점기에 대구광문회와 함께 대구광학회 대표로서 국채보상운동을 공동으로 추진한 핵심 인물입니다. 소남 이일우 선생은 첫째, 1905년 〈우현서루〉를 개설하여 많은 우국지사를 배출하였고, 또 교남학교 등의 설립 기반을 마련한 계몽 교육의 선구자이십니다. 둘째, 구한말 대구를 중심으로 아들인 상악(相岳) 선조와 더불어 광산개발, 섬유산업, 주정회사, 금융기관, 언론기관 설립 및 운영을 통한 민족자산을 축적하고 근대 산업화를 추진한 인물이십니다. 셋째, 독립운동가 상정(相定), 일제저항 시인 상화(相和), 초대 IOC위원 상백(相佰)과 대한체육회사격연맹 제4대 회장 상오(相旿) 등 집안의 인재 양성과 지원뿐만 아니라 많은 독립지사들을 후원하고 독립운동을 지원한 분들입니다.

일찍 우리 경주이장가는 이웃과 더불어 살아가면서 늘 겸손하고 스스로를 낮추어 사는 삶을 가르쳐준 금남공과 소남공의 자랑스러운 후예들입니다. 이장가의 자랑스러운 후예들 가운데 소남공(小南公)의 근대 민족자산의 산업화의 일들을 계승한 상악(相岳) 선조와 소남공의 아우이신 우남공(又南公)의 용봉인학(龍鳳麟鶴) 상정(相定), 상화(相和), 상백(相佰), 상오(相旿) 선조의 나라사랑 정신과 이웃 사랑정신을 지속적으로 발전시킬 의무를 가슴 깊이 새기고 있습니다.

이번 제1차 "소남 이일우 나라사랑 정신"이라는 주제로 학술대회 개최를 기회로 하여 금남공과 소남공의 양대 문집인 ≪성남세고(城

南世稿)≫를 순한글로 번역하고 그 뒤에 〈소남 이일우 년보〉를 붙여 이 세상에 내놓게 된 것은 너무나 기쁜 일입니다.

앞으로 우리나라 근대 시대 계몽교육의 중심이 된 〈우현서루〉의 복원, 소남 이일우 선조의 생가의 문화재 등록과 복원 등 중차대한 과제들이 산적해 있지만 차근차근 추진하겠습니다. 앞으로 종중의 단합을 물론이거니와 근대산업화와 관련된 소남(小南, 이일우)과 긍남(肯南, 이상악)이 남겨놓은 다량의 사료와 청남(晴南, 이상정)과 권기옥 여사의 독립운동사 관련 사료, 상화(尚火, 이상화)의 문학 사료, 상백(想白, 이상백)의 IOC 및 우리나라 스포츠 발달과 관련된 사료, 모남(慕南, 이상오)의 수렵 관련 사료들을 집적화하여 학계에 공개하고 또 고급 콘텐츠로 발전시켜 시민들에게 특히 자라나는 아이들에게 교육자료로 널리 보급하여 우리나라 학문발전과 나라 사랑운동에 일조할 수 있도록 노력하겠습니다.

그동안 이 일을 기획하고 또 소남 이일우 년보를 작성해 주신 이상규 교수님, 본문을 번역해 주신 박영호 교수님께 종중을 대표하여 진심으로 감사의 인사를 올립니다. 그리고 흔쾌하게 고급스러운 양장본으로 간행을 맡아주신 도서출판 경진 관계자분들께도 감사드립니다.

감사합니다.

2016년 9월 20일

경주이장가 금남공(錦南公) 5세손
종손 원호(源鎬) 삼가 드림

목차

간행사___7
성남세고(城南世稿) 서문(序文)___15

권지일(卷之一) 금남유고(錦南遺稿)___19

1. 시(詩) ··· 21
   생일날 회포를 서술함[生朝述懷] ······················ 22
   늦봄에 동산에 올라[晚春登東山] ······················· 23
   호서(湖西)로 돌아가는 사람을 전송함[送人歸湖西 三首] ·········· 24
   오리(梧里)의 남쪽 시내에서 읊음[梧里南澗吟] ·············· 26
   용천사(湧泉寺)에 올라[登湧泉寺] ······················· 27
   권 야초(權野樵)와 함께 산중으로 친구를 방문함[同權野樵訪友山中] ········· 28
   김원산(金畹山)과 수창함[酬金畹山] ····················· 29
   영관(領官) 최처규(崔處圭) 만사(挽詞)[挽崔領官處圭] ·········· 30
   흩어진 시구[缺句] ······································· 32
2. 서(書) ··· 33
   답장을 보냄 ··· 34
   척질(戚姪)에게 답함 ····································· 36
3. 서(序) ··· 37
   이장(李庄) 서문(序文) ··································· 38
4. 기(記) ··· 41
   분배한 토지를 나열하여 기록함[分土列錄記] ·············· 42
5. 부록(附錄) ·· 44
   이장록(李庄錄) 뒤에 적음 ·············· 밀양(密陽) 박형남(朴亨南) ······· 45
   이장록(李庄錄) 뒤에 적음 ·············· 이경룡(李景龍) ······· 51

이장록(李庄錄) 뒤에 적음 ·················· 서규흠(徐奎欽) ······ 54

이장비(李庄碑) 뒤에 적음 ·················· 은자표(殷子杓) ······ 57

이장비(李庄碑)를 읽고 감동하여 읊음[讀李庄碑感吟] ····· 윤성원(尹成垣) ······ 60

만사(挽詞) ······································· 김덕곤(金德坤) ······ 61

만사(挽詞) ······································· 도윤호(都允浩) ······ 63

만사(挽詞) ······································· 송병규(宋秉奎) ······ 64

만사(挽詞) ······································· 서봉균(徐奉均) ······ 67

만사(挽詞) ······································· 백문두(白文斗) ······ 68

만사(挽詞) ······································· 이영연(李英淵) ······ 70

만사(挽詞) ······································· 신현목(申鉉穆) ······ 71

만사(挽詞) ······································· 최영호(崔永顯) ······ 72

만사(挽詞) ······································· 정주량(鄭周亮) ······ 73

만사(挽詞) ······································· 서석지(徐錫止) ······ 74

만사(挽詞) ······································· 배정섭(裵正燮) ······ 75

만사(挽詞) ······································· 배남교(裵南喬) ······ 76

만사(挽詞) ······································· 김재희(金在僖) ····· 77

만사(挽詞) ···················· 족질(族姪) 이형우(李亨雨) ······ 78

만사(挽詞) ···················· 족질(族姪) 이기덕(李基德) ······ 79

만사(挽詞) ···················· 종생(宗生) 이면우(李冕雨) ······ 80

제문(祭文) ······································· 장관상(張寬相) ······ 81

제문(祭文) ······································· 김윤성(金允性) ······ 82

제문(祭文) ······································· 송병규(宋秉奎) ······ 85

제문(祭文) ······································· 이광록(李廣錄) ······ 89

제문(祭文) ······································· 장지필(張志必) ······ 92

제문(祭文) ······································· 박인환(朴寅煥) ······ 93

감영(監營)에 올리는 글 ·············· 대구면(大邱面) 각동(各洞) ······ 95

유사(遺事) ·············· 불초자(不肖子) 이일우(李一雨) ······ 99

전(傳) ··· 조긍섭(曺兢燮) ····· 112

권지이(卷之二) 소남유고(小南遺稿) ___ 117

1. 시(詩) ··· 119

차은장(此隱庄)에서 지음[題此隱庄 二首] ·················· 120

수양버들[楊柳] ··· 122

푸른 나무 그늘에서[綠陰] ································ 123

산해관(山海關)에 올라 만리장성(萬里長城)을 바라보며[登山海關觀萬里長城]· 124

밤에 양자강(楊子江)으로 내려감[夜下楊子江] ············ 125

황학루(黃鶴樓)에 올라[登黃鶴樓] ······················· 126

우연히 읊음[偶吟] ······························ 127
세모(歲暮)에 회포가 있어서[歲暮有懷] ······················ 128
금릉(金陵)의 군사 소식을 듣고 조카 이상정(李相定)을 그리워함
  [聞金陵兵事憶姪相定] ························ 129
제석(除夕) 겸 입춘(立春)에[除夕兼立春] ················ 130
소천(小泉)의 송재(松齋)가 찾아옴[小泉松齋來訪] ········· 131
윤지암(尹止巖)과 시를 주고받음[酬尹止巖] ············ 132
원대(院垈) 최춘전(崔春田)의 우거(寓居)를 방문함[訪院垈崔春田郊居] ··· 133
최진사(崔進士)의 청금정(聽琴亭)을 유람하며[遊崔進士聽琴亭] ·········· 134
남제장(湳濟庄)에서 밤에 이야기하며[湳濟庄夜話 三首] ········· 135
환학정(喚鶴亭)에서[喚鶴亭] ······················· 137
서농구(徐農九) 어른의 나재사(羅齋舍)에서 지음[題徐翁農九羅齋舍] ······ 138
달성(達城)에서 산보하며[散步達城] ················· 139
음력 10월에 여러 벗들과 달성(達城)에 오름[小春與諸益登達城] ······ 140
매화(梅花)를 기다리며[待梅] ······················· 141
부질없이 읊음[謾吟] ····························· 142
남촌(南村)의 밤 모임에서[南村夜會] ················· 143
달구사(達句社)의 '상홍운(霜鴻韻)'에 차운함[次達句社霜鴻韻] ········· 144
벗들과 시를 주고받음[酬友人 三首] ················· 145
차은장(此隱庄)의 밤 이야기에 화답함[和此隱庄夜話 二首] ······ 147
한가롭게 읊음[閒吟 二首] ······················ 148
기녀(妓女) 마채봉(馬采鳳)에게 재미로 줌[戱贈妓馬采鳳] ······· 150
야외에서 읊음[野吟] ····························· 151
감회가 있어서 읊음[有感吟] ······················ 152
단풍을 감상하며[賞楓] ························· 153
하산하여 읊음[下山吟] ························· 154
장현주(張鉉柱)의 '수운(壽韻)'에 차운함[次張鉉柱壽韻] ········· 155
계유생(癸酉生) 박기돈(朴基敦) 외 23명의 동시 생일잔치를 축하함
  [祝癸酉生朴基敦外二十三人同時晬宴 二首] ········· 156
안의(安義) 박기복(朴基福) 만사(挽詞)[挽朴安義基福] ········· 157
치당(甾堂) 이영면(李英勉) 만사(挽詞)[挽李甾堂英勉] ········· 158
오정(梧庭) 이종면(李宗勉) 만사(挽詞)[挽李梧庭宗勉] ········· 159
남제(湳濟) 만사(挽詞)[挽湳濟] ······················ 161
늦봄에 여러 벗들과 병든 몸을 이끌고 동호(東湖)를 유람함
  [暮春與諸益扶病遊東湖] ······················ 162

2. 발(跋) ································· 163
돌아가신 할아버지의 유묵(遺墨) 뒤에 기록함 ············ 164
≪양세연묵첩(兩世聯墨帖)≫ 뒤에 삼가 씀 ············ 166
돌아가신 아버지의 유고(遺稿)에 쓰는 발문(跋文) ········· 169

3. 잡저(雜著) ··· 171
　남긴 훈계(訓戒) ··· 172
4. 부록(附錄) ··· 176
　만사(挽詞) ································· 최현달(崔鉉達) ····· 177
　만사(挽詞) ································· 도갑모(都甲模) ····· 178
　만사(挽詞) ································· 최재홍(崔在弘) ····· 179
　만사(挽詞) ································· 박연조(朴淵祚) ····· 180
　만사(挽詞) ································· 이기형(李基馨) ····· 182
　만사(挽詞) ································· 장영달(張永達) ····· 183
　만사(挽詞) ································· 유지녕(柳志寧) ····· 184
　만사(挽詞) ································· 김영두(金榮斗) ····· 185
　만사(挽詞) ································· 서기하(徐基夏) ····· 186
　제문(祭文) ································· 최현달(崔鉉達) ····· 187
　제문(祭文) ································· 박연조(朴淵祚) ····· 190
　제문(祭文) ········· 학계대표(學契代表) 이수기(李壽麒)·김광진(金光鎭) ····· 196
　제문(祭文) ································· 김상묵(金尙默) ····· 199
　제문(祭文) ································· 최종한(崔宗瀚) ····· 202
　제문(祭文) ········ 서기하(徐基夏)·김용선(金容璇)·신현복(申鉉復) ····· 205
　행장(行狀) ································· 박승조(朴承祚) ····· 207
　묘갈명(墓碣銘) ···························· 송준필(宋浚弼) ····· 222
　비석을 세울 때 연유를 아뢰는 글[竪碣告由文] ········· 최종한(崔宗瀚) ····· 228
　제각(祭閣) 상량문(上樑文) ···················· 장시원(張始遠) ····· 230
　유사(遺事) ································· 이상악(李相岳) ····· 240
　발문(跋文) ································· 조용언(趙鏞彦) ····· 252
　발문(跋文) ································· 이상무(李相武) ····· 256

한문본 성남세고(城南世稿)___259

소남 이일우 년보 ····························· 이상규(경북대) ····· 409
경주이장가 소남공 가계___442
찾아보기___451

성남세고(城南世稿)
서문(序文)

 덕행은 근본이고 문예는 말단이니 덕행이 없는 문장은 비록 많더라도 무엇에 쓰겠는가? 지금 이 문집은 두 세대의 시 약간 수와 부록을 아울러 책을 만든 것이다. 그 시를 읽으면 운치가 상쾌하고 깨끗하며 뜻이 맑고 멀리 퍼져 한 점의 티끌조차 없는 모습을 상상할 수 있으며, 그 부록을 살펴보면 덕행이 완비되고 규모가 방정하여 후세에 스승으로 삼을 만한 모범이 되기에 충분하다.

 몸속에 가득한 것은 공익(公益)이었고 특출한 업적은 경륜(經綸)이었다. 아버지는 어질었고 아들은 효성스러웠으며 아버지는 창도하였고 아들은 계승하였다. 사람들은 이장(李庄)에서 곤궁한 이를 구휼(救恤)한 미덕을 다투어 칭송하면서도 이것이 똑같이 불쌍하게 여겨 덮어주려는 어진 마음에서 연유하는 줄 알지 못하며, 세상사람들 모두 현루(弦樓)에서 선비를 기른 미덕을 지지하면서도 그것이 일이 일어나기 전에 미리 준비한 줄[1]을 인식하지 못하였다. 만약

---

1) 일이 일어나기…준비한 줄: 비가 오기 전에 올빼미가 둥지의 문을 닫아 얽어매다

그것을 들어서 천하를 평안하게 하였더라면 또한 무슨 어려움이 있었겠는가?

그렇지만 때를 만나지 못한 것은 두 분의 불행이 아니라 바로 세상의 불행이다. 또한 예로부터 위인(偉人)이나 거인(巨人)의 사업은 그 분수에 따라 그 역량을 다하는 것에 불과할 따름이니 공에게는 다행과 불행이 조금도 없다. 그렇지만 세상에서 한갓 녹봉(祿俸)만 훔치고 헛되이 문장을 숭상하는 자들이 이 문집을 본다면 어찌 섬뜩하게 스스로 두려워하여 입염(立廉)²⁾하는 기풍을 가지지 않겠는가?

나는 소남(小南) 이공(李公)을 따라 교유한 지가 오래 되었다. 공이 돌아가신 2년 후에 맏아들 이상악(李相岳)이 상자 속의 책 하나를 보여주며 말하기를, "이것은 나의 선고(先考)께서 손수 초록한 할아버지의 실기(實紀)와 선고가 만년에 한가롭게 읊조린 시입니다. 선고의 손때가 차마 민멸(泯滅)되지 않게 하려 하지만 감히 대대로 상자에 보관하여 후세에 전할 수는 없을 것입니다. 바라건대 우리를 위해 편집하고 서문을 써주면 어떻겠습니까?"라고 하였다.

나는 읍하고 말하기를, "≪시경(詩經)≫에 '효자의 효도는 끊어지지 않는다'고 말했으니 오늘날 이 집안을 말하는구나."라고 하였다. 의리상 감히 사양하지 못하고 손을 씻고 공경히 읽으니, 두 분의 본말은 문장으로는 찾을 수 없고 오로지 덕업(德業)에서 찾아야 하는데 덕업의 본말은 두 분이 서로 표리(表裏)가 된다. 그렇게 때문에

[綢繆未雨]. 화가 일어나기 전에 미리 방지하다. (≪시경(詩經)≫ 빈풍(豳風)의 '치효(鴟鴞)')

2) 입염(立廉): 완염나립(頑廉懦立)의 준말. 탐욕스러운 사람이 청렴하게 되고 겁이 많은 사람이 능히 자립(自立)하게 되는 것을 말한다. ≪맹자≫ 〈진심 하(盡心下)〉에 "성인(聖人)은 백세(百世)의 스승이니, 백이(伯夷)와 유하혜(柳下惠)가 그런 분들이다. 그러므로 백이의 풍도를 듣게 되면 완악한 사람은 청렴해지고, 나약한 사람은 뜻을 세우게 된다." 하였다.

합일(合一)하여 두 권으로 만들었지만 이것으로 어찌 전체를 천명(闡明)한다고 말할 수 있겠는가?

아, 누가 다시 수집하여 한천편(寒泉篇)3)의 문정범공(文正范公)4) 아래, 안정 호씨(安定胡氏)5)의 끝에 편입시켜 그 미덕을 동일하게 할 수 있겠는가? 세상에 그런 사람은 없을 것이니 내가 이것을 더욱 애석해하노라.

기묘년(己卯年, 1939) 동짓달 상순(上旬)에 영천(永川) 최종한(崔宗瀚)은 삼가 쓰노라.

○ 城南世稿序

德行本也 文藝末也 無德之文 雖多 奚以哉 今是集也 兩世詩只若干 而幷附錄 成卷者也 讀其詩 則風韻灑落 意思淸遠 庶想其一點無埃之像 觀其附錄 則德行完備 規模井方 足以爲屢世可師之範

滿腔是公益 屈指者經綸 父仁而子孝 父劦而子述之 人爭頌李庄賙窮 之美 而不知是由於同一視覆之仁 世皆賀弦樓養士之美 而不識其迨天未 雨之綢 若使擧而措之均天下 亦何難之有

---

3) 한천편(寒泉篇): 주희(朱熹)가 어머니의 묘소 가까이에 정사(精舍)를 세우고 그 이름을 한천정사(寒泉精舍)라 하였는데, 46세 때 이곳에서 여조겸(呂祖謙)과 함께 40일간 기거하며 ≪근사록(近思錄)≫을 편찬하였다. 그래서 ≪근사록≫을 ≪한천록≫ 또는 ≪한천편≫이라고도 한다.

4) 문정범공(文正范公): 범중엄(范仲淹). 중국 북송 때의 정치가·학자(989~1052). 자는 희문(希文). 인종 때에 참지정사(參知政事)가 되어 개혁하여야 할 정치상의 10개 조를 상소하였으나 반대파 때문에 실패하였다. 작품에 〈악양루기(岳陽樓記)〉, 문집 ≪범문정공집(范文正公集)≫이 있다.

5) 안정 호씨(安定胡氏): 호안국(胡安國). 중국 송나라의 학자(1074~1138). 자는 강후(康侯). 호는 무이 선생(武夷先生). 정이천(程伊川)을 사숙하여 거경(居敬) 궁리(窮理)의 학문을 중히 여겼다. 저서에 ≪춘추전≫, ≪통감거요보유(通鑑擧要補遺)≫ 따위가 있다.

然而不遇 非兩公之不幸 卽世之不幸 而且從古偉人巨子之業 亦不過
隨其分盡其力而已 則於公少無有幸不幸 而世之徒竊祿虛尙文者 覽斯集
也 豈不竦然自懼而有立廉之風哉 余從小南李公遊者久矣 公歿後二年
嗣子相岳 示篋裏一篇 曰此吾先人手抄王考實紀 及先人晚年漫閒吟者也
先人手澤 不忍欲泯滅 而非敢公世藏諸笥傳諸後矣 願爲我編次 一言之
如何

余揖曰詩云孝子不匱 殆今日斯家之謂歟 義不敢辭 因盥手敬讀 兩公
本末 不可以文字求之 專在德業上 而業之本末 則兩公相爲表裏 故合一
爲二卷 是烏足謂全體之闡明哉

噫誰復能摭之 編入于寒泉篇 文正范公之下 安定胡氏之末 同其美也
哉 世無其人 余以是尤悼惜云爾

歲己卯陽復月上澣 永川 崔宗瀚 謹序

권지일(卷之一) 금남유고(錦南遺稿)

1. 시(詩)

생일날 회포를 서술함

[生朝述懷]

여러 해 전 오늘은 내가 처음 태어난 날,　　　　昔年此日我初生

이 날이 다시 돌아오니 백발이 되었네.　　　　此日重回白髮成

늙을수록 부모에 대한 그리움 유독 깊어져,1)　　老大偏深風樹感

낳고 길러주신 수고로움2)을 감히 잊겠는가?　　劬勞敢忘蓼莪情

황매에 비 그치자 보리가 비로소 익으며,　　　黃梅雨歇麥初熟

남극성이 비치자 하늘이 다시 밝아오네.　　　南極星輝天復明

젊어서 공부하지 않아 지금은 미칠 수 없으니,　少不勤工今莫及

아이들이여, 명성을 이루기를 간절히 바라노라.　願言兒子樹風聲

---

1) 늙을수록…깊어져: 세상을 떠난 부모를 생각하는 슬픈 마음을 말한다. 공자(孔子)가 길을 가는데 고어(皐魚)란 사람이 슬피 울고 있기에 까닭을 물었더니, "나무는 고요하고자 하여도 바람이 그치지 않고 자식이 봉양하고 싶어도 어버이는 기다려주지 않는다[夫樹欲靜而風不止 子欲養而親不待]."라고 한 데서 유래한 말이다. 《韓詩外傳 卷9》

2) 낳고…수고로움: 《시경》〈육아(蓼莪)〉에서 온 말인데, 이 시는 이미 돌아간 부모에게 하늘처럼 끝없는 은덕을 갚을 길이 없어 부모를 몹시 그리워하여 부른 노래이다. 〈육아〉 시에 의하면 "길고 큰 것이 쑥인 줄 알았더니, 아름다운 쑥이 아니라 저 나쁜 쑥이로다. 슬프고 슬퍼라 부모님이여, 나를 낳으시느라 수고하셨도다. ……아버지가 없으면 누구를 믿으며, 어머니가 없으면 누구를 의지할꼬 나가서는 근심 걱정뿐이요, 들어오면 돌아갈 곳이 없노라[蓼蓼者莪 匪莪伊蒿 哀哀父母 生我劬勞……無父何怙 無母何恃 出則銜恤 入則靡至]."라고 하였다.

늦봄에 동산에 올라

[晩春登東山]

향기로운 꽃이 눈에 가득하고 하늘은 화창한데,	滿目芳菲澹蕩天
한 구비 맑은 계곡 작은 다리 앞이라네.	淸溪一曲小橋前
도회지에 해가 솟으니 인산인해를 이루고,	大都日出人成海
옛 성곽엔 봄 깊어지자 샘물로 술을 빚네.	古郭春深酒釀泉
가랑비에 꽃잎 떨어지니 나비가 흩어지며,	落花微雨蝶初散
그늘 짙은 수양버들에는 앵무새가 옮기네.	垂柳繁陰鶯自遷
때마침 찾아온 홍불(紅拂)[3]이 좋은 시구를 더하니,	適來紅拂添佳句
늙어가는 풍류가 어찌 우연이겠는가?	老去風流豈偶然

---

3) 홍불(紅拂): 홍불은 붉은 먼지털이인데, 수(隋), 당(唐) 때의 여협(女俠) 장출진(張
  出塵)을 말한다. 당나라 장열(張說)이 지은 〈규염객전(虯髥客傳)〉에 의하면 그녀는
  당시 세도가 양소(楊素)의 집에서 모시는 기녀로, 홍불을 잡고 있다가 양소를 찾아
  온 이정(李靖)에게 반하여 몰래 나와 이정을 따라가 도왔다고 한다. ≪說郛 卷112上
  虯髥客傳≫ 여자의 몸으로 영웅적인 행실을 갖춘 이를 의미한다.

호서(湖西)로 돌아가는 사람을 전송함

[送人歸湖西 三首]

지친 말을 타고 김천으로 향하는데,　　　　　　　　蕭蕭羸馬向金泉
앞길에는 눈이 가득하고 하늘엔 비가 가득하네.　　雪滿前程雨滿天
아들을 사랑하는 가슴속은 거울처럼 깨끗하니,　　愛子襟懷淸似鏡
풍월만 사랑할 뿐 금전을 사랑하지 않네.　　　　只憐風月不憐錢

세모에 외로운 회포가 일고 또 일어나니,　　　　歲暮孤懷重復重
떠나지 못해 서성거리며 차가운 소나무에 기대네.　盤桓不去倚寒松
창문 앞에는 매화 향기가 은은히 퍼지며,　　　　窓前暗動梅花氣
항아리 속에는 새로 빚은 죽엽주 향기가 짙구나.　瓮裏新醅竹葉濃
돌아가고픈 마음 물과 같아 끝내 머물기 어렵고,　歸心如水終難住
세상살이엔 갈림길이 많아 쉽게 만나지 못하네.　世路多岐未易逢
이별하는 정자에서 공연히 실의에 빠지지 말라,　莫向離亭空悵惘
사람 인연에는 운수가 있으니 다시 어울리리라.　人緣有數更相從

추운 날씨에 역로에서 손님의 말이 재촉하지만,　驛路天寒客馬催
영남은 높고 호서는 넓어 자주 왕래하려 하네.　嶺高湖闊肯頻來
그대와 한번 만나니 사귐은 물과 같으며,　　　　與君一面交如水
나의 작은 마음을 기울이니 열기가 식지 않네.　傾我片心熱未灰
읊기를 마치자 그날 밤의 달이 공중에 걸렸고,　吟罷空懸他夜月

꿈 깨자 고향의 매화를 몇 번이나 추억했던가. 夢殘幾憶故山梅
눈바람에 문을 닫으니 외로운 기러기가 많은데, 閉門風雪孤鴻多
누가 이별의 수심을 풀려고 한 잔 술을 보낼까? 誰解離愁送酒梧

오리(梧里)의 남쪽 시내에서 읊음

[梧里南澗吟]

뒤엉킨 등나무와 칡이 바위 뿌리에 뒤섞였고,	懸藤垂葛錯巖根
가파른 절벽은 침침하여 대낮에도 어둑하네.	斷壑陰陰晝欲昏
산 그림자 냇물에 비쳐 구름 잎사귀 떨어지고,	山影倒溪雲葉落
폭포수는 바위에 부딪혀 눈꽃이 드날리네.	瀑流觸石雪花翻
안개와 노을이 낀 궁벽한 지역의 오래된 사찰,	煙霞地僻千年寺
벼와 기장이 익는 청명한 가을의 백성들 마을.	禾黍秋明百姓村
석양에 술 마시며 한가롭게 읊는 여운 남았으니,	晚酌閒吟餘韻在
달빛 속에서 서로 손잡고 사립문으로 들어오네.	相呼帶月入柴門

용천사(湧泉寺)에 올라

[登湧泉寺]

가을 바람이 또한 귀밑머리에 들리는데,	秋風又是鬢邊聞
푸르게 우거진 송백에는 한 무리의 학이네.	松柏蒼蒼鶴一群
깨끗한 인연 넉넉히 얻으니 선계와 멀지 않고,	賸得淸緣仙不遠
겨우 몇 길을 오르니 속세와는 서로 구분되네.	纔登數仞俗相分
바로 지금 세상에는 다른 세계가 없으며,	方今天下無間界
아득한 예전에도 산속에는 흰 구름이 있었네.	太古山中有白雲
가련하게도 땔감 메고 물을 짊어진 사람들,	憐爾擔柴負水者
부처님 궁전에서 부지런히 향촉을 받드네.	梵王宮殿奉香勤

권 야초(權野樵)와 함께 산중으로 친구를 방문함

[同權野樵訪友山中]

시선이 우리를 천태(天台)⁴⁾에 오르게 하니,	詩仙起我上天台
소매 아래에 가을기운 일어 눈이 번쩍 뜨이네.	袂下秋生眼忽開
푸른 나무와 푸른 이끼에는 사람이 누워있고,	碧樹蒼苔人臥在
흰 구름과 흐르는 물에는 새들이 지저귀네.	白雲流水鳥啼來
애석하게도 오늘과 같은 날이 많지 않으니,	惜如今日無多日
이미 석 잔 술을 마시고 또 한 잔 마시네.	旣飮三桮又一桮
귀밑머리 희끗하고 몸은 이미 늙었는데,	鬢髮星星身已老
백년의 인생살이 삼재(參才)⁵⁾에 부끄럽네.	百年俯仰愧參才

---

4) 천태(天台): 중국 절강성(浙江省) 천태현(天台縣)에 있는 산으로, 한나라 때 유신(劉晨)과 완조(阮肇)가 약초를 캐러 갔다가 이곳에서 선인(仙人)을 만났다고 한다. 전하여 신선이 사는 산을 가리키는 뜻으로 쓰인다.
5) 삼재(參才): 삼재(三才). 음양설(陰陽說)에서 만물을 제재(制裁)한다는 뜻으로, 하늘과 땅과 사람.

김원산(金畹山)과 수창함

[酬金畹山]

십 년 동안 이별한 후에도,	十載分襟後
오직 그대는 예전 뜻을 지녔네.	惟君古意存
강호에서 몸은 쉬이 늙었지만,	江湖身易老
세월에도 뜻은 공연히 번잡하네.	歲月志空煩
산 빛은 봄을 맞아 아름다우며,	山色迎春媚
숲 빛은 물을 띠어 어둑하다네.	林光帶水昏
마음에 따라 저녁 흥취 옮기니,	任情移晩興
밝은 달이 남은 술잔에 비치네.	華月照殘罇

영관(領官)6) 최처규(崔處圭) 만사(挽詞)

[挽崔領官處圭]

신축년 가을 8월에,	辛丑秋八月
최공이 하늘나라로 가셨네.	崔公去上仙
평생의 일을 멀리 생각하니,	緬憶生平事
한마음도 하늘에 부끄러움 없네.	一心無愧天
온화한 기색으로 우애가 돈독하였고,	和氣敦友睦
고상한 의리로 베풀기를 좋아하였네.	高義好施捐
남쪽 병영에 군대의 일이 다급하여,	南營戎事急
몸은 힘들고 말안장은 닳았네.	身瘁馬鞍穿
엄한 명령은 사나운 호랑이를 길들였고,	令嚴戢猛虎
간단한 정치는 우는 매미를 사로잡았네.	政簡捕鳴蟬
전장 진영에는 살기가 없었으니,	戰陣無殺氣
살아있는 부처라고 지금까지 전해지네.	活佛至今傳
탄식하는 바는 나를 잘 알아서,	所嗟知我厚
초선(貂蟬)7)이 포의(布衣)8) 앞에 이르렀다네.	貂到布衣前

---

6) 영관(領官): 조선(朝鮮) 말기(末), 무관(武官) 계급(階級)인 정령관(正領官), 부령관(副領官), 참령관(參領官)을 통틀어 일컫던 말.

7) 초선(貂蟬): 담비 꼬리와 매미 날개로 장식한 초선관(貂蟬冠)인데, 고관(高官)이나 시종신(侍從臣)이 쓰는 모자이다.

8) 포의(布衣): 베옷을 입는 백성이라는 말로, 벼슬이 없는 선비를 가리킴.

이번 행차가 정해진 일은 아니지만,   此行縱無定
젊은 사람이 도리어 먼저 떠났네.   齒小反爲先
단풍잎이 스산하게 떨어지니,   蕭蕭楓葉下
나도 모르게 눈물이 흘러내리네.   不覺淚潸然

흩어진 시구

[缺句]

나그네의 남은 인생 모두가 한스러운데,　　　　逆旅餘生俱是恨
지루한 한바탕 꿈을 누가 깰 수 있는가?　　　　支離一夢孰能醒

천 년에 용의 기운이 서린 못 위의 절,　　　　龍氣千年淵上寺
유월에 매미가 우는 빗속의 산,　　　　　　　蟬聲六月雨中山
용연사(龍淵寺)

지역이 치우쳐 혼인은 오직 두 성씨와 하며,　　地僻婚姻惟兩姓
마을이 궁벽하여 촌락은 겨우 세 집뿐이네.　　村窮籬落僅三家

2. 서(書)

답장을 보냄

접때에 멀리 행차한다는 이야기를 듣고 마음속으로 매우 측은하여 여가를 내어 마음을 써야 할 점에 대해서 물으려고 생각하였습니다. 지금 편지 내용을 보니 한탄스럽고 답답함을 더욱 견디지 못하겠습니다. 과연 만약 원대한 뜻을 가지고 산골로 들어간다면 그래도 괜찮지만 만일 궁핍함을 견디지 못해 이 생각을 했다면 터무니없는 일이 됩니다. 처음 보는 낯선 땅에서 젊은 아내와 어린 자식들에게는 살 길이 막막한 탄식이 없을 수 없으며 분묘(墳墓)와 친척에 대한 생각이 없을 수 없을 것이니 이러한 탄식과 생각이 어찌 단지 곤궁함과 비교되겠습니까? 바라건대 경거망동하지 말고 멀리 내다보는 생각을 충분히 더하는 것이 좋겠습니다. 나 또한 시골을 벗어나려는 마음을 먹은 지가 오래되었으니 훗날 성사할 날이 있으면 마땅히 거취를 함께 하는 것이 어떠할지 모르겠습니다.

○ 答

向聞遠行之說 心甚惻然 意欲乘暇問注意所在處矣 今見書意 尤不勝悵悶 果若有久遠之志 而欲作入峽之擧 則猶之可也 若不勝貧乏 而出此念 則似未免妄矣 生面異地 少妻弱子 不無岨峿寂昧之歎 亦不無墳基親

戚之思 此歎此思 何特苦貧之比也 望勿輕擧 十加遠慮爲可可 吾亦有出
村之意者久 後將有成事之日 則當同去就矣 未知何如也

척질(戚姪)[1]에게 답함

평안하다는 소식을 받고 기뻤네. 무릇 일이 오래되면 간사함이 일어나는데 어찌 10여 일에 이르도록 아직도 관청에 올리지 않았는가? 또한 고을 수령이 왕복하기를 가다리다가는 일이 결국 원통함에 이르게 될 것이니, 비록 청탁(請託)이 없더라도 일은 장차 저절로 이루어질 걸세. 지극 정성으로 사실을 아뢰기를 바라노니 하필 청탁을 기다린 후에 할 수 있겠는가? 깊이 헤아리게.

○ 答戚姪

卽承安字可喜 凡事久則生奸 何至十餘日 尙未入呈 又待本官往還也 事果至冤 則雖無請託 必將天成 望以至誠實告 何必待請託後可耶 深諒焉

---

1) 척질(戚姪): 성이 다른 일가(一家) 가운데 조카뻘 되는 사람.

3. 서(序)

이장(李庄) 서문(序文)

　나는 어려서 아버지를 여의고 학업은 보잘것없었으니 나아가 세
상에 쓰임이 없었고 물러나 집에서도 계책이 없었으니 외롭고 보잘
것없어 오직 할 일을 잃고 버려진 사람이었다. 기사년(己巳年, 1869)
에 이르러 곤궁은 지극하고 의지는 옹졸하였지만 200푼[文]을 빚내
어 옥산(玉山, 경북 경산)에서 설공(薛公)의 고사(古事)[1]를 행하였다.
7년이 지난 을해년(乙亥年, 1875) 겨울에 문서를 거두고 돌아왔는데
불린 돈이 수천금이었다. 아껴 쓰고 부지런히 노력한 지 지금까지
18년 사이에 자녀들의 혼인은 이미 마쳤다. 각처에 소재한 전답(田
畓)을 헤아려보니 밭이 260두락(斗落)[2]이고 논이 994두락이었으니
분수에 충분하였다. 이 정도면 제사를 받드는 데 유감이 없고 또한
우리 자손들을 입히고 먹일 만하다고 생각하였다.
　그렇지만 선조를 높이고 자손을 사랑하는 마음으로 종족(宗族)과
인척(姻戚)들을 미루어 생각하면 모두 같은 뿌리인데 살아가는 동안

---

1) 설공(薛公)의 고사(古事): 설공은 전국시대 제(齊)나라 맹상군(孟嘗君)이다. 맹상군
이 식객(食客)인 풍환(馮驩)을 시켜 설(薛)에 가서 빌려 준 돈을 거두어들이라고
하였다. 그러자 풍환은 설로 가서 원금과 이자를 낼 수 있는 자는 갚을 기일을
정하고 낼 수 없는 자는 그 증서를 불태워버리게 하였다. 이는 갚을 수 없는 자에
는 10년을 재촉해도 돈은 걷히지 않고 결국 도망칠 뿐이라는 것이다. ≪史記 卷75
孟嘗君傳≫
2) 두락(斗落): 마지기. 논밭 넓이의 단위. 한 마지기는 볍씨 한 말의 모 또는 씨앗을
심을 만한 넓이로, 지방마다 다르나 논은 약 150~300평, 밭은 약 100평 정도이다.

굶주림과 배부름에 차이가 있다면 어찌 가엾고 딱한 까닭이 없겠는가? 그래서 그 가운데 밭 80두락과 논 150두락을 인척들에게 흩어주고 논 400두락은 종족들에게 나누어주어 우리 동포(同胞)의 자산으로 삼고 이름을 이장(李庄)이라 하였다. 감히 의장(義庄)[3]의 뜻을 흠모하지만 실제로 범공(范公)의 의리는 없었기 때문에 의(義)라 말하지 않고 이(李)라 말하였으니 대체로 이씨장(李氏庄)이라고 일컫는다.

무릇 우리 종족들은 누구라도 이것을 믿고 조금도 게으르지 말고 더욱더 근면하고 검소하여 이 사업을 계승하고 보충해야 한다. 길이 일정한 생업이 있으면 따라서 떳떳한 마음이 있게 되어, 삼가고 조심하며 예의를 좋아하는 사람이 장차 우리 종족에게는 부족하지 않을 것이니 자손들은 모름지기 각자 면려(勉勵)해야 한다.

갑오년(甲午年, 1894) 봄 정월에 이장(李庄) 책의 첫머리에 쓰노라.

○ 李庄序

余早失怙恃 所學蔑如 進無用於世 退沒策於家 踽踽屑屑 惟一失業等棄之物也 至己巳 困極志拙 求債二百文 行辟公古事於玉山 之七年乙亥冬 撤卷而歸 所息爲數千金 纖嗇勤力 于玆十八年間 子女婚嫁已畢 收算各處所在田土 田爲二百六十斗地 畓爲九百九十四斗地也 於分足矣 此可以爲奉祀無憾 亦可以衣食我子孫

然而以尊祖愛子之心 追念宗族姻戚 皆是同根 餘生若有飢飽不均 則豈無足寒心之理哉 就其中田八十斗地與畓一百五十斗地 散給姻戚 畓四

---

3) 의장(義庄): 의장(義莊). 전장(田莊)을 두고 조(租)를 거두어 가난한 족인들을 구호하던 것이다. 송(宋)의 명상 범중엄(范仲淹)이 좋은 전지(田地) 수천 묘(畝)를 사들여 그 조를 거두어 저축해 두었다가 족인들 중에 혼가(婚嫁)나 상장(喪葬)을 치르지 못하는 자에게 공급해 주었다. 그 후 그 제도를 모방하여 행한 이가 많았다한다. ≪宋史 卷314 范仲淹列傳≫

百斗地 劃付宗族 以爲我同胞之資 名之曰李庄 敢慕義庄之意 而實無范
公之義 故不曰義而曰李 蓋謂李氏庄也

凡我宗族 無或恃此少懈 加以勤儉 嗣而添補 永有恒産 因有恒心 謹敕
好禮之人 將不乏於我種族 子孫須各勉焉

歲甲午春正月 書于李庄卷首

4. 기(記)

분배한 토지를 나열하여 기록함

[分土列錄記]

　대개 재물은 사람들이 똑같이 원하는 것이기 때문에 모으기는 어렵고 흩기도 또한 어렵다. ≪예기(禮記)≫에 이르기를, "어진 자는 모았다가 흩을 수 있다."고 하였고, 증자(曾子)는 말하기를, "재산이 흩어지면 백성들이 모인다."고 하였으니 그렇다면 흩는 것이 더욱 어려운 것이 분명하다. 옛날에 흩었던 자들은 간혹 모르는 사람을 구휼(救恤)하였고 갚지 못하는 지역에 베풀었는데, 지금 나는 우리 종족과 인척들에게 주었으니 흩은 것이 아니라 또한 소유했을 따름이다. 어찌 옛사람에게 서로 견줄 수 있겠는가?

　각처에 소재하는 전토(田土)의 수와 각 사람에게 지급한 명목(名目)의 구별을 하나하나 아래에 기록하여 이것을 준수하게 한다. 경산(慶山)은 나의 설읍(薛邑)1)이기 때문에 전토가 오로지 여기에 있다. 기타 자질구레한 곳을 버리고 넓고 멀리 뻗은 땅으로 지급하는 것은 일을 매우 편리하게 하려는 까닭이다. 열거한 기록 가운데 조목에 있는 24두락은 내가 빈객들과 함께 유람할 경비로 쓰고자 한다.

---

1) 설읍(薛邑): 출신한 근거지가 된 고을이라는 뜻. 설읍은 중국 전국시대 제(齊)나라의 공족(公族)이며, 사군(四君)의 한 사람인 맹상군(孟嘗君)이 봉해졌던 봉읍(封邑). 맹상군이 재상(宰相)이 되었을 때 천하의 인재를 초빙하여 식객이 삼천 명에 이르렀다고 하며, 진(秦)나라에 사신으로 갔다가 죽을 뻔하였으나 식객 중에 남의 물건을 잘 훔치는 사람과 닭의 울음소리를 잘 흉내 내는 사람이 있어 그들의 도움으로 죽음을 모면한 이야기로 유명하다.

아, 내가 수십 년 동안 근로(勤勞)하여 얻은 것이지만 그것이 천지간의 공물(公物)임을 알기 때문에 함부로 마음대로 사용하지 않았고 마음대로 사용하는 것은 단지 이것뿐이니 아마도 용서해 줄 것이다. 변변치 못한 사람이 감히 거대하게 쓰이기를 흉내내려고 하니 오히려 부족할까 근심스럽다. 곤궁한 벗들과 가난한 이웃에게까지 미칠 겨를이 없는 것이 유감이지만 훗날에 어떤 사람이 오늘 미처 하지 못한 일을 잊지 않고 혹시나 시행할 것이로다.

○ 分土列錄記

夫財人之所同欲 故聚之難而散之亦難也 記曰賢者積而能散 曾子曰財散則民聚 然則散之尤難也 明矣 古之爲散者 或瞯之於不知之人 施之於不報之地 而今吾則給吾宗族姻戚 非散之也 卽有之耳 安可比方於古人也

各處所在田土之數 各人所給名目之別 一一列錄于左 以此遵行 以慶山吾之辟邑 故田土專在於此 捨他零瑣之處 從其延衺之地而給之 事甚便當故耳 列錄中在條二十四斗地 則吾欲以賓客之供遊觀之費焉

噫此吾數十年勤勞得者也 然以知其天地間公物 固不敢私自擅用 而所擅用者 只此而已 其或恕之耶否 以若斗筲之手 敢擬車斛之用 尙患不足 未遑於窮交貧憐可恨 後來某人中 倘不忘今日未遑之事而行之哉

5. 부록(附錄)

이장록(李庄錄) 뒤에 적음

밀양(密陽) 박형남(朴亨南)

이금남(李錦南)의 이름은 동진(東珍)이고 자는 사직(士直)이며 대대로 달성(達城)에 살았다. 어릴 때 아버지를 여의고 다른 형제는 없었으며 집이 가난하여 노모를 봉양할 수 없었다. 이에 경기(經紀)[1]하는 곳에 종사하였지만 숙수(菽水)[2]를 잇기 어려웠기 때문이었지 평소의 뜻은 아니었다. 하늘의 도는 선을 행하는 자에게 복을 내려준다더니 일삼는 바가 조금씩 쌓여가자 자연히 빠르게 발전하여 중년에 이르러서는 가난하다는 이름을 겨우 벗게 되었다. 이에 탄식하기를, "내가 듣기에 어질면서 재물이 많으면 그 뜻을 손상하고 어리석으면서 재물이 많으면 그 허물을 더한다고 하였는데 나는 어리석은 가운데 어리석은 자이다. 만약 아등바등하며 구차하게 구했다면 반드시 후회에 이르렀을 것이다. 재물이 많으면서 허물이 더해지는 것보다는 차라리 재물이 적더라도 허물이 적은 것이 낫다."고 하였다. 이에 그 생업을 그만두고 두 아들과 두 딸에게 나누어주어 부지런히 일하면 굶주림을 면할 바탕을 만들었다. 그 나머지 400이랑은 모두 종족에게 주어 그 한 해의 수입을 거두어 때에 맞게 두루 지급하였는데 모두 절도와 규정이 있었으며 그 종족은 대체로 29가구였

---

1) 경기(經紀): 경륜기리(經綸紀理)의 준말로, 계획을 잘 세워 다스린다는 뜻. 계획, 대책, 방도 등을 세워 생업에 종사한다는 의미를 가짐.
2) 숙수(菽水): 콩과 물. 곧 변변하지 못한 검소한 음식을 이름.

다고 한다.

아, 의전(義田)의 이름은 범문정공(范文正公)으로부터 비롯하였는데 문정공은 지위가 높고 녹봉이 넉넉하여 천 이랑의 비용도 어렵지 않았다. 지금 금남(錦南)은 지위가 낮고 재물이 적은데도 400이랑을 출연하였으니 만약 처지가 바뀌었다면 단지 의전은 400이랑만이 아니었을 것이다. 또한 미루어 넓힌다면 온 고을에 미칠 수 있고 온 나라에 미칠 수 있었지만 애석하게도 그 처한 지위가 낮았고 의지할 재물이 적었다. 또한 예사로운 데에서 추앙할 만한 것이 있으니, 오고가는 빈객(賓客)들은 비바람이 오거나 춥거나 덥거나를 막론하고 바깥채에서 오랫동안 머무르면서 아침저녁의 식사를 자기의 집처럼 평안하게 하였는데, 싫어하거나 쌀쌀한 기색은 조금도 없었으며 항상 대접이 좋지 못할까 걱정하였다. 많이 축적하고 두텁게 소유하면서도 한 되의 곡식이나 몇 푼의 돈조차 구걸하는 아이나 부인에게 기꺼이 나누어주지 않고 꾸짖어서 쫓아버리는 사람들과 비교하면 그 차이가 어떠하겠는가?

또한 존경할 만한 것이 있으니, 일찍이 배우지 못하고 만년에 문필(文筆)을 공부하였지만 화려한 성색(聲色)을 일체 가까이하지 않고 일개 빈한(貧寒)한 선비처럼 도의를 닦는 곳에만 마음을 두었다. 글씨는 잘 쓰는 것으로 이름이 났고 시는 율격(律格)을 얻었다고 알려졌으니, 그 타고난 훌륭함과 몹시 애쓴 공부는 천연(天然)이면서 자득(自得)한 것이라고 말할 수 있다. 게다가 두 아들은 가훈(家訓)을 잘 준수하여 근신하고 질박함으로써 일컬어졌으니 하늘이 선한 이에게 보답하는 것이 과연 이와 같구나.

어떤 사람이 말하기를, "옛날에 안자(晏子)3)는 고을 사람들에게

---

3) 안자(晏子): 중국 춘추시대(春秋時代) 제(齊)나라의 정치가로 이름은 영(嬰), 자는

'부유함을 싫어하는 것이 아니라 부유함을 잃을까 두렵다'고 하였다. 지금 금남(錦南)의 의전(義田)은 설령 못난 후손이 있더라도 팔수 없으며 무뢰한 족인이 또한 감히 엿보지도 못하니 이것은 부유함을 지키는 장구한 계책이 아니겠는가?"라고 하였다. 내가 말하기를, "이것은 잘 모르는 말이다. 동자(董子)⁴⁾가 말하기를, '그 도를 밝히고 그 공을 헤아리지 않으며, 그 마땅함을 밝히고 그 이로움을 꾀하지 않는다.'고 하였는데, 원래 금남의 처음 마음을 헤아리면 단지 우리에게 있는 도의(道義)만 알았지 그들에게 있는 공리(公利)를 헤아리지 못하였다. 만일 공리의 마음을 거꾸로 더하여 득실에 대한 생각을 미리 가졌다면 이것은 인의(仁義)를 가탁한 것이다. 어찌 군자(君子)라고 말할 수 있겠는가? 그대의 말은 세속의 마음으로 군자의 마음을 헤아린 것이다."라고 하였다. 말하던 자가 고개를 끄덕이고 물러났다. 나는 보고 들은 것을 기록하여 뒷날 이 글을 보는 자들이 나의 말이 거짓되지 않음을 알게 하노라.

샛길 이룬 복사꽃 자두꽃⁵⁾ 집안에 찬란하니,	成蹊桃李曜門欄
부유하고도 어질기는 옛날부터 어렵다네.	富且爲仁自古難

중(仲)이다. 시호는 평(平)으로 보통 평중(平仲)이라고도 불리며, 안자(晏子)라고 존칭(尊稱)되기도 한다. 제(齊)나라 영공(靈公)과 장공(莊公), 경공(景公) 3대에 걸쳐 몸소 검소하게 생활하며 나라를 바르게 이끌어 관중(管仲)과 더불어 훌륭한 재상(宰相)으로 후대에까지 존경을 받았다.

4) 동자(董子): 동중서(董仲舒). 중국 전한(前漢)의 유학자(B.C.176?~B.C.104). 호는 계암자(桂巖子). 춘추 공양학(春秋公羊學)을 수학하여 하늘과 사람의 밀접한 관계를 강조하였다. 무제(武帝)로 하여금 유교를 국교로 삼도록 설득하였다. 저서에 ≪춘추번로(春秋繁露)≫가 있다.

5) 샛길 이룬 복사꽃 자두꽃: "복숭아와 자두는 꽃이 곱고 열매가 맛이 좋으므로, 오라고 하지 않아도 찾아오는 사람이 많아 그 나무 밑에는 길이 저절로 생긴다[桃李不言 下自成蹊]"는 뜻으로, 덕이 있는 사람은 스스로 말하지 않아도 사람들이 따름을 비유해 이르는 말.

칠십 평생 집안 다스려 밥 짓는 연기를 피웠고,　　七十齊家擧煙火
천년 전 범문정처럼 배고픔과 추위를 구제하였네.　一千范歊濟飢寒
남에게 뜻밖의 것을 내어주면 남이 모두 감복하며,　出人不意人咸服
내가 해야 할 일을 행하면 나 홀로 기뻐하네.　　　行我當爲我獨歡
세상에 돈을 탐하는 버릇을 가진 이에게 말하노니,　寄語世間愛錢癖
이해와 득실을 따질 때는 금남(錦南) 선생을 보라.　乘除6)得失錦南看

만년에는 성서(城西)의 모퉁이에 집을 정한 선비,　晚卜城西一角巾
인으로 밭 갈고 의로 김매어 전혀 가난하지 않았네.　仁耕義耨未全貧
맑기가 얼음과 구슬 같으니 누가 더럽히겠으며,　　瑩如氷玉人誰浼
믿음이 돼지나 물고기에 미치니 동물도 길들었네.　信及豚魚物亦馴
공문거7)의 술동이에는 술이 떨어지지 않았고,　　文擧罇中不空酒
맹상군8)의 문하에는 친한 사람이 얼마였던가?　　孟嘗門下幾親人
나 같은 늙은이도 오히려 정성스런 대우 받으니,　如余老邁猶承款
담박하게 사귀는 마음은 오랠수록 더욱 새롭네.　　澹泊交情久更新

---

6) 승제(乘除): 인간의 일에 있어 승(乘)은 잘되는 일을 가리키고, 제(除)는 잘못되는 일을 가리키는 말로 쓰인다.

7) 공문거(孔文擧): 공융(孔融). 중국 후한 말기의 학자(153~208). 자는 문거(文擧). 건안 칠자의 한 사람으로, 북해(北海)의 재상이 되어 학교를 세웠고, 조조를 비판하고 조소하다가 일족과 함께 처형되었다. 저서에 ≪공북해집(孔北海集)≫이 있다.

8) 맹상군(孟嘗君): 중국 전국시대 제나라의 공족(公族)이며, 사군(四君)의 한 사람(?~B.C.278). 재상이 되었을 때 천하의 인재를 초빙하여 식객이 삼천 명에 이르렀다고 하며, 진(秦)나라에 사신으로 갔다가 죽을 뻔하였으나 식객 중에 남의 물건을 잘 훔치는 사람과 닭의 울음소리를 잘 흉내 내는 사람이 있어 그들의 도움으로 죽음을 모면한 이야기로 유명하다.

○ 題李庄錄後 幷詩

密陽 朴亨南

李錦南名東珍字士直 世居達城 幼喪父 無他兄弟 家貧母老無以爲養 乃從事於經紀之場 蓋爲菽水之難繼 非素志也 天道福善 所業銖累寸積 自然長進 逮至中年 僅脫貧寠之名 乃喟然歎曰 吾聞賢而多財 則損其志 愚而多財 則益其過 吾愚之愚者也 若又營營苟求 必至於悔吝 與其多而益過 不若少而寡過 乃罄其産業 股分於二子二女 以作勤力免飢之資 其餘四百畝 盡付於宗族中 收其歲入 以時周給 皆有節文 其宗蓋爲二十九家云矣

噫 義田之名 肪於范文正 而文正位高祿豐 不難千畝之費 今錦南地卑財紬 能捐四百之畝 若易地則其田非特四百 又推而廣之 則可以及一鄕 可以及一國 惜乎其所處者卑 而所恃者狹也 又有可仰於尋常者 往來賓客 不論風雨寒暑 長留外舍 朝飧暮餐 坦夷如己家 而少無厭薄之色 常恐供給之不美 其視多積厚有 升粟分文 不肯割施乞兒丐婦 驅逐呵送者 相去爲何如哉

又有可敬者 早失學問 晩攻翰墨 聲色芬華 一切不近 蕭然若一寒士 遊心於道義之場 筆以善書名 詩以得格聞 其稟賦之美 刻苦之工 可謂天然而自得也 且其二子 克遵家訓 俱以謹拙見稱 天之報施善人 果如是夫

或曰 昔晏子辭邑人有言曰非惡富也 恐失富也 今錦南之義田 設有不肖後孫 不能賣也 無賴族人 亦不敢窺也 則此其非守富之長策乎 余曰此非知言也 董子曰明其道 不計其功 明其誼 不謀其利 原夫錦南初心 只知在我之道誼 不計在彼之功利 若逆加功利之心 預有得失之慮 則是假仁義也 烏可曰君子哉 如子之言 以世俗之心 度君子之心也 言者首肯而退 余記見聞 使後之覽斯文者 知吾言之不誣焉爾

成蹊桃李曜門欄 富且爲仁自古難 七十齊家擧煙火 一千范畝濟飢寒

出人不意人咸服　行我當爲我獨歡　寄語世間愛錢癖　乘除得失錦南看

晚卜城西一角巾　仁耕義耨未全貧　瑩如氷玉人誰涴　信及豚魚物亦馴

文擧罇中不空酒　孟嘗門下幾親人　如余老邁猶承款　澹泊交情久更新

이장록(李庄錄) 뒤에 적음

이경룡(李景龍)

금남(錦南)은 우리 고장에서 나이가 많고 덕이 높은 사람이다. 어려서부터 천성이 온화하였으며 모친의 가르침을 어기지 않고 문학에 마음을 두어 아침 일찍부터 밤늦게까지 조금도 해이하지 않았다. 어른이 되어서는 집안이 가난하여 봉양할 수 없게 되자 약간의 재물을 구하였는데, 재물을 불린 지 몇 년이 안 되어 수천 금을 얻었다. 검약함으로 재산을 다스렸고 화평하고 단아함을 스스로 지녔으며 남의 위급함을 도와주는 풍모가 있었으니 대체로 그가 학문한 저력(底力)이었다. 갑오(甲午年, 1894) 봄에 집안의 재산을 계산하고는 다섯 가운데 둘은 두 아들에게 전하고 하나는 두 사위와 인척들에게 나누어주고 나머지 둘을 종족들에게 주었으니 바로 400두락(斗落)의 논밭으로 훌륭한 농장이었다. 이것은 이른바 "간약(簡約)을 지키고 널리 베풀며, 축적하고 잘 분산한다."는 것이다.

아, 장공(張公)의 동거(同居)⁹⁾와 범씨(范氏)의 의장(義庄)¹⁰⁾은 옛날

---

9) 장공(張公)의 동거(同居): 장공예(張公藝)는 당(唐)나라 수장(壽張) 사람으로 9대가 한집에서 살았는데, 고종(高宗)이 그 집에 찾아가 한집에서 화목하게 살 수 있는 비결을 물으니, 인(忍) 자 1백자를 써서 올렸다는 고사가 전해 온다. ≪唐書 卷195≫

10) 범씨(范氏)의 의장(義庄): 의장은 일가 중의 가난한 집을 도와주기 위하여 문중에서 관리하는 토지이다. 송(宋)나라의 재상 범중엄(范仲淹)이 좋은 전지(田地) 수천 묘(畝)를 사들여 그 조(租)를 거두어 저축해 두었다가 족인들 중에 혼가(婚嫁)나 상장(喪葬)을 치르지 못하는 자에게 공급해 주었다고 한다. ≪宋史 卷314 范仲淹列傳≫

에도 언제나 어려웠는데 뜻하지 않게 이 세상에서 다시 보는구나! 대개 공은 어릴 때부터 개연(慨然)히 이러한 마음을 가지고 이렇게 흉년이 드는 해에 이르자 단연(斷然)히 행하였으니 진실로 훌륭한 군자가 아니라면 어떻게 이렇게 할 수 있겠는가? 인하여 한 수의 시로 축하하여 풍요(風謠)에 채택되기를 대비하노라.

애석하게 공의 재주와 덕은 서실에서 늙었는데,	惜公才德老書欄
한 번 쉽게 행하였지만 세상에서는 어려운 바였네.	一易行之世所難
사람이 선생을 쌓으면 분명 경사가 많은 법이니,	人於積善多餘慶
하늘은 반드시 큰 추위 뒤에 따뜻한 봄을 붙였네.	天必陽春屬大寒
친척들이 화목하고 기뻐할 뿐만 아니라,	不惟親戚和而悅
어질거나 어리석은 자들도 모두 감격하고 기뻐하네.	能使賢愚感且歡
범문정(范文正)의 자취가 천 년 뒤에는 적막하더니,	文正寥寥千載後
이장(李庄)의 고상한 뜻과 서로 상대가 되는구나.	李庄高義交相看

○ 題李庄錄後

李景龍

錦南吾黨之耆德也 自幼天性溫和 不違慈訓 存心文學 夙宵靡懈 及長家貧 無以爲養 求略干財 殖未幾年 獲數千金 儉約治産 恬雅自持 亦能有急人之風 蓋其學問底力也 乃於甲午春 計算家儲 五之二則傳于二子 一則派給兩壻及姻戚 以其二付諸宗族 乃四百斗水田美庄也 此可謂操約施博 積而能散者矣

噫 張公之同居 范氏之義庄 在古或難 而不意復見於此世也 蓋公自藐少之年 慨然有是心 到此飢荒之歲 能斷然行之 苟非淑人君子 豈能若是哉 因賀一韻 以備風謠之見採云爾

惜公才德老書欄 一易行之世所難 人於積善多餘慶 天必陽春屬大寒
不惟親戚和而悅 能使賢愚感且歡 文正寥寥千載後 李庄高義交相看

이장록(李庄錄) 뒤에 적음

서규흠(徐奎欽)

진(秦)나라 말에 이르기를, "서로 공격하기를 원수처럼 한다."고 하고, 소씨(蘇氏)11)의 족보에 이르기를, "친진(親盡)12)하면 길에 오고가는 사람처럼 된다."고 하였으니 고금의 인정이 얼마나 차이가 있는가? 나는 금남(錦南) 이군자(李君子)와는 평소에 익히 알고 지낸 지가 몇 년이 되었는데, 초년에는 곤궁하다가 중년에는 형편이 좋아졌고 만년에는 먹을 만하였다. 그런데 번화한 지역에 거처하며 이목(耳目)의 부림을 받지 않으려고 문을 걸고 입을 닫은 채 항상 시서(詩書)를 보고 빈객을 좋아하며 세상의 욕심은 생각하지 않았으니 이러한 까닭으로 훌륭한 소문이 온 고을에 가득하였다.

이전에 종족과 인척을 불러서 그 토지의 삼분의 이를 균등하게 분배하여 나누어주고 바로 약조(約條)를 정하였다. 이것은 진(秦)나라 사람들을 징계하고 소씨(蘇氏)를 거울삼은 듯하였으니 바로 범공(范公)의 후신이고 장가(張家)의 오랜 규범이 아니겠는가? 참으로 우

---

11) 소씨(蘇氏): 소식(蘇軾)을 가리킴. 중국 송나라 때의 대문호. 자는 자첨(子瞻), 호는 동파(東坡). 철종에게 중용되어 구법파의 중심적 인물로 활약하였고, 특히 구양수와 비교되는 대문호로서 부(賦)를 비롯하여 시·사(詞)·고문(古文) 등에 능하였으며, 재질이 뛰어나 서화(書畫)로도 유명했음. 그의 문학은 송나라뿐만 아니라, 고려(高麗)에도 큰 영향을 끼쳤음.
12) 친진(親盡): 조상을 받드는 대수(代數)가 다 된 것을 말한다. 보통 천자는 7대, 제후는 5대, 기타는 4대까지 조상의 제사를 지낸다.

리 동방에서는 처음 보는 제일의 인물이다. 그 나머지 난초처럼 향기롭고 구슬처럼 깨끗한 행실은 모두 의(義)자를 따라 나온 것이니 어찌 추가하기를 기다리겠는가? 경전(經典)에 이르기를, "한 집안에서 인(仁)을 일으키면 온 나라에서 인을 일으킨다."고 하였으니 이것은 금남의 한 집안에만 인을 일으키는 것이 아니라 우리나라 전체에 다시 인을 일으키게 할 수 있는 것이다. 이에 몇 행의 율시(律詩)를 짓지만 어찌 화목한 의리에 만분의 일이라도 형상할 수 있겠는가?

인간의 풍속을 보려고 난간을 조금 열었더니,	爲閱人風小闢欄
세상인심 절반 이상이 조금도 나누기 어렵네.	世情强半分毫難
죽을 때까지 돼지라 불리며 비난받아도,	抵死得聞稱豕毁
평생토록 추위 막는 누더기 옷을 괄시하네.	平生恝視結鶉寒
손에 가득한 금상자는 놓지 않으려 기약하고,	滿手金箱期不散
내장에 박힌 철기둥은 끝까지 기뻐하려 하네.	中腸鐵柱欲窮歡
금남은 홀로 고소(姑蘇)의 정의(情誼)13)를 냈으니,	錦南獨出姑蘇誼
지금 동방에서 옛날 범중엄(范仲淹)을 본다네.	今日吾東昔范看

○ 題李庄錄後

徐奎欽

秦之言曰 相攻如仇讎 蘇氏譜云 親盡爲路人 古今人情 何有異哉 余與

---

13) 고소(姑蘇)의 정의(情誼): 송(宋)나라 범중엄(范仲淹)이 아들 요부(堯夫)를 시켜 고소(姑蘇)에서 보리 5백 섬을 운반해 오게 하였다. 요부가 배에 보리를 싣고 단양(丹陽)에 이르렀을 적에, 범중엄의 친구 석만경(石曼卿)을 보았는데, 석만경은 돈이 없어 부모의 장례를 치르지 못하고 있자 그 보리를 모두 주고 빈 배로 돌아온 일이 있었다.

錦南李君子 素習知者有年 其初而困 中而泰 晚而食 而居在繁華之地 不
役於耳目 杜門塞兌 常看詩書愛賓客 世間人慾 不得上來 以是 令聞已盈
於一省矣

乃者 招宗族姻戚 割其土三分二 均排共分 立定約条 此似懲於秦鑑於
蘇也 無乃范公之後身 張家之古範歟 眞吾東初見第一人 其外蘭薰玉潔
之行 皆從義字中來 何待更架 傳曰 一家興仁 一國興仁 此非獨錦南一家
之興仁 能使我一國將復爲興仁者也 玆構數行四律 安得狀睦義之萬一乎
云爾哉

爲閔人風小闖欄 世情强半分毫難 抵死得聞稱豕毀 平生悆視結鶉寒
滿手金箱期不散 中腸鐵柱欲窮歡 錦南獨出姑蘇誼 今日吾東昔范看

이장비(李庄碑) 뒤에 적음

은자표(殷子杓)

　대체로 의로운 사람은 타고난 천성이 같은데도 이행할 수 있는 사람이 적은 것은 어째서인가? 간혹 사욕에 이끌려서 잊기도 하고 세속에 더렵혀져 겨를이 없기도 하다. 그러므로 이끌리지 않고 더렵혀지지 않는 지조를 가지고 결연히 행하는 것은 이것은 지덕(智德)이 겸비되지 않았다면 어찌 그렇게 할 수 있겠는가? 한(漢)나라에는 오직 소광(疏廣)14)과 마광(馬光)15) 두 사람만이 그 쌓은 것을 흩었으며, 송(宋)나라에는 범문정공(范文正公)이 특별히 의장(義庄)을 설치하여 친족을 거두었지만 이 이후에는 고요하고 들리지 않았다. 지금 금남공(錦南公)의 일은 처지를 바꾸어 거슬러 관찰하면 주밀하면서 요약된 의리가 도리어 위의 세 현인(賢人)보다 더 뛰어난 듯하다. 어찌하여 이처럼 아름다움을 다하였는가?

　그 성씨(姓氏)의 유래와 세계(世系), 출연(出捐) 실적 등은 이미 비

---

14) 소광(疏廣): 한(漢)나라 선제(宣帝) 때 황태자의 태부(太傅)를 지냈다. 그가 사직하니, 천자와 태자가 황금 70근을 하사하였는데, 그 황금을 다 팔아서 빈객(賓客)들과 함께 술 마시며 즐기는데 모두 사용하고 자식에게는 재물을 물려주지 않았다. 《漢書 卷71 疏廣傳》

15) 마광(馬光): 후한 부풍(扶風) 무릉(茂陵) 사람. 마원(馬援)의 아들이다. 명제(明帝) 영평(永平) 연간에 황문시랑(黃門侍郎)이 되고, 집금오(執金吾)로 옮겼다. 장제(章帝) 건초(建初) 연간에 허후(許侯)에 봉해지고, 위위(衛尉)가 되었다. 형 마방(馬防)과 함께 모두 부귀하여 재산이 엄청나게 많았는데, 모두 빈객(賓客)을 맞이하는 데 썼다.

명(碑銘)에 상세하니 덧붙일 필요가 없으며, 두 아들은 타고난 자질로 훌륭한 사람이 되었으니 그 계승되는 효성은 그 집안 사람으로서 부끄러움이 없다. 또한 여러 손자들도 모두 우뚝하게 뛰어나고 훌륭한 덕성이 충만하여 장차 크게 진보할 희망이 있으니 이것은 가문이 번창할 조짐이 아니겠는가? 이에 그 친족들이 한 목소리로 마음껏 의논하여 말하기를, "공의 마음은 깨끗하기가 물과 같고 의로움은 가볍기가 털과 같다. 무릇 우리 종족들은 몸으로 받아들여 잊지 않기보다는 차라리 세상에 알려져 빛나게 하는 것이 나을 것이다. 그리고 더욱 오래까지 빛나게 하는 것은 단단한 돌에 새겨서 닳지 않도록 하는 것이 가장 좋다."라고 하였다.

이 일을 빚어서 이룬 것은 실제로 공의 마음이 아니었다. 모든 종족들이 모의하지 않고도 동의했으니 공이 비록 금지하여 못하게 하였지만 그것이 중론(衆論)에 있어서 얼마나 컸겠는가? 의리가 사람을 감동시키는 깊고도 간절함이 우편의 속도보다 훨씬 빠르도다. 이것은 둘러싼 한 구역에서 직접 보고 직접 들은 자가 격려하고 감탄할 뿐만이 아니라 비록 백세의 아래에 있더라도 반드시 우러러 사모하며 본받아 이루어야 할 미덕이니 어찌 위대하고도 훌륭하지 않겠는가?

○ 題李庄碑後

殷子杓

夫義人所同秉之彝 而鮮能履之者 何也 有或牽於私而忘焉者 有泥於俗而未遑者 故必有不牽不泥之操 能決然行之 此非智德兼備 烏能爾哉 在漢惟疏馬二人 能散其積 及宋范文正 特置庄收族 此後寂無聞焉 今以錦南之事 易地泝觀 則周而約之之義 還似出於三賢之右矣 何其如是盡

美也

其氏啣來系 與捐施實蹟 已詳于碑銘 不必疊架 而有二男 天姿玉成 其
繼述之孝 無愧於乃家者 又諸孫 皆屹如偉如 充然德宇 將有大進之望 此
非昌門之朕乎 肆以其族 咸口爛議曰 公之心潔如水 義轖如毛 凡我諸宗
與其涵於身而不忘 孰若芳於世而有斐 且愈久烜爀者 莫如勒石之堅而不
磷云

釀成是役者 實非公之心也 儘其宗族之不謀而同 則公雖欲禁而不居
其在衆議 何大矣哉 義之感人之深且切也 何其甚於郵之速歟 此非翅環
一區親目親耳者之所激勵欽歟 雖在百世之下 必有仰慕效成之美矣 豈不
偉歟美哉

이장비(李庄碑)를 읽고 감동하여 읊음[讀李庄碑感吟]

윤성원(尹成垣)

역사에는 범씨(范氏)의 의장(義庄)이 전하고,	史傳范氏義
지금 이공(李公)의 어진 행실을 보았도다.	今見李公仁
아버지 범중엄(范仲淹)은 의롭다 하더라도,	縱然父范義
아들 범순인(范純仁)16)이 있기란 어렵다네.	難有子純仁
이 집안에는 이 의리를 겸하였으니,	此家兼是義
나라 풍속에 인(仁)을 일으킬 만하도다.	邦俗可興仁

16) 범순인(范純仁): 중국 소주(蘇州) 사람으로 자는 요부(堯夫)이고, 시호는 충선(忠宣)
이다. 송(宋)나라 때 대신(大臣)으로 범중엄(范仲淹)의 차남이다. 당시 사람들이 '포
의재상(布衣宰相)'으로 불렀다. 저서로 ≪범충선공집(範忠宣公集)≫이 있다.

만사(挽詞)

김덕곤(金德坤)

그대와 나는 함께 병신년에 태어났는데,	君我生同丙申歲
해가 가고 달이 가서 일흔 살이 되었네.	日居月諸七十春
나는 성글고 거친 성격으로 쓸모가 없었지만,	疏狂性習我無用
그대는 원대한 규모로 두루 방문하여 물었네.	宏遠規模君度詢
글방 세워 스승을 맞이해 두 아들을 가르쳤고,	設塾邀師敎二子
금전을 흩어 벗을 돕고 육친(六親)17)과 화목했네.	散金賙友和六親
인생에서 사업은 이보다 더 좋을 수 없는데,	人生事業無過此
하물며 오복(五福)18)을 골고루 겸비하였음에랴.	況復兼之五福均
예로부터 나는 가난과 질병이 극심하여,	貧病由來於我甚
그대와 만나지 못한 지 이미 여러 해였네.	與君未見已多辰
마을 사람들이 갑자기 공이 돌아갔다고 알리니,	里人忽報公羽化
듣자마자 눈물이 흘러 의건에 가득하였네.	初聞涕淚滿衣巾
살아있어도 나는 살아갈 계책이 없는 사람이고,	在生我是無生計
죽었지만 그대는 오히려 죽지 않은 사람이네.	雖死君猶不死人

---

17) 육친(六親): 여섯 종류의 친척. 곧 부모·형제·처자 또는 족형제(族兄弟)를 가리키기도 하며, 부자·형제·자매·생구(甥舅)·혼구(婚媾)·인아(姻亞) 등의 친인척을 총 망라하기도 한다.

18) 오복(五福): 수(壽), 부(富), 강녕(康寧), 유호덕(攸好德), 고종명(考終命)의 다섯 가지 복(福).

두 아들이 성실하고도 효성스러우니,　　　　　　有子二人誠且孝
봉황 같고 기린 같다고 모두들 말하네.　　　　盡言如鳳又如麟
사물의 이치에 두루 통해 분수를 잘 아니,　　旁通事物能知分
집안 명성 실추시키지 않고 몸을 보전하겠네.　不墜家聲可保身
세상사람 다 슬퍼하나 나는 홀로 부러워하며,　世皆怊悵我獨羨
바람결에 슬픈 눈물 흘리며 공손히 펼치네.　　臨風悲淚一恭伸

만사(挽詞)

도윤호(都允浩)

맑고 고상한 몸가짐과 조심스럽고 두터운 모습,	淸雅容儀謹厚姿
시가지에 숨어 살며 알려지기를 구하지 않았네.	隱居城市不求知
몸은 항상 단속하여 티끌 세상일을 초월하였고,	身常檢飭超塵累
뜻은 경륜에 두어 구휼을 소중하게 여겼네.	志在經綸貴賑施
인척들과 정의를 중시하고 예의를 좋아하였으며,	誼重姻戚能好禮
빈객과 벗을 기꺼이 맞아 함께 시를 논하였네.	喜迎賓友共論詩
응당 저승 가는 길에는 남은 유감이 없을지니,	也應泉路無餘憾
덕을 쌓은 집안 자손들 복을 받아 편안하리라.	種德庭蘭福履綏

만사(挽詞)

송병규(宋秉奎)

지난 병술년(丙戌年)을 떠올려보니,	憶昔丙戌歲
서글픈 감개(感慨)가 새롭구나.	悄然感慨新
달구사(達句社)를 유람할 때,	旅遊達之社
첫 눈에 형제처럼 친해졌네.	一見弟兄親
공은 시인 묵객을 좋아하여,	公好文房客
왼쪽에는 사우(四友)19)의 자리를 비워놓았네.	左虛四友茵
말을 들으면 약석(藥石)20)과 같았으며,	聞言如藥石
기운을 접하면 봄날처럼 훈훈하였네.	接氣渾芳春
영서(靈犀)21)처럼 밝게 비추니,	炯照靈犀鑑
항상 속마음을 털어놓았네.	常時吐膽困
글을 토론하며 술 마시는 날도 있었고,	論文有酒日
암송하며 새벽까지 잠들지 못하였네.	請誦無眠晨
옳은 일을 권하며 훈도(薰陶)하는 역량은,	責善薰陶力

---

19) 사우(四友): 문방사우(文房四友). 서재(書齋)에 꼭 있어야 할 네 벗, 즉 종이, 붓, 벼루, 먹을 말함.

20) 약석(藥石): 약석지언(藥石之言)의 준말. 약과 돌바늘 같은 말이라는 뜻으로, 사람을 훈계(訓戒)하여 나쁜 점(點)을 고치게 하는 말.

21) 영서(靈犀): 영묘(靈妙)한 무소뿔을 말한다. 무소뿔은 한가운데에 구멍이 뚫려 있어 양방이 서로 관통하는 것에서, 두 사람의 의사(意思)가 서로 투합함을 비유할 때 쓴다.

한갓 사우(師友)의 어짊뿐만이 아니었네.　　不徒師友仁

의문이 있으면 항상 질문하였고,　　有疑問常質

일을 할 때는 귀신처럼 해결하였네.　　臨事解如神

재물을 논하면서 이익을 말하지 않았으니,　　論財不言利

포숙(鮑叔)이 관중(管仲)의 가난을 알았네.[22]　　鮑叔知仲貧

근년에는 말씀이 적막(寂寞)하였지만,　　近年詞寂寞

권 야초(權野樵)와는 서로 자주 말하였도다.　　相說野樵頻

지난 밤에 꿈길이 얼마나 괴이하든지,　　前夜夢何怪

만나 보려고 바로 문에 들이닥쳤네.　　欲看卽抵闉

길에서 연당(研堂) 어른을 만나,　　道逢研堂老

홀연 괴롭게 신음하는 소식을 들었네.　　忽聽苦吟呻

바로 도착해 침상 이불을 들추니,　　卽到探牀褥

평소처럼 늙고 병든 몸이었네.　　如常老病身

이 날 서로 손을 어루만졌는데,　　是日相摩手

영원히 결별할 줄 어찌 알았으랴.　　安知永訣人

슬프도다, 공이 떠났으니,　　嗚呼公去兮

달성에 들어가면 누구를 바라볼까?　　誰望入城隣

아득히 바다와 산 위의 달도,　　漠漠海山月

처량하여 공연히 홀로 찡그리네.　　凄凉空獨嚬

슬프도다, 공이 떠났으니,　　嗚呼公去兮

세상일은 진실을 믿기 어렵네.　　世事難諶眞

단지 평생의 우호(友好)를 믿었건만,　　祇信百年好

인정이 어찌 칠순에 한정되는가?　　情何限七旬

---

22) 관포지교(管鮑之交). 춘추시대 제(齊)나라 관중(管仲)과 포숙아(鮑叔牙)의 아름다
　운 우정을 말하는데, 관중이 가난하게 살 때에 포숙아가 물심양면(物心兩面)으로
　극진하게 보살펴 준 고사가 있다. ≪史記 卷62 管仲列傳≫

공께서 나를 저버리지 않는다면,			公如無負我

꿈속에서 간혹 서로 만나리라.			夢寐或相臻

만사(挽詞)

서봉균(徐奉均)

맑고 깨끗한 달성 서쪽의 집에서,	瀟灑城西屋
거문고와 서책으로 오랜 세월 보냈네.	琴書度長年
자손들은 전해오는 기업을 계승하며,	兒孫承世業
향당에서는 공의 어짊을 칭송하네.	鄕黨頌公賢
말씀마다 전인의 가르침 지키게 하고,	語語守前訓
마음에서 마음으로 뭇 사람 깨우쳤네.	心心牖衆員
붉은 명정이 지는 해 아래에 나부끼니,	丹旌斜日下
상엿줄 잡자 눈물이 납물처럼 흐르네.	執綍淚如鉛

만사(挽詞)

백문두(白文斗)

공의 어린 시절에는,	自公之髫齔
죽마고우로서 친하게 지냈도다.	竹馬以爲親
공의 젊은 시절에는,	自公之少壯
못난 나와 인척을 맺었도다.	芣葛又爲姻
공의 노년 시절에는,	自公之休老
날마다 좇으며 좋은 자리에서 만났네.	日逐接華茵
세월이 흘러가는 물과 같아서,	光陰如逝水
어느덧 이미 칠순이 되었구나.	居然已七旬
금년에 꽃을 구경하는 곳에는,	今年看花處
한 사람이 부족함을 어찌 견디랴.	那堪少一人
공이 세상일에 대처할 때는,	公之處世也
근면(勤勉)하고 또 어짊을 좋아했도다.	勤苦又好仁
서적을 모아 자손에게 물려주었으며,	積書遺子孫
재산을 분산하여 빈궁한 자에게 베풀었네.	散財施窮貧
글씨의 자취는 집집마다 남아 있고,	筆蹟家家在
훌륭한 말씀은 곳곳마다 펼쳐졌도다.	德音處處均
옛사람만 어찌 오로지 훌륭하겠는가?	古人豈專美
지금 세상에서 홀로 무리에서 뛰어났도다.	今世獨絶倫
벼슬살이는 평소의 소원이 아니었으니,	簪纓非素願

늙을 때까지 벼슬 않은 선비였네.　　　　　白頭一布巾
공을 위해 집안의 법도를 외우며,　　　　　爲公誦家法
훌륭한 자손들이 봄 뜰에 가득하도다.　　　寶樹滿庭春
공을 위해 상여 노래 부르니,　　　　　　　爲公歌薤曲
두 소매에 눈물이 줄줄 흐르네.　　　　　　雙袖淚潾潾

만사(挽詞)

영남의 고상한 풍모 몇 명이나 되겠는가,　　　　嶺洛高風問幾人
금남공의 덕업은 홀로 무리에서 뛰어나네.　　　吾公德業獨超倫
훌륭한 자손은 집에 가득 인효를 겸하고,　　　芝蘭繞室兼仁孝
종족 의장(義庄) 만들어 친척을 기쁘게 하였네.　花樹成庄說戚親
애통하게 만사 짓는 마음을 아는가 모르는가,　哀挽寫情知也否
무덤 자리 정했다 하니 꿈인가 생시인가.　　　佳城云卜夢耶眞
하늘에 올라가 이미 인간사를 징험했으니,　　上天已驗人間事
선행의 보답으로 경사와 복이 오는 걸 보겠네.　善報將看慶福臻

만사(挽詞)

의장(義庄)에서 범공(范公)의 어짊을 보겠으니,　　義庄今覩范公賢
봄 부엌에 연기가 끊어지지 않은 곳이 얼마였던가?　幾處春廚不絶煙
이로부터 어진 풍속이 백세토록 닦여서,　　自此仁風磨百世
금강(錦江) 가에서 사람들이 낡은 비석을 읽네.　荒碑人讀錦江邊

시사에 시름 깊어 귀밑머리 다 세었으니,　　憂深時事鬢成絲
술잔을 들고 강개한 시를 길게 읊조렸네.　　把酒長吟慷慨詩
옛날 달구사(達句社)의 국화와 정원의 대나무,　古社黃花小院竹
계곡과 야외에서 친구들이 늘 어울렸다네.　　溪朋野友動相隨

상란(喪亂)으로 내가 산골짝으로 들어왔을 때,　喪亂嗟余入峽中
나루터 잃은 뗏목처럼 공에게 의지했네.　　迷津一筏賴於公
세월이 오래 지나도 그 모습 아직 기억하는데,　歲久音容猶自記
길이 멀어 매번 서신을 통하기가 어려웠네.　　路迢書信每難通

복현암(伏賢巖) 송백이 문득 슬픔을 머금었고,　賢巖松柏忽含悲
하늘의 뜻에 몽매하여 누구에게 물으려는가?　天意瞢瞢欲問誰
강가 길에는 상여노래 한 곡조가 끝나는데,　一闋薤詞江上路
백운과 황학은 아득히 기약하기 어렵네.　　白雲黃鶴杳難期

만사(挽詞)

최영호(崔永顯)

밤낮으로 서로 수작하며 잠시도 떨어지지 않았으니,　日夕相酬不暫離
늘그막의 사귐에서 서로 마음을 허여했도다.　　　暮年交契許心知
천암(泉菴)에 날이 저물도록 지팡이를 끌었으며,　泉菴日晏攜筇處
야사(野社)에서 희미한 등불 아래 술을 마셨도다.　野社燈殘對酒時

슬픔과 기쁨이 꿈같았던 칠십 년 세월,　　　悲歡如夢七旬間
청산에 화려한 무덤으로 한순간에 돌아갔네.　華屋靑山一瞬還
상여노래 다 듣고는 눈물 뿌리며 이별하니,　聽罷輀歌揮淚別
이승에서는 그대 모습 접할 곳이 없어졌다네.　此生無處接容顏

삶과 죽음이란 원래 하늘에서 내려온 명이니,　死生元是命由天
하늘의 도는 어진 자에게 먼저 보응(報應)23)한다네.　天道於仁報應先
덕을 닦으면 음덕이 두텁게 남음을 이제 알겠으니,　樹德方知餘蔭厚
집안에는 총명하고 어진 자손들이 가득하도다.　滿堂聰慧子孫賢

---

23) 보응(報應): 착한 일은 착한 대로, 악한 일은 악한 대로 선악(善惡)이 대갚음됨.

만사(挽詞)

정주량(鄭周亮)

젊어서부터 정다운 친구로 칠십 년이 되었는데,	小少情親七十年
몹시 지중(知仲)24)을 받아 오래도록 잘 사귀었네.	偏蒙知仲久交全
기구(箕裘)25)의 고택은 서적으로 가업을 전하며,	箕裘古宅書傳業
친척의 돈후한 풍속 위해 의전(義田)을 매입했네.	花樹敦風義買田
죽지 못한 옛 친구는 공연히 눈물을 흘리는데,	後死故人空有淚
평생의 동지는 홀로 하늘나라로 올라갔네.	平生同志獨登仙
생각건대 효자가 공의 뜻을 반드시 따를 것이니,	想應孝胤追公意
대대로 진순(陳荀)26) 배워 선조를 실추하지 않겠네.	世講陳荀不墜先

---

24) 지중(知仲): 자신의 사정을 잘 알아준다는 뜻으로, 포숙아(鮑叔牙)가 그의 벗인 관중(管仲)의 행위를 다 이해해 주었다는 관포지교(管鮑之交)에서 온 말이다.

25) 기구(箕裘): 키와 가죽옷이라는 뜻으로, 가업(家業)을 비유하는 말이다. ≪예기(禮記)≫ 〈학기(學記)〉의 "훌륭한 대장장이의 아들은 아비의 일을 본받아 응용해서 가죽옷 만드는 것을 익히게 마련이고, 활을 잘 만드는 궁장(弓匠)의 아들은 아비의 일을 본받아 응용해서 키 만드는 것을 익히게 마련이다[良冶之子 必學爲裘 良弓之子 必學爲箕]."라는 말에서 유래한 것이다.

26) 진순(陳荀): 형제가 모두 뛰어남을 뜻한다. 진(陳)은 후한(後漢) 때 진식(陳寔)의 두 아들인 진기(陳紀)와 진심(陳諶)을 가리킨다. 이 형제는 우열을 가릴 수 없을 정도로 함께 명망이 뛰어나 세상에서 난형난제(難兄難弟)라 일컬었다. 순(荀)은 후한 때의 명사인 순숙(荀淑)의 여덟 아들 검(儉), 곤(緄), 정(靖), 도(燾), 왕(汪), 상(爽), 숙(肅), 부(敷)를 가리킨다. 이들은 모두 명망이 뛰어나 순씨팔룡(荀氏八龍)이라 일컬어졌다.

만사(挽詞)

서석지(徐錫止)

세상 일이란 원래 이러한 것인가,　　　　　　世事元來若是哉
공연히 웃다가도 때때로 슬퍼지네.　　　　　空然而笑有時哀
근래에 맺은 약속을 모두 뒤집어버렸으니,　近年宿約皆翻局
해질녘에 슬피 노래 부르며 홀로 술 마시네.　落日悲歌獨含梧
여러 선행을 다시 어디를 따라 얻겠는가?　萬善更從何處得
한마디 말로 이 마음을 다시 열지 못하겠네.　一言無復此心開
나는 아직도 못난 사람으로 생존해있으니,　我猶不似人間在
꿈속에서는 산천을 함께 왕래한다네.　　　　魂夢川原共往來

만사(挽詞)

배정섭(裴正燮)

조정에 맑은 의논이 없어 재야에 버려진 현자,	朝無淸議野遺賢
돌아간 이후에 명성이 생전보다 더욱 중하였네.	身後聲名益重前
하나의 일과 한마디 말씀 모두 본받을 만하고,	一事片言皆可法
짧은 글이나 남긴 필적 소중하게 전할 만하네.	短篇餘墨愛堪傳
대은(大隱)을 즐기며 저자에서 유유자적하였으며,	玩樂大隱優遊市
세상을 경계하는 고상한 풍모로 의전을 두었네.	警世高風義有田
무서운 꿈처럼 푸른빛과 붉은빛이 뒤숭숭하였는데,	靑紫紛紛如怯夢
당시에 누가 벼슬 없는 선비처럼 온전하였던가.	當時誰似布衣全

만사(挽詞)

배남교(裴南喬)

선에는 복, 인에는 장수 주는 분명한 이치 보겠고,　　福善壽仁見理明
옛날부터 죽고 나서 이름을 남긴 자는 드물었다네.　　古來稀少死垂名
의장을 설립하여 여러 종족의 궁핍을 구제하였고,　　義庄救乏諸宗黨
교제하는 도리로 수많은 벗을 곤궁에서 구휼하였네.　　交道賙窮幾友生
규방에는 거문고 울려 부인의 덕행을 칭송하고,　　閨瑟幷和稱婦德
훌륭한 자제들 이어져 집안의 명성을 계승하네.　　庭蘭雙茁繼家聲
알고 보니 인간 세상의 일에는 유감이 없었는데,　　果然無憾人間事
영원히 결별하자 마구 흐르는 눈물 막을 수 없네.　　永訣那禁涕淚橫

만사(挽詞)

김재희(金在僖)

달성 서쪽의 맑은 기운이 천진(天眞)을 모았으니,	城西淑氣鍾天眞
맑고 깨끗한 의관은 홀로 속세를 벗어났네.	淸灑衣冠獨出塵
널리 의장(義庄)을 설치하여 종족에게 화목하였고,	廣置義庄宗族睦
집안에 글방을 만들어 자손에게 인을 가르쳤네.	爲成家塾子孫仁
원로께서 지금 돌아가시니 누가 학문을 일으킬까,	老大今歸誰興學
후생들이 추모하며 시절을 상심해 눈물 흘리네.	後生追慕泣傷辰
한 번 인사하고 바로 천고의 작별을 아뢰는데,	一拜乃訴千古別
처량하게도 산 위에 뜬 달이 강가를 비추네.	凄凉山月下江濱

만사(挽詞)

족질(族姪) 이형우(李亨雨)

상여가 펄럭이며 북쪽 무덤으로 향하는데,　　　靈駕翩翩向北阡
복현암(伏賢巖) 이름이 이 가운데 전하도다.　　　伏賢巖號此中傳
종족들이 정의를 중시하여 의장을 나누던 날,　　諸宗誼重分庄日
두 효자는 슬픔이 지나쳐 피눈물을 흘리던 해.　二孝哀多泣血年
명예와 이익에는 무심하여 백발로 마쳤으며,　　名利無心終白首
훌륭한 자손 방에 가득하여 가업을 이었도다.　　芝蘭滿室屬靑氈
흐르는 눈물 견디지 못해 오래도록 방황하노니,　不堪涕淚彷徨久
무슨 일로 조정의 반열27) 한 쪽을 버렸던가　　　何事仙班掃一邊

---

27) 조정의 반열: 원문의 '선반(仙班)'은 조정 백관의 반열을 이른다.

만사(挽詞)

족질(族姪) 이기덕(李基德)

우리 집안 족속께서는 높이 명철함을 지니고,　　吾家族叔秉哲尊
효도와 우애 실천하고 법도가 될 말씀 남겼네.　　孝悌爲政垂法言
아름답고 굳센 글을 지어 선조를 추모하였고,　　銀鉤勁筆追先祖
천자문을 거듭 간행하여 자손에게 내려주었네.　　重刊千字惠兒孫

천 두락의 의전은 옥토를 나눈 것이고,　　千畝義田割腴壤
원대한 규모는 깊은 어짊을 실감하네.　　規模宏遠感深仁
특별히 어진 종인을 뽑아 회계를 맡겨,　　別擇賢宗掌歲計
마흔 여섯 집안에 골고루 나누어 주었네.　　均敷四十六家人

기린처럼 큰 아들이 잘 계승하여 발전시키니,　　麒麟大兒能善述
이에 학교를 설립하여 먼저 할 바를 알았네.　　爰謀學校知所先
비록 이 세상에서는 유감이 없을 것이지만,　　縱然斯世無遺憾
무덤에 다다라 쏟아지는 눈물을 견디지 못하네.　　臨窆不勝淚如泉

만사(挽詞)

종생(宗生) 이면우(李冕雨)

화락하고 덕스런 모습은 타고난 것이었으며,　　雍容德儀稟天眞
성경의 마음공부에 날마다 조심하고 힘썼다네.　誠敬心工日惕乾
벗들은 소광(疏廣)[28]의 집에서 함께 기뻐했으며,　故舊同歡疏老宅
종족들은 범공(范公)의 의전을 함께 누렸네.　　族宗共義范公田
병든 몸으로 무덤에서 영결할 방도가 없어,　　病客無由臨壙訣
아이를 대신 보내 빈소에 통곡하게 하였네.　　迷兒替送哭靈筵
상여노래 한 곡조가 어디로 향할 줄 아노니,　　薤歌一曲知何向
복현이라는 바위가 현인을 장사지낼 곳이네.　嚴號伏賢可葬賢

---

28) 소광(疏廣): 한(漢)나라 선제(宣帝) 때 황태자의 태부(太傅)를 지냈다. 그가 사직하
　　니, 천자와 태자가 황금 70근을 하사하였는데, 그 황금을 다 팔아서 빈객(賓客)들
　　과 함께 술 마시며 즐기는데 모두 사용하고 자식에게는 재물을 물려주지 않았다.
　　≪漢書 卷71 疏廣傳≫

제문(祭文)

장관상(張寬相)

아, 금남(錦南)이여 이렇게 되고 말았는가. 장차 누구를 책망할까, 저 하늘도 어쩔 수 없네. 공이 서거한 소식을 듣고 오장(五臟)이 무너지는 듯하네. 공을 위한 슬픔이 아니요, 또한 나의 사정 때문도 아니라네. 사람들은 금남이 그 일을 잘 마쳤다고 말하네. 나는 유독 그렇게 여기지 않아 공이 뜻을 펼치지 못했다고 말하네. 공의 일생을 알고 있는지라 나는 감히 사양하지 못하였네. 그 회포는 가없이 넓었으며 그 기개는 맑고 고결하였네. 나를 어리석지 않다고 여겨 그 웅장함을 열어주었네. 이제는 끝났으니 온갖 생각이 모두 사라졌도다. 세월이 이렇게 빠르게 지나가 침상에서 영원히 잠들었도다. 내 몸에 또한 질병이 있어서 제사를 직접 올리지 못하도다. 아, 슬프도다.

○ 祭文

張寬相

嗟嗟錦南 而至然耶 將責于疇 彼天無柰 自聞公逝 五內如虧 匪爲公盡 亦非吾私 人謂錦南 克終其事 我獨不然 謂不展意 知公一生 我不敢辭 汪洋其懷 幷察其規 謂我不蒙 開示其壯 今焉已矣 萬念俱亡 日月孔馳 惟牀永秘 病又在身 奠不親視 嗚呼哀哉

제문(祭文)

김윤성(金允性)

　　몸은 초야에 있었지만 뜻은 경제에 두었도다. 그 덕은 보불(黼黻)[29]이었으며 그 맛은 숙속(菽粟)[30]이었도다. 세상은 모두 화려함을 숭상했으나 공은 홀로 소박하였도다. 세상에서는 모두 스스로 구했으나 공은 홀로 스스로 지켰도다. 고향 동산의 천석(泉石)에서 갈건(葛巾)[31]으로 소요하였도다. 밭이 있었으니 경작할 만하였고 책이 있었으니 즐길 만하였다. 술을 거르고 벗을 불러 달뜨는 저녁과 꽃피는 아침에는 옷깃을 헤치고 바람을 쏘이며 원숭이와 학과 함께 강호에서 즐겼도다.

　　아, 공이시여! 보배를 품고도 팔지 못하였도다. 만약 평탄한 길을 만났다면 천리마의 기량을 펼칠 수 있었을 것이며, 만약 순풍을 만났더라면 원대한 포부를 드날렸을 것이로다. 궁벽한 곳에 은거하고 어두운 곳에 매여 있었지만 근심하거나 걱정하지 않았으며, 한 집

---

29) 보불(黼黻): 옛날 예복 위에다 놓았던 수(繡)이다. 보(黼)는 손잡이가 없는 도기(陶器) 모양이고, 불(黻)은 '기(己)' 자 두 개를 서로 반대로 한 것이다. 전하여 유창하고 화려한 문장이나 인격의 비유로 쓰인다.

30) 숙속(菽粟): '포백숙속(布帛菽粟)'의 준말로 의식(衣食)의 주요 물품을 상징한다. 사람마다 필요로 하는 것이므로 전하여 극히 평범하면서도 하루라도 없어서는 안 되는 사물을 비유한다.

31) 갈건(葛巾): 갈포로 만든 두건으로, 은자가 쓰는 두건을 뜻한다. 도잠(陶潛)이 숨어 살면서 술이 익으면 이 갈건을 가지고 술을 거르고 다시 닦아서 머리에 썼다고 한다. ≪宋書 卷93 陶潛列傳≫

안을 잘 다스려 향리에서 존경받았도다. 멀리서나 가까이에서 보고 느꼈으며 변화를 일으켜 탐욕스런 자가 청렴해졌도다. 가슴에 운몽 (雲夢)32)을 품었으니 어떤 사물도 용납하지 않음이 없었고, 은혜는 봄바람과 같았으니 베풂에 공정하지 않음이 없었도다. 친하거나 멀거나 모두 사랑하고 공경할 줄 알았으니 음력 3월 20일은 사람들이 불행을 당한 날이네.

꿈인가 생시인가, 하늘의 도는 믿기 어렵구나. 처음 병석(病席)에 있을 때는 심각하지 않다고 말했는데, 갑자기 돌아가시니 마침내 내 마음을 잃었도다. 혜초와 난초처럼 향기로웠으며 난새와 봉황처럼 상서로웠도다. 아득하여 따라갈 수 없고 그 모습을 잡을 수도 없도다. 나의 덧없는 자취를 돌아보건대 일찍이 강마을에서 나그네로 있었도다. 공의 인정을 받고서는 서로 교제함이 언제나 일정하였도다. 형세는 소나무와 담쟁이에 비견되었고 마음은 장구벌레와 메뚜기와 같았도다. 기쁘거나 슬프거나 좋거나 나쁠 때에도 은혜가 형제와 같았도다. 매번 이 곳을 유람할 때는 생각이 여러 친척들에게서 끊어졌도다. 짐승처럼 광중에 던져졌으며 물고기처럼 못으로 달아났도다.

지금은 끝났구려, 눈물이 줄줄 흐르도다. 한강 남쪽으로 돌아가려해도 발걸음이 나아갈 수 없도다. 아득한 이 애통함이여, 그 끝이 어디에 있는가? 무덤을 정한 곳이 금강(錦江) 물가이도다.

---

32) 운몽(雲夢): 가슴속이 매우 드넓음을 뜻한다. 소식(蘇軾)의 차운정정보유벽락동(次韻程正輔游碧落洞)에 "가슴속에 몇 개의 운몽택이 있느뇨. 남은 곳이 많이도 넓디넓어라[胸中幾雲夢 餘地多恢宏]." 하였다. 운몽택(雲夢澤)은 중국 남방에 있는 큰 호수로, 동정호(洞庭湖) 남쪽 부분이 이에 해당한다고도 한다.

○ 祭文

金允性

身居草澤 志存經濟 黼黻其德 菽粟其味 世皆以華 公獨以素 世皆自求
公獨自守 邱園泉石 葛巾逍遙 有田可耕 有書可娛 釃酒招朋 月夕花朝
披襟臨風 猿鶴江湖

吁嗟公兮 懷寶未售 若値坦道 可展驥步 若遇順風 可搏鵬圖 屛陋縶幽
不慍不憫 爲政一家 矜式鄕隣 遠邇觀感 起渝廉頑 胸呑雲夢 無物不容
惠同春風 無施不公 無親無踈 咸知愛敬 窩月之念 人之不幸

夢耶眞耶 天寶難諶 初委牀第 謂不沈深 倏爾乘化 竟喪我心 蕙蘭其馥
鸞鳳其祥 杳然莫追 莫攀音容 顧我萍踪 夙旅江鄕 惟公知遇 託契迥常
勢比松蔦 情同蠻蛋 懽戚吉苦 恩若兄弟 每遊此地 念斷汎親 如獸投壙
如魚走淵

今焉已矣 涕泗滂漣 欲歸漢南 步不能前 悠悠此痛 曷其有垠 爰卜佳城
錦江之濱 柳拂旌竿 花濺淚痕 略具菲薄 悃愊粗伸 不昧尊靈 庶歆精禋

제문(祭文)

송병규(宋秉奎)

　아, 슬프도다. 공은 어려서 아버지를 여의고 모친을 지극히 봉양
하였다. 모든 일상생활에서 모친의 가르침을 어기지 않았으며 외출
할 때는 갈 곳을 아뢰고 들어와서는 얼굴을 보여드리며 자식의 직
분을 다하였다. 그런데 집안이 또한 가난하여 변변치 못한 음식조
차 잇기가 어려웠지만 지극한 정성으로 봉양하여 오직 모친을 뜻을
기쁘게 하였다. 이웃들은 부러워하며 감탄하였고 마을에서는 공경
하고 복종하였으니 공이 어버이를 섬김에 있어서 그 직분과 도리를
다했다고 말할 수 있다.

　집안이 가난하고 자본이 없어서 독서하기가 어려웠네. 때때로 사
우(師友)를 따라 여러 사람을 사숙(私淑)[33]하였다네. 글을 짓기도 하
고 쓰기도 하면 다른 사람들이 독보적이라고 칭찬하였네. 공은 문
장에 있어서 그 공부를 지극히 하여 그 묘법을 터득했다고 말할 수
있다. 성품과 기상이 온화하고 언어가 공손하였으며 다른 사람을
예로 사귀었고 아랫사람에게 관용으로 대하였다. 공의 향기로운 덕
은 지초와 난초 향기가 배어 있는 듯하였고 성내어 꾸짖는 소리가
일찍이 개와 말에게조차 이르지 않았으니 공은 사람됨에 있어서 군

---

33) 사숙(私淑): 직접(直接) 가르침을 받지는 않았으나 마음속으로 그 사람을 본받아
　서 도(道)나 학문(學文)을 배우거나 따름.

자에 딱 알맞다고 말할 수 있다.

빈손으로 사업을 성취하여 몸소 천금을 이루고는 전답을 구역으로 나누어 의장(義庄)을 배치하였으며 혼인과 제사에 계획을 세우고 규모를 두었으니, 공은 종족에게 있어서 화목을 두텁게 하고 우애(友愛)를 돈독하게 했다고 말할 수 있다. 세시마다 금전을 기부하여 곤궁한 벗들을 구휼해주었으며 봉양에 도움을 주었으며 아울러 제사 의식을 제공하였다. 때때로 술을 준비하여 글로써 벗들과 만났고 술을 마시고 시를 읊으며 마음을 펼쳐 친구들과 친하게 지냈으니 공은 친구에게 있어서 그 덕을 벗으로 삼고 인으로써 도왔다고 말할 수 있다. 집안을 다스릴 때는 규범을 두고 자손을 가르치고 길렀다. 효도하고 공경하는 행실이 가정에 두터웠고 어질고 넉넉한 가풍이 원근에 알려졌으니, 이것은 하늘이 선을 행하는 사람에게 경사를 내려주는 것이며 마땅히 공께서 서거하여도 유감이 없는 것이다.

아, 애통하도다. 내가 공의 문간을 찾아다닌 지가 이십여 년이었는데 일이 있으면 서로 상의하고 급하면 서로 도와주었다. 토론하는 공부는 실제로 사우의 문답보다도 이로움이 있었고 기뻐하는 마음은 친척의 돈목보다도 친밀함이 있었다. 공께서 나를 보기를 포숙(鮑叔)[34]이 관중(管仲)[35]을 대하듯 하였으며 내가 공을 우러르기를 범방(范滂)[36]이 곽태(郭泰)[37]를 존경하듯 하였다.

---

34) 포숙(鮑叔): 포숙아(鮑叔牙). 중국 춘추 시대 제환공(齊桓公)의 신하. 관중(管仲)과의 각별한 우정으로 이름이 높음.

35) 관중(管仲): 춘추 시대 제(齊)나라의 재상. 소년시절부터 평생토록 변함이 없었던 포숙아와의 깊은 우정은 '관포지교(管鮑之交)'라 하여 유명하다. 환공을 도와 군사력의 강화, 상업·수공업의 육성을 통하여 부국강병을 꾀하였다.

36) 범방(范滂): 후한 말기 여남(汝南) 정강(征羌) 사람. 이응(李膺), 두밀(杜密)과 함께 당시 청렴한 선비로 꼽혔던 사람으로, 자는 맹박(孟博)이다. 어려서부터 청절(淸

아, 사람의 삶과 죽음은 추위와 더위, 밤과 낮이 서로 교대하는 것과 같으니 자연으로 돌아가는 이치는 면하지 못하는 것이다. 질병 하나가 몸에 들면 온갖 약초가 영험이 없으며 한 소리로 통곡하면 온갖 일이 끝나게 된다. 세월은 멈추지 않아 장례할 날이 문득 다가왔으니 마음을 어떻게 다스릴 수 없으며 이 회포가 어디까지 미치겠는가? 가장 유감스러운 것은 나의 선고(先考)의 면례(緬禮)[38]가 마침 공의 상여가 나가는 날과 겹쳐 광중(壙中)에 임하여 통곡하지 못하니 세월은 어찌할 수 없는 것이다. 밝으신 영령께서는 이러한 사사로운 사정을 살피소서.

○ 祭文

宋秉奎

嗚呼慟哉 公早失所怙 偏養慈母 一動一靜 不違母訓 出告反面 盡其子職 而家亦貧寠 菽水難繼 至誠奉養 惟說親志 隣里之所艶歎 鄕黨之所欽服 則公之於事親 可謂供其職而盡其道矣

家貧無資 難以讀書 間從師友 私淑諸人 而書之筆之 人稱獨步 公之於文 可謂極其工而得其妙矣 性氣溫和 言語恭謹 接人以禮 臨下以寬 馨香之德 如有襲於芝蘭 叱咤之聲 未嘗至於犬馬 公之於爲人 可謂恰做之君

節)을 닦아 고을에서 탄복하고 효렴(孝廉)으로 천거했다. 군현(郡縣)을 안찰(按察)하며 부정한 관리를 색출했고, 권귀(權貴)라도 가차 없이 탄핵했다. 당시의 부패한 정치 현실에 염증을 느껴 사직하고 돌아왔다.

37) 곽태(郭泰): 중국 후한(後漢)의 사상가. 굴백언(屈伯彦)에게 사사하여 전적(典籍)에 통달했다. 낙양(洛陽)에 가서 당시 하남윤(河南尹, 낙양 지방 장관) 이응(李膺)과 깊이 교제하며 명성을 떨쳤다. 향리에 은거하여 제자를 가르쳤는데, 그 수가 수천명에 달했다고 한다.

38) 면례(緬禮): 무덤을 옮기어 장사를 다시 지냄. 이장(移葬).

子矣

赤手成業 身致千金 割田分區 排置義庄 婚姻祭祀 措畵有規 公之於宗族 可謂肥敦睦而篤友愛矣 歲時捐金 賙給窮交 挾助奉養 兼供祭儀 有時置酒 以文會友 觴詠暢敍 說親故舊 公之於朋友 可謂友其德而以仁輔也 治家有範 敎養子孫 孝悌之行 篤於家庭 仁厚之風 聞於遠近 則此莫非天之福善餘慶 而宜乎公之永逝而無憾者矣

嗚乎慟哉 不佞之追遊門屛者 二十有餘載 而有事則相酬 有急則相濟 講討之工 實有益於師友之問答 怡說之情 寔爲密於親戚之敦睦 公之視我 如鮑叔之於管仲也 我之仰公 如范滂之於郭泰也

嗚乎 人之生死 如寒暑晝夜之相代 則寄歸之理 有所不免 一疾纏身 百草不靈 一聲痛哭 萬事已矣 日月不居 襄封奄迫 情無奈理 此懷何及 最所吞恨者 不佞之先考緬禮 適値公之靈駕祖道之日 未參臨壙之哭 歲無可奈 靈其明矣 鑑此情私

제문(祭文)

이광록(李廣錄)

아, 통곡은 슬픈 나머지에서 나오는 것이며 슬픔은 마음에 느껴서 나오는 것이다. 통곡해도 슬픔을 다할 수 없으며 슬퍼해도 마음을 다할 수 없었으니, 마음에 남은 바를 어찌 글로 갖추어 서술하지 않겠는가? 애통하고도 애통하도다. 쉽게 지나가는 것은 세월이지만 무궁한 것은 맺은 정이다. 공께서 돌아가신 지 어느덧 이제 두 돌이 되었지만 지난 날 사랑을 받은 것은 그대로 어제의 일과 같도다. 공의 얼굴빛은 뚜렷이 눈에 남아 있고 공의 목소리는 엄숙히 귀에 남아 있으며 공의 성품과 행동은 확실히 마음에 남아 있도다. 그 눈에 남아 있고 귀에 남아 있는 것은 어쩌면 세월과 함께 잊을 수 있겠지만 그 마음에 남아 있는 것은 장차 내 삶이 끝나려 해도 잊을 수 있겠는가?

아, 훌륭하신 우리 공이시여. 모친에게는 효성으로 모셨고 자신에게는 검소함으로 살았으며, 자녀에게는 옳은 방도를 가르쳤고 종족에게는 친목으로 대했으며, 벗들에게는 인의로 사귀었고 가난한 사람을 은혜로 구휼하였도다. 범공(范公)의 의장(義庄)은 작은 비석에 새겨두었으며 북해(北海)³⁹⁾의 연회에는 빈객이 가득하였도다. 문

---

39) 북해(北海): 중국 후한(後漢) 때 사람인 공융(孔融)의 별칭이다. 일찍이 북해 태수(北海太守)을 지냈으므로 붙여진 이름이다. 문장에 능하고 선비를 좋아하여 천하의 명사들이 그의 문전에 항상 가득하였다고 한다. 자리에는 늘 손님이 가득하고,

단의 품격은 당(唐)나라 문장을 본받았으며 풍류의 운치는 진(晉)나라 의관(衣冠)40)에 비견되었도다. 여파가 세상에 미쳐 모두가 우러러 공경하고 정의(情誼)를 중시하였도다.

정이 깊기로는 나와 같은 자가 그 누구이겠는가? 칠순의 연세가 장수가 아니지는 않지만 나에게는 마치 부모를 잃은 것과 같도다. 달려가서 방에 들어가니 음성과 용모가 길이 잠들었도다. 이전에 끈끈하게 얽혔던 정과 앞으로 우러러 의지할 정성이 마침내 뜬구름에 물이 동쪽으로 흐르는 것처럼 되었으니 나와 같은 외로운 사람은 마침내 어디로 돌아가겠는가? 봄바람이 부는 날과 가을달이 뜨는 저녁에는 엎치락뒤치락하며 길이 탄식하도다. 어느 때라도 공을 생각하지 않을 때가 없을 것이며 어느 날이라도 공을 생각하지 않을 날이 없을 것이니, 나도 모르게 목이 메고 혼이 사라지도다. 기나긴 밤에 칠등(漆燈)41)을 켜지만 공께서는 그것이 오래지 않을 줄 아시나이까?

우리 공께서는 이러한 음덕(蔭德)을 쌓았으니 자손에게 남아 있는 경사가 끊어지지 않도다. 두 아들이 청춘이지만 그 자질은 옥처럼 윤기가 나도다. 훌륭한 자손들이 집안에 가득하니 불식(不食)하는 보응(報應)42)은 세월이 흘러도 끝이 없을 것이니 공에게 무슨 유감

술독에는 늘 술만 있으면, 자신은 다른 걱정이 없다고 하였다. ≪後漢書 卷70 孔融列傳≫

40) 진(晉)나라 의관(衣冠): 진(晉)나라 도잠(陶潛)의 의관과 같음을 말한 것이다. 일찍이 팽택령이 되었는데 군의 독우(督郵)가 이르자, 아전이 "마땅히 의관을 정제하고 뵈어야 한다."고 하니, 도잠이 탄식하며 "내가 어찌 오두미(五斗米)를 위해 향리의 소인배에게 허리를 굽히겠는가?"라고 하면서 그 날로 벼슬을 그만두고 떠났는데, 이후에는 불러도 나아가지 않았다.

41) 칠등(漆燈): 무덤 앞에 켜 놓는 등을 말한다. 귀인(貴人)의 무덤 앞에는 커다란 쇠동이를 놓고 그 안에 생옻[生漆] 두어 말[斗]을 담은 다음, 그 가운데에다 심지를 꽂아 불을 켜 놓는데, 심지 불이 푸르게 빛나며 꺼지지 않는다. 칠등장명(漆燈長明)이라고도 한다.

이 있겠는가? 상례(喪禮)의 제도에는 한도가 있어서 내일이면 궤연
(几筵)을 철거할 것이로다. 삼가 거친 말로써 조그마한 정성을 대략
진하였으니 바라건대 흠향(歆饗)하소서.

○ 祭文

嗚乎 哭者出於哀之餘也 哀者出於情之感也 哭不能盡哀 哀不能盡情
情之所餘 豈不以文備述乎 痛矣痛矣 易邁者日月 無窮者情契也 自公之
沒于世 倏忽再朞于玆 而伊昔承懽 依然若昨日間事也 公之顏色 瞭然在
目 公之聲音 肅然在耳 公之性行 曒然在心 其在目在耳者 或可與歲月俱
忘 而其在心者 將畢此生而可忘耶
　於休我公 事庭闈以孝 處身家以儉 敎子女以義 處宗族以睦 接朋友以
信 恤貧苦以恩 范公之庄 片石堪語 北海之筵 賓客常滿 詞壇奇格 效體
於唐世文章 風流標致 比肩於晉代衣冠 餘波之及世 皆欽仰而誼重
　情深如我者 其誰 七耋之年 不爲不壽 而於我如失怙恃 匍匐入室 音容
永秘 前日繾綣之情 後日依仰之忱 竟至於雲虛而水東 如渠孤子 竟歸何
地 春風之日 秋月之夕 轉展長吁 無時非思公之時 無日非思公之日 而自
不覺哽塞而魂銷 漆燈脩夜 公其知未猗歟
　我公積此德蔭 餘慶緜緜 二蘭長春 玉潤其質 燐孫滿庭 不食之報 遐世
無疆 則公何有憾 喪制有限 明將撤筵 謹以荒辭略陳萬一之誠 庶賜歆格

---

42) 불식(不食)하는 보응(報應): 조상의 음덕으로 자손이 잘 되는 보응. 나무의 높은
　　가지 끝에 겨우 달려 있는 하나의 커다란 과일은 종자가 되어 다시 훗날을 기약할
　　수 있다는 점에서, 어지러운 세상에서도 큰 덕을 지닌 채 소인들에게 해를 당하지
　　않고 있는 군자를 지칭할 때 쓰인다. ≪주역(周易)≫ 박괘(剝卦)의 "큰 과일이 먹히
　　지 않았다[碩果不食]."에서 온 말이다.

제문(祭文)

장지필(張志必)

아, 이 세상은 어떤 세상이며 공은 바로 어떤 사람인가. 공께서는 세상과 작별했으니 저 푸른 하늘이 어찌하겠는가. 그렇지만 내가 일찍이 듣건대, 뜻이 있는 사람은 성취하지 않은 적이 없다고 하였다. 혹 공의 뒤를 계승하여 경영할 사람이 있을 것인가? 아, 애통하도다.

○ 祭文

張志必

嗚乎 此世何世 公是何人 公焉辭世 奈蒼者旻 然吾嘗聞有志者未嘗無其成 其或有繼而經之者耶 嗚乎哀哉

제문(祭文)

박인환(朴寅煥)

아, 공은 기량이 헌앙(軒昂)[43]하고 성질이 화평하였도다. 집안에 서는 검소하게 생활하였고 다른 사람에게는 예로써 대하였도다. 기 쁨과 노여움이 얼굴에 드러나지 않았으며 명예와 이익을 구하지 않 고 오로지 곤궁한 사람을 구휼하기만 일삼았도다. 종족에게는 그 환심(歡心)을 얻었으며 향당에서는 그 어질다는 소문으로 칭송받았 다. 소태부(疏太傅)[44]가 금전을 흩은 것이 유독 옛날에만 미덕(美德) 이 아니었으며 범문정공의 의장을 무릇 지금에 다시 보게 되니 어 찌 훌륭하지 않은가?

나처럼 어리석은 사람도 오히려 명심하고 감복하여 공을 친부모 처럼 섬겼으며 공 또한 자기의 아들처럼 여겼도다. 그러나 조그마 한 정성조차 이루지 못한 지가 지금 10년이 되었는데, 공 또한 다시 이 세상에 뜻을 두지 않고 홀연히 서거할 줄 누가 알았겠는가?

아, 공의 여러 아들이 그 덕을 빼닮아서 가업을 계승하며, 집안에 가득한 여러 자손들은 훈도(薰陶)를 스스로 익히니, 공의 집안에 끊

---

43) 헌앙(軒昂): 풍채(風采)가 좋고 의기(意氣)가 당당(堂堂)함.

44) 소태부(疏太傅): 소광(疏廣). 한(漢)나라 선제(宣帝) 때 황태자의 태부(太傅)를 지냈 다. 그가 사직하니, 천자와 태자가 황금 70근을 하사하였는데, 그 황금을 다 팔아 서 빈객(賓客)들과 함께 술 마시며 즐기는 데 모두 사용하고 자식에게는 재물을 물려주지 않았다. ≪漢書 卷71 疏廣傳≫

어지지 않은 복록(福祿)을 여기에서 위로할 수 있도다. 공의 훌륭한
명성과 아름다운 덕망은 아마도 후세에도 사라지지 않을 것이니 영
령께서는 유감이 없을 것이다. 그러니 오늘밤에 어찌 근심하는 마
음을 다시 가지겠나이까?

○ 祭文

朴寅煥

嗚乎 公之器宇軒昂 性質和平 居家以儉 接人以禮 喜怒不形於色 而不
求名利 專事周窮 宗族得其歡心 鄕黨稱其仁聞 疏太傅之散金 不獨專美
於古 而范文正之義庄 庶幾復觀於今 豈不猗歟

以若寅煥之愚騃 猶尙銘佩感服 事公如親父 公亦視如己子 然未遂萬
一之誠者 十年于玆 而孰謂公亦無復有意於世而奄忽棄逝也

嗚乎 公之諸胤 克肖乃德 承順家業 滿庭羣彧 薰陶自篤 公家未艾之福
從玆可慰 公之芳名懿德 想不泯於來世 則靈其無憾矣 復何有憾憾于今
夕哉

감영(監營)에 올리는 글

대구면(大邱面) 각동(各洞)

삼가 아룁니다. 향리 사이에서는 진실로 하나의 선행이나 하나의 특이한 행실이 있으면 오히려 바쁘게 우러러 받들며 표창하고 격려할 방도를 도모하는데 하물며 한 사람이 몇 가지 선행을 겸함에 있어서이겠습니까. 우리들이 거주하는 면의 앞 동리에 이동진(李東珍)이라는 자가 있는데, 지난 무신년(戊申年, 1728) 녹훈에서 일등공신(一等功臣) 오위장(五衛將)으로 추증되어 동산서원(東山書院) 별사(別祠)에 올랐던 이무실(李茂實)공의 5세손입니다.

이동진(李東珍)은 일찍 아버지를 여의고 집안이 가난하였지만 편모를 잘 섬겼는데 남을 속이지 말라는 교훈을 체득하여 조금이라도 남의 것을 취하지 않았으며 부지런히 독서하라는 가르침을 받들어 아침부터 밤까지 게으르지 않았습니다. 그 성장함에 이르러서는 숙수(菽水)[45]에 대한 생각이 간절하여 옥산(玉山)에 점포를 열고는 30리가 되는 거리를 아침저녁으로 왕래하며 혼정신성(昏定晨省)을 펼쳤습니다. 몇 년을 경영하여 다행히 천금을 벌게 되자 사람들은 효성의 감응이라고 말했습니다. 모친이 천수를 누리고 돌아가자 장례

---

45) 숙수(菽水): 콩과 물밖에 없는 가난한 생활 속에서 어버이를 정성껏 봉양하는 것을 말한다. 공자의 제자 자로(子路)가 집안이 가난해서 효도를 제대로 하지 못한다고 탄식하자, 공자가 "콩죽을 끓여 먹고 물을 마시더라도 기쁘게 해 드리는 일을 극진히 행한다면 이것이 바로 효이다[啜菽飮水盡其歡 斯之謂孝]."라고 한 데에서 나온 말이다. ≪禮記 檀弓下≫

와 제례를 예에 따라 치루고 3년을 여막에서 거처하며 슬픔이 지나쳐 몸이 상하여 거의 죽을 뻔하다가 겨우 살아났으니 이것이 표창할 만한 일의 첫째입니다.

젊어서부터 학문을 좋아하였으며 즐기던 곳은 시원하게 트이고 높은 곳이었습니다. 만약 도의가 있는 선비를 들으면 몸소 맞이하여 같은 밥그릇으로 밥을 먹고 같은 침상에서 잠을 잤습니다. 토론한 것은 성리(性理)의 서적이고 강구한 것은 경제(經濟)의 정책이었습니다. 만일 시인(詩人)이나 운사(韻士)가 소문을 듣고 찾아오면 산에 오르고 물가에 가서 종일토록 돌아오기를 잊었으며 오랫동안 머무르기를 허여하고 조금도 싫어하는 기색이 없었습니다. 추위가 오면 옷을 지어서 입혔고 돌아가게 되면 여비를 주어서 보냈으니 비록 정장(鄭莊)46)이 다시 일어나더라도 이보다 더할 수는 없을 것입니다. 그리고 본래 벼슬길에는 마음이 없어서 평생 암혈에서 즐겁게 살았습니다. 그 화평하고 단아한 지조와 순수한 기운이 말과 표정에 흘러넘쳐나서 마치 지초와 난초가 피어 있는 방에 들어가는 것 같았으니 어질지 않고 이와 같을 수 있겠습니까? 이것이 표창할 만한 일의 둘째입니다.

또한 탁월하여 미치기 어려운 것이 있으니 금년 정월 10일에 양을 잡아 술자리를 베풀고 종족들을 불러 모아 전답의 절반을 나누어주었습니다. 종족 중에 혼인과 장례에 시기를 넘긴 자에게는 빨리 행하게 하였으며, 가난하여 일이 없는 자에게는 거기에 의지하여 살아갈 수 있도록 하였습니다. 만일 흉년을 만나면 골고루 분배

---

46) 정장(鄭莊): 전한(前漢)의 정당시(鄭當時)를 말한다. 장(莊)은 그의 자(字)이다. 양(梁)과 초(楚) 사이에서 임협(任俠)으로 이름을 날렸으며, 사람들을 사귀기를 좋아하여 장안(長安)의 사방 교외에다 역마(驛馬)를 비치하고는 귀천을 막론하고 손님들을 맞아들여 극진하게 대접을 하였는데, 그와 교제하는 사람들 모두가 천하의 명사(名士)였다는 고사가 전한다. ≪史記 卷120 鄭當時列傳≫

하고 구휼을 시행하였는데 한결같이 주문공(朱文公)의 사창(社倉)[47] 규약에 의거하여 시행하였습니다. 그 말은 마치 금석에서 나온 듯하였으니 신명을 감동시킬 만하였습니다. 이것이 더욱 표창할 만한 일의 셋째입니다.

저희들의 이 호소는 단지 종이 한 장의 일뿐만이 아니라 또한 한 고을의 의논입니다. 단지 한 고을의 의논일 뿐만 아니라 길 가는 사람과 지나는 길손들도 그 때문에 머뭇거리며 탄식하고 어리석은 남녀들도 또한 서로서로 돌아보며 감탄하고 있으니, 이는 떳떳한 본성이 동일한 사람이라면 원근이 다르지 않다고 이를 만합니다. 저희들은 귀로 듣고 눈으로 본 듯한 일을 입을 닫고 말하지 않을 수 없으므로 이에 똑같은 목소리로 징청(澄淸)[48]한 순선(旬宣)[49]의 아래에 우러러 하소연합니다.

삼가 바라건대 특별히 밝게 살펴서 연유를 갖추어 전하에게 아뢰어 이동진(李東珍)으로 하여금 포상의 은전을 우선 받게 한다면 영남에서는 의리를 숭상하는 선비들이 반드시 자취를 이어 일어날 것입니다. 이것은 합하(閤下)의 하사이니 어찌 훌륭하지 않겠으며 어찌

---

47) 사창(社倉): 사창(社倉)은 기근이 들었을 때 빈민을 구제하기 위해 설립한 곡식 저장 시설로, 주희(朱熹)가 1171년 건녕부(建寧府) 숭안현(崇安縣) 오부리(五夫里)에 설립하였다. 원곡(元穀)을 민간에 대여하고 가을 추수 이후에 이자와 함께 원곡을 갚도록 한 제도인데, 1181년에 주희의 건의가 받아들여져 사창법(社倉法)의 실시를 선포하였다. ≪朱子大全 卷13 辛丑延和奏箚, 卷77 建寧府崇安縣五夫社倉記≫

48) 징청(澄淸): 깨끗이 다스려 진정시킨다는 뜻으로, 후한 때 기주(冀州)에 흉년이 들어 도적이 크게 일어났을 적에 조정에서 범방(范滂)을 청조사(淸詔使)로 삼아 그곳을 안찰(按察)하게 하자, 범방이 수레에 올라 말고삐를 손에 잡고 개연(慨然)히 천하를 깨끗이 진정시키려는 뜻이 있었다는 데서 온 말이다. ≪後漢書 卷67 范滂列傳≫

49) 순선(旬宣): ≪시경(詩經)≫ 〈대아(大雅) 강한(江漢)〉에, "임금이 소호에게 명하시어 정사를 두루 펴라 하시다[王命召虎 來旬來宣]."라고 한 데서 유래하여, 지방관이 되어 왕정(王政)을 펴는 것을 말한다. 순(旬)은 두루 다스린다는 뜻으로 순(巡)과 통한다. 여기서는 관찰사의 직임을 말함.

성대하지 않겠습니까? 삼가 우매(愚昧)함을 무릅쓰고 진술합니다.

○ 呈營狀

大邱面 各洞

伏以鄕里之間 苟有一事之善 一行之異 猶可汲汲焉仰薦 圖所以褒揚
激勵之道 而况一人而兼衆善者乎 生等所居面前洞 有李東珍者 越在戊
申錄勳中 贈一等功臣五衛將 陞東山書院別祠 李公茂實五世孫也

東珍早孤家貧 善事偏母 體勿欺之訓 而秋毫莫取 承勤讀之敎 而夙宵
未懈 及其長也 念切菽水 開舖於玉山 一舍之地 朝往暮歸 以展省定 行
之數年 幸致千金 人謂之孝感 母以天年終 葬祭以禮 三年居廬 過於哀毀
幾絶僅甦 此其可褒者一也

自少好學 樂處爽塏 若聞道義之士 躬自邀請 同盂而食 同牀而宿 所討
論者 性理之書也 所講究者 經濟之策也 如有詩人韻士 聞風訪來 則登山
臨水 竟日忘歸 而許久留連 少無厭色 當寒而製衣而著之 臨歸而資斧而送
之 雖使鄭莊復起 似無以過焉 而本無心於仕路 甘百年於巖穴 其恬雅之操
純粹之氣 溢於辭色 如入芝蘭之室 不賢而能如是乎 此其可褒者二也

又有卓乎難及者 今年正月初十日 宰羊置酒 招集宗族 割其畓折半而
付之 族中婚葬之過時者 使之趂行 貧窶之無業者 賴而得生 若逢歉歲 均
分賑施 一依朱文公社倉之規而行之 其言若出金石 可感神明 此尤其可
褒者三也

生等此訴 非徒一面之論 亦一鄕之論也 非獨一鄕之論也 行人過客 爲
之躊躇而歎息 痴男愚婦 亦皆相顧而嗟異 是可謂秉彝所同 遠近無異者
也 生等以若耳聞目覩之事 不可泯黙 玆以齊聲仰籲于澄淸句宣之下

伏願特賜鑑燭 具由登聞 俾李東珍 首蒙褒典 則南嶺好義之士 必將接
踵而起矣 是則閤下之賜也 曷不休哉 豈不盛哉 謹冒昧以陳

유사(遺事)

불초자(不肖子) 이일우(李一雨)

■ 부군의 성은 이씨(李氏), 휘는 동진(東珍), 자는 사직(士直), 호는
금남(錦南), 관향은 경주(慶州)이며, 익재(益齋) 이제현(李齊賢) 선생의
후손이다. 9대조 이윤복(李倫福)이 임진왜란 당시에 공을 세워 가선
대부에 증직되었고 비로소 대구에 거주하였다. 이무실(李茂實)은 영
조(英祖) 무신년(戊申年, 1728)에 감사 황선(黃璿)을 보좌하여 영남의
토적을 토벌하는데 공로를 세워 양무공신(揚武功臣)에 녹훈되었으며
대구(大邱) 민충사(民忠祠)에 배향되었는데 이 분이 부군의 5세조이
다. 고조부의 휘는 이찬(爾燦), 증조부의 휘는 홍대(弘大), 조부의 휘
는 갑신(甲新)이다. 아버지는 증열(曾悅)은 문한(文翰)으로 저명하였
고 어머니는 경주 최씨(慶州崔氏)이다.

헌종(憲宗) 병신년(丙申年, 1836) 4월 6일에 대구부의 집에서 부군
을 낳았다. 세 살 때 아버지를 여의고 오로지 모자가 서로 의지하였
는데 가난하고 외로웠지만 집안에는 보호해줄 지친이 없었다. 어머
니가 바느질을 해서 생활을 영위하였으나 장성할 때까지 학습하기
가 어려웠다. 언제나 어머니의 가르침을 받아 물에 잠긴 돌에 글자
를 쓰고 소나무 조각에 유황(硫黃)[50]으로 쓰니 등과 배가 옻처럼 검

---

50) 유황(硫黃): 비금속(非金屬) 원소의 한 가지로 황색무취(黃色無臭)의 결정(結晶)이
   며 화약이나 성냥 등의 원료로 쓰인다.

어졌으니, 이런 까닭으로 불을 댕기는데 무디게 되었다. 모부인이 일찍이 말하기를, "언제 한 묶음의 종이를 얻어 나의 아들에게 글자를 익히게 하겠는가?"라고 하였다. 또 늦가을이 되면 감잎을 주워서 글자를 썼다.

■ 어느 날 성곽을 지나가다가 명령하는 문서를 가진 관청 노비를 만났는데, 문서에 쓰인 것을 물었지만 부군은 대답하지 못하였다. 이에 탄식하기를, "사람이 세상을 살면서 학식이 없으면 곤충과 차이가 없다."라고 하고는 드디어 결심하고 글방에 들어가 부지런히 노력하였는데 이때부터 학업이 조금씩 진전되었다.

■ 가난하여 봉양할 음식이 없는 것을 일찍이 유감스러워하여 남에게 200금을 빌려서 경산군(慶山郡)에서 원금에 이자를 불렸는데, 한 달에 세 차례 왕래하며 비바람에도 피하지 않았다. 주머니에 대추 몇 개를 준비하고 솔잎을 따서 씹으면서 배를 채웠으며 길에서 헤진 짚신을 만나면 완전한 짝을 주워서 그것을 신었다. 이와 같이 오륙년을 하니 이자가 조금씩 늘어났다. 하루는 한숨을 쉬며 탄식하기를, "내가 못 먹고 못 마시며 고생했던 까닭은 단지 가난을 구제하기 위해서였다. 지금 이미 자본을 가졌으니 다시 무엇을 더하겠는가?"하고는 바로 원근의 사람들을 불러 모아 소를 잡고 술을 걸러서 그 문서를 모두 탕감해주고 돌아오니 경산의 선비들이 모두 감탄하였다.

■ 병인년(丙寅年, 1866)에 모부인의 상을 당하여 슬퍼함이 지극하였는데 장지를 정하지 않았기 때문에 4년을 복상하고 장례를 치르게 되었다. 이후로는 문을 닫고 칩거하며 벼슬길에는 뜻을 두지 않고 날마다 경전을 마주하여 오묘한 뜻을 탐색하며 한결같이 수신제가(修身齊家)를 중요하게 여겼다. 문밖에 글방을 만들고 스승을 초빙하여 자식들을 가르쳤으며, 비록 은미한 곳에 홀로 있더라도 엄연히 신명이 환하게 비추는 듯이 스스로 속이는 행위가 전혀 없었다. 정자

(程子)의 가르침인, "나의 마음이 바르면 천지의 마음도 바르고, 나의 기운이 순조로우면 천지의 기운도 순조롭다."는 구절을 자리 옆에 걸어두고 종신토록 명심할 부절(符節)로 삼았다. 비록 급박하거나 갑작스러운 일을 당해도 항상 조용히 자득(自得)하는 마음이 있었다.

■ 타작마당에는 버려진 곡식이 없도록 하고 반드시 스스로 직접 주웠으며 작은 종이라도 버려져 있으면 황금처럼 아까워하였다. 신문이나 띠지 등은 떨어져 쓸모없는 조각에 불과하였으나 오히려 주워 모아 틈을 메우는 자료로 삼았다. 글씨를 쓸 때에는 먹의 흔적이 겹치고 빽빽하여 여백이 조금도 없게 하였다. 기타 탐탁하지 않게 여겨 버린 물건이라도 일찍이 사람의 노력이 들어간 것은 반드시 거두고 갈무리하여 쓰임에 대비하였으니 그 규모와 조리가 대부분 이와 같았다.

■ 매양 환과고독(鰥寡孤獨)[51]의 사람을 보면 물클하게 불쌍히 여겨 위급한 일에 구휼하였다. 매번 명절이 되면 이웃 마을의 가난한 벗들에게는 반드시 물자로 도와주되 다른 사람이 요청하기 전에 도와주었고, 비록 소원하여 잘 알지 못하는 사람이라도 도움을 요청하면 완전히 푸대접한 적이 없었다. 무자년(戊子年, 1888)의 흉년에 지방민들을 구휼해 주었고, 또 떠돌아다니는 거지에게도 죽을 끓여 먹였는데 날마다 항상 수백 명이었다.

■ 갑오년(甲午年, 1894) 봄에는 230두락(斗落)의 땅을 인척들에게 나누어주었고, 특별히 400두락의 땅을 출연(出捐)하여 종족 가운데 혼인하거나 상례를 치르거나 가뭄이 들었을 때 구휼하는 경비로 삼게 하였는데 그 이름을 이장(李庄)이라 하였다. 그 후에 종족들이

---

51) 환과고독(鰥寡孤獨): 늙은 홀아비와 홀어미, 고아(孤兒) 및 늙어서 의지(依支)할 데 없는 사람을 이르는 말. 외롭고 의지할 곳이 없는 사람을 비유해 이르는 말.

그 일을 표창하여 달성(達城) 동북쪽에 왕래가 빈번한 큰 길에 비석을 세웠는데 부군이 그것을 듣고 금지시켰지만 끝내 막을 수 없었다. 이에 말하기를, "이것은 단지 우리 종중(宗中)의 자손들이 준수하여 경계로 삼을 따름인데 하필이면 그렇게 과장하는가?"라고 하고는 족인들에게 복현암(伏賢巖) 선영(先塋) 아래에 옮겨 세우도록 하였다.

▪ 일찍이 추운 겨울에 길가에 떠도는 거지가 노숙하는 것을 지나가다가 보고는 귀가하여 가족들에게 말하기를, "이들도 모두 사람인데 어찌 차마 얼어 죽는 것을 보겠는가?"라고 하였다. 바로 하인들에게 명하여 거적때기와 불 땔 나무를 준비하게 하고는 그 장소를 가리켜주어 얼어 죽는 것을 면하게 한 이후에 바로 잠자리에 들었다.

▪ 어떤 사람이 관리의 직함을 권유하였는데, 부군이 미소를 지으며 말하기를, "나는 보잘것없는 재능으로 일찍이 관문을 지키는 책임도 없었는데 함부로 헛된 명예를 훔친다면 마음이 실로 부끄러울 것이다."고 하고 굳게 거절하고 따르지 않았으며 나이가 칠순에 오르도록 단지 벼슬이 없는 선비일 뿐이었다.

▪ 일찍이 칠곡(漆谷) 가좌동(佳佐洞)에 소나무 한 그루를 매입하여 장수를 비는 나무로 세울 준비를 하였다. 뒤에 우연히 그 곳을 지나다가 길 옆에 푸르게 우뚝이 선 나무를 보니 몸체가 몇 아름이 되고 그늘이 아주 널찍하였다. 부군은 그 나무를 매우 사랑하여 동네사람들에게 타이르기를, "농부 가운데 더위를 피하는 자와 길을 가다가 휴식하는 자들이 항상 이 나무 아래에서 머무른다면 이 나무가 사람들을 보살피는 은혜가 매우 크다. 내가 차마 베어가겠는가?"라고 하였다. 드디어 영원히 보존할 것이라고 타이르고 돌아와서는 다른 나무로 재목을 바꾸었다. 그 뒤에 어떤 사람이 높은 가격으로 그 나무를 매입하려 하자 부군이 말하기를, "내가 영원히 보존하려

는 것은 공익(公益)을 위해서이지 다른 것을 위해서가 아니다."라고
하였다고 한다.

■ 근년에 소의 전염병이 크게 번성하여 고기를 먹고 중독되는
사람이 꽤 있었다. 부군이 기르던 소는 칠곡(漆谷) 등지에 있었는데
소를 기르는 자가 두려워하며 찾아와 말하기를, "소가 이미 병에
걸렸으니 아직 죽기 전에 백정(白丁)에게 팔고 대신 송아지를 기르는
것이 좋겠습니다."라고 하였다. 부군이 꾸짖기를, "차라리 한 마리를
죽일지언정 어찌 이것으로 이익을 취하고 독을 남겨 사람을 상하게
한단 말인가?"라고 하고는 끝내 허락하지 않았다. 얼마 지나지 않아
소의 질병이 조금 나으니 마을 사람들이 모두 말하기를, "이 소가
살아난 것은 주인의 음덕(蔭德)의 소치(所致)이다."고 하였다.

■ 일찍이 집에서 기르던 개고기를 먹지 않으며 말하기를, "비록
기르는 짐승이지만 한 솥의 밥을 먹던 놈인데 마음에 차마 못할 바
가 있다."고 하였다.

■ 생일날에 살아있는 잉어 예닐곱 마리를 선물한 사람이 있었는
데 잉어의 크기가 모두 몇 자였다. 부군은 가엾은 듯이 말하기를,
"부모의 구로일(劬勞日)52)에 어찌 생물을 해칠 수 있겠는가?"라 하
고 사람을 시켜 강물에 놓아주게 하였다.

■ 가족들이 생명주(生明紬) 두루마기 하나를 지어 올리니 굳이
물리치고 입지 않았다. 항상 의복은 검소하고 청결하였는데 겨울에
는 무명에 그쳤고 여름에는 모시에 그쳤으며 사치스러운 물건은 몸
에 가까이하지 않았다.

■ 자손들이 토지를 추가로 늘리기를 도모하려 하자 문득 저지하

---

52) 구로일(劬勞日): 자기(自己)를 낳아 키우기에 고생한 부모(父母)의 은혜(恩惠)를
생각하여 자기(自己)의 생일을 이르는 말.

며 말하기를, "집안이 부유하고 자손이 게으른 것보다는 차라리 부유하지 않더라도 자손이 근면하고 성실한 것이 더 나으며, 마땅히 대대로 내려오는 생업을 삼가 준수하는 것이 옳다."고 하였다.

■ 부청(府廳)의 장판각(藏板閣)에 있는 주흥사(周興嗣)[53]의 천자문 판본은 바로 5대 조고(祖考)가 손수 쓴 것인데 세월이 오래되어 닳고 흐릿하였다. 부군은 새로 판각하고 그 획을 정서하여 다시 간행한 책을 장판각에 두었는데 대체로 필체가 고상하고 굳세었으니 액자로 연계하기를 요청하는 자들이 많았다.

■ 계미년(癸未年, 1883)에는 입향(入鄕)한 선조인 9대 조고비(祖考妣)의 묘갈을 세웠으며, 임인년(壬寅年, 1902)에는 복현암(伏賢巖)에 재사(齋祠)를 건립하였다. 이듬해 계묘년(癸卯年, 1903)에는 5대조의 동산서원(東山書院) 비각(碑閣)[대구부의 성남(城南) 구암(龜巖) 아래가 바로 동산서원의 옛터이다.]을 중수하고 이어 비각을 지키는 집과 위전 25두락을 사들여 지키고 보수하는 바탕을 구비하였다. 또한 조부와 증조부 및 부모의 묘소에 석물을 아울러 설치하여 새롭게 하였다.

■ 항상 구빈소(救貧所)와 요병소(療病所)를 설치하여 의지할 데 없이 궁핍한 사람들을 구제하려 하였으나 일은 크고 힘은 모자라서 뜻을 가지고도 이루지 못하였으니 매양 이것을 유감으로 여겼다. 그리하여 《분금기(分襟記)》[54]에 적어두기를, "후일의 자손들은 다만 오늘 이루지 못한 일을 잊지 말고 시행할 지로다."고 하였는데, 대체로 이러한 뜻의 말이 많았다.

---

53) 주흥사(周興嗣): 중국 양 무제(梁武帝) 때 천자문(千字文)을 지은 사람. 산기랑(散騎郞) 벼슬을 지냈으며, 천자문을 짓고 나니 머리칼이 희어졌다 함. 천자문은 250구(句)로 된 4언고시(四言古詩) 한 편(篇)인데 지은이에 따라 내용이 다름.

54) 분금기(分襟記): 이동진(李東珍)이 자신의 속마음을 적어놓은 일기와 같은 기록인 듯하다. 현재 전하는지의 여부는 알 수 없다.

■ 비록 칠순이라는 고령이었지만 매번 선조의 기일을 당하면 반드시 몸소 행사하였으며 성묘할 때에는 거리가 1~2사(舍)[55]가 되었지만 반드시 도보로 왕래하였다. 자식들이 그 근력이 강하지 못함을 근심하여 무엇을 타고가기를 아뢰어도 한사코 듣지 않았다.

■ 일찍이 사람에게 말하기를, "옛날에 길을 가는 자가 하천 다리에서 엽전 꿰미 하나를 잃어버리고 매우 안타까워하였다. 다시 한 꿰미를 들여 사람을 사서 찾아내게 하였다. 어떤 사람이 의아해하며 한 꿰미를 잃는 것은 똑같은데 하필 그렇게 하는가라고 하니, 말하기를 '사람에게 빌려서 손해를 보면 그 돈이 세상에 존재하지만 강물에 잃어서 손해를 보면 영원히 없어지는 물건이 되니 다시 쓸 곳이 없게 된다. 내가 이런 까닭으로 안타까워한다.'라고 하였는데, 이것은 대체로 안목을 크게 하여 세상을 공정하게 하는 말이다". 평생토록 먹은 마음이 오로지 인간 세상에서 서로 구제하는 데 집중되었기 때문에 모든 베푸는 일이 공정함을 해치거나 사적인 이익을 보려는 단서는 전혀 없었다.

■ 일찍이 나를 가르쳐서 말하기를, "너는 삼가 재물 때문에 의리를 해치지 말거라. 대체로 재물이란 천지 사이에 돌아다니는 공유하는 물건이다. 사람이 처음 태어날 때 어찌 그것을 안고 온 자가 있겠는가? 그러나 얻기도 하고 얻지 못하기도 하는 것은 이는 그 사람의 나태함과 근검함의 사이에 달려 있을 따름이다."라고 하였다.

■ 또 일을 처리하는 방도에 대해 가르치기를, "삼가고 조심하여 일을 처리하면 설령 실수하는 것이 있더라도 끝내는 반드시 근심이 없을 것이다. 멋대로 소홀하게 일을 행하면 비록 얻는 것이 있더라

---

55) 사(舍): 옛날 중국의 군제(軍制)에서 군대가 하루 행군하는 거리인 30리를 이르던 말. 우리나라의 50리에 해당한다.

도 뒤에는 반드시 화가 있을 것이다."라고 하였다. 사람을 대우하는
방도를 논하여 말하기를, "자기가 남을 사랑할 수 있으면 남도 반드
시 자기를 사랑할 것이며, 자기가 남을 사랑할 수 없으면 남도 자기
를 사랑하지 않을 것이다. 이러한 까닭으로 자기를 사랑하는 자는
모름지기 남을 사랑해야 한다."고 하였다.

■ 또 입지의 단서를 논하여 말하기를, "무릇 의지가 다른 사람의
권면을 받으면 박약하여 전진하기 어려우며, 스스로 깨달아서 행하
는 자는 바야흐로 굳건하여 성취가 있을 것이다. 어떤 종류의 심혈
이 없는 자는 함께 도모하여 일을 성취할 수 없다. 근면과 성실[誠]
두 글자는 우리들이 처음부터 끝까지 가장 중요하게 입각해야 할
곳이다. 옛사람이 이르기를, '털끝만큼의 차이가 천 리의 잘못이 된
다.'고 하였으니, 마침내 선악의 구분은 미세한 한 가지 생각의 미세
한 차이에 근원하는 데 불과하다."고 하였다.

■ 평소의 말씨는 평온하고 온화하였다. 용모는 훤칠하고 컸으며
욕심이 없고 담백하였다. 한결같이 정성과 신의를 근본으로 삼았고
말로 허락하면 반드시 실천하고 어김이 없었는데 친하거나 멀거나
차이가 없었다. 비록 연소자를 만나더라도 완전히 공경하고 삼가는
것을 갖추었으며 조금도 소홀함이 없었다. 자손들에게도 또한 가혹
한 질책은 없었으며 항상 엄정하고 온화한 기상이 있었다.

■ 을사년(乙巳年, 1905) 봄에 등창 때문에 자리에 누웠는데 내가
안동(安東)의 엄의원(嚴醫員)이 잘한다는 소문을 듣고 초빙하여 만나
보니 의원의 나이가 여든이었다. 부군께서 기뻐하지 않으며 말하기
를, "칠순 노인의 질병을 고치려고 팔순 노인을 먼 길에 고생하게
하는 것이 옳겠는가? 사람의 목숨은 하늘에 달렸으니 그 천명을 순
조롭게 받을 따름이다. 그리고 고종(考終)56)은 바로 복이지 불행이
아니다. 너희들은 나의 병 때문에 초조해하지 말고 오직 가훈을 삼

가 준수해라."고 하였다. 말씀하는 기운이 태연하여 평소와 같았는
데 말씀을 마치고 돌아가셨으니 3월 20일이었고 향년 70세였다. 복
현암(伏賢巖)의 선영 아래 유좌(酉坐)에 무덤을 만들었다.

배위는 광주 이씨(廣州李氏)로 이학래(李學來)의 여식이었는데 어
질고 아름다우며 온화하고 착하였으며 남편을 보필함에 어긋남이
없었다. 공보다 다섯 살이 적은 신축년(辛丑年, 1841) 10월 12일에 태
어나서 공보다 12년 뒤인 정사년(丁巳年, 1917) 1월 29일에 돌아갔는
데 부군의 무덤 왼쪽에 합장하였다. 2남 2녀를 낳았는데 장남은 바
로 나 일우(一雨)이고 차남은 시우(時雨)이며 사위는 서찬균(徐粲均),
서석연(徐錫淵)이다. 일우는 4남 1녀를 낳았는데 아들은 상악(相岳),
상무(相武), 상간(相侃), 상길(相佶)이고 사위는 윤홍렬(尹洪烈)이다. 시
우는 4남을 낳았는데 상정(相定), 상화(相和), 상백(相佰), 상오(相昨)이
다. 상악은 3남 2녀를 낳았는데 석희(碩熙), 탁희(卓熙), 숙희(叔熙)이
고 딸들은 어리다. 상무는 4남 3녀를 낳았는데 철희(哲熙), 달희(達
熙), 열희(烈熙), 이희(离熙)이고 사위는 서병직(徐丙直)이며 나머지 딸
들은 어리다. 상길은 5남을 낳았는데 섭희(涉熙), 법희(法熙), 합희(合
熙), 엽희(葉熙), 납희(納熙)이다. 상정은 아들 중희(重熙)를 낳았고 사
위는 배기식(裵基式)이다. 상화는 용희(龍熙), 충희(忠熙), 태희(太熙)를
낳았다. 상오는 창희(昌熙), 형희(瑩熙)를 낳았고 딸은 어리다.

아, 부군은 천성이 온화하고 인후하였으며 자신에게는 매우 검박
하였으나 곤궁한 사람을 보면 마음으로 측은해하며 구제하기를 생
각하였다. 일을 처리할 때에는 반드시 자세히 살폈으며 사람을 대
할 때는 반드시 온화하였다. 종인들과 의논할 때에는 신의에 미더

---

56) 고종(考終): 고종명(考終命). 오복(五福) 중의 하나로 제 명대로 살다가 편안하게
    죽는 것을 이름.

움이 있었기에 일마다 굴복하여 따르지 않는 이가 없었다. 자손을 경계할 때에는 선의로써 인도하고 말로 인도하지 않았으며 반드시 자신이 먼저 행하였다. 어려서 아버지를 잃은 사람이 어제처럼 돌이켜 생각하면 하늘같은 아버지를 잃은 애통함이 어찌 끝이 있겠는가? 이에 그 평소 언행의 약간을 서술하였지만 어찌 감히 지나치게 찬미하는 말을 하여 부군의 겸손한 덕에 손상을 입히고 또한 당세의 군자에게 잘못을 저지르겠는가?

불초자 일우(一雨)는 눈물을 흘리며 삼가 기록하노라.

○ 遺事

不肖子 一雨

■ 府君姓李諱東珍字士直號錦南貫慶州 益齋先生諱齊賢之後也 九代祖諱倫福 値龍蛇亂 以功贈嘉善 始居大邱 至諱茂實 英廟戊申 佐監司黃璿 爲安陰假守 討嶺賊有功 錄勳揚武 配享大邱民忠祠 於府君爲五世 高祖諱爾燦 曾祖諱弘大 祖諱甲新 考諱曾悅 以辭翰著 妣慶州崔氏

以憲廟丙申四月六日 生府君于大邱府第 三歲失怙 惟母子相依 旣貧且子 無堂內至親之護 母氏以針工爲活 及長齪於學習 每承慈訓 寫字於沈石 硫黃松片 背腹受墨如漆 以是 鈍於引火 母夫人嘗曰 何時得了一束紙 使吾兒習字 又値秋晚節 拾柿葉書之

■ 一日行過城闉 遇官隷持令紙 問以所書 府君不能對 因歎曰 人生世間 未有學識 與昆虫無異 遂決意入塾 努力勤孶 自是 學業稍進

■ 嘗恨貧無以菽滫之養 從人得二百金 殖子母貨於慶山郡 月三往來 風雨不避 囊備大召數枚 摘松葉和啖而饒 路遇弊屣 拾其完隻而穿之 如是凡五六年 利息稍贏矣 一日喟然歎曰 吾所以飢渴勞苦者 只爲救貧也 今旣有資 復何加焉 乃招集遠近之人 椎牛釀酒 悉蕩其券而歸 慶之人士

咸歎之

■ 丙寅遭母夫人喪 哀毀備至 以葬地未卜 服喪四年 及葬而止 自是之后 杜門蟄居 不屑於名途 日對經傳 探賾微奧之旨 一以修齊爲要 設塾於門外 聘師以教諸子 雖獨處隱微之際 儼然若神明之照臨 一無自欺之爲 以程子之訓 吾之心正則天地之心亦正 吾之氣順則天地之氣亦順矣之句 揭諸座右 爲終身銘佩之符 而雖當急遽倉猝之際 常有雍容自得底意思焉

■ 場圃之間 勿令遺粟 必親自拾取 寸紙有遺 惜之如金 至於新聞帶紙 不過爲零片無用 而猶且收拾 以資間隙 寫書墨跡疊稠 少無餘白 其他如等棄之物 嘗經人功者 必爲之收藏 以待有需用 其規模條理 類多如此

■ 每見鰥寡孤獨之人 油然矜惻 緩急有恤 每値歲節 其於隣里窮交者 必有資助 而常在人請之先 雖疏遠不識人 未嘗有請求而全恝者 戊子之荒 賑給坊民 且於流丐者 饊粥以食之 日常數百人

■ 甲午春 以二百三十斗地 分給于姻戚 特捐四百斗地 俾爲宗族中婚嫁喪葬及饑荒救恤之費 名曰李庄 其后宗族表其事 立碑于達城東北通衢 府君聞而禁止 竟是不得 乃曰此只是吾宗中子孫 遵守爲戒而已 何必誇張乃爾 使族人移立于伏賢巖先塋下

■ 嘗於冬寒 過見路傍流丐露宿 歸語家人曰 俱是人也 何忍視凍餒乎 卽命雇人 備以藁薦火木 指示其處 俾免禦凍 後乃就寢焉

■ 或有勸官啣者 府君微笑曰 吾以樗櫟之材 曾無抱關之責 而徒竊虛名 心實恥之 堅拒不從 年躋七旬 只一布衣而已

■ 曾於漆谷佳佐洞 買一株松 立壽木之備 後偶過其地 見其蒼蒼然特立路傍 身大數圍 蔭蔽甚寬 府君甚愛之 飭洞人曰 田夫之避暑者 行路之休憩者 常止於此樹下 則此樹之庇人甚大 吾不忍伐 遂飭永存而歸 從他貿其材焉 其後人有以高價欲買其樹者 府君終不許曰 吾欲爲永存 爲公益 非爲他也云爾

■ 頃年 牛疫大熾 頗有食肉中毒者 府君所畜牛 在漆谷等地 喂養者來

告云 牛已病 及其未斃 賣於庖丁 可以代立小犢也 府君責曰 寧斃一牛
豈可以此爲利 遺毒傷人乎 終不許矣 居無何 牛病得差 里人咸曰 此牛之
甦 因主人蔭德之所致也

■ 嘗不食家養之狗 曰雖畜生 同鼎而食者 心有所不忍也

■ 晬日 人有饋生鯉六七尾 長皆數尺 府君怵然曰 父母劬勞之日 豈可
戕害生物哉 因使人放諸河流焉

■ 家人製進生紬周衣一具 固却之不服 常衣服儉而潔 冬止於木 夏止
於苧 奢華之物 不近於身

■ 子孫輩欲謀添置土地 輒止之曰 與其富裕而子孫怠傲 不若不富而
子孫勤誠 但當謹守世業可也云爾

■ 府廳藏板閣所有周興嗣千字本 卽五代祖考手書 而歲久刓缺 府君
以新梓釐正其畫 改刊之置諸閣中 蓋筆法蒼勁 人多有請額聯者

■癸未年 豎入鄉九代祖考妣墓碣 壬寅 建伏賢巖齋祠 翌年癸卯 重修
五代祖東山書院碑閣大邱府城南龜巖下 卽東山書院舊基 仍貿置碑直屋
及位田二十五斗地 以備守補之資 又祖曾暨考妣墓 幷設石物一新焉

■ 常欲設救貧所療病所 以濟無依窮乏者 然事巨力絀 有志未就 每以
是爲恨 所以分襟記中 有曰後來子孫 倘不忘今日未遑之事而行之歟 揆
此等語意多矣

■ 雖七旬邵齡 每當祖先忌日 則必躬自行事 且省墓時 距爲一二舍 而
必徒步往來 不肖輩憫其筋力難强 告以替行 一幷不聽焉

■ 嘗於人曰 古有行路者 遺失一緡錢於河梁 甚惜之 更以一緡錢 貿人
探出 或疑其一緡之損 均也 何必乃爾 曰貿人而見損 其物在世 遺河而見
損 永爲廢物 更無售用處 吾是以惜之 此蓋大眼公世之語也云爾 平生用
意 專注於人世相濟 故凡所施爲 一無害公利私之端耳

■ 嘗誨不肖曰 汝愼勿以財害義 夫財者 天地間輪行公有之物 人之始
生 豈嘗有抱持而來者乎 然而有得有不得 此在其人懶惰與節儉之間耳

■ 又誨處事之道曰 謹慎處事 則設有所失 終必無患 放忽行事 則雖有
所得 後必有禍 其論待人之道 則曰己能愛人 則人必愛己 己不能愛人 則
人不愛己 是故愛己者 當須愛人

■ 又論立志之端曰 凡志被人勸勉 則薄弱而難進 自悟而行者 方是强
毅而有成 無一種心血者 不可與圖成事 勤誠二字 乃吾人最重要立脚始
終處 古人云 毫釐之差 千里之謬 究竟善惡之分 不過源於一念之微云

■ 平生辭氣 平溫緩厚 容貌頎碩恬淡 一以誠信爲本 其有言諾 必踐無
違 無間親疎 雖遇年少 一切待以敬愼 少無忽諸 其於子孫輩 亦無苛責
常有嚴正和易底氣像

■ 乙巳春 以背瘡委褥 不肖聞安東嚴醫之賢 聘來入見 醫年八十 府君
不悅 曰欲治七耋病人 遠勞八耋老人 可乎 人命在天 受其正而已 且考終
乃福也 非不幸也 汝曹勿以我病爲焦慮 唯當謹守家訓也 辭氣泰然 有若
平日 言訖而逝 乃三月二十日也 享年七十 襄封于伏賢巖先兆下酉坐

配廣州李氏學來之女 賢懿婉淑 佐君子無違 少公五歲 而辛丑十月十
二日生 後公十二年丁巳正月二十九日卒 祔府君墓左 生二男二女 男長
卽不肖一雨次時雨 女徐粲均徐錫淵 一雨生四男一女 男相岳相武相侃相
佶女尹洪烈 時雨生四男 相定相和相佰相昕 相岳生三男二女 碩熙卓熙
叔熙女幼 相武生四男四女 哲熙達熙烈熙离熙女徐丙直餘幼 相佶生五男
涉熙法熙合熙葉熙納熙 相定生重熙女襄基式 相和生龍熙忠熙太熙 相昕
生昌熙鑾熙女幼

嗚呼 府君天性 溫仁寬厚 自奉甚薄 而見人困厄 心動矜惻 思所以救之
處事必審 接人必和 與宗黨議 信義有孚 事無不歸順 誡子孫 常導以善不以
言 而必以身先之 孤露餘生 追思如昨 昊天之慟 曷有其極 玆述其平日言行
之萬一 而安敢有一毫溢美 有損於府君之謙德 且獲罪于當世之君子哉

不肖子一雨 泣血謹書

전(傳)

조긍섭(曺兢燮)

　　이금남(李錦南) 어른은 이름이 동진(東珍)이고 자가 사직(士直)이며 경주인(慶州人)이다. 대구부에서 출생하여 어려서 아버지를 잃고 가난하게 살아가느라 23세가 되도록 장가들지 못하였다. 이웃에 광주(廣州) 이학래(李學來) 어른이 있었는데 집안이 부유하고 사람의 관상을 잘 보았다. 공의 모습을 보고 기특하게 생각하여 자기의 딸을 시집보내려 하자 그의 아내가 성을 내며 말하기를, "나의 딸이 어찌 거지의 부인이 될 수 있겠소?"라고 하였다. 이공이 말하기를, "이 사람을 그대가 아는 바가 아니오."라고 하고는 마침내 혼인을 시켰다. 혼인하는 날 저녁에 그 폐백을 펼쳐보니 오직 푸른 베 한 토막뿐이었다.

　　공은 젊어서 글을 배웠으나 그만두고 나서 원금에 이자를 불려서 썩 많은 금액을 쌓게 되자 논밭을 넓게 사두었다. 이윽고 탄식하기를, "나만 홀로 이것을 누리고서 친족들을 구휼하지 않을 수 있겠는가?"라고 하였다. 그러나 공에게는 본래 기복(期服)·공복(功服)57)을

---

57) 기복(期服)·공복(功服): 기복(期服)은 일 년 동안 입는 상복이고, 공복(功服)은 9개월 동안 입는 대공(大功)과 5개월 동안 입는 소공(小功)의 상복을 말한다. 기복을 입는 친척은 조부모, 자녀, 장자처(長子妻), 적손(嫡孫), 형제자매, 백숙부모, 숙부, 고모, 조카, 처 등이다. 대공을 입는 친척은 종형제, 출가 전의 종자매, 중자부, 중손, 중손녀, 질부, 남편의 조부모, 남편의 백숙부모, 남편의 질부 등이다. 소공을 입는 친척은 종조부모, 재종형제, 종질, 종손 등이다.

입을 가까운 친척이 없었으므로 먼 일가붙이를 헤아려보니 모두 65가구였다. 이에 벼논 427두락(斗落)을 나누어 별장(別庄)을 설치하고 그곳의 수입을 저축하였다가 매년 봄 2월에 가구마다 한 섬씩 주었으며, 설날이나 추석이 되면 200전(錢)을 주었다. 초상을 당한 자에게는 10,000전(錢)을, 시기가 지나도 장가가지 못한 자에게는 20,000전(錢)을, 시집가지 못한 자에게는 30,000전(錢)을 주었으며, 흉년을 만나면 마을 안이나 부모의 무덤이 있는 곳에 사는 사람들을 모두 진휼해주었다. 부인의 집안이 후에 또 곤궁해졌으니 해마다 식구들이 먹을 양식을 도왔으며 죽음에 이르러서는 벼논 50두락을 골라서 부인의 아우인 이용근(李容根)에게 주었다고 한다.

당시에 돈을 가진 자들은 모두 관직을 얻었는데 이용근이 일찍이 서울에 있을 때 공을 위해 사근찰방(沙斤察訪)을 도모하며 말하기를, "돈 오천 꿰미를 들이면 그것을 얻을 수 있습니다."라고 하였다. 공이 답장에서 말하기를, "나의 집에는 봄에는 풀이 자라는 것을 모르고 겨울에는 밤에 눈이 내리는 것을 모르니 이 또한 신선놀음이오. 찰방이 나에게 무슨 소용이 있겠소?"라고 하였지만 이용근은 거듭 말하였다. 공은 시에 능하여 일찍이 오원(梧院) 산촌에 우거(寓居)하였는데 관청에서 아전을 파견하여 호포(戶布)를 독촉하며 마구 날뛰는 것을 보고 바로 이장(里長)을 불러 의논하기를, "돈 오만 팔천을 마련하여 막는다면 영원히 호포를 없앨 수 있겠소?"라고 하고는 이에 공이 돈을 내어 그 숫자만큼 납입하게 하였다.

이로부터 이 마을에는 호포가 없었으니 마을 사람들이 공을 위해 시회(詩會)를 열었는데 수석(水石)이 아름다운 곳에서 크게 손님을 초청하여 공을 즐겁게 하였다. 공의 시에 이르기를, "매달린 등나무와 드리운 칡이 바위 뿌리에 뒤섞였는데, 가파른 절벽은 침침하여 대낮에도 어둑하네. 산 그림자 냇물에 비쳐 구름 잎사귀 떨어지고,

폭포수는 바위에 내달려 눈꽃이 드날리네. 안개와 노을이 낀 궁벽한 지역의 오래된 사찰, 벼와 기장이 익는 청명한 가을의 백성들 마을. 바둑 두고 시 읊으며 술 먹는 여흥이 있으니, 달빛 속에서 서로 손잡고 사립문에 들어오네."라고 하였으니 그 운치가 또한 이와 같았다.

찬(贊)하여 이르기를, "내가 옛날부터 베풀기를 좋아하는 사람을 살펴보면, 몸소 축적한 것이 많은 자는 자기가 지내온 것으로 남을 구휼할 줄 안다. 그러나 간혹 일시적인 의기에서 나와서 계속하기 어렵기도 하고 간혹 친소의 구분에 어두워서 공평하지 못하기도 하니 또한 좋지 못하다. 오직 범문정(范文正)의 의장(義庄)만은 조리와 계획을 극도로 갖추고 칠팔백년을 시행하였지만 허물어지지 않았으니 위대하도다. 이공이 행한 바가 대체로 범씨(范氏)의 법도와 서로 가까우니 나는 그것이 오래갈 줄 알겠노라. 공의 아들 일우(一雨)는 또 그 전답을 갑절로 늘여서 그 법도를 지키는 데 게으르지 않다고 한다.

○ 傳

曺兢燮

李錦南翁名東珍字士直慶州人 生大邱府 幼喪父而居貧 年二十三未娶 隣有廣州李翁學來 家富而能相人 見其兒異之 欲妻以女 李媼恚曰 吾女安得與乞兒爲婦 李翁曰此非若所知 卒婚之 婚之夕 發其聘幣 惟靑布一段而已

翁少學書 旣掇而操子母錢 積至屢鉅萬 廣置土田 旣而歎曰 吾可獨享此 而不恤族親乎 然翁素無期功之親 計族人疏屬 總六十五家 乃割稻田四百二十七斗地 置別庄 貯其所入 每春二月 家給糧一石 正朝秋夕 則予

錢二千 有喪者予一萬 過時未娶者二萬 未嫁者三萬 而其遇飢歲 里中及
父母墳墓所在人 皆有賑給 婦翁家後亦卒困 則歲贍其口糧 及將死 擇稻
田五十斗地 以與婦弟容根云

時有錢者 皆得官 容根嘗在京 爲翁圖沙斤察訪曰 入五千緡 可以得之
翁復書曰 吾家居春不知草生 冬不知夜雪 是亦仙也 察訪於我何有哉 容
根又言 翁能詩 嘗寓梧院山村 見官差來 督戶布頗隳突 卽招里正 議曰得
錢五萬八千以防之 可以永蠲戶布 於是 翁爲出錢 如其數納之

自是 一村無戶布 村中人乃爲翁設詩會 水石佳處 大請客而樂翁 翁詩
曰 懸藤垂葛錯巖根 斷壑陰陰白晝昏 山影倒溪雲葉落 瀑流奔石雪花翻
煙霞地僻千年寺 禾黍秋明百姓村 棋局詩罇餘興在 相携帶月入柴門 其
風韻又如此

贊曰 余觀自古好施之人 多躬積者 以己之所歷 知人之足恤也 然或出
於一時義氣而難繼 或昧於親疎之分 而不能平 則亦未善也 惟范文正義
庄者 極有條畵 行之七八百年而不壞 偉矣 李翁所爲 蓋與范氏法略相近
吾知其可以久歟 翁之子一雨 又倍增其田 守其法不懈云云

권지이(卷之二) 소남유고(小南遺稿)

1. 시(詩)

차은장(此隱庄)에서 지음

[題此隱庄 二首]

아미산(峨嵋山) 아래가 바로 나의 고을인데,　　峨嵋山下是吾州
만년의 계책으로 새로 이루니 시가지와 가깝네.　晚計新成近市樓
세상 피하기는 골짜기에 숨는 것이 도리어 싫고,　遯世還嫌藏峽裡
시절 살피기는 길거리에 눕는 것이 딱 제격이네.　觀時端合枕街頭
창에 비치는 찬 달빛에 다듬잇돌소리 그치며,　窓含霜月雙砧宿
술 데우는 쇠화로 불꽃에 온갖 소리 사그라지네.　酒煥金爐萬籟休
문 밖의 떠들썩한 속세와는 전혀 물들지 않으니,　門外囂塵迢不染
어지럽게 무슨 까닭으로 무릉1)으로 배 띄울까.　紛紛何理武陵舟

은하수는 지붕에 걸리고 북두성은 나지막한데.　銀河掛屋斗星低
닭울음 그친 서쪽 마을에는 까마귀 소리 들리네.　雞罷西隣聞夜啼
세모에 찬 매화보고 그런대로 함께 시 지었고,　歲暮寒梅聊共賦
높은 누각에선 밝은 달 보고 얼마나 많이 읊었던가.　樓高明月幾多題
서리꽃이 새벽이 온 양 창밖이 다시 환해지고,　霜華欺曙窓還白
기러기 울음에 잠 깨니 베갯머리 더욱 미혹되네.　鴈響搖眠枕轉迷

---

1) 무릉(武陵): 진(晉)나라 도잠(陶潛)의 〈도화원기(桃花源記)〉에 "진(晉) 태원(太元)
연간에 무릉군(武陵郡)의 어부가 물에 떠내려오는 도화(桃花)를 따라 거슬러 올라
가 보니, 툭 트인 곳에 사람들이 살고 있었는데, 그들의 생활과 경치가 엄연한
별유천지(別有天地)였다."라고 하였다.

모든 일이 지금처럼 나와 일체되기를 바라니,   事事如今求一體
옛사람은 어찌 사물과 나란하지 않다고 하였는가. 昔人何說物無齊

수양버들

[楊柳]

안개비 머금은 기운이 긴 모래톱을 감싸니,　　　含煙帶雨繞長洲
절반은 근심을 끌어오고 절반은 그윽하여라.　　一半牽愁一半幽
간들간들 바람 채찍 나즈막이 말에 스치고,　　細弄風鞭低拂馬
푸른빛 검푸른 구름 슬그머니 누각에 오르네.　　翠成雲黛暗登樓
새로운 노래 웅얼거리니 봄은 저물어가고,　　　新詞裊裊春將暮
피리소리 삐삐 올리자 달빛은 사라지지 않네.　　羌笛嗚嗚月未休
늙어갈수록 오히려 낚시하는 나그네가 좋아,　　老去猶憐垂釣客
아래가지에 낚싯배 매어두는 것을 허락하네.　　下枝堪許繫漁舟

푸른 나무 그늘에서

[綠陰]

서원(西原)의 꽃나무에 비로소 비가 개이니,	西原芳樹雨初晴
안개가 겹겹이 덮이어 푸른빛이 도네.	霧盖重重積翠生
이미 저버린 완전히 미련을 끊었지만,	已與殘花須絶戀
아직도 흩날리는 버들개지에 가장 마음이 가네.	尙餘飛絮最關情
저녁 바람이 휘몰아쳐 물결이 조금씩 움직이며,	晚風飄蕩波微動
짙은 먹물 흥건하여 그림이 저절로 이루어지네.	濃墨淋漓畵自成
깨끗한 모습은 물가에 있는 정자인 듯하니,	灑洗疑如臨水榭
맑은 흥금을 좋아하는 은자의 마음 드러내네.	幽人頂露愛襟淸

산해관(山海關)에 올라 만리장성(萬里長城)을 바라보며

[登山海關觀萬里長城]

형세는 기다란 뱀이 바다 파도를 마시는 듯하고,　　勢若長虹飮海波
올라서는 껄껄 웃으며 진시황(秦始皇)을 꾸짖네.　　登臨堪笑始皇呵
만약 이 힘을 옮겨 하천 둑을 쌓았다면,　　　　　　若移此力河堤築
천년이 지난 지금까지 덕정(德政)이 어떠하겠는가.　千載如今德政何

밤에 양자강(楊子江)으로 내려감

[夜下楊子江]

유리창에는 전등불이 강물에 번쩍이고,　　　玻囪燈電耀江流
호걸들은 돌아와 적벽(赤壁) 유람을 더하네.　豪壯還加赤壁遊
한밤중에 바람과 안개가 시원하게 불어오는데,　半夜風煙吹散盡
달 밝은 어촌에는 빈 배가 떠 있네.　　　　漁村明月載空舟

황학루(黃鶴樓)에 올라

[登黃鶴樓]

자욱한 연개 막 걷히고 갈대꽃 피는 가을,　　礙煙纔歇荻花秋

술을 들고 지금 황학루(黃鶴樓)에 오르네.　　攜酒今登黃鶴樓

수많은 문장가들이 서로 다투던 곳,　　無數文章相武地

유유히 오늘도 강물만 부질없이 흐르네.　　悠悠今日水空流

우연히 읊음

[偶吟]

흰 머리로 살아가자니 의기가 사그라지는데,	白首徒存意氣沈
시비가 그치는 곳이 바로 산림(山林)이라네.	是非休處卽山林
잊어버린 기심(機心)²⁾ 무심한 구름에 맡기니,	忘機已託閒雲趣
고상한 자취는 오히려 늙은 학의 마음과 같네.	高蹈猶同老鶴心
문밖의 구당(瞿塘)³⁾은 보기만 해도 두렵고,	門外瞿塘看可畏
가슴속 뜨거운 화롯불은 경계가 더욱 깊네.	胸中烘炭戒尤深
적벽에서 형주와 익주를 도모하지 않았다면,⁴⁾	壁間曾未圖荊益
어찌 남양(南陽)에서 양보(梁父)⁵⁾를 읊었으랴.	豈是南陽梁父吟

---

2) 기심(機心): 자기의 사적인 목적을 이루기 위하여 교묘하게 꾀하는 마음을 말한다.

3) 구당(瞿塘): 파촉(巴蜀) 지방에서 내려오는 양자강 상류에 있는 삼협(三峽)의 하나 인 구당협(瞿塘峽)으로, 삼협 중 가장 짧으나 강폭이 가장 좁고 양안(兩岸)의 절벽 이 1천 미터 이상 높이 솟아 있어 제일가는 험지로 알려져 있다. 파(巴)는 지금의 중경(重慶) 지역이고 촉(蜀)은 사천성(四川省) 지역이다.

4) 제갈량이 남양(南陽)에 은거할 때, 유비(劉備)가 세 번 찾아가 출사(出仕)를 청했는 데, 이때 제갈량은 유비에게 가장 먼저 천하를 삼분하여 한(漢)나라를 중흥해야 한다는 계책을 올려 유비와 의기투합하였던 사실을 가리킨다. ≪三國志 卷35 蜀書 諸葛亮傳≫ ≪史略 卷3 蜀漢≫

5) 양보(梁父): 양보는 산명(山名)으로, 본래는 사람이 죽으면 이 산에 장사를 지냈던 데서, 전하여 양보음은 장가(葬歌)로 알려졌다. 촉한(蜀漢)의 승상 제갈량(諸葛亮) 이 일찍이 지어 노래한 가사가 특히 유명한데, 그 내용은 곧 제 경공(齊景公) 때 안영(晏嬰)이 천하무적의 용력(勇力)을 지닌 공손접(公孫接), 전개강(田開疆), 고야 자(古冶子) 세 용사(勇士)에게 기계(奇計)를 써서 그들에게 복숭아 두 개를 주어 서로 다투게 하여 끝내 모두 자살하도록 만들었던 일을 몹시 안타깝게 여겨 노래

세모(歲暮)에 회포가 있어서

[歲暮有懷]

아득한 허공(虛空)이 엄숙하고도 깨끗한데,	茫茫廖廓蕭兼淸
유감(遺憾)은 취한 가운데에서 많이 생기네.	感恨多從醉裡生
북쪽 변방에는 전란이 아직 평정되지 않았고,	北塞風塵猶未定
십년동안이나 홀로 문무(文武)를 이루지 못했네.	十年書劍獨無成
규방에는 짧은 칼이 성근 등잔에 비치는데,	閨房刀尺疎燈影
상인의 고향 생각은 멀리 떨어진 기러기 마음이네.	商旅家鄕遠鴈情
타국에서 숨어사는 사람을 아득히 그리워하니,	遙憶異邦逃竄者
구소(九霄)6) 소리를 들을 줄 아는 사람이 없네.	無人能聽九霄聲

한 것이다. ≪삼국지(三國志)≫ 권35 〈제갈량전(諸葛亮傳)〉에 의하면 "제갈량은 몸
소 농사를 지으면서 〈양보음〉 읊기를 좋아했다[亮躬耕隴畝 好爲梁父吟]."라고 하
였다.

6) 구소(九霄): 원래의 뜻은 높은 하늘인데, 신선이 사는 곳 또는 제왕의 궁궐을 뜻하
기도 한다.

금릉(金陵)[7]의 군사 소식을 듣고
조카 이상정(李相定)[8]을 그리워함

[聞金陵兵事憶姪相定]

슬프게 금릉을 바라보니 생각이 어슴푸레해지는데,　恨望金陵思入微
어지러운 난리 속에 소식조차 드물구나.　紛紛離亂信書稀
십년동안 눈보라에 항상 질병이 많았으며,　十年風雪常多病
만 리의 전란에서 아직도 돌아오지 못하네.　萬里兵塵獨未歸
강가의 지는 매화에 고국을 그리워하며,　江上殘梅懷故國
하늘 끝의 밝은 달에 차가운 옷을 걸치네.　天涯明月倚寒衣
정원에서 우는 학이 자네를 기다린 지 오래이니,　園中鳴鶴待君久
소맷자락 펄럭이며 돌아오기를 저버리지 말게나.　回袖翩翩須莫違

---

7) 금릉(金陵): 중국 춘추전국시대에 있었던 초(楚)나라의 읍. 지금의 난징(南京)에
　해당한다.
8) 이상정(李相定): 독립 운동가(1897~1947). 호는 청남(晴南)·산은(汕隱). 중국 정부
　의 초청으로 육군 참모 학교의 소장 교관을 지냈다. 서화(書畵)에도 뛰어났으며,
　특히 전각(篆刻)의 일인자였다. 저서에 ≪산은유고≫가 있다.

제석(除夕) 겸 입춘(立春)에

[除夕兼立春]

수많은 집들이 바다처럼 다시 등잔을 밝히는데,　萬家如海復燈明
애타는 심정은 어찌하여 저절로 생겨나는가.　　耿耿何由感自生
이날 밤은 입춘을 겸하니 마음이 더욱 서글프며,　是夜兼春情更黯
한해에 납일(臘日)9) 겹쳐 노인이 깜짝 놀라네.　　一年重臘老偏驚
시절이 힘드니 새 산초술 마시는 것이 부끄럽고,　時艱愧飮新椒釀
풍속이 바뀌어 폭죽소리는 들리지 않네.　　俗易無聞爆竹聲
풍진세상에서 아들의 일을 멀리서 그리워하니,　遙憶風塵兒子事
단지 머리에는 흰색 머리카락이 몇 줄기만 늘었네.

只添頭上幾霜莖

---

9) 납일(臘日): 동지(冬至) 뒤에 오는 셋째 술일(戌日)을 가리키는 말인데, 이 경우는
납일이 섣달 그믐일과 일치된 듯하다. 이날 선조와 온갖 신에게 제사, 곧 납향(臘
享)을 지낸다.

소천(小泉)의 송재(松齋)가 찾아옴

[小泉松齋來訪]

속마음을 한바탕 쓸어내니 온갖 티끌 사라지고,　　襟期一掃萬塵休

또 추위 속에 핀 매화는 해마다 색깔이 바뀌네.　　又是寒梅歲色流

매번 잠시 헤어질 때마다 꿈을 꾸는 듯한데,　　每値暫離猶做夢

마주하지 마시 수심을 일으킬 줄 어찌 알았던가.　　豈知相對更招愁

술동이에 등불 깊어지면 사람은 베개에 기대며,　　罇深燈影人依枕

밤은 새벽에 가까우면 달빛은 누각에 떨어지네.　　夜近雞聲月墜樓

남산의 소나무와 계수나무는 그대가 떠난 뒤에,　　松桂南山君去後

끊임없이 일어나는 그리움을 어떻게 견딜까.　　那堪懷思正悠悠

윤지암(尹止巖)과 시를 주고받음

[酬尹止巖]

풍진 세상에서 각각 동서로 흩어져 지내다가,	風塵一散各西東
우연히 회포를 푸니 잠시나마 같은 생각이네.	偶得開懷暫許同
여뀌꽃에 달 비칠 때 강마을에서 일찍 인사했고,	江縣早辭紅蓼月
여라에 바람 불 때 산속 창가에 한가롭게 누웠네.	山窗閒臥綠蘿風
도연명(陶淵明)10)은 이에 읊조리며 돌아갔고,	淵明自是吟歸去
유하혜(柳下惠)11)는 어찌 궁핍함을 원망했겠는가.	柳下何曾怨阨窮
옛날을 추억하여 논쟁하면 대부분 꿈과 같으니,	憶昔論爭多似夢
술병 끌어당기는 소리에 모두가 부질없다네.	提壺聲裡總虛空

---

10) 도연명(陶淵明): 중국 동진의 시인(365~427). 이름은 잠(潛). 호는 오류 선생(五柳
先生). 연명은 자(字). 405년에 팽택현(彭澤縣)의 현령이 되었으나, 80여 일 뒤에
〈귀거래사〉를 남기고 관직에서 물러나 귀향하였다. 자연을 노래한 시가 많으며,
당나라 이후 육조(六朝) 최고의 시인이라 불린다. 시 외의 산문 작품에 〈오류선생
전〉, 〈도화원기〉 따위가 있다.

11) 유하혜(柳下惠): 전금(展禽). 춘추시대 노(魯)나라 사람. 대부(大夫)를 지냈다. 성은
전(展)씨고, 이름은 획(獲)이며, 자는 금(禽)이다. 유하(柳下)는 식읍(食邑)의 이름
이고, 혜(惠)는 시호다. 유하계(柳下季) 또는 유사사(柳士師) 등으로 불린다. 일찍
이 사사(士師)라는 관직을 지내면서 형옥(刑獄)을 맡았는데, 세 번 쫓겨나자 사람
들이 떠나기를 권했다. 그러자 바른 도리로 남을 섬긴다면 어디를 간들 쫓겨나지
않겠으며, 도를 굽혀 남을 섬길 바에는 하필 부모님의 나라를 떠나겠느냐고 대답
했다.

원대(院垈) 최춘전(崔春田)의 우거(寓居)를 방문함

[訪院垈崔春田郊居]

뽕밭 삼밭의 골목길이 시내 건너에 비스듬한데,　　桑麻門巷隔溪斜
그대의 우거를 좋아하여 몇 번이나 지나려했네.　　愛爾郊居數欲過
삼잎 우거진 밭두둑에는 가을비가 계속 내리며,　　苴葉前畦秋雨積
매미 우는 높은 나무에는 서늘한 기운이 많네.　　蟬聲高樹晚凉多
유생은 단지 난실(蘭室)12)에 올라가기 바라지만,　　淸衿只爲升蘭室
곡조가 어찌 설가(雪歌)13)와 어울리겠는가?　　絶調寧能和雪歌
이웃 노인에게 묻노라니 밭매기를 그치는 날에는,　　借問隣翁休鋤日
벼꽃이 향기로운 곳에 즐거움이 어떠한가요?　　稻花香裡樂如何

---

12) 난실(蘭室): 난초 향기가 그윽한 방으로 좋은 친구가 사는 곳을 비유해서 하는
　　말이다. ≪공자가어(孔子家語)≫에 "선(善)한 사람과 함께 지내면 마치 지란(芝蘭)
　　의 방에 들어간 것과 같아 그 향기는 못 맡더라도 오래 지나면 동화된다[與善人居,
　　如入芝蘭之室, 久而不聞其香, 卽與之化矣]." 하였다.
13) 설가(雪歌): 너무도 고상해서 따라 부르기 힘든 노래를 말한다. 춘추시대 초(楚)나
　　라의 대중가요인 '하리(下里)'와 '파인(巴人)'은 수천 명이 따라 부르더니, 고상한
　　'백설(白雪)'과 '양춘(陽春)'의 노래는 너무 어려워서 겨우 수십 명밖에 따라 부르지
　　못하더라는 이야기가 송옥(宋玉)의 〈대초왕문(對楚王問)〉에 나온다. ≪文選 23≫

최진사(崔進士)의 청금정(聽琴亭)을 유람하며

[遊崔進士聽琴亭]

이슬 머금은 갈대 푸르스름하여 감동이 일고,　　葭露蒼蒼一感生
강다리는 옛날 그대로요 언덕 모래는 빛나네.　　江橋依舊岸沙明
서루(書樓)에서 홀로 저무는 산 빛을 마주하니,　　書樓獨對暮山色
거문고에 공연히 유수(流水)의 정14) 남았네.　　琴匣空留流水情
옛 벗인 바람과 달빛이 지금 또 이르렀으니,　　風月故人今又到
물가에 잠자는 해오라기는 놀라지 마라.　　汀洲眠鷺莫相驚
가련하게도 손수 심은 뜰의 오동나무는,　　可憐手植庭梧樹
가을 잎이 해마다 부질없이 절로 맑구나.　　秋葉年年謾自淸

---

14) 유수(流水)의 정: 춘추시대 초(楚)나라 사람 백아(伯牙)가 거문고를 잘 연주하였는
데, 그가 흐르는 물에 뜻을 두고 연주를 하면[志在流水], 그의 지음(知音)인 종자기
(鍾子期)가 듣고는 "멋지다, 거문고 솜씨여. 호호탕탕 유수와 같구나[蕩蕩乎若流
水]."라고 알아주었다는 고사가 있다. ≪呂氏春秋 卷14 孝行覽 本味≫

남제장(湳濟庄)에서 밤에 이야기하며

[湳濟庄夜話 三首]

오두막집에 숨어 살며 홀로 천명(天命)을 즐기니,	斗屋潛居獨樂天
등잔불 앞에서 세상 인정을 한가롭게 이야기하네.	世情閒話一燈前
강한 바람 이미 그쳐 물처럼 서늘하며,	堯風已息凉如水
갈림길이 금방 어두워져 연기처럼 어지럽네.	岐道方昏亂似煙
오랫동안 전쟁하던 세월에 병든 몸만 남았고,	久戰星霜餘病骨
갑자기 기러기에 놀라며 또 여생을 보내네.	忽驚鴻雁又殘年
만약 내 마음이 넓은 바다가 될 수 있다면,	若令衿抱爲洋海
근심 물결이 온 시냇물에 모인들 무슨 유감이리.	何恨愁濤湊百川

한가한 창가에서 옛 이야기하니 밤은 길고 긴데,	閒囱話舊夜遲遲
매번 서쪽 마을에서 달빛 받으며 돌아온다네.	每自西隣帶月歸
처리할 일이 항상 많아 보고난 후에 덮어버리니,	處事常多看後覆
어느 때나 이전의 잘못을 잘 깨달을 수 있을까.	何時能得悟前非
머리 맡에 기러기 소리 들리니 강이 가까운 듯,	枕聽鴻雁疑江近
거리에 생선 새우 흩어져 있어 바닷가인 듯.	街散魚蝦認海肥
오늘 문득 귀밑털이 하얗게 변했으니,	今日便成雙鬢白
당년에 좋던 나이도 모두가 허망한 일이라네.	當年良算總虛違

묻건대 몸을 숨긴 지 몇 년이나 지나갔는가?	借問藏身度幾秋

일찍이 서쪽 시내에서 오랫동안 거주했다네.　　早從西市久居留
많은 시절을 대중을 구제하느라 단약을 고았으며,　多時濟衆燒丹藥
문 닫고 경전 연구하느라 늙어 백발이 되었네.　閉戶窮經老白頭
창가에서 찬 매화와 짝하여 온갖 잘못 씻었고,　窓伴寒梅千累淨
난간에서 둥근 달을 맞이하여 온갖 티끌 벗었도다.　軒迎圓月百塵休
살아가면서 즐거운 뜻을 밖에서 구하지 말 것이니,　生來志樂無求外
책장 위 거문고와 책으로 즐겁게 논다네.　架上琴書足迂遊

환학정(喚鶴亭)에서

[喚鶴亭]

오래된 선원(禪院)을 늦게서야 정자로 만들었으니,　晚開亭榭舊禪林
이것은 산옹(山翁)15)의 세상을 초월한 마음이네.

應是山翁物外心

강물은 푸르고 모래는 맑아 두 해오라기 내리며,　江碧沙明雙鷺下
비 내리고 안개 자욱하여 낚싯대 하나 깊구나.　雨斜煙鎖一竿深
이곳에서 거문고 타니 신선의 자취인 듯하고,　彈琴此地疑仙跡
어느 해에 경쇠 두드리며 불경 소리 듣겠는가?　擊磬何年聞梵音
이름난 구역을 끝내 버려두게 하지 말게나,　不使名區終廢置
구름과 학을 불러와 서로 찾는 것을 좋아하네.　喚來雲鶴好相尋

---

15) 산옹(山翁): 산옹은 술을 몹시 좋아했던 진(晉)나라 산간(山簡)을 가리킨다. 산간이
정남장군(征南將軍)으로 양양(襄陽)에 있을 때 경치가 좋은 습씨(習氏)의 못을 고
양지(高陽池)라 이름하고 날마다 그곳으로 가서 노닐며 흠뻑 취해서 돌아왔기에
당시 아동들이 노래하기를, "산공은 어디로 가는가, 고양지로 가는 게지. 해 저물
녘 말에 거꾸로 실려 돌아오나니, 술에 흠뻑 취해서 아무것도 모르네[山公出何許
往至高陽池 日夕倒載歸 酩酊無所知]."라고 하였다.

서농구(徐農九) 어른의 나재사(羅齋舍)에서 지음

[題徐翁農九羅齋舍]

산 가득한 소나무와 잣나무에 온통 어둑어둑한데, 滿山松柏盡昏昏

비석 표면의 푸른 이끼 때문에 흔적을 보지 못하네. 碑面蒼苔不見痕

재사(齋舍)의 높은 처마는 들판과 사찰을 나누고, 齋舍高簷分野寺

석대(石臺)의 그윽한 길 따라 마을로 들어가네. 石臺幽逕入田村

깊이 갈무리한 서책은 모두 은택을 남긴 것이며, 深藏書秩皆留澤

캐어온 강가 마름은 혼백(魂魄)에게 올릴 만하네. 採取江蘋可薦魂

만년에 향산(香山)16)을 배워 돌아가 머물던 곳, 晚學香山歸宿地

무덤 주변이 고향과 비슷하여 도리어 기쁘다네. 墓邊還喜似鄉園

---

16) 향산(香山): 당(唐)나라 때 백거이(白居易)가 치사(致仕)한 뒤에 머물던 산이다. 그
가 이곳에 석루(石樓)를 짓고 향산거사(香山居士)라 자호(自號)하였으므로 백거이
의 별칭으로 많이 쓰인다.

달성(達城)에서 산보하며

[散步達城]

외롭게 읊으며 산책하다가 높은 숲으로 들어가니, 孤吟散策入高林
고생길이 아니라 별천지(別天地)를 찾았도다.　　不是辛勤別境尋
좁은 길에 다다르니 인적(人跡)조차 드물고,　　及到逕微人罕少
하늘이 좁고 땅이 그윽하고 깊음을 비로소 보네. 始看天窄地幽深
깨끗하고 한가함은 바로 속세의 자취를 초월하고, 淸閒便作超塵跡
높고 우뚝함은 도리어 도를 깨달은 마음과 같네. 磊落還如悟道心
들에서 마신 술 비로소 깨고 옷이 점점 냉랭한데, 野酒初醒衣漸冷
수많은 집에서 나오는 연기 산그늘로 내려오네.　萬家煙出下山陰

음력 10월에 여러 벗들과 달성(達城)에 오름

[小春與諸益登達城]

깊은 가을에 푸른 강에서 한가롭게 함께 취하니,	深秋同醉碧江閒
잎이 떨어진 외로운 성에 지금 또 돌아오네.	葉盡孤城此又還
대궐에서 아직 허용하여 백사(白社)17)를 읊었고,	禁密猶容吟白社
어긋난 생각에 계책도 없이 푸른 산을 매입하네.	思違無計買靑山
누대가 시가지에 가까워 연기가 짙고,	樓臺近市風煙重
까막까치가 숲을 둘렀다가 석양에 흩어지네.	鳥鵲繞林夕照散
떨어져 있는 사람이 어찌하여 자주 모이겠는가,	落落何由頻會得
가련하게도 술자리엔 배씨(裴氏) 안씨(顔氏)뿐이네.	可憐罇裡總裴顔

---

17) 백사(白社): 진(晉)나라 고승 혜원(慧遠)이 문인들과 여산(盧山) 동림사(東林寺)에
서 결성한 백련사(白蓮社)를 말하는데, 문인들의 청아한 모임을 가리킨다. ≪蓮社
高賢傳≫

매화(梅花)를 기다리며

[待梅]

눈이 가득한 동각(東閣)[18]에서 그대 생각하니, 東閣懷君雪滿城
언제쯤 얼음 뼈[19]에 영혼이 돌아와 살아날까. 幾時氷骨返魂生
술을 데우면 풍류가 멀어지는 줄 알겠으며, 知應煮酒風流遠
시를 짓자니 운치가 경박해질까 괴이하네. 怪底成詩韻格輕
고상한 선비 오지 않아 공연히 꿈을 상상하고, 高士不來空想夢
미인이 남긴 약속에 부질없이 마음이 끌리네. 佳人留約謾牽情
붉은 파초 장막은 편안하고 쇠화로는 따뜻한데, 紅蕉帳穩金爐煥
단지 창문 앞에 야윈 그림자가 드리우지 않네. 只欠囱前瘦影橫

---

18) 동각(東閣): 손님을 접대하는 곳을 뜻하는 말로, 한(漢)나라 때 평진후(平津侯) 공손 홍(公孫弘)이 재상이 되어서 손님을 접대하기 위해서 지은 객관(客館)의 이름이다.
19) 얼음 뼈: 매화의 시적 표현이다. 소식(蘇軾)이 매화를 읊은 시에, "나부산 아래 매화의 마을, 흰 눈이 뼈가 되고 얼음이 넋 되었네[羅浮山下梅花村 玉雪爲骨冰爲 魂]."에서 유래한 것이다.

부질없이 읊음

[謾吟]

모든 나라가 어지러운데 유독 서림(書林)뿐이랴?	萬邦多亂獨書林
옛날 도의(道義)가 지금에는 더욱 사라졌도다.	古道今來便陸沈
소쿠리밥 먹지만 안회의 즐거움은 부족하고,[20]	簞食更無顔樂足
실에 물들이면 도리어 묵자의 슬픔만 깊어지네.[21]	染絲徒有墨悲深
청춘에는 헛되이 강호의 취미를 품었으며,	靑春虛抱江湖趣
백발에는 도시의 혼탁 마음에 부끄러움이 많네.	白髮多慙市溷心
우스워라 길게 읊조림이 얼마나 스스로 괴로운지,	笑殺長吟何自苦
산하는 이미 달라지고 단지 여음만 남아 있네.	山河已異但遺音

---

20) 공자(孔子)가 이르기를 "어질도다, 안회(顔回)여. 한 소쿠리의 밥과 한 표주박의
물[一簞食 一瓢飮]로 누추한 시골에서 지내자면 남들은 그 곤궁한 근심을 감당치
못하거늘, 안회는 도를 즐기는 마음을 바꾸지 않으니, 어질도다, 안회여." 한 데서
온 말이다. ≪論語 雍也≫

21) 외부의 영향에 따라 마음이 바뀌는 것을 슬퍼한다는 뜻이다. ≪묵자(墨子)≫ 〈소염
(所染)〉에 "자묵자(子墨子)가 실에 물을 들인 것을 보고 탄식하기를 '푸른 물에
물들이면 퍼레지고 노란 물에 물들이면 노래지니, 들어가는 것이 변하면 그 색도
변한다.' 하였다."라고 하였다.

남촌(南村)의 밤 모임에서

[南村夜會]

모두 성서(城西)에 살지만 홀로 사립문 닫고 사니,   一臥城西獨掩扉

외로운 발자취 일찍이 넓히기가 드물었도다.   寒踪曾是被拓稀

문장은 강엄(江淹)의 붓22)을 빌려오지 못했고,   文章未借江淹筆

병든 몸은 심약(沈約)의 옷23)처럼 헐렁하네.   病骨長如沈約衣

조용한 거리에 사람이 잠들자 짖던 개도 그치며, 捲巷人眠尨吠息

하늘 가득한 흰 서리에 달빛이 환하게 비치네. 滿天霜白月華飛

이 무렵 노인의 흥취는 모름지기 끝이 없으니, 此時老興須無際

시내 다리에 오래 서서 돌아가기 아쉬워하네. 久立溪橋共惜歸

---

22) 강엄(江淹)의 붓: 강엄(444~505)은 남조 시대의 송(宋)·남제(南齊)·양(梁)의 문인으로, 자는 문통(文通)이다. 젊은 날에는 문사(文思)가 뛰어났으나 어느 날 꿈에 곽박(郭璞)이 채필(綵筆)을 돌려달라고 하자, 돌려준 뒤로 문필이 예전만 못하여 사람들이 강엄재진(江淹才盡)이라고 하였다.

23) 심약(沈約)의 옷: 너무 열심히 노력하다 보면 몸이 쇠약해질 것이라고 경계한 말이다. ≪양서(梁書)≫ 권13 〈심약열전(沈約列傳)〉에 "심약이 서면(徐勉)에게 진정하기를 '약한 몸으로 정무(政務)에 시달려 몸은 병들고 잘못은 중첩되며, 날이 갈수록 허리띠가 줄어든다.'라고 했다." 하였다.

달구사(達句社)의 '상홍운(霜鴻韻)'에 차운함

[次達句社霜鴻韻]

자욱하게 드센 깃털은 남쪽에서 따라왔는데,　　濛濛豪羽自隨陽
매번 찾아올 때마다 국화가 아주 향기로웠네.　　每爾來時菊正芳
밤은 차가워 잠들지 못하는데 달은 높이 떴고,　　夜冷不眠高度月
하늘은 멀어 어디로 갈까 홀로 찬 서리에 우네.　　天長何去獨嘶霜
변방에 나부끼는 깃발에 놀란 혼이 끊어지며,　　旌旗邊塞驚魂斷
빈 규방에 있는 가위와 자에 꿈에서도 상심하네.　刀尺空閨惱夢傷
훗날에는 주살을 끝내 어찌할 수 없으니,　　　他年矰繳終無奈
언덕마다 푸른 이끼에 고미(菰米)²⁴⁾가 향기롭네.　岸岸苺苔菰米香

---

24) 고미(菰米): 볏과에 속하는 다년생 수초(水草). 잎은 자리를 만드는 데 쓰이고, 열
　　매와 어린 싹은 식용(食用)으로 쓰이는데, 그 열매를 고미라 일컫는다.

벗들과 시를 주고받음

[酬友人 三首]

옛날 노닐 때는 건거(巾車)25)로 어울렸는데,	從遊昔日幷巾車
만년에 술동이 앞에서는 백발이 되었구려.	晚徒罇前白髮餘
성곽에서는 오랫동안 성명을 감추었으며,	城郭多年韜姓字
거문고와 서책에 뜻이 없어 숲속 집에 부끄럽네.	琴書無意愧林廬
시절이 어려우니 관탁(關柝)26)조차 맡을 수 있겠는가?	時艱關柝能何任
재주가 얕아서 포도(庖刀)27)는 또한 차지하기 어렵네.	才薄庖刀亦可居
다만 의기투합하여28) 멀리 비추게 하더라도,	但使靈犀須遠照
이제는 병든 상여(相如)29)를 일으키기 어렵다네.	伊今難起病相如

---

25) 건거(巾車): 휘장을 친 작은 수레로, 사람이 끄는 수레이다. 도연명의 귀거래사(歸去來辭)에 "혹은 건거를 끌라고 명하고, 혹은 외로운 배를 노젓는다[或命巾車 或棹孤舟]."라고 하였다.

26) 관탁(關柝): 문빗장과 딱따기라는 말인데, 여기서는 성문을 지키는 하급 관리를 지칭한다.

27) 포도(庖刀): 포정(庖丁)의 칼. 경험이 많고 능력이 있어서 업무를 능숙하게 처리한다는 뜻이다. 《장자》〈양생주(養生主)〉의 "지금 내가 칼을 잡은 지 19년이나 되었고 잡은 소만도 수천 마리를 헤아리는데, 칼날은 지금 숫돌에서 금방 꺼낸 것처럼 시퍼렇기만 하다. 소의 마디와 마디 사이에는 틈이 있는 공간이 있고 칼날은 두께가 없으니, 두께가 없는 것을 그 틈 사이에 밀어 넣으면 그 공간이 널찍하여 칼을 놀릴 적에 반드시 여유가 있게 마련이다[今臣之刀十九年矣 所解數千牛矣 而刀刃若新發於硎 彼節者有間 而刀刃者無厚 以無厚入有間 恢恢乎其於遊刃 必有餘地矣]."라는 '포정해우(庖丁解牛)'의 우화에서 나온 것이다.

28) 의기투합하여: 원문의 '영서(靈犀)'는 무소뿔로, 한가운데에 구멍이 있어 양쪽이 서로 통하는 것에 비유하여 사람이 서로 의기투합(意氣投合)하는 것을 이른다.

정원 모래 얼기도 전에 푸른 이끼 드러나니,　　庭沙未得著莓苔
두건과 신발이 들락날락 갔다가 다시 돌아오네.　巾屨頻頻去復回
책상 위에서 때때로 소식(蘇軾)30)의 운율을 읊으며, 案上時吟蘇軾韻
마루 안에는 항상 공융(孔融)31)의 술잔이 가득하네. 堂中常滿孔融栖
서실 장막을 조금 걷자 맑게 갠 봉우리가 가깝고, 書帷少捲晴峰近
문간의 버들은 가볍게 드리워 저녁 눈이 내리네. 門柳輕垂暮雪開
때늦은 매화에 흥겨운 곳 없다고 말하지 말라,　莫道殘梅無興處
둥근 달을 다시 보면 중춘(仲春, 음력 2월)이 온다네. 再見圓月仲春來

홍이 일어나면 어느덧 읊다가 다시 술에 취하니, 興到居然詠復酣
송당(松堂)에서는 긴 밤에 맑은 담화를 듣네.　　松堂永夜聞淸談
은하수가 그림자를 비쳐 깜빡거림을 재촉하고,　星河倒影催明滅
가을 기러기 소리를 내며 두 세 차례 지나가네.　霜鴈流聲度兩三
들판의 새벽은 동쪽 너머 숲에서 환히 밝아오고, 野曙虛明東渡樹
암자의 종소리는 먼 산 구름으로 맑게 퍼지네.　菴鍾淸澈遠山曇
그대의 시에 화답하여 시집을 이룰 수 있다면,　君詩賡得成爲帙
수많은 옥구슬을 토하고 삼킬 수 있으리라.　　萬斛珠璣可吐含

---

29) 상여(相如): 한(漢)나라 때 문장가(文章家)인 사마상여(司馬相如)가 소갈병(消渴病)
　　을 앓았으므로 이른 말이다.
30) 소식(蘇軾): 중국 북송의 문인(1036~1101). 자는 자첨(子瞻). 호는 동파(東坡). 당송
　　팔대가의 한 사람으로, 구법파(舊法派)의 대표자이며, 서화에도 능하였다. 작품에
　　〈적벽부〉, 저서에 ≪동파전집(東坡全集)≫ 따위가 있다.
31) 공융(孔融): 중국 후한(後漢) 말기의 학자(153~208). 자는 문거(文擧). 건안 칠자의
　　한 사람으로, 북해(北海)의 재상이 되어 학교를 세웠고, 조조를 비판·조소하다가
　　일족과 함께 처형되었다. 저서에 ≪공북해집(孔北海集)≫이 있다.

차은장(此隱庄)의 밤 이야기에 화답함

[和此隱庄夜話 二首]

매번 시와 술을 얻어 함께 취하고 깨었는데,　　每得詩罇共醉醒
이웃의 몇몇 원로들을 기꺼이 정원에 맞이했네.　數隣年老喜延庭
희미한 밤빛은 어두운 데서 밝은 빛을 내고,　　稀微夜色虛生白
쓸쓸한 솔바람 소리는 가늘게 푸르름을 떨구네.　蕭瑟松聲細滴靑
온 세상이 물결 이는 곳에서 시끄럽게 다투니,　擧世紛爭波浪地
누가 버려져 남아 있는 경전을 펼쳐서 읽겠는가?　有誰披讀廢殘經
서로 만나거든 서로 헤어질 일을 말하지 말라,　相逢莫說相離事
나라 안의 친한 벗은 샛별과 같다네.　　　　海內親朋似曉星

번잡한 세상 일이 한바탕 꿈처럼 지나가니,　　世事繽紛過夢場
마치 비 내리다 다시 해가 뜨는 듯하네.　　翻如爲雨復爲陽
사물의 모습이 고금이 다름을 바야흐로 알겠으며,　聊知物態殊今古
당시 사람 향해 장점과 단점을 말하려 하네.　肯向時人說短長
많은 집의 연기와 먼지는 산색과 어우러지며,　萬戶煙塵迷岫色
누각의 바람과 달은 책 향기에 쌓이네.　　一樓風月儲書香
백발로 함께 읊을 날이 비록 많겠지마는,　吟同白髮雖多日
또한 세월이 절로 바삐 흐르니 한스럽구나.　且恨年光去自忙

한가롭게 읊음

[閒吟 二首]

몸은 늙어도 아직도 분수 밖의 요구가 남았는데,　身老猶存分外求
명산을 두루 밟다가 또 강가에 이르렀네.　名山遍踏又江洲
아득히 책상에 기대어 구름 낀 산을 읊으며,　悠然倚几吟雲岫
이제부터 글쓰기 멈추고 갈매기를 꿈꾸네.　自爾停書夢水鷗
옳고 그름을 세상 사람과 논하지 말라,　莫使是非論俗輩
매양 글과 술을 만나면 시대의 흐름과 다르네.　每臨文酒異時流
늘그막에 비록 자식 혼사를 마쳤다 하더라도,　晩來雖有終婚嫁
서글프게도 자평(子平)32)은 이미 백발이었네.　怊悵子平已白頭

세속 옷을 하의(荷衣)33)로 바꿔 입지 못했으니,　塵衣曾未換荷衣
응당 청산은 내가 돌아가는 것을 거절하겠네.　應是靑山拒我歸
한 쪽 벽의 매화는 시운(詩韻)을 토로하게 하고,　半壁梅花詩韻吐
집안의 소나무 숲은 시장 소리를 희미하게 하네.　一門松樹市聲稀
산 구름이 일었다 사라지면 새로운 생각 엉기고,　岫雲起滅凝新思

---

32) 자평(子平): 동한(東漢)의 고사(高士) 상자평(向子平)이 자식들을 모두 시집 장가보
　　낸 뒤에 자신을 이미 죽은 사람처럼 여기라고 하고는 집을 떠나 오악(五岳)의 명산
　　을 두루 유람하다가 생을 마쳤던 고사가 있다. ≪後漢書 卷83 向長列傳≫
33) 하의(荷衣): 연잎으로 만든 옷인데 숨어 지내는 은자의 옷을 상징한다. ≪초사(楚
　　辭)≫ 〈이소(離騷)〉에 "연꽃을 잘라 윗도리를 해 입고, 부용 잎을 모아 치마를 만들
　　었네[製芰荷以爲衣兮 集芙蓉以爲裳]." 한 데서 나왔다.

이끼 낀 돌 반짝거려 옛날과 다름을 증명하네.   苔石斑斕證舊非
달성 서쪽 세속 사람이라 비웃지 말라,   莫笑城西煙火客
세간의 명예와 이익을 가볍게 생각한다네.   世間名利意輕微

기녀(妓女) 마채봉(馬采鳳)에게 재미로 줌

[戲贈妓馬采鳳]

붉은 벼슬 비단 날개로 아롱진 구름 실어오니,　　朱冠錦翼采雲輪

자신은 여러 닭이 마시고 쪼는 것과 다르다네.　　自與羣雞飮啄殊

봄바람 부는 붉은 거리에 특별한 나무 많지만,　　紫陌春風多別樹

천 길이나 높이 날아 홀로 오동나무에 깃드네.　　翺翔千仞獨棲梧

야외에서 읊음

[野吟]

지팡이 들고 한가롭게 걸으며 깊은 숲을 지나는데,　荷藜閒步過林深
나물캐는 아낙 수줍어하며 촌스런 비녀 가다듬네.　採女羞人整野簪
표저(漂杵)34)에는 묵은해와 새해 소리 멀어지며,　漂杵遙鳴殘歲色
봉문(蓬門)35)에는 누가 타향살이 마음 위로할까.　蓬門誰慰異鄉心
연기가 생기는 먼 나무에는 산새들이 돌아가고,　煙生遠樹歸山鳥
하늘에 가까운 쓸쓸한 못에는 저녁 그늘 내리네.　天近空潭下夕陰
초라한 초가집엔 세금 낼 물건 하나도 없는데,　白屋徵求無一物
땔나무 지고 시장에 가니 눈물이 옷깃을 적시네.　負薪歸市淚連襟

---

34) 표저(漂杵): 격렬하게 싸우는 전쟁을 뜻하는 말이다. 주 무왕(周武王)이 주왕(紂王)
을 정벌하여 목야(牧野)에서 전투할 적에 "피가 흘러서 절굿공이를 떠내려가게
했다[血流漂杵]."라는 글이 ≪서경(書經)≫ 〈무성(武成)〉에 나온다.
35) 봉문(蓬門): 쑥으로 지붕을 이은 문이란 뜻으로, 가난한 사람이나 은거(隱居)하는
사람의 집. 또는 남에게 대하여 자기 집을 겸손하는 뜻으로 이르는 말.

감회가 있어서 읊음

[有感吟]

지혜와 기교는 지금 사람이 옛날보다 뛰어나,　　智巧今人比古過
숨은 자취 찾아 밝히려고 날마다 번거롭다네.　　探明秘跡日繁多
사진에는 전신(傳神)36)하는 방법을 쓰지 않고,　　寫眞不用傳神法
축음기에는 눈 녹는 노래가 어찌 어렵겠는가?　　蓄樂何難和雪歌
만 리를 나는 비행기는 새 날개를 능가하고,　　萬里飛行凌鳥翼
여러 나라의 담소는 소리 물결에 닿아 있네.　　百邦談笑接聲波
도덕을 울타리에 버려진 물건으로만 보니,　　惟看道德芭籬物
인간 세상의 고락은 마침내 어떠하겠는가?　　苦樂人間竟若何

---

36) 전신(傳神): 정신을 전한다는 뜻으로, 문장이나 그림 등으로 인물의 진수(眞髓)를 묘사해 내는 것을 말한다.

단풍을 감상하며

[賞楓]

아침 햇살에 기대어 서니 고요하여 소리가 없는데,   朝暉倚立靜無聲
화려하고 장엄하여 이름을 하나로 붙일 수 없네.   華麗莊嚴不一名
직녀가 베틀에 내려와 천 길 비단을 드러내며,   天女下機千錦曝
장군이 말을 타고 나가자 많은 깃발이 행진하네.   將軍出馬萬旗行
화장을 고침은 보는 사람이 예뻐하게 함이 아니며,   變粧非爲看人戀
고운 자태는 본바탕이 깨끗함에 온전히 연유하네.   妍態全由素質淸
오래도록 세간에서 그대를 읊고 노래하게 하니,   長使世間吟賦爾
울긋불긋 지는 잎은 삼생(三生)37)을 넉넉하게 하네.   翠紅飛葉足三生

---

37) 삼생(三生): 불교에서 말하는 과거·현재·미래로, 인간의 전생(前生)·현생(現生)·후
생(後生)을 이른다.

하산하여 읊음

[下山吟]

훗날에는 응당 지금을 예전이라 말하겠지만,	後來應說此爲前
이전에 도착하여 시를 지은 지 이미 십년이네.	前到題詩已十年
지팡이 짚은 사람은 붉은 숲 안으로 돌아가며,	荷杖人歸紅樹裡
문을 나서는 승려는 흰 구름 주변에서 읍하네.	出門僧揖白雲邊
어느 때에 다시 산의 샘물을 마시겠는가?	那時更飮山泉水
길 하나가 연기 자욱한 시내로 멀리 통하네.	一路遙通市黌煙
깨끗한 인연을 만드는 곳이 어느 곳인가?	做造淸緣何處是
떠나는 수레에서 머리 돌리니 도리어 아득하네.	征車回首却茫然

장현주(張鉉柱)의 '수운(壽韻)'에 차운함

[次張鉉柱壽韻]

인간세상에서 회갑(回甲)을 모두 장수라 일컫는데,　人間一甲總稱壽
검은 머리와 붉은 얼굴이 서로 짝맞기가 드물도다.　綠髮紅顔罕所儔
일찍 경륜(經綸)을 품고 장사꾼으로 뛰어들었다가,　早抱經綸投貨市
만년에는 영욕(榮辱)을 버리고 전원에 거처하네.　　晚辭榮辱臥田疇
한마음으로 다툼이 없는 것이 참으로 행복이 되며,　一心無競眞爲福
모든 일에 관용을 베푸는 것이 바로 좋은 계책이네.　萬事從寬是善籌
아들과 아내가 즐거워하며 한가롭게 세월을 보내니,　子樂妻歡閒送日
초가집에 산 그림자 마치 선사(禪師)의 장막 같네.　　茅簷山影似禪幬

계유생(癸酉生) 박기돈(朴基敦) 외 23명의 동시 생일잔치를 축하함

[祝癸酉生朴基敦外二十三人同時晬宴 二首]

화목한 기운이 온 자리에 물씬 풍기는 날, 　　　　　和氣氤氳一席天

스무 집안에 경사가 같으니 기쁨이 끝이 없도다. 　廿家同慶喜無邊

어쨌거나 성대한 잔치가 선배에게는 없었으니, 　奈何盛讌空前輩

오히려 좋은 계책 회복하여 소년시절 기대하네. 　猶復嘉謨待少年

건강을 몸소 터득한 것이 서로 엇비슷하며, 　　體得健康相伯仲

고향 마을에 머문 것이 또한 단란하다네. 　　　棲遲鄉井亦團圓

술동이는 깊고 좌석은 가득하여 떠들썩하니, 　樽深座滿呼聲動

푸른 잣나무와 높은 언덕처럼 장수를 축원하네. 　如柏如陵祝壽緣

푸른 새잎이 그늘을 이룬 4월의 하늘, 　　　新綠成陰四月天

경사스러운 잔치를 시냇가에 베풀었네. 　　　慶筵高設碧溪邊

온 성안의 빈객들이 축수(祝壽)를 올리니, 　　傾城賓客呈華祝

바다에 넘칠 만한 술동이로 늘그막을 즐기네. 　溢海栖樽樂暮年

노랫소리는 한가로운 구름 속에 들어가 머물며, 歌聲遠入閒雲逗

춤추는 소매는 비단 자리에서 낮게 돌아가네. 　舞袖低回錦簟圓

23명이 모두 함께 취했으니, 　　　　　二十三人同一醉

세상에서는 기이한 인연이라고 칭송이 자자하네. 世間多頌做奇緣

안의(安義) 박기복(朴基福) 만사(挽詞)

[挽朴安義基福]

지난 6월 어느 날,	去年六月日
담소하며 함께 기뻐하였네.	談笑共欣悅
어찌 알았겠는가, 일주기도 못되어,	那知未一周
갑자기 유명(幽明)의 결별을 지을 줄.	遽作幽明訣
효도와 우애는 넓은 집을 만들었고,	孝友爲廣宅
충성과 용서는 좋은 전답을 만들었네.	忠恕作良田
자손들이 대대로 지킬 수 있다면,	子孫能世守
공은 실로 영원히 잠들지 않으리라.	公實不永眠

치당(菑堂) 이영면(李英勉) 만사(挽詞)

[挽李菑堂英勉]

우리 집과 그대의 집에는,	我家與君家
형제가 각각 두 사람이었네.	兄弟各二人
나의 아우는 이미 돌아갔지만,	我弟已湮沒
그대의 형은 아직도 살아계시네.	君兄尙屈伸
두 형이 모두 백수가 되었으니,	兩兄俱白首
천지 사이에 반쪽 몸만 남아 있네.	天地留半身
한숨 쉬다가 다시 울면서 탄식하니,	唏噓復嗚咽
흘러내리는 눈물이 수건에 가득하네.	涓涓淚滿巾
가장 좋은 것은 후손들로 하여금,	莫如敎後昆
가업을 새롭게 하도록 명하는 것이네.	家業命猶新

오정(梧庭) 이종면(李宗勉) 만사(挽詞)

[挽李梧庭宗勉]

작년에는 그 아우를 통곡하였는데,	去年哭其弟
올해에는 그 형을 통곡하네.	今年哭其兄
천도(天道)는 진실로 헤아리기 어려우며,	天道誠叵測
마음속은 온통 갈피를 잡을 수 없네.	中心是纏繡
아, 공과 나는,	于嗟公與我
동창이면서 동갑이었도다.	同窓又同庚
선(善)을 보면 서로 스승 삼았고,	見善互相師
일을 만나면 서로 이루어 주었네.	遇事互相成
육십 년을 하루처럼 지냈으며,	六旬如一日
조금도 마음에 어긋나지 않았도다.	未嘗少拂情
훌륭한 말씀을 다시 만나기 어려우니,	德音更難接
보잘것없는 사람을 어찌하랴.	奈何鄙吝生
누구인들 그 행실을 사랑하지 않겠는가?	孰不愛其行
성실하고 신실함을 높이 치켜세우네.	忠信是高擎
얼음처럼 맑은 달은 흔적 없이 숨었지만,	氷鏡隱無跡
어조(魚鳥)의 맹세38)는 속이지 않았도다.	魚鳥不欺誠

---

38) 어조(魚鳥)의 맹세: 물고기와 물새와 더불어 살겠다고 맺은 맹약이라는 뜻으로, 전원으로 돌아가겠다는 평소의 결심을 뜻하는 말이다.

불우하게도 재주를 펼치지 못했지만,　　不遇未展才

근심을 떨쳐내고 즐겁게 살았도다.　　撥憫娛樂行

만약 당시에 벼슬길에 나아가게 했더라면,　　若使當時路

탐욕스런 사내들이 모두 숙청되었겠지.　　貪夫盡肅淸

어느 아침에 청운의 길로 보내려 하였더니,　　一朝雲衢使

누가 불렀는지 상제(上帝)의 나라로 향하였네.　　何召向帝城

원사(園社)는 앞으로 적막할 것이며,　　園社將寂寞

온 집안에 광명(光明)을 잃었도다.　　庭戶失光明

훌쩍거리며 한바탕 눈물을 씻어내며,　　喤喤一灑淚

청산으로 붉은 만장(輓章)을 전송하네.　　靑山送丹旌

남제(湳濟) 만사(挽詞)

[挽湳濟]

늘그막에 서로 따르며 가까운 이웃이 되어서,　　白首從遊結近隣
몇 차례 주고받은 시에 노년의 회포 새로웠네.　　幾回酬唱老懷新
따뜻한 봄에 시를 짓자고 다시 기약했건만,　　更期春暖開詩硯
사람은 떠나고 공연히 책상 위에 먼지만 쌓이네.　　人去空留案上塵

늦봄에 여러 벗들과 병든 몸을 이끌고 동호(東湖)를 유람함

[暮春與諸益扶病遊東湖]

비 개인 동호에는 경치가 새로운데,	雨歇東湖景色新
봄물에 배를 띄운 사람이 많아 보이네.	看多春水放舟人
복사꽃에 기온이 따뜻하여 나른히 읊으며 거닐고,	桃花氣暖慵吟策
수양버들에 바람 불어 선비를 잔뜩 취하게 하네.	楊柳風微岸醉巾
오래 병 앓으니 심약(沈約)39)이 가련하며,	抱病長時憐沈約
값비싼 책은 정균(庭均)40)에게 부끄럽네.	著書無價愧庭均
늙은 사람이 맑고 굳세기를 유지하려면,	若令老骨持清健
안개 낀 강에서 낚시하기를 어찌 싫어하리.	負釣煙江豈厭頻

---

39) 심약(沈約): 중국 남조시대의 학자(441~513). 자는 휴문(休文). 음운학의 거두로 사성(四聲)을 처음으로 연구하고, 시의 팔병설(八病說)을 제창하였다. 동양태수로 나간 지 1백여 일 만에 허리띠를 몇 번이나 다시 졸라 맬 정도로[革帶常應移孔] 몸이 수척해졌다고 한다. 저서에 ≪진서≫, ≪송서≫, ≪제기(齊紀)≫, ≪사성 운보(四聲韻譜)≫ 따위가 있다.

40) 정균(鄭筠): 반정균(潘庭筠,1742~?). 중국 절강성(浙江省) 전당(錢塘) 사람으로 자는 향조(香祖), 호는 추루(秋庫)이다. 시(詩)·서(書)·화(畫)에 모두 능했으며, 과거 급제 후 벼슬은 어사(御使)까지 지냈다.

2. 발(跋)

돌아가신 할아버지의 유묵(遺墨) 뒤에 기록함

　할아버지께서 남긴 시고(詩稿)와 필적이 흩어져서 거의 사라지고 집안에 전해지는 책상자에는 이 세한시(歲寒詩) 한 편과 손수 베껴 쓴 시고(詩稿)가 약간 편이 있다. 내가 어린 시절에 일찍이 마을의 부로(父老)와 어른들에게 들으니, 할아버지께서는 노년에 항상 수전증(手顫症)을 앓고 있어서 손을 놀리기가 불편하였기 때문에 매번 왼손으로 글자를 썼다고 한다. 지금 글자를 삐치고 파임하는 사이에 간혹 왼손으로 쓴 흔적이 없지는 않지만 그래도 그 자획이 정련(精鍊)하고 체재가 정미(正美)하여 오히려 활발발(活潑潑)1)한 기상이 있으니 글자마다 모두 금옥(金玉)이나 구슬과 같다.

　내가 할아버지의 시고와 유묵(遺墨) 약간을 삼가 수집하여 하나의 문집으로 편성하고 이어서 〈세한시 병서(歲寒詩幷序)〉 한 편을 붙여서 하나의 기록을 만들어 집안에 전해질 보배로 삼았다. 그러나 애석하게도 일찍이 내가 어린 시절에 몽매하고 무식하여 그 뒷부분을 잘라서 연을 만드는 용도로 사용하였다. 지금은 흉금을 털어놓은 구절과 합치되는 부분이 없으니 그 아래는 문득 끊어진 조각이 되어 완벽하게 하는데 흠결이 있게 되었다. 아, 애통하도다. 이것은

---

1) 활발발(活潑潑): 고기가 자연스레 노닌다는 '활발발(活鱍鱍)'과 같은 뜻으로, 사람의 심성과 사상, 문장, 행동 등이 활발하게 생동하여 막힘없이 자연스러운 것을 뜻한다. ≪中庸章句 第12章≫

나에게 평생토록 지극한 한이 되었으니 짐짓 여기에 기록하여 자손
들에게 본보기로 남기려 할 따름이다.

○ 王考府君遺墨後識

王考府君 遺稿零墨 散佚殆盡 而家傳巾衍之藏 有此歲寒詩一篇手抄
詩稿略干 不肖童子時 嘗聞諸鄕黨父老長者 府君晚歲 常以手顫爲病 不
便於弄腕 故每以左手書字 今其戈波之間 或不無左腕之迹 然其字畵之
精鍊 體裁之正美 尙有活潑潑氣像 個個金玉珠璣也

不肖謹蒐府君詩稿遺墨略干 編成一集 次以歲寒詩幷序一篇 帖成一錄
以爲傳家之寶藏 而惜乎小孫曾於童卯時 茫昧無識 截其後段 作爲紙鳶
之用 今其無處合開襟之句 以下便作斷片 遂使完璧有缺 嗚呼痛矣 此爲
小孫終身之至恨 而姑錄於此 留作子孫之鑑云爾

≪양세연묵첩(兩世聯墨帖)≫ 뒤에 삼가 씀

　나의 돌아가신 아버지는 어릴 때 부친을 여의고 집이 지극히 가
난하여 일찍이 소나무 판자와 감나무 잎으로 글자를 익혀서 글을
배웠다. 성장해서는 글방 선생을 따라 경전(經典)과 사서(史書)를 읽
었다. 이미 가계가 빈곤했기 때문에 수수(滫瀡)의 봉양2)을 할 수 없
었다. 십일업(什一業)3)에 종사하여 조금 넉넉해지자 바로 그만두고
고향으로 돌아와 칠순에 이르기까지 오래 살다가 돌아가셨다. 아,
이것이 나의 아버지의 평생의 대략인데 남긴 시와 잃어버린 필적을
비록 모두 수록할 수는 없지만 지금 남아 있는 종이와 한 조각의
필적은 바로 아버지께서 노쇠함에도 게으르지 않았다는 하나의 증
거물이다.

　대개 아버지는 비록 늙었지만 정력이 쇠퇴하지 않아 매일 일찍
일어나서 ≪중용(中庸)≫을 몇 번 읽었다. 그리고는 바로 신문지 뒷면
이나 봉투 같은 종이를 가져와서 마음을 기울여 글자를 썼는데 뒷면
에는 모두 검은 색을 칠한 것 같았다. 다른 사람의 입장에서 보면

---

2) 수수(滫瀡)의 봉양: 맛있는 음식으로 봉양하는 것을 말한다. 수수(滫瀡)는 고대
　요리법의 일종으로, 녹말을 음식물에 섞어 부드럽고 걸쭉하게 하여 만든 음식이다.
3) 십일업(什一業): 당년 총 수확량의 10분의 1을 거두던 옛날의 세법(稅法). ≪맹자
　(孟子)≫ 등문공 상(滕文公上)에 십일세를 논한 것이 보인다. 여기서는 원금의 10
　분의 1을 이자로 주기로 하고 돈을 빌려주는 사업을 가리킨다.

한 가닥의 조그마한 휴지에 지나지 않아서 적용할 곳이 없겠지만 나의 입장에서 보면 종이 하나 조각 하나도 모두 우리 아버지의 정성과 마음이 남은 것이니 영원토록 사라지지 않을 보배로운 필적이다. 어찌 자손들이 집안에 전해야 할 청전(靑氈)4)이 아니겠는가?

나는 배우지 못해 무식하여 아버지께서 남긴 시문의 원고를 다 잃어버리고 겨우 약간 편을 수집하였는데 추모하는 즈음에 때마침 옛날 상자 안에 이 유묵(遺墨)과 휴지가 있는 것을 마침 보았다. 그래서 갱장(羹牆)5)하는 감정을 견디지 못해 묵첩(墨帖)을 엮고 수정(水晶)으로 장식하여 다섯 첩(帖)을 만들었다. 또한 할아버지의 유묵 아래에 연계하여 ≪양세연묵첩(兩世聯墨帖)≫이라 이름을 붙이고는 감히 그 전말(顚末)을 서술하여 후세의 자손들에게 본보기를 보려주려 하였다. 아, 황금이 일 만 광주리가 있고 좋은 구슬이 천 섬이 있더라도 어찌 대대로 전해지는 이 보물과 바꿀 수 있겠는가?

○ 敬書兩世聯墨帖後

吾先府君 幼失怙家極貧 嘗以松片柿葉習字以學書 及長從塾師讀經史 旣又以家計貧窶 無以供瀡瀡養 從事什一業 稍饒乃撤歸故里 至七旬隆耋而終 嗚呼 此吾府君平生之大槩 而遺詩佚墨 雖不能盡錄 然今此殘紙

---

4) 청전(靑氈): 선비 집안의 청검(淸儉)한 생활을 말한다. 진(晉)나라 왕헌지(王獻之)가 밤에 서재(書齋)에 누웠는데 도둑들이 들어와 방에 있는 물건들을 모조리 쓸어 담으려 하자, 왕헌지가 점잖은 목소리로 말하기를, "여보게, 푸른 담요[靑氈]는 우리 집안에 대대로 물려 내려오는 물건이니 그것만은 놔두고 가게."라고 하니, 도둑들이 깜짝 놀라 달아났다는 고사에서 비롯된 말이다. ≪晉書 卷80 王羲之列傳 王獻之≫

5) 갱장(羹牆): 국과 담장. 우러르고 사모하는 마음이 지극한 것을 말한다. 후한의 이고(李固)가 말하기를, "옛날 요 임금이 죽은 뒤에 순 임금이 3년 동안 우러르고 사모하여, 앉았을 때는 담장에서 요 임금을 보고 밥 먹을 때는 국그릇에서 요 임금을 보았다[昔堯殂之後, 舜仰慕三年, 坐則見堯於牆, 食則睹堯於羹]."라고 하였다. ≪後漢書 卷93 李固列傳≫

片墨 卽府君衰老不倦之一証物也

蓋府君雖老 精力不衰 每早起讀中庸數遍 便取新聞紙背及封函紙類 精心書字 背面皆如塗漆 以他人觀之 不過一條小墨休紙而已 無所適用 以不肖子觀之 一紙一片 皆吾府君精誠心畫之攸在 而爲百世不泯之寶墨 也 豈不爲子孫傳家之靑氈歟

不肖不學無識 先府君詩文遺稿 皆佚落無傳 僅蒐略干篇 而追慕之際 適見古笥中 有此遺墨休紙 故不勝羹牆之感 綴爲墨帖 粧以玻璃爲五帖 又聯於先王考遺墨之下 名之曰兩世聯墨帖 而敢敘其顚末 用以示後世子 孫之鑑戒 嗚呼 黃金萬 鎰 明珠千斛 豈足以換此世寶也哉

돌아가신 아버지의 유고(遺稿)에 쓰는 발문(跋文)

아, 이것은 나의 아버지의 평소 유묵이다. 나는 나이가 어리고 지식이 부족하여 일찍이 다른 일을 핑계로 차일피일 미루고 수집하여 기록하지 못했는데 을사년 봄에 갑자기 아버지의 상을 당하였다. 장례를 겨우 마치고 비로소 책상자를 열어보니 이미 흩어지고 없어져 남은 것이 없었다. 아, 소자가 맡아서 갈무리하기를 잘하지 못한 책임을 더욱 피할 곳이 없게 되었다.

이미 지난 갑오년(甲午年, 1894)과 을미년(乙未年, 1895)의 소요가 있을 때 가족을 이끌고 골짜기로 들어가 삼년을 지내고 돌아왔으니 아마도 그 때 이미 잃어버렸을 거라고 생각한다. 다시 어디에서 찾아내어 그 어질지 못했던 잘못을 면할 수 있겠는가? 흐느껴 울면서 통한하지만 하늘과 땅 사이에는 미치지 못할 것이다. 근래에 부형의 친척들을 찾아다니며 때때로 구전되는 시구(詩句) 수십 편과 만사(輓詞), 제문(祭文) 등 부록을 얻었다. 이에 한 편을 베껴서 상자 안에 갈무리하였으니 후손들이 서로 전하며 추모하는 단서가 될 지의 여부는 알지 못하겠다.

○ 先考府君遺稿跋

嗚呼 此吾先君子平日遺墨也 不肖年淺識蔑 嘗推託餘日 未能蒐錄 乙巳春 奄遭大故 襄封纔迄 始閱巾衍 則已散佚無存 嗚呼 小子不謹典守之

責 尤無所逃也

　已頃於甲乙柬擾時 挈家入峽 經三年乃還 則想似其時已見失矣 更從
何處得來 庶免其不仁之誅也 飮泣痛恨 穹壤莫逮 年來從父兄賓戚間 往
往得口傳詩句數十 幷挽祭附錄 謄玆一篇 藏諸篋裡 或未知爲後昆相傳
追慕之萬一否

3. 잡저(雜著)

남긴 훈계(訓戒)

　내가 일찍이 들으니, 구미인(歐美人)은 나이가 서른이 되면 으레 유서를 둔다고 하였다. 나의 병이 실제로 보통이 아닌데도 하물며 나이가 일흔에 가까움에랴. 그 사이를 돌아보면 너희들 자질(子姪)이 학업을 기르느라 재력을 축적할 수 없었기에 선부군(先府君)의 유지에 부응할 겨를이 없었다. 이는 깊은 유감이기 때문에 죽을 때까지 성실과 신의를 날줄로 삼고 근면과 검소를 씨줄로 삼아, 마음은 항상 남을 사랑하는 데 두어야 하고 뜻은 항상 널리 구제하려고 해야 한다. 항상 스스로 경계하며 말하기를, "한갓 사람의 노력을 낭비하여 이러한 안락을 즐기기만 하고 내가 힘을 내어 보답하지 않으면 이는 공공의 도리에 죄를 짓는 것이 실제로 크다. 그래서 베푸는 바가 겨우 친족 사이의 일에 그치고 말아 항상 못마땅하게 여겼지만 지금은 또 이렇게 늙어버렸다. 너희들은 각자 스스로 근면과 성실을 지키고 보존하면 헐벗고 굶주림을 거의 면할 것이다. 그 밖에 선친의 유지는 너희들 자손들에게 바라지 않을 수 없다."라고 하였다.
　하나, 방심하여 뜻을 무너뜨리지 말고 근검과 근신을 표준으로 삼을 것이며, 선인의 덕업을 욕되게 하지 말 것.
　하나, 자손들에게 기예(技藝)의 학업을 가르쳐서 각자 자신의 힘으로 먹고 살게 할 것.

하나, 재력을 축적하여 재단법인을 설립하기를 마치 자작농(自作農)¹⁾을 새로이 정하는 것처럼 하여 사회사업을 장려할 것.

하나, 각 처의 선영(先塋)을 한 곳으로 계장(繼葬)²⁾한 후에 묏자리와 재실(齋室) 및 소속 토지는 금남공(錦南公) 문중의 소유로 명칭하고 또한 팔공산 입구는 월성(月城) 이씨(李氏)들이 대대로 무덤을 쓰는 땅이므로 돌에 새겨 비석을 세울 것.

하나, 새로 장사지낸 부근의 경작지를 얼마간 사들여 특별히 막고 지켜서 문중에서 사용하되 관리자는 자손 중에서 감당할 만한 자를 뽑아 기한을 정해 나누어 맡길 것.

하나, 초상에 관한 모든 일은 돌아가신 한규직(韓圭稷)³⁾의 말씀을 표준으로 삼아 따를 것.

하나, 부음(訃音)을 알리는 글을 돌리지 말고 단지 친척에게만 구두로 알릴 것.

하나, 불가(佛家)의 속례(俗禮)를 초상 중이나 초상 후에도 절대 금지할 것.

하나, 발인(發靷)⁴⁾할 때 영결식장은 중간에 조용한 곳을 선택하여 일반 손님들은 여기에서 사절(謝絕)하고 단지 친족 몇 사람만 매장(埋葬)을 감시하게 할 것.

하나, 어떤 제사의 제물이든 막론하고 맑은 물 한 그릇, 제철 과일

---

1) 자작농(自作農): 자기 토지의 전부 또는 대부분을 직접 경작(耕作)하거나 경영(經營)하는 농업(農業). 또는, 그 농가(農家).

2) 계장(繼葬): 조상의 무덤 바로 아래에 이어 자손을 장사하는 것.

3) 한규직(韓圭稷): 조선 후기의 무신(1845~1884). 본관 청주(淸州). 자 순좌(舜佐). 호 다옥(茶玉). 시호 사숙(思肅). 부사 승렬(承烈)의 아들이다. 명성황후의 총애를 받고 어영대장, 혜상국총판(惠商局總辦), 의금부지사 등을 지냈다. 내정(內政) 개혁을 추진하는 독립당(獨立黨)을 탄압하고, 박영효가 지휘하던 군병까지 흡수하여 독립당의 제거 대상인물에 올랐다. 갑신정변 때 독립당원에게 살해되었다.

4) 발인(發靷): 상여(喪輿)가 집에서 묘지(墓地)를 향하여 떠나는 것.

세 종류, 비늘이 붙은 어물과 말린 고기 두 그릇 도합 여섯 종류 이외에는 절대 사용하지 말 것.

하나, 지금 세상 사람들은 대부분이 괴로움에 **빠져** 있는데 만약 홀로 오락을 행한다면 신인(神人)의 공분(公憤)을 면하기 어려울 것이니 절대로 까닭 없이 잔치를 열어 즐기지 말 것.

○ 遺戒

吾曾聞歐美人年至三十 例以遺書置之 余病實非尋常 況年近七旬乎 顧其間 因汝曹子姪之長育學業 未能蘊蓄財力 未遑副先府君之遺志 是所深恨 故終身以誠信爲經 勤儉爲緯 心常存愛物 志常欲廣濟 常自警戒 曰 徒費人之勞力 餉此安樂 吾無出力報答 則是爲公理之罪 實大 所以所施僅至族親間事 而常懷慊然 今又此老矣 汝曹各自勤誠守保 則庶免凍餒矣 其外先人遺志 不得不望諸汝曹子孫中焉耳

一 勿爲放心墮志 以勤儉謹愼爲標 勿汚辱先人德業事

一 使子孫敎授技藝之學 各自食力事

一 蘊蓄財力 設立財團法人 如自作農刱定 而獎勵社會事業事

一 各所先塋 一處繼葬后 山地墓齋 及所屬土地 以錦南公門中所有名稱 且公山口 以月城李氏世葬之地 刻石立碑事

一 新葬近地耕土 幾何買受 別爲拮拒 用于門中 而管理者 擇於子孫中可堪人 任期分定事

一 喪事凡百 故韓圭稷之言準則事

一 通訃書勿行 但於親戚口報事

一 佛俗禮 喪中喪後 絶對禁止事

一 發軔時 永訣式場 擇於中間閒地 使一般賓客 此地謝絶 但族親幾人 埋葬監視事

一 勿論何祭儀物 淸水一器 時果三品 存皮魚肉乾脯二器 合六種以外

絶對勿用事

一 現今世人 擧皆沈淪於勞苦中 則若獨行娛樂 難免神人公憤矣 切勿
無故燕樂事

4. 부록(附錄)

만사(挽詞)

최현달(崔鉉達)

음력 팔월 보름날 달이 휘영청 밝은데,　　　　　中秋三五月偏明

이날 밤 공이 옥경(玉京)1)으로 올라갔다 하네.　　此夜聞公上玉京

자선을 베푸는 집안은 세덕(世德)2)을 받들고,　　慈善門闌承世德

슬퍼하는 여항(閭巷)에서 인정을 보겠네.　　　　悲哀閭巷見人情

경산 들판에 밭을 열어 일찍 친족과 돈독하였고,　田開慶野曾敦族

현루에 서적 가득하니 오래 영재를 길렀네.　　　書滿弦樓舊育英

병석에 있을 때 한차례 이별조차 못했으니,　　　臥病未能成一訣

바람결에 눈물만 하염없이 흘러내리네.　　　　　臨風只有淚縱橫

---

1) 옥경(玉京): 하늘 위에 옥황상제(玉皇上帝)가 산다는 서울.

2) 세덕(世德): 대대(代代)로 쌓아 내려오는 아름다운 덕(德).

만사(挽詞)

도갑모(都甲模)

월성(月城)의 어진 후손 경오년에 태어나니,	月城賢裔降維庚
자태는 금옥(金玉)같고 정신은 맑고 밝았다네.	金玉其姿瑩澈精
성품은 선조 받들기에 돈독하여 성의가 빛났고,	性篤奉先誠意逈
은혜는 대중 구휼로 옮겨서 착한 마음 싹텄네.	恩推眾恤善端生
일흔을 채우지 못했으니 애석해야 할 일이지만,	七旬未滿嗟堪惜
병마3)의 침입을 어찌하여 막지 못했던가?	二豎橫侵奈莫爭
조라(蔦蘿)4)에 가탁하여 오래 흠모하였더니,	自托蔦蘿欽德久
살아있는 나는 서글퍼 눈물이 눈에 가득하네.	悲吾後死淚盈睛

---

3) 병마: 원문의 '이수(二豎)'는 위독한 병(病)의 별칭이다. 춘추 시대에 진(晉)나라 경공(景公)이 병이 들어 진(秦)나라의 명의(名醫)를 청하였는데, 그가 오기 전에 경공의 꿈에 두 수자(豎子)가 서로 말하기를 "내일 명의가 오면 우리를 처치할 것이다. 그러니 우리가 고(膏)의 밑과 황(肓)의 위로 들어가면 명의도 어찌 하지 못할 것이다." 하였다. 다음 날 명의가 와서 진찰하고는, "병이 고황(膏肓) 사이에 들어갔으니 치료할 수 없다." 하였다.

4) 조라(蔦蘿): ≪서경≫ 〈소아(小雅)〉 규변(頍弁)에, "조라와 여라가, 소나무와 잣나무에 뻗어 있도다[蔦與女蘿施于松栢]."라고 하여, 형제와 친척들이 서로 의지하여 화목하게 살아가는 모습을 비유하였다.

만사(挽詞)

최재홍(崔在弘)

하염없는 내 눈물은 다른 사람과는 다르니,　　　縱橫我淚異諸人
두 세대에서 은혜를 받으며 이 몸 늙었다네.　　　兩代受恩老此身
일 처리는 얼음처럼 맑아 결점이 없었으며,　　　處事氷淸無點累
말을 황금처럼 아껴 순진하게 실천하였네.　　　出言金惜履純眞
젊은 시절 평소 뜻을 누가 알 수 있으랴만,　　　靑春素志誰能識
늘그막의 마음가짐은 세상과 가깝지 않았네.　　　白首心懷世不親
지하에서 서로 만날 날이 응당 있을 테지만,　　　地下相逢應有日
붉은 만장이 차마 서쪽 마을을 나가지 못하네.　　　丹旌不忍出西隣

만사(挽詞)

박연조(朴淵祚)

자상하고 화락함은 타고난 자질에서 나왔으며,　　慈詳豈弟出天資

남쪽 고을에서 우뚝하게 일어나 큰일을 이루었네.　崛起南隅大有爲

만 권의 새로운 서적에서 지극한 이치를 보고,　　萬卷新書看至理

넓은 바다를 초월하여 선지식을 깨달았네.　　　　超然洋海覺先知

익재(益齋)의 넉넉한 음덕 받은 금남옹(錦南翁)이여,　益齋餘蔭錦南翁

백 세대에 계술한 공업(功業)에 광채를 더했네.　　百世增光繼述功

먼저 걱정하고 뒤에 즐긴 문정공(文正公)의 뜻,[5]　後樂先憂文正志

오중에서 의장을 설치하여 은혜가 무궁하였네.[6]　吳中設義惠無窮

거센 물결 돌리려는 처음 뜻 끝내 펼치기 어려워,

　　　　　　　　　　　　　　　　　　回狂初志竟難伸

담박하게 거문고와 서책으로 홀로 본성을 지켰네.　淡泊琴書獨守眞

---

5) 중국 북송(北宋)의 명재상인 문정공(文正公) 범중엄(范仲淹)의 〈악양루기(岳陽樓記)〉에 나오는 "천하의 걱정거리에 대해서는 그 누구보다도 먼저 걱정하고, 천하의 즐거운 일에 대해서는 그 누구보다도 뒤에 즐긴다[先天下之憂而憂 後天下之樂而樂]."는 말을 요약한 것이다.

6) 범중엄(范仲淹)은 소주(蘇州)의 오현(吳縣) 출신으로, "종족이란 조상의 입장에서 보면 똑같은 자손이다."라고 하며, 오중(吳中)에 의장(義庄)을 설치하여 그들 중의 가난한 자들을 보살피고 친목을 돈독히 하였다. ≪小學 嘉言≫

세상길엔 시기 많아 꿈에서 깨어나 한탄하며,　　世道多猜嗟夢起

처량하게도 영남에서 남몰래 가슴 아파하였네.　　蒼凉嶺藪暗傷神

만사(挽詞)

이기형(李基馨)

금처럼 곱고 옥처럼 깨끗함이 타고난 바탕이니,　　金精玉潔是素賦
이 세상에 공과 같은 이가 몇이나 있겠는가?　　斯世如公有幾人
지난해에는 선비 기상이 무너짐을 깊이 근심하여,　往歲深憂墮士氣
우현루 세워 찬란한 문물을 회복하였도다.　　友弦樓起復彬彬

절로 남쪽 고을의 살아있는 부처가 되어,　　自做南州一活佛
남을 위하는 높은 의리는 무리에서 뛰어났네.　急人高義逈超倫
어진 명성 사라지지 않고 무궁히 남을 것이니,　仁聲不朽無窮在
덧없는 세상에서 돌아감을 어찌 찡그리는가?　泡界歸眞豈足顰

뛰어난 자손들이 뜰에 거닐며 또한 잘 계승하니,　鸞鵠趍庭又善述
앞길이 만리와 같은 오랜 집안의 명성이로다.　前頭萬里古家聲
평생의 지기(知己)는 다시 어디에 있는가?　生平知己於何復
오늘 아침 눈물 흘리며 죽지 못한 마음을 적네.　題漏今朝未死情

만사(挽詞)

장영달(張永達)

온화와 공손, 겸손과 사양은 온전한 천성이니,	溫恭謙讓渾然天
우리 영남에서 헤아려보면 누가 으뜸인가.	屈指吾南孰有先
기상은 온화하여 고요한 봄바람 같았고,	氣像春風和靜裡
가슴속 회포 맑고 깨끗하여 가을물 같았네.	胸懷秋水淡淸邊
육영과 경영한 사업은 향리에서 칭송하며,	英育經營鄉道頌
집안에 보전하는 규범은 자손들이 전하네.	家全規範子孫傳
모든 일에 무심하여 공은 기꺼이 떠났으니,	萬事無心公樂去
화원의 우뚝한 산이 바로 편안한 무덤이네.	花園秀岳是安阡

만사(挽詞)

유지녕(柳志寧)

일찍 풍조를 취하여 세상일을 알았으니,	早攬風潮世事知
꽃다운 얼굴은 속세인의 모습이 아니었네.	華容非是俗人儀
종족과 돈목하려 범씨를 본받아 땅을 기부했고,	敦宗倣范曾捐土
선비를 기르려 현루(弦樓)에 장막을 설치하였네.	養士友弦廣設帷
제각(祭閣)의 새 규모는 예에 따라 간편하게 했고,	祭閣新規循禮簡
장서(藏書)로 남긴 훈계는 시의에 적절하였네.	藏書遺計措時宜
한마음으로 사귄 의리 끝내 변함이 없었으니,	一心交義終無改
청산으로 머리를 돌리자 내 스스로 슬퍼지네.	回首靑山我自悲

만사(挽詞)

김영두(金榮斗)

범씨의 의장(義庄)은 해마다 가을이면 열었고,	范氏庄開歲有秋
영남의 선비들은 현루(弦樓)에서 사귀었다네.	南州衿佩友弦樓
가업을 계승할 아들[7] 좋은 계책 넉넉하니,	克家蠱子嘉猷足
남은 은택 오래도록 사라지지 않을 줄 알겠네.	餘澤從知久不收

넘실대는 홍수에 건널 만한 나루터가 없으니,	滔滔洪水涉無津
우리 고을에선 첫째가는 인물을 또 잃었도다.	復失吾鄉第一人
하늘이 남겨두지 않으니 얼마나 큰 재액인가?	天不憗遺何太厄
밤이 깊도록 잠들지 못하고 반짝이는 별을 보네.	夜深無寐看星頻

---

7) 계승할 아들: 원문의 '고자(蠱子)'는 부친의 뜻을 계승하여 부친이 이루지 못한
일을 완성하는 아들을 말한다. 《주역(周易)》〈고괘(蠱卦)〉에 "아버지의 잘못을
바로잡는다. 아들이 있으면 돌아가신 아버지의 허물이 없어진다[幹父之蠱 有子考
无咎]."라고 한 데서 나온 말이다.

만사(挽詞)

서기하(徐基夏)

밝고 깨끗한 흉금은 구슬처럼 윤기나고 선명하며,　　灑落胸衿玉潤淸
육순의 실천은 조금도 기울어지지 않았도다.　　六旬踐履不偏傾
안개구름 가득한 땅에 외로운 봉우리 우뚝하며,　　煙雲滿地孤峰秀
비바람 몰아치는 새벽에 촛불 하나 밝도다.　　風雨侵晨一燭明
관중과 포숙은 일찍이 같은 날 죽지 못했고,　　管鮑未曾同日死
백아와 종자기는 우연히 같은 시대에 살았다네.　　牙期偶得幷時生
오랜 사귐에 원망을 호소한 줄 아는가 모르는가,　　舊交訴怨能知否
하늘에서는 원래 마음을 쉽게 잊어버린다네.　　上元來易忘情

제문(祭文)

최현달(崔鉉達)

선조의 덕이 두텁게 쌓여 공처럼 훌륭한 분이 태어났네. 선의(善意)를 베푸는 마음과 단아(端雅)한 선비의 지조를 지녔네. 삼가 청전(靑氈)[8]을 지켰으며 평소 행실을 바르게 하였네. 이에 훌륭한 소문이 있어 원근에 전파되었도다. 우뚝한 저 경산(慶山) 들판에 범씨(范氏)처럼 의장(義庄)을 두었네. 모범을 계승하고 규범을 확장하니 세상에서 모두 공경하고 부러워했도다. 옛날 성서(城西)를 돌아보면 우현루(友弦樓)가 있도다. 일찍이 인재양성에 두었던 뜻을 여기에서 알 수 있도다. 남을 용납하는 아량(雅量)과 남을 도와주는 온화한 모습이도다.

음덕(蔭德)이 집안에 가득하고 훌륭한 자제들이 난초 숲을 이루었도다. 만년에는 넉넉하고 한가로웠으니 마땅히 장수를 누려야 하리라. 어찌하여 하나의 질병에 걸려 문득 세상을 떠나게 되었는가. 어지러운 세상[9]이 싫어서 홀연 헌신짝 버리듯 하였는가. 무릇 공을

---

8) 청전(靑氈): 선비 집안의 청검(淸儉)한 생활을 말한다. 진(晉)나라 왕헌지(王獻之)가 밤에 서재(書齋)에 누웠는데 도둑들이 들어와 방에 있는 물건들을 모조리 쓸어 담으려 하자, 왕헌지가 점잖은 목소리로 말하기를, "여보게, 푸른 담요[靑氈]는 우리 집안에 대대로 물려 내려오는 물건이니 그것만은 놔두고 가게."라고 하니, 도둑들이 깜짝 놀라 달아났다는 고사에서 비롯된 말이다. ≪晉書 卷80 王羲之列傳 王獻之≫

9) 어지러운 세상: 원문의 '창상(滄桑)'은 상전벽해(桑田碧海). 푸른 바다(滄海)가 뽕밭(桑田)이 되듯이 시절(時節)의 변화(變化)가 무상(無常)함을 이르는 말.

아는 사람이라면 누구인들 옷자락을 적시지 않으랴. 더구나 우리와
는 대대로 우의(友誼)가 좋았으니 지기(志氣)가 일찍부터 가까웠도
다. 지난날 훌륭한 모임 함께했고 또한 좋은 이웃이 되었도다. 나라
가 어지러워지자[10] 우리는 남산(南山)으로 옮겼다네. 비바람과 질병
때문에 저절로 왕래가 끊어졌도다. 훌륭한 모습을 보지 못한 지가
20여 년이었도다. 얼굴이야 비록 보지 못하더라도 마음에서 어찌
서로 잊을 수 있겠는가? 감사할 만한 것은 아이 학업에 도움을 받은
것, 인사조차 하지 못한 채 실제로 자취가 끊어졌구나. 죽지 못하고
병석에 누워 공의 서거를 차마 듣겠는가. 어제와 오늘을 돌아보니
병든 침상에서 눈물만 맺히네.

살아계실 때에 뵙지 못한 것은 오히려 서운하다고 말할 수 있다
네. 더구나 이제 영원히 이별하여 저승까지 길이 막힘에랴. 아들을
보내 대신 통곡하고 몇 줄의 제문을 늘어놓는다네. 눈물로 참된 마
음 대신하니 문장은 짧아도 뜻은 길도다. 구천에서 살아나기 어려
우니 이 슬픔은 오래 가리라. 공의 영령은 어둡지 않으시니 바라건
대 이를 흠향하소서.

○ 祭文

崔鉉達

先德積厚 公生克肖 慈善之心 儒雅之操 守謹靑氈 行貞素履 肆有令聞
播遠揄遍 倬彼慶野 有庄如范 承模擴規 世皆欽艶 瞻昔城西 有樓友弦
夙志育英 斯可見焉 容物雅量 急人惠風

---

10) 나라가 어지러워지자: 원문의 '판탕(板蕩)'은 정치를 잘못하여 나라의 상황이 어지
러워짐을 이르는 말이니, ≪시경(詩經)≫ 대아(大雅)〈판(板)〉과 〈탕(蕩)〉 두 편(篇)
모두가 문란한 정사(政事)를 읊은 데서 유래하였다.

餘蔭滿庭 玉樹蘭叢 優閒晚節 宜享大年 何期一疾 奄化而仙 厭世滄桑
遽脫屣屧 凡知公者 疇不沾裾 況我世好 志氣夙親 曩同昌社 亦接芳隣
自遭板蕩 我蔀南山 風雨疾病 自絶往還 不見芝顔 二十星霜 顔雖相違
心豈相忘 有可感焉 兒蒙學助 曾泯一謝 實由跡阻 臥病未死 忍聞公逝
俯仰今昔 病枕凝涕

生而未覿 猶云可悵 矧玆大別 永隔泉壤 遣兒替哭 陳誄數行 淚替情眞
文短意長 九原難作 千古此悲 公靈不昧 庶其歆玆

제문(祭文)

박연조(朴淵祚)

그 바탕은 금과 옥 같았고 그 지조는 물과 달 같았도다. 뜻은 고결하고 행동은 방정하였으며 말은 따뜻하고 기운은 화평하였도다. 속세를 훌쩍 벗어났으니 구름 속의 상서로운 학이었으며, 타고난 바탕의 훌륭함에 또한 학문의 힘을 더하였도다. 재주와 생각은 민첩하고 치밀하였고 식견은 투철하였도다. 스승의 가르침을 받지 않고도 홀로 정밀하고 분명하게 이루었도다. 드디어 크게 분발하여 뜻을 두텁게 하고 실행에 힘썼도다. 세상 선비들의 비루함을 쭉정이와 겨처럼 쓸어버렸으며 말단 학문의 폐단은 통렬하게 규제하였도다. 정수(精髓)를 요긴하게 여겨 인륜을 숭상하였으며 효도와 공경을 잘하여 근엄한 법칙을 따랐도다. 앞뒤의 어버이 상례(喪禮)에 삼년 동안 상복을 벗지 않았다네. 근본이 이미 서니 두루두루 믿었으며 행실이 돈후하니 훌륭한 소문이 활짝 펼쳐졌도다. 세상 운수의 변화에도 앞날의 조짐에 밝았도다.

빗장을 닫고 옛 법도를 지켰으니 사람들은 모두 어리석다고 하였도다. 기강이 무너져서 허위가 풍속을 이루니 도와 세상을 근심하여 홀로 슬퍼하였도다. 혼탁한 세상 물결에 홀로 맞섰으니 우뚝한 선각(先覺)이었도다. 해외로 연락하여 새로운 서적을 구입하였으며 우주 안을 자세히 관찰하여 한눈에 환하게 밝았도다. 이를 미루어 남에게 은혜를 베풀고 시절을 구제하여 교육하였도다. 수만금을 희생하여 현루(弦樓)를 창설하였으며 많은 선비들을 초대하니 사방에서 다투어 찾아왔도다. 이어서 국고(國庫)의 식량으로 날로 달로 갈고 닦았도다. 농공(農工)과 상병(商兵), 정법(政法)과 이화(理化), 민족의 성쇠(盛衰)와 지리와 역사의 추이(推移)에 대해 동서를 절충하여 신지식을 개발하였도다. 재주에 따라 각각 충당하여 성대하게 성취하였으니 학문 바다의 중심이었고 문풍(文風)이 크게 일어났도다.

부끄럽게도 나처럼 재주가 없는 사람이 외람되이 강학하는 자리에 있은 지 이제 10년이 되어 한마음으로 서로 토론하였도다. 세상의 도가 많이 어긋나고 상전벽해(桑田碧海)처럼 변화하였으니 도를 거두어 감추고서는 조용하고 말없이 관찰하였도다. 오직 시절이 힘들어지자 청황(靑黃)11)을 접하지 않았으니 지사(志士)는 회심(灰心)12)하고 용사(勇士)는 발을 굴렀도다. 굳세고 의젓하게 가운데를 지키며 흔들리거나 굽히지 않았도다. 범희문(范希文)을 그리워하여 선우후락(先憂後樂)13)하였으며 의장(義庄)을 배치하여 종족들에게 은혜를 베풀었도다. 재물을 가볍게 여기고 의리를 귀하게 여겨 축적되면 바로 흩었으니 우리나라 천년에 의로운 규범이 완비되었도다.

---

11) 청황(靑黃): ≪장자≫〈천지(天地)〉에 "백 년 묵은 나무를 잘라 제사에 쓰는 술통을 만들어 청색, 황색으로 곱게 칠하고, 그 잘라버린 토막은 도랑에 내버린다[百年之木, 破爲犧樽, 靑黃而文之, 其斷在溝中]."라고 한 데서 온 말로, 벼슬살이 등의 세상일을 가리킨다.

12) 회심(灰心): 마음이 외물(外物)로 인하여 동요되지 않는 경지를 말한다. ≪장자(莊子)≫ 제물론(齊物論)에, "형체는 진실로 마른 나무와 같이 할 수 있고, 마음은 진실로 식은 재와 같이 할 수 있는 것인가?[形固可使如枯木 而心固可使如死灰乎]" 한 데서 온 말이다.

13) 선우후락(先憂後樂): 송(宋)나라 범중엄(范仲淹)의 〈악양루기(岳陽樓記)〉에 나오는 "천하의 걱정거리에 대해서는 그 누구보다도 먼저 걱정하고, 천하의 즐거운 일에 대해서는 그 누구보다도 뒤에 즐긴다[先天下之憂而憂 後天下之樂而樂]."는 말을 요약한 것이다.

월성(月城) 이씨(李氏)는 화려한 집안으로 익재(益齋) 선생의 음덕이 남아 있도다. 백세의 가업을 시가지와 운림(雲林)14)에 전하며 금남공(錦南公)의 유지(遺志)를 광대하게 찾아서 따르도다. 집안은 예로써 다스리고 자식은 엄하게 가르치도다. 한미한 선비의 조촐한 규범을 욕심 없고 담박하게 스스로 거두었으며 공공의 덕과 공공의 이익을 몸속에 채우고 마음에 새겼도다. 목숨을 걸고 자신의 지조를 지켜서 한결같이 다른 마음이 없었으니 원근에서 다투어 칭송하고 여러 사람의 말이 비석을 이루었도다. 숨기고자 할수록 더욱 드러나 남몰래 스스로 닦았으며 명예를 원수처럼 피했고 지혜를 바보처럼 지켰도다. 말단의 세속이 어지럽고 떠들썩하니 마치 자신을 더럽히는 것처럼 보았으며 밝은 거울과 고요한 물처럼 홀로 천기(天機)15)를 보전하였도다. 이윤(伊尹)16)의 뜻과 안연(顔淵)17)의 학덕을 자나 깨나 마음속에 일으켰도다.

사업을 아직 다 이루지도 못했는데 세상과 우리가 서로 어긋났으니 유도(儒道)와 국가(國家)에 기우(杞憂)18)를 안기게 되었도다. 높고 넓은 하늘은 아득하여 더불어 다정하게 이야기할 수 없도다. 커다란 집이 무너지는 데에도 나무 하나로는 지탱하기 어려우며 거친 물결을 막는 데에는 혼자 힘으로 어찌할 수 없도다. 뜻을 품은 채 세상을

---

14) 운림(雲林): 구름이 끼어 있는 숲. 보통 처사(處士)가 은둔하고 있는 곳을 말한다.

15) 천기(天機): 천지조화(天地造化)의 심오한 기밀, 또는 천부적인 영감이나 성질 등을 말하기도 한다.

16) 이윤(伊尹): 중국 은(殷)나라의 전설상의 인물. 이름난 재상으로 탕왕(湯王)을 도와 하(夏)나라의 걸왕(桀王)을 멸망시키고 선정을 베풀었다

17) 안회(顔回): 중국 춘추시대의 유학자(B.C.521~B.C.490). 자는 자연(子淵). 공자의 수제자로 학덕이 뛰어났다.

18) 기우(杞憂): 앞일에 대해 쓸데없는 걱정을 함. 또는 그 걱정. 옛날 중국 기(杞)나라에 살던 한 사람이 '만일 하늘이 무너지면 어디로 피해야 좋을 것인가?' 하고 침식을 잊고 걱정하였다는 데서 유래한다.

떠났으니 남아 있는 자들에게 책임이 있도다. 운수는 백육(百六)[19]을 만났으며 수명은 육칠십에 가까웠도다. 옥황상제의 나라로 올라갔으니 한가을 달이 밝은 때이도다. 대인의 심령(心靈)을 자손들은 잃지 않으며 하늘에서 받은 밝은 명을 오로지 따르고 받아들이도다. 옛날부터 현철(賢哲)은 지업(志業)을 다 마치지 못하였지만 운수상의 유감(遺憾)이 공에게 얼마나 애달프겠는가? 자손들이 번갈아 추구하며 전형(典型)을 계승하도다. 선한 이에게는 복을 주고 자손에게는 경사를 남겨 주니 후손들의 복록은 더욱 번창하리라.

　나는 본디 보잘것없는 선비로서 공께서 이끌어주는 데 힘입었도다. 노둔한 자질이 아직 바뀌지 못했으니 험한 행로를 건너기가 어렵도다. 오랫동안 배우려고 계획했지만 물거품과 먼지 같은 작은 복조차도 없도다. 날씨가 추운 뒤의 송백(松柏)과 장성(長城)처럼 의지하였는데 어찌하여 운수가 사납게도 천명(天命)이 그렇게 서둘렀는가. 영남 유림(儒林)은 쓸쓸하고 소미(少微)[20]는 정채가 어두워졌도다. 우리들이 복록이 없어서 현철(賢哲)한 분이 돌아가셨구나. 십리에 떨어져 있으니 부고를 접하지 못하였네. 병환에 몸소 문병하지 못하고 장례에도 참석하지 못했도다. 지금에야 달려왔지만 훌륭한 모습은 영원히 감추어졌도다. 한바탕 길게 부르짖어도 지하까지 들리기는 어렵겠구나. 바라건대 밝으신 영령께서는 이 정성을 흠향(歆饗)하소서.

---

19) 백육(百六): 액운을 말한다. 4500년이 일원(一元)인데, 일원 가운데 다섯 번의 양액(陽厄)과 네 번의 음액(陰厄)이 있으니 양액은 한발이 되고 음액은 수재가 된다고 한다. 106년에 양액이 있기 때문에 '백육회(百六會)'라고 한다.

20) 소미(少微): 처사(處士)를 상징하는 별이다. 송(宋)나라 강지(江贄)가 역학(易學)으로 유명하였는데, 정화(正和) 연간에 유일(遺逸)로 천거되어 세 차례나 부름을 받았으나 나가지 않았다. 이때 처사를 상징하는 소미성이 나타났다 하여 소미 선생이라는 호를 하사받은 데서 유래한 말이다.

○ 祭文

金玉其質 水月其操 志潔行方 言溫氣和 飄然塵世 雲中瑞鶴 天質之美
亦須學力 才敏思緻 識透見澈 不由師受 獨造精明 遂大奮發 篤志力行
俗儒之陋 掃除粃糠 末學之弊 痛加規繩 喫緊精髓 敦尙彛倫 克孝克悌
雅勅循循 前後親喪 經帶三年 根基旣立 傍通乎允 行誼敦厚 令聞彰宣
世運變態 燭照幾先

閉關守株 衆皆昏蒙 綱紀敗壞 虛僞成風 憂道憂世 獨自悲傷 頹波特立
卓然先覺 聯絡海外 購入新籍 盱衡宇內 一目昭廓 推以惠人 救時敎育
犧牲巨萬 弦樓刱設 招延多士 四方爭趨 繼以餼廩 日月刮磨 農工商兵
政法理化 民族盛衰 地歷推移 折衷東西 開發新知 隨材各充 蔚有成就
學海中心 文風興作

愧余匪材 忝在講席 十年于茲 一心商確 世道多舛 桑海變易 卷而懷之
靜觀默察 維時之艱 靑黃未接 志士灰心 勇夫頓足 剛毅中立 不撓不屈
想慕希文 先憂後樂 義庄排置 普惠宗族 輕財貴義 積而能散 東國千年
義規備完

月城華閥 益齋餘蔭 百世靑氈 城市雲林 錦南遺志 光大追尋 齊家以禮
敎子有嚴 寒士拙規 自收恬淡 公德公益 滿腔丹心 守死自靖 斷斷靡他
遠邇爭頌 萬口成碑 欲晦彌彰 闇然自修 避名如讐 守智若愚 末俗紛華
視若浼己 鏡明水止 獨保天機 伊志顔學 寤寐興懷

大業未究 世我相違 於道於國 積抱杞憂 昊天漠漠 無與晤語 大廈之傾
一木難支 狂瀾之障 隻手無奈 齎志以沒 後死有責 運値百六 壽近六七
玉京乘化 仲秋明月 大人心靈 赤子不失 受天明命 專以歸納 自古賢哲
志業未畢 氣數之憾 於公何慽 令子迭趨 典型紹述 福善餘慶 益昌後祿
余本腐儒 賴公提掖 鈍質未化 險路難涉 久計驅馳 涓埃未福 歲寒松柏

倚若長城　云胡不淑　大命遽忙　嶺藪蕭索　少微晦精　吾徒無祿　哲人云亡
十里落落　蘭音莫憑　病未躬疹　蓳未臨光　今來匍匐　永秘儀形　一聲長呼
難作泉壤　伏惟不昧　庶歆此誠

제문(祭文)

학계대표(學契代表) 이수기(李壽麒)·김광진(金光鎭)

  훌륭하신 공의 타고난 기품은 보통보다 훨씬 뛰어났도다. 그 기
량(器量)은 진귀하였으니 마땅히 규장(圭璋)21)이었고 그 재주는 쓸
만하였으니 그대로 여장(橡樟)22)이었도다. 그 모습은 어떠하였는가
교결(皎潔)하고 맑아서 매화가 달밤에 피는 듯하였고 연꽃이 가을
연못에 우뚝한 듯하였도다. 그 뜻은 어떠하였는가 고매(高邁)하고
드높아서 구름을 넘는 홍곡(鴻鵠)이었고 바람에 울어대는 천리마였
도다. 이러한 여러 가지 훌륭함을 갖추었으니 어찌 펼치는 것이 마
땅하지 못한가, 운뢰(雲雷)23)를 펼치지 못했으니 시대를 만난 것이
좋지 못했도다.
  한해가 저무는데 새로 지은 정자에는 눈에 가득 슬픔이로다. 대
은(大隱)24)이 마음속에 있었으니 성시(城市)가 어찌 방해되었겠는가.
거센 조류와 흐린 물결도 의상(衣裳)을 물들이지 못했도다. 나는 듯

---

21) 규장(圭璋): 예식 때 사용하는 옥(玉), 즉 고결한 인품을 말함.
22) 여장(橡樟): 녹나무를 말하는데 목재로 사용하기에 좋다.
23) 운뢰(雲雷): 나라를 다스리는 경륜을 의미한다. 《주역》〈둔괘(屯卦) 상(象)〉에
    "구름과 우레가 둔이니, 군자가 이것을 보고서 천하를 경륜한다[雲雷屯, 君子以經
    綸]."라는 말이 나온다.
24) 대은(大隱): 대은(大隱)은 중은(中隱)이나 소은(小隱)과 달리 참으로 크게 깨달아
    환경에 구애받음이 없이 절대적인 자유를 누리는 은자(隱者)를 말한다. 그래서
    "소은은 산속에 숨고 대은은 저자 거리에 숨는다[小隱隱陵藪 大隱隱朝市]."라는 시
    구가 회자되고 있다.

한 현루(弦樓)에는 천 상자를 쌓아둔 채 책을 갖추고 창고를 준비하여 뛰어난 인재를 기다렸도다. 수많은 선비들이 저 사방에서 찾아왔으니 강학하고 토론하여 날이 가고 달이 갈수록 진보하였도다. 선비를 기르는 아름다움이 어찌 상서(庠序)25)뿐이겠는가? 재물을 가볍게 여기고 의리를 좋아하였으니 훌륭한 소문이 크게 빛났도다. 뒤따르는 자들이 날로 성대하였으니 칭송이 남쪽 고을에 넘쳤도다.

동지들이 계(契)를 만들어 다정하게 손잡고 서성이면서 서로서로 그르침이 없으니 공의 은총에 조금 보답하였도다. 공에게 축원하는 바는 끝없이 장수하는 것이었는데 어찌 우리를 생각하지 않고 갑자기 서로 잊는가. 탄환처럼 머무르지 않아 문득 대상(大祥)26)에 이르렀도다. 모습이 뚜렷하지 않으니 빈 들보에 달이 걸린 듯하고, 사랑해도 보지 못하니 하늘을 우러러도 아득하도다. 한마음으로 함께 인사하며 우리의 진심을 아뢰나이다. 한 잔의 술을 올리지만 한 줄기 마음의 향을 사르니, 밝으신 영령께서는 이 술잔을 물리치지 마소서.

○ 祭文

學契代表 李壽麒·金光鎭

猗公天稟 超出夷常 其器可貴 宜圭宜璋 其才可用 維橡維樟 其儀如何
皎潔淸揚 梅吐月夜 蓮擢秋塘 其志如何 高邁昂昂 凌雲鴻鵠 嘶風驌驦
具玆衆美 何施不當 雲雷未施 遭時不臧
歲暮新亭 滿目悲傷 大隱在心 城市何妨 狂潮濁浪 不漸衣裳 有翼弦樓

---

25) 상서(庠序): 학교(學校). 향교(鄕校)를 주(周)나라에서는 상(庠), 은(殷)나라에서는 서(序)라고 부른 데서 나온 말.
26) 대상(大祥): 죽은 뒤에 두 돌 만에 지내는 제사(祭祀).

宛委千箱 庤書備廩 以待俊良 有來牲牲 于彼四方 課學討論 日就月將
造士之懿 奚啻序庠 輕財好義 令聞孔章 追隨日盛 頌溢南鄉

　同志結契 惠攜徜徉 庶相無斁 少答寵光 所以祝公 眉壽無疆 胡不惠我
遽爾相忘 跳丸不住 奄及終祥 依俙儀形 月掛空樑 愛而不見 仰天茫茫
同情合辭 告此衷腸 薦雖單梄 各瓣心香 不昧者存 毋吐玆觴

제문(祭文)

김상묵(金尙默)

아, 공이시여 타고난 바탕이 훌륭하였도다. 세상살이가 구차하지 않았으며 화려함을 싫어하고 실질에 힘썼도다. 사람들을 맞이함에 온화한 기운이 넘쳐흘렀는데 일찍이 젊은 시절부터 이미 스스로 표방하였도다. 근세의 규범을 힘써 없앴으며 옛날 성현을 스승삼아 따랐도다. 현인을 찾고 선비를 길렀으며 천 질(帙)의 서책을 소유하였도다. 나는 거친 성정(性情)으로 또한 의지하여 절차탁마(切磋琢磨)하였는데 자석에 쇠가 붙듯 뜻이 부합하였네. 신분의 형식에 구애되지 않고 나이를 따지지 않았도다. 의리로 서로 연마하고 조금도 태만하지 않았도다. 몸가짐은 오직 삼갔으며 언행은 단정함이 있었도다. 한번 움직이고 고요할 때에도 조그마한 실수조차 없었도다. 집안을 효우(孝友)로 다스렸고 예절에는 질서가 있었다네. 상사(喪事)의 애통함과 곤궁한 이를 구휼함이 향당(鄕黨)에까지 미쳤으니 모두가 칭송하였네. 이웃 고을의 도로에 비석(碑石)이 있으니 자선(慈善)하는 사업은 영원토록 사라지지 않으리.

시절이 바뀌고 세상이 어긋나서 모든 일이 뒤집혀졌으니 변변찮은 벼슬살이에 눈물을 쏟으며 깜깜한 방에서 항상 근심하도다. 혼탁한 시류가 도도(滔滔)하니 누구와 더불어 짝이 되겠는가, 벗들은 타향을 떠돌며 남북으로 흩어졌네. 남은 경사가 넉넉하여 봉황 같은 준걸들이 공경하고 효도하며 잘 계승하도다. 소동(小同)[27]과 문약(文若)[28] 같은 아이들이 차례대로 무릎에서 뛰노니 마치 난초가 향기를 뿜는 듯하고 지초가 싹이 트는 듯하도다. 축하하는 자들이 문간에 이어졌고 조문하는 자들이 또한 번갈아왔도다. 젊은 시절이 얼마이겠는가, 망아지가 틈을 지나가듯 순식간이로다. 어찌하여 하나의 빌미 때문에 일흔에 여든을 살지 못하는가. 겸양하는 마음 때문에 부음을 전혀 듣지 못하였네. 여러 사람들이 서로 전하니 생시인지 꿈인지 따지기 어렵도다.

속추(束芻)[29]가 이미 늦었으며 광중(壙中)에서 영결(永訣)하지 못했도다. 일이 지난 후에 만장(挽章)을 보내지만 마음을 다 쏟을 수 없도다. 지금 내가 여기에 찾아오니 잡초가 우거지긴 하였으나 소나무와 국화가 아직 남아 있어 홀로 늦은 시절을 보전하도다. 우현루(友弦樓) 위에는 가을 달이 환하게 밝도다. 집은 예전 그대로인데 궤연(几筵)[30]을 장차 치우려 하는구나. 통곡하며 음성과 모습을 상상하니 지난 일이 꿈과 같도다. 밝으신 영령께서는 부디 살펴주소서.

---

27) 소동(小同): 소동은 정현의 손자로, 정현의 독자(獨子) 정익은(鄭益恩)이 황건적(黃巾賊)의 난에 죽은 뒤 손자 아이의 손금이 자기를 닮았다 하여 이름을 소동(小同)이라 지었다. 정소동은 왕망(王莽)이 정권을 잡았을 때 출사하여 후대의 비난을 받았다. ≪晉書 卷33 王祥列傳≫

28) 문약(文若): 삼국 조조(曹操)의 모신(謀臣)인 순욱(荀彧)의 자(字)이다. 후한 헌제(後漢獻帝) 때 조조를 위국공(魏國公)에 봉하고 구석문(九錫文)을 하사하기 위하여 동소(董昭) 등이 분주하게 일을 추진하자 순욱은 이 일이 한(漢)에 반역하는 행위라며 이의 불가함을 간하였다. 자신의 견해가 받아들여지지 않자 순욱은 독약을 먹고 자살하였다. ≪三國志 卷10 荀彧傳≫

29) 속추(束芻): 부의(賻儀)를 뜻한다. 후한(後漢)의 서치(徐穉)는 자가 유자(孺子)로 남주(南州)의 고사(高士)라 일컬어졌는데, 매우 가난하여 곽임종(郭林宗)의 어머니 상(喪)에 조문하러 가서 풀 한 다발을 집 앞에 두고 상주(喪主)를 보지 않은 채 갔다 한다. ≪後漢書 卷53 徐穉列傳≫

30) 궤연(几筵): 죽은 이의 혼령(魂靈)을 위하여 차려 놓은 영궤(靈几)와, 영궤에 딸린 모든 물건(物件). 영좌(靈座).

○ 祭文

嗚乎公乎 天賦美質 處世不苟 惡華務實 與人酬接 和氣洋溢 越在方强
已自標揭 力撥近規 師遵往哲 求賢養士 有書千帙 余以鹵莽 亦資磋切
源源相從 契若磁鐵 形骸相忘 不較齒列 磨礱以義 罔或惰逸 飭躬惟謹
言行有截 一動一靜 尺寸不失 理家孝友 節文有秩 死喪之哀 孤窮之恤
施及鄉黨 咸有稱說 隣郡道路 有碑有碣 慈善事業 永年不滅

時移世違 萬事顚佚 薄宦彈淚 常憂漆室 濁流滔滔 誰與儔匹 友朋零落
南離北別 裕有餘慶 龍鳳俊傑 克敬克孝 善繼善述 小同文若 次第繞膝
如蘭斯馨 如芝斯茁 賀者踵門 吊者亦迭 少壯幾時 隙駒瞬瞥 其奈一崇
稀而不耋 謙牧之心 蘭音全缺 衆口相傳 眞夢難詰

束芻旣晩 壙不能訣 追後挽幅 情不盡泄 今我來斯 宿草萋結 松菊惟存
獨保晩節 友弦樓上 秋月皎潔 門庭依舊 几筵將掇 哭想音容 如夢前轍
惟靈不昧 庶幾或澈

제문(祭文)

최종한(崔宗瀚)

아 훌륭하신 우리 공이시여. 금옥(金玉) 같은 바탕과 빙설(氷雪) 같
은 지조로 우리나라 선각(先覺)들이 영남에서 유독 뛰어났도다. 안
목은 동서양을 꿰뚫었고 마음은 천고(千古)를 저울질하였도다. 예전
경전을 새롭게 편찬함에 뼛속까지 분석하고 살갗까지 나누었도다.
얽매이거나 미혹되지 않았으니 우뚝이 우리의 지주석(砥柱石)[31]이
라네. 사업을 할 때는 대장장이처럼 하였고 몸가짐에는 규방여인처
럼 하였도다. 공익(公益)에는 목마른 것처럼 하였고 명예에는 원수
처럼 피했도다. 만금을 맡아서 다스리면서도 집안에서는 재물을 따
지지 않았도다. 학교를 세우고 회사를 세웠지만 남들은 연유(緣由)
를 알지 못했도다.

가정에서 주고받을 때는 문서를 꾸며 주선하지 않았고, 먼저 큰
근본을 세움에 효도와 우애를 으뜸으로 삼았도다. 어진 선조의 그
윽한 무덤에 거듭 꾸미기를 홀로 담당하였으며, 선고(先考)의 흩어
진 필묵은 한 조각이라도 보물처럼 지켰도다. 이 두 가지를 추억하
면 어찌 마땅하지 않겠는가? 칠백 마지기의 전답(田畓)을 선고께서
의롭게 내었으며 만권의 서루(書樓) 또한 선고의 뜻이었도다. 그렇

---

31) 지주석(砥柱石): 황하(黃河)의 급류 속에 우뚝 버티고 서서 거센 물결을 혼자 감당
하고 있다는 '지주중류(砥柱中流)'의 고사가 전한다.

게 계승하여 잘 발전시켰으니 공이 아니면 누가 했겠는가? 의장(義庄)의 약속은 종족을 구제하는 계책이었으며 우현(友弦)의 경영은 온 조선을 구제할 꾀였도다. 이렇게 십년을 행하여 많은 선비들이 모여들었으니 비록 크게 만든 것은 아니었지만 심지(心志)를 바꾸지 않았도다.

　나처럼 재주 없는 사람도 외람되이 뒤따라 다녔는데 하나도 성취한 바가 없었지만 공께서는 특별히 아끼셨도다. 인연을 맺은 지 30년 동안 햇볕이 쪼이다가 또한 비가 내렸도다. 나를 아는 자는 공이고 공을 아는 자는 나였으니, 말하지 않아도 믿었고 대면하지 않아도 알았도다. 지난해 정월달에 공께서 소회(所懷)가 있다고 하였네. "지금 소장한 서적을 이익을 추구하는 사람이 소유하면 옛날 한(漢)나라의 서적처럼 벽이나 길에 버려질 것이네. 서적을 갈무리하는 집[藏閣]을 사서 모으려 하였는데 그대의 생각은 어떠한가?" 나에게 맡겨 가옥을 매입하였으니 산격동(山格洞) 한 모퉁이였도다. 담장을 꾸미는 것을 아직 끝내기도 전에 공께서 갑자가 돌아가셨도다. 부음을 듣고 빈소에 다다르니 가슴이 답답하고 눈물이 앞을 가렸네. 지난 여름 꿈속에서 완연(宛然)히 모습을 만났는데, 평소와 같이 꾸짖으니 살아있는 자에게 부끄러움이 있었도다.

　다행스럽게도 애윤(哀胤)[32]은 평소에 어버이의 뜻을 봉양했다고 일컬어지도다. 묵묵히 계획하고 헤아려 제도를 고쳐 넓히려 하였다네. 시절 또한 비상하여 일에 구애가 많았다네. 이 때문에 삼가 기다리고 이에 감히 머뭇거리며 늦추었네. 바라건대 영령께서는 묵묵히 도움을 내려주시고 영광스럽게도 오늘밤에는 우리의 술잔을 흠향(歆饗)하소서.

---

32) 애윤(哀胤): 상중(喪中)에 있는 남의 아들을 이르는 말이다.

○ 祭文

崔宗瀚

於休我公 金玉之資 氷雪之操 海東先覺 嶠南獨超 眼掛二洋 心衡千古
舊經新編 骨柝膚釃 不羈不惑 屹我中柱 作事治工 持己閨女 公益如渴
避名如仇 掌治萬金 門無論財 刱校立社 人莫知由

家庭授受 不待文周 先立大本 孝友頭顒 賢祖幽隧 獨擔重賁 先考漫墨
片隻寶護 追斯二者 何用不宜 七百田庄 先人出義 萬卷書樓 亦是先意
然繼善述 非公維何 義庄之約 濟宗族計 友弦之營 濟全鮮謨 以是十年
多士輻湊 雖無大作 心志不渝

如渠不才 亦忝趍走 一無所取 公嘗特愛 黃緣卅載 曝之又雨 知我者公
知公者我 不言而信 不面而知 去歲春正 公曰有懷 今之書籍 營利人有
舊漢書籍 棄壁遺途 貿輯藏閣 子意何如 委余買屋 山格一隅 治垣未完
公忽奄謝 聞訃臨殯 胸抑淚滯 去夏夢寐 宛接容儀 警責如常 生者有愧

惟幸哀胤 素稱養志 深默思諒 將改宏制 時又非常 事多拘碍 以此恭俟
茲敢稽遲 伏惟尊靈 庶賜默佑 惠然今夕 歆我單卮

제문(祭文)

서기하(徐基夏)·김용선(金容璇)·신현복(申鉉復)

아, 사람이 칠순을 살았으면 장수하지 않았다고 말할 수 없지만 공의 어짊과 덕성으로써 어찌 이 정도에 그쳤는가? 사람이 다양한 일을 했으면 성공하지 않았다고 말할 수 없지만 공의 포부로써 어찌 이 정도에 그쳤는가? 저축이 많지 않은 것은 아니었지만 다방면으로 널리 베풀기에는 오히려 부족함이 있었도다. 경영이 준비되지 않은 것은 아니었지만 사람을 해친다면 바로 그쳐 자신의 이익을 돌아보지 않았네. 궤안(几案)에 은거하면서도 항상 크게 비호(庇護)할 계책을 생각하였으며, 문밖을 나가지 않고도 세계의 정세를 꿰뚫어 보았도다. 구슬처럼 몸을 깨끗하게 하여 또한 청탁을 아울러 감쌀 수 있었으며, 저울처럼 뜻을 일정하게 하여 부귀를 경중으로 삼지 않았도다. 한마디 말이라도 성실하지 않음이 없었으며 한 가지 일이라도 용서하지 않음이 없었도다. 공의 일생은 성실과 용서 뿐이었으니, 백년 이후에도 다시 몇 사람이 있겠는가?

아, 나처럼 어리석은 사람을 공은 허여(許與)할 수 있었으며 나처럼 뒤떨어진 사람을 공은 대우(待遇)할 수 있었도다. 고인이 이른바 '나를 알아주는 자는 포숙(鮑叔)이라'는 말이 바로 이것이도다. 이제 그만이로다. 천지를 돌아보아도 그 누가 나를 용납하겠는가? 종자기(鍾子期)가 한번 떠나감에 곧바로 거문고 줄을 끊었으며, 이백이 존재하지 않음에 공연히 들보 위의 달을 마주하도다. 아, 옥경(玉

京)³³⁾은 아득하며 저승과 이승으로 막혔네. 우리들이 찾아와 통곡하는 것을 아십니까, 또한 우리들의 진심어린 마음을 아십니까? 아, 애통하도다.

○ 祭文

徐基夏·金容璇·申鉉復

嗚呼 人生七旬 非曰不壽 以公仁德 豈止於此 人事多端 非曰不成 以公抱負 豈止於此 儲蓄不爲不多 博施多方 尙有不足 經營不爲不備 害人卽止 不顧自利 隱於几案 而常懷大庇之策 不出戶庭 而洞觀大界之勢 潔身如玉 亦能淸濁幷呑 定志如秤 不爲富貴輕重 一言何莫非忠 一事何莫非恕 公之一生 忠恕而已 百世之下 復有幾人

嗚呼 愚拙如我 公能許之 落右如我 公能遇之 古人所謂知我者鮑子 正此也 今焉已矣 回顧天地 其誰容我 鍾期一去 卽斷琴絃 李白不在 空對樑月 嗚呼 玉京逝矣 幽明隔矣 能知我輩之來哭乎 亦能知我輩之衷情乎 嗚呼哀哉

---

33) 옥경(玉京): 도가(道家)에서 말하는 천상의 궁궐로서 옥황상제(玉皇上帝)가 사는 곳을 말한다.

행장(行狀)

박승조(朴承祚)

공의 휘는 일우(一雨), 자는 덕윤(德潤), 호는 소남(小南), 성은 이씨
(李氏)로, 그 선대는 경주사람이다. 익재(益齋) 선생 휘 제현(齊賢)이
공에게 현조(顯祖)가 된다. 원릉(元陵)34) 성세(盛世) 때 휘 무실(茂實)
이라는 분이 공훈으로써 대구 민충사(愍忠祠)에 배향되었는데 이분
이 바로 공의 6대조이다. 조부의 휘는 증열(曾悅)로 문장과 글씨가
당대에 저명하였다. 부친의 휘는 동진(東珍)이고 호는 금남(錦南)이
다. 모친은 광주 이씨(廣州李氏) 이학래(李學來)의 따님이다.

고종(高宗) 7년 경오년(庚午年, 1870)에 대구부(大邱府)의 집에서 공
이 태어났는데, 용모가 단아하고 타고난 성품이 영민하였다. 겨우
말을 배우고 글자 읽기를 배울 무렵에 한번 보면 바로 이해하였다.
뭇 아이들과 어울려 장난질하지 않고, 항상 부모의 곁에서 시중들
며, 나아가고 물러나며 부름에 대답하는《소학(小學)》의 가르침으
로 일상생활의 절도로 삼았다. 일찍이 부친과 더불어 한 방에 거처
하였는데 밤이 깊어지자 잠에 깊이 빠져 자신도 모르게 온몸을 뒤
척이며 몸부림을 치게 되었다. 부친께서 조심하라고 타이르자 이튿
날 밤에는 허리에 두른 띠를 풀어서 문에 몸을 묶고 마음대로 움직

---

34) 원릉(元陵): 영조(英祖)의 능. 동구릉(東九陵)의 하나로 건원릉의 왼쪽 언덕에 있으
    며 후에 그의 계비(繼妃) 정순왕후(貞純王后)가 같이 묻혔다. 현재 경기도 구리시
    동구동에 있다.

이지 못하게 하였다. 이는 공이 열 살 때의 일이었으니 어릴 때부터 조심(操心)하고 거경(居敬)하는 것이 대부분 이와 같았다.

집밖에 나가서 스승에게 배움에 이르러서는 마음을 오로지하여 학업을 받았는데 스승의 가르침과 감독을 번거롭게 하지 않았다. 한 글자나 한 구절도 함부로 지나치지 않고 반드시 그 뜻을 깨쳤다. 이미 ≪소학≫을 읽고는 부모를 사랑하고 윗사람을 공경하며 스승을 높이고 벗을 친하게 여기는 가르침을 가슴속에 두고 명심하였다. 또한 ≪대학(大學)≫에서는 성의(誠意)·정심(正心)·수신(修身)·제가(齊家)의 일을 실천하여 행하였다. ≪논어(論語)≫·≪맹자(孟子)≫ 및 여러 경전에 이르러서는 반드시 깊이 연구하고 연역(演繹)하여 정밀하게 체득하였다. 항상 말하기를, "책을 읽을 때 한 글자라도 함부로 지나치지 않아야 고인(古人)의 의도를 알 수 있다. 나 자신 또한 회암(晦菴) 선생의 '책을 읽음에 차라리 정밀하게 할지언정 성글게 하지 말라'는 가르침을 터득하여, 차라리 정밀한 데에서 실수할지언정 성근 데에는 실수할 수가 없다."라고 하였다.

갑오년(甲午年, 1894)에 공의 나이가 겨우 25살이 되었다. 개연(慨然)히 종족(宗族)에게 돈독(敦篤)하고 가난한 이를 구휼하려는 뜻을 선공(先公)께 여쭙자 선공께서 400마지기의 땅을 출연(出捐)하여 의장(義庄)을 설치하고 규정(規定)을 엄격하게 세워, 멀고 가까운 여러 종족들로 하여금 혼인, 장례, 교육, 홍수, 가뭄, 질병의 우환을 면하게 하였다. 선공께서 여기에 뜻을 둔 지가 여러 해가 되어도 뜻을 받들어 따르고 조금이라도 어기거나 어긋남이 없었으며, 온힘을 다해 계획하여 오래도록 유지되기를 도모하였다. 옛날에 범문정(范文正)이 오현(吳縣)에서 거행(擧行)하였으나[35] 세월이 이미 멀다. 우리

---

35) 범문정은 북송의 명재상인 범중엄(范仲淹)으로, 문정은 그의 시호이다. 소주(蘇州)

조선 500년 이래로 사대부 집안에서 그것을 행한 자가 전혀 없거나 겨우 있었으니 이것이 어찌 다만 한 집안의 아름다운 일일 뿐이겠는가. 세교(世教)에 관련되는 것이 또한 적지 않을 것이다.

갑진년(甲辰年, 1904)에는 서울을 유람하였다. 세도(世道)가 변하고 풍조(風潮)가 사라져서 서구문명이 동양으로 옮기는 정세를 통찰하고는, 선비로서 이 세상을 살아가며 옛 전통에만 얽매여 지켜서는 안 된다고 생각하였다. 돌아와서 선공께 아뢰고는 바로 넓은 집 하나를 지어서 영재를 교육할 계획을 세우고 현판(懸板)을 '우현(友弦)'이라 하였으니, 대개 옛날 상인(商人) 현고(弦高)가 군사들에게 음식을 베풀어 위로하고 나라를 구제한 뜻36)을 취한 것이다. 또 동서양의 신구(新舊) 서적 수천 종을 구입하여 좌우로 넓게 늘여놓았다. 총명하고 준수한 인재를 살펴 교육과정을 정립하고, 옛 학문을 근본으로 삼아 새로운 지식으로 윤색하였다. 의리(義理)의 가운데에서 무젖고 법도(法度)의 안에서 실천하게 하였다. 멀고 가까운 데에서 뜻이 있는 선비로서 소문을 듣고 흥기한 자가 날마다 운집(雲集)하여 학교에서 수용할 수 없었으니 한 시대에 빛나는 풍모(風貌)가 있었다.

을사년(乙巳年, 1905년)에 선공께서 심한 병으로 몸져 누우시자 약을 달이는 봉양을 몸소 맡아 게을리 하지 않았으나 끝내 망극(罔極)

의 오현(吳縣) 출신으로, "종족이란 조상의 입장에서 보면 똑같은 자손이다."라고 하며, 그들 중의 가난한 자들을 보살피고 친목을 돈독히 하였다. ≪小學 嘉言≫

36) 춘추시대 노 희공(魯僖公) 33년에 진(秦)나라가 정(鄭)나라를 치러 가는데, 정(鄭)나라의 상인(商人) 현고(弦高)가 주(周)나라에 가서 장사하려던 차에 도중에 진나라 군사를 만나 정 목공(鄭穆公)의 명이라고 하면서 우선 부드러운 가죽 4개를 바치고 소 12마리를 보내어 군사들을 위로하는 잔치를 벌이게 하였다 급히 역마를 보내 정목공에게 이러한 사실을 보고하여 미리 대비하게 하였다. 이에 진나라 군대를 거느리고 온 장수 맹명(孟明)은 정나라에 충분한 대비가 되어 있다고 판단하고 물러갔다(≪春秋左氏傳≫ 僖公 33年).

한 일을 당하였다. 무릇 상례(喪禮)를 치루는 법도는 반드시 예절에 알맞게 하였으며, 몸을 훼상(毁傷)하면서까지 예제(禮制)를 지켰는데 삼년상을 마치는 것이 마치 하루처럼 똑같았다. 일찍이 선공의 뜻에 간혹 다하지 못한 것이 있을까 염려하여, 더욱 의장(義莊)과 서루(書樓)에 전력을 다하였고 곤궁한 친족 중에 살 곳이 없는 자에게는 반드시 위급한 상황을 구제하였다.

여러 선비들의 공부에 대해 자세히 묻기를, "오늘은 무엇을 실제로 알았는가? 고인이 학문할 때는 먼저 주견(主見)을 세우고 반복하여 생각하고 터득하였다. 그 책을 읽고 그 말을 실천하며 그 이치를 궁구하고 그 뜻을 이루어 진정한 맛을 배불리 먹으면 광휘(光輝)가 저절로 드러난다. 만약 기억하고 외우는 말단의 공부에 마음을 두면 힘쓰는 것이 더욱 힘들어 결국에는 집착하고 얽매이는 근심을 면하지 못하게 된다. 의사(意思)가 초조하고 흔들리며 견해가 막히게 되어 사업을 시행하더라도 스스로 당연한 도리를 얻지 못하게 된다. 지금 사람이 옛 사람에게 미치지 못하는 것은 대개 이 때문이다."라고 하였다.

사람들이 간혹 고금의 치란(治亂)과 성현의 출처(出處)를 언급하면 반드시 낯빛을 바르게 하고 답하기를, "배우는 자는 모름지기 충신(忠信)하고 독실히 공경하며 성실하고 거짓이 없어야 한다. 말할 때는 어눌하게 하고 지킬 때는 독실하게 하여야 하며, 뜨거운 물에 손을 넣는 수고로움이 있더라도 남을 너그럽게 포용하는 것에 힘써야 한다. 싸움을 일으킬 조짐이 나타날 때를 삼가고 사욕을 이기는 가르침을 가슴에 새겨 확실히 알고 깊게 실천해야 한다. 한마디 말을 하거나 하나의 일을 하더라도 다른 사람이 모두 존경하고 본받게 해야 한다. 이것이 바로 근신(謹身)하고 처사(處事)하는 방도인데 한갓 허황된 논리로써 시비와 득실을 따지는 데에만 힘쓰는 자는 그 마음을 알 수가 없다. 하물며 '행동은 준엄하되 말은 겸손하게 하라'[37)는 성인의 훈계가 있으니, 묵묵히 받아들여야 하는 것이 오늘날 우리의 처지가 아니겠는가. 언어뿐만 아니라 문사(文詞)도 제외되지는 않는다. 여러 현인들이 각각 동서에 있었으니, 훗날 서로 헤어진 후에는 편지 서로 통하지 말고 단지 마음으로만 서로 교제해도 충분할 것이다. 사람을 관찰할 때 먼저 마음가짐의 사정(邪正)을 살펴서 쉽게 허여하지 않아야 한다. 간혹 언행에 조그마한 실수가 있으면 더욱 절실하게 경계해야 한다. 그러므로 친구 가운데 아는 자는 대체로 적더라도 알아주는 자에게는 반드시 엄격한 스승처럼 경외(敬畏)해야 할 것이다."고 하였다.

십여 년 사이에 경전(經典)의 뜻을 강론하여 의리(義理)를 갈고 닦으며 수백 명의 많은 선비를 양성하였지만 조금도 싫증내거나 게을리 하는 뜻이 없었다. 세상의 도가 날마다 그릇되어 마침내 시대에 구애받고 버려졌다. 드디어 문을 닫아 걸고 발자취를 거두어 성시(城市)와 산림(山林)에 여유롭게 노닐며 세상을 잊은 채 자신을 단속하고 집안을 바르게 하는 것을 한 부분의 당연한 도리라 여겼다.

자질(子姪)들이 혹 새로운 풍조에 길들여져 회사 창립을 청하자 문득 허락하며 말하기를, "이는 공중(公衆)의 이익이요, 우리 집안에서 대대로 내려오는 법도이다."라고 하였다. 경영한 지 얼마 되지 않아 결손(缺損)이 조금 생겨서 근심스러운 낯빛이 있자 조용히 타이르며 말하기를, "토지는 일정한 한도가 있어 몇 가구의 생활에 불과하지만 이러한 사업은 내가 손해를 보면 이익을 얻는 자가 많을 것이니, 어찌 자질구레한 세속인들이 이해(利害)를 따지는 일을

---

37) 《논어(論語)》 헌문(憲問)에, "나라에 도가 행해질 때에는 말과 행동을 모두 준엄하게 해야 하나 나라에 도가 행해지지 않을 때는 행동은 준엄하게 하되 말은 낮춰서 해야 한다[邦有道 危言危行 邦無道 危行言孫]."고 하였다.

본받겠는가?"라고 하였다. 집안이 매우 부유하여 허다한 돈과 곡식의 처리에 번거롭다고 말할 만하였지만 한결같이 미리 정해놓은 법규가 있었으므로 조금도 군색하거나 급한 때가 없었다.

타고난 성품이 자상하고 청렴하였으며 이미 남에게 은혜를 베풀고는 항상 은혜가 되기에 부족하다고 여겼다. 예사로운 비용은 매우 심하게 절약하였으나 어려운 사람을 구휼하고 난리를 구제함에 이르러서는 비록 곳간을 털더라도 애당초 인색하고 아끼는 태도가 없었다. 이 때문에 선산(善山), 칠곡(漆谷), 현풍(玄風), 경산(慶山) 등지의 수천 가구 가운데 여기에 힘입어 생활하는 자들이 그 덕을 갚고자 하여 바야흐로 돌에 새겨 칭송하기를 도모하였는데, 마침내 사람을 보내 일하는 비용을 지급하게 하고는 애써 말렸다.

경신년(庚申年, 1920) 봄에 약목면(若木面) 동안리(東安里) 온 동네가 수해(水害)를 만났을 때, 몸소 가서 위문하고 많은 액수를 내어 구휼해주었다. 동락학원(東洛學院)이 흉년을 두루 겪어서 유지하기가 매우 곤란하였는데 열 섬의 곡식을 기부하였다. 익재(益齋) 선생의 신도비는 대대로 세울 겨를이 없었는데 혼자 힘으로 담당하여 존위(尊衛)[38]하는 정성을 이루었다. 원근에서 유학(留學)하는 자들이 학자금이 궁핍하다고 간청하면 반드시 넉넉하게 염려해주어 그들이 학업을 마치게 하였다. 세상은 바야흐로 도도(滔滔)한데 공은 홀로 넓고 넓어서 남들이 지키지 못하는 지조를 지켰고 남들이 행하지 못하는 일을 행하였다. 비록 타고난 자질이 본디 아름답지만 선대의 사업을 돈독히 지켜서 실추시키지 않으려는 생각이 언제나 있었음을 알 수 있다.

정사년(丁巳, 1917)에 모친상을 당했는데 장례의 모든 절차를 부친

---

38) 존위(尊衛): 조상의 유적을 존중하여 지킴.

상 때처럼 하였다. 예서(禮書)를 읽는 여가에[39] 선대의 유묵(遺墨)을 수합하였는데, 비록 조각조각의 조그마한 종이라도 하나하나 애호 (愛護)하여 비단으로 단장하였다. ≪양세연묵첩(兩世聯墨帖)≫이라 이름을 짓고는 그것을 맡아서 지키지 못한 잘못을 자책하여 말미(末尾)에 적었다. 상복(喪服)을 벗고는 중국을 유람하며 만리장성(萬里長城)을 보고 절구 한 수를 읊었는데, "만일 이 힘을 옮겨 하천 제방을 쌓았다면, 천년이 지난 지금까지 덕정(德政)이 어떠하겠는가?"라고 하였다. 명산(名山)과 대천(大川)을 두루 관람하고 한 달여를 지내고 돌아왔다.

경오년(庚午年, 1930) 10월 며칠은 공의 회갑(回甲)이었다. 집안 식구들이 경사를 치르는 물품을 갖추고자 하였으나 공은 명하여 그만두게 하고 말하기를, "잔치를 열어 마시며 즐기는 것은 본래 나의 뜻이 아니다. 하물며 비통함이 배가(倍加)되는 날에 있어서랴."고 하고는 마련한 돈을 빈궁하고 의탁할 곳이 없는 사람들에게 모두 나누어 주었다. 하루는 자손들을 불러 말하기를, "거친 물결이 하늘까지 넘쳐나니 이미 한손으로는 만회할 수가 없다. 또 운명을 받아들이지 못하는 것은 옛사람이 이른바 '세상 사람들과 단절하다[絶物]'라는 것이다. 우리와 같은 사람은 윤리와 기강이 어떤 일인지 알지 못하여 조금씩 금수(禽獸)의 영역에 날마다 동화되어 친척을 버리고 분묘(墳墓)를 버리는 것이 진실로 이상한 일이 아니다. 우리 집안의 선대의 분묘는 곳곳에 흩어져 있으니 사정상 보수(保守)하기 어려웠다. 장차 특별히 오환(五患)[40]이 없는 지역을 선택하여 4대 이하의

---

39) 부모의 상중(喪中)에 있음을 뜻함. 옛날 부모의 상중에는 다른 책을 보지 않고 오직 예서(禮書)에 있는 상제(喪祭)에 관한 것만을 읽었던 데서 온 말이다.
40) 오환(五患): 묏자리를 잡을 때 피하여야 할 다섯 곳이다. 곧 후일에 도로가 날 자리, 성곽이 들어설 자리, 개울이 생길 자리, 세력 있는 사람이 탐낼 자리, 농경지

선영을 한 구역 안으로 이장하여 수호하기에 편하게 하고 또한 후세의 폐단을 막게 하여라. 너희들이 그 일을 감독하여 나의 소원을 이루어다오."라고 하였다.

이로부터 항상 조그마한 질병의 증상이 있었는데 약을 쓰는 겨를에 마음을 평온하게 기운을 펼치는 것으로 양생(養生)하는 방도로 삼았다. 또한 사문(斯文)41) 최종한(崔宗瀚)에게 일러 말하기를, "동방의 옛날 서적이 장차 버려질 지경에 이르렀으니 내 널리 구해 사두고자 하네. 혹 서적을 보고자 하는 사람이 있으면 허락하고 그렇지 않으면 보관하여 지키면서 후일을 기다리게. 혹 옛 사람의 정화(精華)가 되는 원인은 알지 못하더라도 이것이 없어지지는 않을 것이네. 경영한 지 이미 오래되었으나 더불어 의논할 자가 없었으니 그대는 그렇게 도모해주게."라고 하였다. 바로 산격동(山格洞)에 가옥 한 채를 샀으나 품은 뜻을 이루지 못한 채 병세가 심각해졌다. 자손들을 불러 경계하며 말하기를, "이장한 후에는 절세(節歲)와 기제(忌祭)는 폐지하라. 다만 봄과 가을에 제각(祭閣)에서 두 번 제사지내고 포와 과일 각 세 품목으로 현주(玄酒)를 올려라. 또한 내가 눈을 감은 후에는 원근에 사는 친구들에게 부고(訃告)하여 부질없이 왕래하는 수고로움을 끼치게 하지 말라."고 하였다. 말을 마치고 편안하게 서거하였으니 병자년(丙子年, 1936) 8월 15일이었으며 향년 67세였다. 유명(遺命)에 따라 화원(花園) 가족묘지에 곤방(坤方)을 향하는 언덕에 장사지냈다.

배위는 수원 백씨(水原白氏) 백교근(白曒根)의 따님으로 부인의 행

가 될 자리이다. 일설에는 마을이 들어설 자리, 도자기를 구울 만한 자리도 이에 포함된다고 한다. ≪增補四禮便覽 喪禮5 治葬≫

41) 사문(斯文): 유교(儒敎)에서 도의(道義)나 문화(文化)를 이르는 말이다. 또는 유학자를 높여 이르는 말이기도 하다.

실이 있었으며, 공보다 십년 앞선 정묘년(丁卯年, 1927)에 돌아갔다. 5남 1녀를 낳았는데, 아들은 상악(相岳)·상무(相武)·상간(相侃)·상길(相佶)·상성(相城)이고, 사위는 윤홍열(尹洪烈)이다. 상악은 3남 4녀를 낳았는데, 아들은 석희(碩熙)·탁희(卓熙)·숙희(叔熙)이고, 사위는 김한석(金漢錫)·한규대(韓圭大)·최한웅(崔韓雄)이며 딸 하나는 아직 어리다. 상무는 4남 4녀를 낳았는데, 아들은 철희(哲熙)·달희(達熙)·열희(烈熙)·설희(卨熙)이고, 사위는 서병직(徐丙直)이며 나머지 딸들은 어리다. 상간은 상길의 둘째 아들 법희(法熙)로 대를 이었다. 상길은 5남을 낳았는데, 섭희(涉熙)·법희(法熙, 공의 셋째 아들 상간의 호적에 오름)·합희(合熙)·기희(冀熙)·납희(納熙)이다. 윤홍렬은 4남 4녀를 낳았는데, 아들은 성기(聖基)·봉기(鳳基)·중기(重基)·병기(炳基)이고, 사위는 배만갑(裵萬甲)이다. 나머지는 다 기록하지 않는다.

아! 타고난 재능은 이미 하늘로부터 두텁게 받았는데 삶은 어찌하여 좋은 시절을 얻지 못했는가? 그 타고난 바탕을 말하자면 명철하고 굳세며 그 기개를 말하자면 청렴하고 결백하다. 책을 읽을 때는 반드시 정밀하여 부범(浮泛)한 습관을 끊고자 하였고, 행동을 삼갈 때는 반드시 단칙(端飭)하여 괴상한 폐단이 없고자 하였다. 여우나 담비가죽으로 만든 옷을 입은 자와 함께 서더라도 부끄러워하지 않았으니[42] 그 뜻이 고상하였도다. 쇠로 만든 바퀴로 머리를 베더라도 뜻을 바꾸지 않은 것은[43] 그 지킴의 견고함이다.

---

42) ≪논어(論語)≫〈자한(子罕)〉에 공자가 빈부에 마음을 동요하지 아니하고 도(道)에 나아가는 자로(子路)를 칭찬하여 "해진 솜옷을 입고서 여우나 담비 가죽으로 만든 갖옷을 입은 자와 같이 서 있으면서도 부끄러워하지 않는 자는 아마 자로일 것이다[衣敝縕袍 與衣狐貉者立而不恥者 其由也與]."라고 하였다.

43) 철륜은 불교에서 나온 말로, 죄인의 목을 베는 형구이다. 주자의 〈유계장에게 답함[答劉季章]〉에서는 "철륜을 머리 위에다 굴리더라도, 또한 어떻게 그의 뜻을 움직이겠는가[便有鐵輪頂上轉旋, 亦如何動得]"라고 하였다. ≪朱子大全 卷45≫. 어떠한 어려움 속에서도 마음이 동요되지 않을 것이라는 말이다.

사람의 떳떳한 윤리를 돈독히 숭상하여 효제(孝悌)를 집안에서 행했으며, 인의를 몸소 행하여 화신(和信)을 남에게 미덥게 하였다. 언어로 표현할 때에는 애연(藹然)히 지초와 연꽃을 입은 은자가 삼가 펼치는 듯하고, 문장을 지을 때에는 패연(沛然)히 강하가 직선으로 쏟아지는 듯하였다. 친한 자는 경외하고 소원한 자는 흠모하였으며, 가까이 있는 자는 기뻐하고 멀리 있는 자는 감복하였다. 어질고 자애로운 성품, 높고 넓은 학식, 강직하게 스스로 지키는 지조, 갈고 닦아 남에게 미치는 이로움은 우리들 가운데서 찾더라도 그와 짝하는 이를 보기가 드물었다.

만약 아름답고 밝은 세상을 만나 그 뜻을 얻어 그 포부를 펼쳤다면 큰 계책을 아름답게 꾸미고 사문(斯文)에 우익(羽翼)이 되어 시행함에 마땅하지 않음이 없었을 텐데 이 무렵에는 가시나무 덤불에 깊이 숨어 드러내지 않았다. 철인(哲人)이 용납되기 어려운 것은 세상의 운수가 잘못된 것이며, 이단(異端)의 말이 솟아오르는 것은 우리의 도가 막혀서이다. 하늘에 가득히 궂은 비가 내려도 하나의 별은 외로이 빛났고, 여러 새들이 분분히 떠들어도 외로운 학은 길게 울었다. 곤륜(崑崙)의 옥(玉)44)이 비록 아름답다고 말하지만 값을 주고 살 수 없으며, 대아(大阿)의 검(劍)45)이 예리하지 않은 것은 아니지만 그 칼날을 시험할 수 없다. 표연(飄然)히 이 더러운 세상에 싫증을 내어 몸을 깨끗이 하고 행동을 고상하게 하였다. 나는 지하 세계가 바로 선왕(先王)의 고국인 줄을 알겠노라. 예의(禮義)와 강상(綱常)이 예전 그대로 변하지 않았을 것이니 혹시 평소에 펼치지 못한 뜻

---

44) 곤륜(崑崙)의 옥(玉): 옥 중에서 가장 좋은 옥을 가리킨다. 곤륜산은 좋은 옥이 산출되는 곳이다.

45) 대아(大阿)의 검(劍): 태아(太阿)와 같은 말로, 옛날의 보검(寶劍) 이름인데, 다른 사람에게 권병(權柄)을 잡도록 해서 스스로 피해를 입는 것을 뜻하는 말로 쓰인다.

을 펼칠 것인가. 몸은 비록 없어지더라도 없어지지 않는 것은 아직 남아 있으니, 선인(善人)이나 군자(君子)라는 이름이 진실로 초목과 함께 썩지 않는다면 공의 아름다운 명성과 뛰어난 행실은 장차 백 대에 미치더라도 불후(不朽)할 것이다.

내가 이미 외람되게도 교유하는 말석에 있어 그 한두 가지를 기록 해 주기를 부탁받았지만 사람됨이 경솔하고 언어가 천박하니 어찌 감히 이것을 감당하겠는가. 평상시 공경하고 사랑하는 지극한 의리 를 부쳤으나 뒷사람들의 꾸지람을 면하지 못할 것이다. 망령되이 분수에 넘치는 것을 헤아리지 못하고 삼가 안본(案本)의 내용을 참고 하여 대략 은괄(檃括)[46]을 위와 같이 더하였다. 세상에 입언(立言)하 는 군자들이 혹여 참람함을 용서하여 채택해준다면 다행이겠다.

신묘년(辛卯年, 1939) 음력 10월 하순에 월성(月城) 박승조(朴承祚) 는 삼가 행장을 짓다.

○ 行狀

朴承祚

公諱一雨 字德潤 號小南 姓李氏 其先慶州人 益齋先生諱齊賢 爲顯祖 也 元陵盛際 有諱茂實 以功勳享大邱愍忠祠 寔公之六代祖也 祖諱曾悅 辭翰筆篆 著於當也 考諱東珍 號錦南 姚廣州李氏學來女

高宗七年庚午 生公于大邱府第 容兒端雅 姿稟穎敏 纔學語受字讀 一 見輒解 不與群兒戲劇 常侍父母之側 以進退唯諾爲日用節度 嘗與先公

---

46) 은괄(檃括): 기울어지고 굽은 것을 바로잡는 기구로, 굽은 것을 잡는 것을 은(檃)이 라 칭하고 모난 것을 잡는 것은 괄(括)이라 한다. ≪회남자(淮南子)≫에, "그 굽은 것이 발라지게 되는 것은 은괄의 힘이다[其曲中規 檃括之力]." 하였다. 또한 은괄 (檃栝)로도 쓰는데 이는 전체를 포괄(包括)한다는 뜻이다.

同處一室 夜深後睡魔方濃 不覺四肢轉側 以致紊亂 先公以不敬戒之 其
翌夜 解其腰磬 繫身於門 無得任意搖動 是公十歲時事 而自孩提 其操心
居敬 類多如此

及出就外傅 專心受業 不煩教督 一字一句 或不放過 必曉其旨義 旣讀
小學而以愛親敬兄隆師親友之訓 服膺以銘之 又於大學而以誠意正心修
身齊家之事 實踐而行之 以至鄒魯及諸經 必深究演繹 精密體認 常曰讀
書能不一字放過 可知古人用意 而自家亦有得晦菴夫子 於讀書寧密無疎
吾寧失於密 而不可失於疎也

甲午 公年纔二十五 慨然有敦宗恤貧之意 稟于先公 而出捐四百斗地
營置義庄 嚴立條規 使遠近諸族 賴免婚葬教育水旱疾病之憂 先公有志
於此者 蓋屢年 而承順志意 毫無違拂 盡力綜劃 以圖永世 古有范文正吳
中之舉 而世已邈矣 吾東五百年來 士大夫家行之者 絶無而僅有 是豈徒
一家之美事 其有關於世教者 亦不尠矣

甲辰 遊京洛 世級變嬗 風潮振盪 洞察西歐東漸之勢 自以爲士生斯世
不可膠守舊轍 歸白先公 乃刱立一廣廈 以爲育英之計 而扁之曰友弦 蓋
取古商人犒軍救國之義 而又購得東西洋新舊書籍數千種 廣延左右 省聰
俊之才 定其課程 本之以舊學 而潤之以新識 涵濡於義理之中 循蹈於規
矩之內 遠近有志之士 聞風興起者 日益坌集 庠舍不容 而有一代彬彬之
風矣

乙巳 先公寢疾 藥餌之奉 躬執不怠 竟遭罔極 凡附身附棺之節 必稱於
禮 哀毀守制 終三年如一日 嘗恐先志之或有未就 益專力於義庄與書樓
而窮親之不得其所者 必救急之

考問諸士之課工 曰今日有何實見得也 古人之爲學 先立主見 反覆思
繹 讀其書而踐其言 窮其理而致其志 飽喫眞腴 光輝自著 若留心於記誦
之末 則用力愈苦 而終不免泥著羈絆之患 意思燥撓 見解窒礙 施諸事爲
自不得當然之道 今人之不及古人 蓋由此也

人或有語及古今治亂聖賢出處者 則必正色答之 曰學者須是忠信篤敬 誠實無僞 訥於言語 篤於持守 有探湯之疾 而勉容物之弘 愼興戎之機 而 服克己之訓 知之篤 踐之深 發一言 行一事 人皆矜式而慕効之 斯乃爲謹 身處事之道 而徒務言語 妄論是非得失者 其心未可知也 況危行言遜 聖 人有戒 其默而容者 其非吾輩今日之地耶 非惟言語而文詞亦外也 諸賢 各在東西 異日相分之後 勿以書翰相通 只以心相交足矣 觀人先察其心 術之邪正 不輕許與 或有言行纖微之失 尤切規砭 故人之知者蓋少 而知 之者 必敬畏之如嚴師矣

十數年間 講論經旨 刮磨義理 養成數百多士 毫無厭倦之意 世道日非 竟拘於時而見廢焉 遂閉門斂跡 城市山林 優遊忘世 以律身正家爲一部 當道理

子姪輩 或役於新潮 請以刱立會社 則輒許之 曰是公衆之益 而吾家先 世之遺規也 營之未幾 或有缺損而有憂色 則從容論之 曰土地有定限 不 過幾個戶生活 而若此等事 吾有損失 則得利者衆 何足効區區俗子輩較 其利害之爲哉 家甚富饒 許多錢穀處理 可謂煩劇 而一向有預定之規 小 無窘急之時

素性慈詳廉潔 旣惠人而常以爲不足爲惠 等閒之費 節約殊甚 而至於 恤窮救亂 雖傾廩 初無吝惜之態 是以 善山漆谷玄風慶山等地數千戶 賴 爲生活者 欲報其德 方謀刻石以頌之 竟使人給其役費而力寢之

庚申春 若木東安一洞 陷爲水窟 躬往慰問 捐巨額以恤給 東洛學院 備 經歉荒 維持甚艱 以十石租寄助 益齋先生神道碑 積世未遑 獨力擔當 以 遂尊衛之誠 遠近留學者 懇以學資困乏 則必優念而使之卒業焉 世方滔 滔 公獨恢恢 守人所不能守之操 行人所不能行之事 雖其天質之固美 而 尤見篤守先業 恆有不墜之思矣

丁巳 遭內艱 送終凡節如前喪 讀禮之暇 收拾先世遺墨 雖斷爛寸紙 一 一愛護以錦爲粧 名之曰兩世聯墨帖 自責其不謹典守之罪而書于尾 服闋

遊覽中華 觀萬里長城 吟一絶曰 若移此力河堤築 千載如今德政何 歷觀
名山大川 洽經月餘而還

庚午十月日 卽公晬辰 家人欲爲稱慶之具 命止之曰 宴飮歡樂 本非吾
意 況當倍加悲痛之日乎 乃以辦備之金 盡散於貧窮無托者焉 一日詔子
姪曰 狂瀾漲天 旣不能以隻手挽回 又不受時命 是古人所謂絶物也 吾人
之類 不知倫紀之爲何事 而駸駸然日化於禽獸之域 背親戚棄墳墓 固非
異事 吾家先世墳墓 散在各處 勢難保守 將欲別擇無五患之地 移窆四世
以下先塋於一域之內 以爲便於守護 且防後弊 汝其敦事 以遂吾願也

自是 常有微痾之症 試藥之暇 以平心叙氣爲攝養之方 又謂崔斯文宗
瀚曰 東方舊日書籍 將至休棄之境 吾欲廣求買置 或有求覽者則許之 否
則藏而保守 以待後日 或未知古人精華之因 此不泯也 營之已久 無可與
議者 子其圖之 方買一屋於山格洞 有志未就 而病勢沈劇 呼子若孫 戒之
曰 移窆後 節歲與忌祭廢止 只行春秋兩祀於祭閣 以脯果各三品玄酒薦
焉 且吾暝目後 勿爲通訃於遠近知舊謾費往來之勞也 言訖 遒然而逝 丙
子八月十五日也 享年六十七 用遺命 窆于花園家族地向坤之原

配水原白氏曒根之女 有婦行 先十年丁卯沒 生五男一女 男相岳相武
相侃相佶相城 女尹洪烈 相岳生三男四女 男碩熙卓熙叔熙 女金漢錫韓
圭大崔韓雄 一幼 相武生四男四女 男哲熙達熙烈熙峝熙 女徐丙直 餘幼
相侃以相佶二子法熙爲嗣 相佶生五男 涉熙法熙出合熙冀熙納熙 尹洪烈
生四男四女 男聖基鳳基重基炳基 女裵萬甲 餘不盡錄

嗚乎 賦旣厚受於天 而生何不得其時也 言其資稟 則精明剛果 言其氣
槪 則耿介廉潔 讀書必欲精密 而絶浮泛之習 制行必欲端飭 而無矯異之
弊 狐貉並立而不恥 其志之高尙也 鐵輪旋頂而不易 其守之堅確也

敦尙彝倫 孝悌行於家 躬行仁義 和信孚於人 發之言語 藹然若芰荷之
兢敷 著之文章 沛然若江河之直瀉 親者畏而疎者慕 近者說而遠者服 仁
慈之性 高豁之識 剛毅自守之操 琢磨及人之益 求之吾黨中 鮮見其儔也

若値休明之世 得其志展其蘊 則可以賁飾洪猷 羽翼斯文 無施不當 而際此枳棘深藏不市 哲人難容 世運之否矣 異言之交騰 吾道之塞矣 滿天陰雨 一星孤明 衆鳥紛咻 獨鶴長唳 昆山之玉 雖曰美矣 而不能售其價 大阿之劍 非不銳矣 而不能試其鋩 飄然厭此濁世 而潔身高擧 吾知地下乃先王古國也 禮義綱常 依舊不變矣 庶或展其平日所未展之志耶 身雖亡 而其不亡者猶存 善人君子之名 固不得與草木同腐 則公之令名卓行將亙百世而不朽矣

余旣忝在交遊之末 而屬記其一二 人輕言淺 何敢當是 寄平素敬愛之至義 不免後死之責 不揆妄越 謹就案本中 略加隱括之如右 世之立言君子 倘恕其僭而采擇之則幸也

歲白兔小春節下澣 月城 朴承祚 謹狀

묘갈명(墓碣銘)

송준필(宋浚弼)

　소남처사(小南處士) 이공(李公)이 죽은 지 3년에 맏아들 상악(相岳)
이 그의 사행(事行)을 기술하고 나에게 무덤에 묘갈명을 써주기를
부탁하였다. 내가 일찍이 듣건대 공은 높은 기개(氣槪)에 기의(氣義)
가 있어 근심과 즐거움을 남들과 함께 하였는데, 이로 말미암아 좋
은 소문이 강의 좌우에 퍼졌다고 한다. 지금 그 기술을 살펴보고
그 상세한 사정을 알게 되니 충성과 효우가 진실로 선비다운 사람
이었다.

　공의 휘는 일우(一雨)이고 자는 덕윤(德潤)이며 경주 사람이다. 계
통이 신라 좌명공신(佐命功臣) 알평(謁平)[47]에서 나왔고, 익재(益齋)
문충공(文忠公) 이제현(李齊賢)이 그 현조(顯祖)이다. 아버지는 휘가
동진(東珍)이고, 호가 금남(錦南)이며, 어머니는 광주 이씨(廣州李氏)
이학래(李學來)의 따님이다. 공은 고종(高宗) 7년 경오년(庚午年, 1870)
에 태어났는데, 어려서부터 타고난 성품이 어질고 은혜로웠으며 총
명함이 다른 사람보다 뛰어났다. 책을 읽고 학업에 힘써 날마다 진
취(進就)가 있었다. 성장하여서는 개연(慨然)히 스스로 마음속으로

---

47) 알평(謁平): 경주 이씨(慶州李氏)의 시조이다. ≪삼국유사≫에 따르면 그를 비롯한
　　소벌도리(蘇伐都利: 沙梁部의 시조)·구례마(俱禮馬: 牟梁部의 시조)·지백호(智伯
　　虎: 本彼部의 시조)·지타(祉沱 혹은 只他: 韓岐部의 시조)·호진(虎珍: 習比部의 시
　　조) 등 6인이 하늘에서 내려와 각각 사로육촌(斯盧六村)의 촌장이 되었을 때, 그는
　　알천양산촌(閼川楊山村)의 촌장이 되었다고 한다.

말하기를, "사람이 세상을 살면서 사업이 매우 크다. 크게는 임금을 높이고 백성을 보호하며 작게는 구족(九族)48)을 공평하게 다스리는 것이 모두 분수 안의 일이다."라고 하였다.

어버이를 섬기고 어른의 명을 따름에 뜻을 어김이 없었다. 부친을 여의고 나서는 선친의 필적이 비록 편지와 떨어진 먹물 자국이라도 모두 공경하고 소중하게 여겨 첩자로 단장하여 후세에 남겼다. 일찍이 어머니를 위해 편한 곳에 집 하나를 지었는데 그 비용이 수천만이었다. 완성됨에 이르러 어머니가 즐거워하지 않았는데 거처한 지 얼마 지나지 않아 얼굴색에 약간 드러나자 그것을 철거하였다. 형제와 더불어 우애로웠으니 집안에는 흠잡는 말이 없었다. 부모님의 제삿날이 되면 공경을 다하기를 마치 부모님이 계신 듯이 하였고, 몸소 일을 전담하여 익재(益齋) 선생의 신도비(神道碑)를 세웠다.

자질(子姪)을 가르침에는 자애롭고 의로웠으며 집안사람들을 거느림에는 은혜롭고 위엄이 있었다. 베풀기를 좋아하여 남의 곤궁을 보면 곳간의 쌀을 털어주어 아끼지 않았다. 일찍이 회갑(回甲)날 아침 자제들에게 화려한 잔치를 금지하고 그 비용을 이웃 마을의 궁핍한 자에게 나누어 주었다. 선친(先親)의 뜻을 받들어 경산(慶山)에 의장(義庄)을 설치하고 해마다 400포의 곡식을 거두어 종족 중에 가난한 자에게 구휼하였으며, 혼사(婚事)와 상사(喪事), 노인 봉양, 인재 육성의 비용을 모두 출연(出捐)하였다.

세교(世教)가 쇠함에 이르러 우현서루(友弦書樓)49)를 건축하여 선

---

48) 구족(九族): 고조(高祖), 증조, 조부, 부친(父親), 자기(自己), 아들, 손자(孫子), 증손(曾孫), 현손(玄孫)까지의 직계 친족.

49) 우현서루(友弦書樓): 소남(小南) 이일우(李一雨) 선생이 1904년 급변하는 국내외 정세를 보고 나라의 장래를 위해서는 인재 양성이 시급하다는 지각아래 당시 대구부 팔운정 101-11번지 일대에 세운 학숙(學塾)이다. 이를 모태로 하여 강의원, 교남학교(현 대륜중고등학교) 등이 세워졌으며, 일제 탄압으로 우현서루는 비록

비를 양성하였는데, 서적 만 권을 구입함에 해외의 여러 책을 섞어서 그 답답하고 강개한 기운을 드러냈다. 이로부터 10년 만에 뜻있는 선비들이 많이 배출되었는데, 그 가운데 끝내 좋아하지 않게 된 자들은 뿔뿔이 흩어졌다. 또 성현들의 서적이 장차 없어져 전하지 못할까 걱정하여 옛날 백석(白石)[50]의 제도를 본 떠 집을 두고 책을 보관하여 훗날의 학자를 기다리고자 하였는데, 일이 이루어지지 못하자 아들에게 맡겨서 완성하게 하였다. 일찍이 말하기를 "세상이 어지럽고 종족이 흩어져 분묘(墳墓)를 전하지 못하는 근심이 있을까 두려우니, ≪주례(周禮)≫ 소목(昭穆)의 장례를 법으로 삼을 만하다." 라고 하였다.

화원(花園)의 선산(先山) 안에 나아가 기름지고 윤택한 땅을 선택하여 가족이 공동으로 장례지내는 묘역(墓域)으로 삼고, 그 아래에는 재사(齋舍)와 재숙(齊宿)하는 집을 두었다. 전사청(典祀廳)[51]은 모두 환연(煥然)하였으나 제각(祭閣)은 짐짓 아직 준공하지 못하였다. 제각(祭閣)이 완성되는 날에는 장차 가제(家祭)를 폐지하고 여기에서 시제(時祭)와 묘제(墓祭)를 지내게 하였다. 의례(儀禮)의 절차가 시의(時宜)에 합당하였으며, 제품(祭品)에는 일정한 수(數)가 있었으니 모두 공이 헤아려서 결정한 것이다.

병자년(丙子年, 1936) 8월 15일에 세상을 떠났으니 향년 67세이다. 화원(花園) 간방(艮方, 동북방)을 등진 언덕에 장사지냈다. 배위는 수원 백씨(水原 白氏) 백교근(白曒根)의 따님이었는데 어질어 부덕(婦德)

10여 년 만에 폐쇄되었으나 그 구국정신과 의기에 찬 학풍이 면면히 이어짐으로써 향토교육의 요람지가 되었다.
50) 백석(白石): 신선이 먹는 양식이라고 한다. 전설상의 고대 선인(仙人)인 백석(白石) 선생이 백석산에 살면서 항상 백석을 구워 먹었다는 기록이 보인다. ≪神仙傳 卷2≫
51) 전사청(典祀廳): 나라에서 정한 제사를 맡아보던 관아(官衙).

이 있었다. 무진년(戊辰年, 1868)에 태어나 정묘년(丁卯年, 1927)에 세상을 떠났는데, 무덤은 공과 산등성이가 같고 봉분이 다르다. 아들은 다섯인데 상악(相岳), 상무(相武), 상간(相侃), 상길(相佶), 상성(相城)이며, 딸은 하나인데 윤홍열(尹洪烈)에게 시집갔다. 손자는 12명이니, 석희(碩熙), 탁희(卓熙), 숙희(叔熙), 철희(哲熙), 달희(達熙), 열희(烈熙), 설희(卨熙), 섭희(涉熙), 법희(法熙), 합희(合熙), 엽희(葉熙), 납희(納熙)요, 손녀는 8명이니, 김한석(金漢錫), 한규대(韓圭大), 서병식(徐丙直)에게 시집갔고 나머지는 아직 시집가지 않았다. 외손은 남녀 8명인데 윤성기(尹聖基), 봉기(鳳基), 중기(重基), 병기(炳基)이고, 외손녀는 배만갑(裵萬甲)에게 시집갔고 나머지는 어리다.

공은 주묵(朱墨)[52]의 집안에서 늦게 태어나 스스로 시속에서 벗어나 탁연(卓然)히 세운 바가 있었다. 넓은 도량과 원대한 식견은 아름다워 장자(長者)의 풍모가 있었고, 겸손한 말과 근엄한 행동은 훌륭하여 학자의 법도가 있었다. 부모와 형제에게 효제(孝悌)를 다하였으며 선세(先世)에 할 겨를이 없던 것도 모두 경기(經紀)[53]함에 방도가 있었고 본분을 다하지 않은 곳이 없었다. 자기에게는 줄이고 남에게는 두터웠으며, 재물을 가볍게 여기고 의리를 좋아하여 이익과 은택이 사물에 미침에 친소(親疎)와 귀천(貴賤)에 차이가 없었으니 대개 그 규모(規模)와 지략(智略)은 지금 세상의 사람이 짝 할 바가 아니다. 만약 청명(淸明)한 시대를 만나 그 온축한 바를 펼쳤다면 또한 충분히 백성과 나라를 경륜(經綸)할 수 있었겠지만 끝내 곤궁하여 성진(城塵)

---

52) 주묵(朱墨): 주필(朱筆)과 묵필(墨筆)을 가지고 장부를 정리하는 것으로, 보통 관청의 사무를 집행하는 하급 관리를 의미한다. 여기서는 수입과 지출을 따지는 것을 뜻하는 말로 쓰였다.

53) 경기(經紀): 경륜기리(經綸紀理)의 준말로, 계획을 잘 세워 다스린다는 뜻임. 계획, 대책, 방도 등의 의미를 가짐.

과 초택(草澤) 사이에서 세상을 떠났으니 아 탄식할 만하다. 그러나 원근의 사람들이 인덕(仁德)을 추모하는 일이 쇠하지 않고 뒤를 이을 후손들이 번창하며 또한 곡식이 바야흐로 흥성하여 끊어지지 않는 형상이 있으니 이 또한 보시(報施)라 이를 수 있겠다.

명(銘)에 이르기를, "인(仁)을 행하는 것으로 집안을 다스렸고, 선(善)을 즐기는 것으로 다른 사람을 바로잡았다. 아, 돌은 굴러 넘어질 수 있지만 명성은 사라질 수 없도다".

저옹섭제격(著雍攝提格)[54] 유화절(流火節, 7월)에 야성(冶城) 송준필(宋浚弼)[55]은 찬술하다.

○ 墓碣銘

宋浚弼

小南處士李公 旣沒之三年 孤胤相岳 述其事行 丐余以銘于阡者 余嘗聞公倜儻有氣義 憂樂與人共之 由是 華聞傾江左右 今考其述 得其詳 忠誠孝友 恂恂是儒者人也

公諱一雨 字德潤 慶州人 系出新羅佐命功臣謁平 益齋文忠公齊賢 其顯祖也 考諱東珍號錦南 妣廣州李氏學來女 公以高宗七年庚午生 幼而稟性仁惠 聰慧過人 讀書劬業 日有進就 及長 慨然自語于心曰 人生世間 事業甚大 大而尊主庇民 小而平章九族 皆分內事也

---

54) 저옹섭제격(著雍攝提格): 무인년(戊寅, 1938)의 고갑자(古甲子)이다.

55) 송준필(宋浚弼): 조선 말기의 학자. 1869(고종 6)~1943. 경상북도 성주 출신. 본관은 야성(冶城), 자는 순좌(舜佐), 호는 공산(恭山). 이진상(李震相)의 강학에 참석했고, 장복추(張福樞), 김흥락(金興洛) 등 당시 영남의 석학들 문하에 폭넓게 왕래하며 수학하였다. 1919년 파리장서사건(巴里長書事件)에서 곽종석(郭鍾錫)·장석영(張錫英) 등과 더불어 활동함으로써 의리정신과 민족의식을 발휘하였다. 만년에는 김천에서 살았다.

事親承順 無違旨 旣孤 先公手蹟 雖片紙零墨 皆敬重之 粧帖以遺後 嘗爲
母夫人 便處築一室 費屢鉅萬 及成 母夫人不樂 居之無幾 微見於色 撤之
與兄弟友 庭無間言 遇先忌齊 敬致如在 躬專力役 豎益齋先生神道之碑

敎子姪 慈而義 御家衆 恩而威 喜施予見人之窮 傾困而不愛焉 嘗於甲
朝 禁子弟飾慶 以其資 分與隣里之窮乏 承先志 慶山設義庄 歲收四百苞
穀 以周宗族貧者 而婚喪養老育才之費 咸出焉

及世敎衰 築友弦書樓以養士 購書萬卷 雜以海外諸書 以發其牢騷慷
慨之氣 自是十年 有志之士多出 其中卒被不喜者 撲散之 又以憂聖賢書
籍將泯沒無傳 欲倣古白石之制 置屋藏書 以待後之學者 役未就 托子以
成之 嘗曰世亂族散 懼有墳墓失傳之患 周禮昭穆之葬 可法也

就花園先山內 擇一光潤之地 爲家族共葬之兆域 而其下置齋舍齊宿之
宮 典祀之廳 一皆煥然 而祭閣姑未竣也 閣成之日 將廢家祭 行時祭墓祭
於此 而儀節合時宜 饒品有常數 皆公所商定也

丙子八月十五日終 享年六十七 葬于花園負艮原 配水原白氏曒根女
賢有婦德 生戊辰 歿丁卯 墓與公同原異墳 子男五 相岳相武相侃相佶相
城 女一適尹洪烈 孫男十二 碩熙卓熙叔熙哲熙達熙烈熙卨熙涉熙法熙合
熙葉熙納熙 女八適金漢錫韓圭大徐丙直 餘未行 外孫男女八 尹聖基鳳
基重基炳基 裵萬甲 餘幼

公晚生朱墨之家 能自拔俗 卓然有立 弘量遠識 休休有長者風采 遜言
謹行 亹亹有學家軌度 盡孝悌於父母兄弟 先世未遑 皆經紀有方 無有不
盡分處 約己厚人 輕財好義 利澤之及物 無親疎貴賤 蓋其規撫智略 非今
世之人所可儔也 若使遭遇淸明 展其所蘊 則亦足以經綸民國 而竟窮悴
以歿於城塵草澤之間 吁可歎也 然而遠近之人 懷仁慕德之不衰 後承繁
衍 且穀有方興未艾之像 斯亦可謂報施矣 銘曰 爲仁以政家 樂善以格人
嗚乎 石可轉也 名不可湮也

著雍攝提格流火節 冶城宋浚弼撰

비석을 세울 때 연유를 아뢰는 글
[竪碣告由文]

최종한(崔宗瀚)

삼가 생각하건대 우리 공은 굳은 바위 같은 정절과 얼음 항아리 같은 품격이었도다. 식견이 분명하고 정도를 지켰으니 이는 태어날 때부터 얻은 것이었도다. 근본삼은 것은 효도이고 바탕삼은 것은 학업이었도다. 말에는 이치를 분석하는 것을 귀하게 여겼고 행동에는 겉을 꾸미는 것이 없었도다. 또한 변변치 못한 선비를 부끄러워하여 한갓 말하고 듣는 것을 조심하였도다. 옛날을 논의하여 지금을 짐작함에 얽매이거나 속박되지 않았도다. 우뚝이 거친 물결을 막았으며 공익(公益)에 힘을 기울였도다. 이방(李房)56)을 거듭 간직하였으며 범장(范庄)57)을 다시 열었도다. 몇 가지의 경륜이 세상의 저촉을 받았지만 홀로 집안에서 선하게 하니 세모에는 또한 줄어들

---

56) 이방(李房): 이방(李昉)의 오자인 듯함. 온공(溫公)이 말하기를, "우리나라의 공경(公卿)들 중에 능히 선대(先代)의 법도를 지켜 오래도록 쇠하지 않은 집은 오직 돌아가신 상국(相國) 이방(李昉)의 집안뿐이다. 자손들이 몇 대를 거치면서 200여 명이나 됐지만 함께 살면서 같이 밥을 지어먹었다. 그리고 토지와 집세로 얻은 수입과 관직의 봉급을 모두 한 창고(一庫)에 모아 두고 식구 수를 계산해 날마다 식량을 나눠 주었다. 결혼과 장례에 필요한 비용은 모두 일정한 액수를 정해 두고 자식들에게 나누어주기를 명하여 그 일을 맡겼다. 그러한 법은 대부분 이상국의 아들인 한림학사(翰林學士) 종악(宗諤)이 만든 것이다."라고 하였다(《小學》 〈善行〉).

57) 범장(范庄): 문정공(文正公) 범중엄(范仲淹)의 의장(義莊)

었도다. 아, 돌아가신 지가 이미 4년이 지났도다. 불매하신 영령을
어제처럼 그리워하도다. 아름다운 옥과 다듬은 옥돌로 군자들이 비
석을 세웠도다. 좋은 날을 잡고 심신을 깨끗이 하여 선비들이 달려
가도다. 감히 그 연유를 아뢰나니 영원토록 마모되지 마소서.

○ 竪碣告由文

崔宗瀚

　恭惟我公 介石之貞 氷壺之格 見明守正 寔由天得 本之惟孝 資之惟學
言貴析理 行無邊幅 亦恥俗儒 徒事口目 論古斟今 不羈不束 屹然障瀾
公益是力 李房重藏 范庄復拓 多少經綸 被世所觸 獨善于家 歲暮亦蹩
嗚呼觀化 霜已四宿 英英不昧 緬懷如昨 貴璗琢珉 君子顯刻 卜吉致潔
襟佩趨逐 敢告厥由 永世不泐

제각(祭閣) 상량문(上樑文)

장시원(張始遠)

선조가 현명함에 효자와 어진 손자를 두어 그 집안의 큰일을 긍구(肯構)58)하여 잘 마쳤으며,

땅이 가까워서 우거진 언덕과 깊은 산기슭을 얻어 여기에 모여 장례와 제례의 성대한 의식을 행하였네.

어찌 단지 옛 제도만 그런대로 갖추었겠는가,

거의 선조의 영혼이 여기에 이르렀네.

생각하건대 소남처사(小南處士) 경주(慶州) 이공(李公) 휘 일우(一雨), 자 덕윤(德潤)은,

한미한 선비의 행색이었지만,

옥처럼 온화한 성품을 지녔도다.

60여 년을 시가지에 거주하였으나 친구들을 두루 따를 줄 알지 못하였고,

수많은 일 가운데 가정의 즐거움은 오직 모친의 마음을 받드는 데 있었네.

부모상을 당해서는 무시로 슬퍼하며 항상 거칠고 누추한 곳에 처

---

58) 긍구(肯構): 《서경(書經)》 〈주서(周書)〉 대고(大誥)편에 "만약에 아버지가 집을 지으려고 이미 규모까지 정해 놓았는데 그 자식은 이에 기꺼이 집의 터도 마련하지 않고 있다면 하물며 기꺼이 집을 지을 수가 있겠는가?[若考作室 旣底法 厥子乃弗肯堂 矧肯構]"라고 한 말에서 유래하여 선대가 계획해둔 것을 후대가 잘 계승함을 말한다.

하였고,

유언을 본받아 평소 생활에 법도가 있었고, 의로운 기금을 더욱
많이 증식시켰네.

밤마다 문장을 의논하여 실로 유공작(柳公綽)이 소재(小齋)에 나아
가는 것을 본받았고,[59]

날마다 음식을 나누어주어 자못 이종악(李宗諤)의 일고(一庫)의 규
모와 같았네.[60]

모두 덕성(德性)의 유래를 따른 것이며,

또한 도리(道理)를 갈고 닦았음을 알겠네.

아버지의 호(號)인 금남(錦南)을 사모하여 소남(小南)이라 칭하였
으니, 아름답도다! 겸손하고 공손함을 스스로 보존함이여.

생각건대 한강 이북에 뜻을 두고 큰뜻을 품었다면, 아! 경륜(經綸)
을 누가 알겠는가.

---

59) 당나라 하동절도사(河東節度使) 유공작(柳公綽)이 공경(公卿)들 사이에서 법도 있
   는 집안으로 가장 이름이 있었다. 중문(中門) 동쪽에 소재(小齋)가 있었는데 조회
   에 참석하지 않는 날이면 매일 아침에 번번이 나가 소재(小齋)에 이르렀는데 여러
   자식들과 중영(仲郢)이 모두 의관을 정제하고서 중문 북쪽에서 문안 인사를 올렸
   다. 유공작이 사사로운 일을 결정하고, 손님을 접대하고, 아우 공권(公權)과 여러
   종제(從弟)들과 함께 두 번 모여 식사를 하며 아침부터 저녁까지 소재(小齋)를 떠
   나지 않았다. 촛불을 가져오면 자제 한 사람에게 명하여 경서(經書)나 사기(史記)
   를 잡게 하며 직접 한번 읽고 나서 벼슬살이나 집안 다스리는 도리를 강론했다.
   혹은 글을 논하고 혹은 거문고를 듣다가 인정(人定)의 종소리가 들린 뒤에야 잠자
   리에 들었다. 자식들은 중문 북쪽에서 다시 밤 문안 인사를 드렸다. 무릇 20여
   년을 했지만 하루도 바꾼 적이 없었다(≪小學≫ 〈善行〉).
60) 온공(溫公)이 말하기를, "우리나라의 공경(公卿)들 중에 능히 선대(先代)의 법도를
   지켜 오래도록 쇠하지 않은 집은 오직 돌아가신 상국(相國) 이방(李昉)의 집안뿐
   이다. 자손들이 몇 대를 거치면서 200여 명이나 됐지만 함께 살면서 같이 밥을
   지어먹었다. 그리고 토지와 집세로 얻은 수입과 관직의 봉급을 모두 한 창고(一庫)
   에 모아 두고 식구 수를 계산해 날마다 식량을 나눠 주었다. 결혼과 장례에 필요한
   비용은 모두 일정한 액수를 정해 두고 자식들에게 나누어주기를 명하여 그 일을
   맡겼다. 그러한 법은 대부분 이상국의 아들인 한림학사(翰林學士) 종악(宗諤)이
   만든 것이다."라고 하였다(≪小學≫ 〈善行〉).

우현루(友弦樓)를 건축하여 총명하고 뛰어난 재자(才子)들을 모아 밖으로는 벗들이 서로 도와 학문과 성품을 닦았으며,

맹세한 계책을 계획하여 새로운 문명의 도서를 구입하여 안으로는 서양의 학문을 나란히 세우는 것을 품었도다.

어찌 여우의 시기어린 눈초리가 일어나 분서갱유(焚書坑儒)의 화를 얼마나 입었던가,

사향(麝香)을 삼키는 후회가 쉽게 싹터서 마침내 철폐되기에 이르렀도다.

어느덧 온갖 생각이 점점 저절로 그치게 되었으니,

그렇다면 일생에서 다시 무엇을 하겠는가.

꽃과 풀을 보고 계절의 변화를 겪으며 세월이 더디고 빠름은 그대로 두고,

집의 문을 닫고 세속의 일을 잊은 채 분수의 편안함과 한가로움을 닦았네.

자손들을 매우 준엄하게 가르치며 간혹 육단(肉袒)61)의 사죄를 보이고,

비복(婢僕)은 오히려 관대하게 다스리며 손재주가 좋다는 덕담을 하였네.

태조(太祖) 익재(益齋)의 무덤에 이귀(螭龜)62)가 빠진 것을 근심하여 홀로 힘을 다하여 신도비(神道碑)를 꾸몄으며,

당세 목은(牧隱)63)의 문장이 정려(鼎呂)64)보다 중한 것을 공경하

---

61) 육단(肉袒): 옷을 벗어 어깨를 드러내고 예를 올리는 것으로 항복을 뜻함. 《전국책(戰國策)》 제책(齊策)에 "초 장왕(楚莊王)이 정나라를 정벌하니 정백이 육단을 하였다." 하였음.

62) 이귀(螭龜): 이수(螭首)와 귀부(龜趺)의 준말. 비석을 가리킴.

63) 목은(牧隱): 이색(李穡). 고려 말기의 문신·학자(1328~1396). 자는 영숙(穎叔). 호는 목은(牧隱). 중국 원나라에 가서 과거에 급제하고, 귀국하여 우대언(右代言)과

여 중론(衆論)을 물리치고 묘지명을 새겼도다.

문득 회갑을 맞이하여 잔치를 열어야 하는 해에 호시(怙恃)[65]의 애통한 심정을 견디지 못하였고,

또한 민생의 괴로움을 구제하기를 생각하는 날에 어찌 잔치를 열어 재물을 헛되이 소모하겠는가.

이에 "우뚝하고 굳세도다. 그대가 가난한 친척의 볏섬과 추운 걸인의 옷가지를 도와줌이여."라고 말하며,

어찌 "오래살고 복되도다. 나는 많은 손님들의 시송(詩頌)과 천한 광대의 노랫가락을 귀하게 여기지 않는다."고 말하겠는가?

돌아보건대 오직 지금 사람들의 이목이 안정되지 않은 것은,

선영(先塋)의 혼백에게 말하기 어려운 것이 있기 때문이네.

저 북망산(北邙山)을 싫어하여 갑자기 불태우는 것을 어찌 차마 하겠는가?

각 지역에 매장해두고 향불을 쉽게 깨버리는 것을 어떻게 그럴 수 있는가?

이에 한 언덕을 정하여 화원에 연이은 묘소를 정하였고, 마땅히 여러 대를 위하여 가래나무 언덕을 조성하였네.

가깝고 먼 세월이 비록 다르지만 다시 신도(神道)에 따라 모인 것

대사성 따위를 지냈다. 삼은(三隱)의 한 사람으로, 문하에 권근과 변계량 등을 배출하여 학문에 큰 발자취를 남겼다. 조선 개국 후 태조가 여러 번 불렀으나 절개를 지키고 나가지 않았다. 저서에 ≪목은시고(牧隱詩薹)≫, ≪목은문고(牧隱文薹)≫ 따위가 있다.

64) 구정(九鼎)과 대려(大呂): 구정은 우(禹)임금이 구주(九州)의 쇠를 거두어 주조한 9개의 솥이고, 대려는 주(周) 나라 종묘(宗廟)에 설치한 종으로 천하의 보기(寶器) 이다.

65) 호시(怙恃): 부모를 가리킨다. ≪시경≫ 소아(小雅) 육아(蓼莪)에 "아버지 아니시면 누구를 의지하며, 어머니 아니시면 누굴 믿을까[無父何怙 無母何恃]."라는 말이 나온다.

이 조금 위로가 되고,

애달프게도 서리가 이미 내렸으나 또한 후손들의 성묘가 모두 편리해졌네.

제사(祭祀)를 어찌 반드시 어지럽게 하겠는가, 한 묘정(廟庭)의 정밀함만 같지 못하며,

제각(祭閣)을 감히 대충 얽지 않았으니 재사(齋舍)가 마땅히 천년을 기약하리라.

음식은 나무그릇에 올리고 과일은 대그릇에 올려 티끌을 씻기에 용이함을 취하였고,

담장은 벽돌로 만들고 문은 쇠로 만들어 예기치 못한 재난이 이어지는 것을 경계하였네.

문미(門楣)에 어찌 별도의 현판을 구하겠는가. 손수 두 글자를 쓰니 오히려 튼튼하며,

집터는 직접 개척하기 어려웠고 몸이 병에 걸려 더욱 심해졌네.

철인(哲人)이 죽으리라고 어찌 알았겠는가?

문득 잘하던 일을 갑자기 마치지 못하게 되었네.

임종 때의 부탁이 간절하였으니 혀는 굳어도 세세한 것까지 다 말하였고,

두루 갖춘 법도가 정돈되었으니 손바닥을 가리키듯 규범을 볼 수 있었네.

상주(喪主)의 효성이 더욱 독실하여 빨리 일을 마치기를 도모하니,

봉분을 만들고 나무를 심는 예제가 비로소 행해져 그 일을 감독하였네.

길가에서 비바람을 피하지 못하니 시골 늙은이가 탄식하지만 오히려 칭찬인 줄 알겠으며,

무덤 앞에서 통곡하며 천지를 부르짖으니 장공(匠工)들이 모두 감

복하여 더욱더 쌓아 올리네.

이에 백 척의 들보 올리는 일을 도우려고,

이에 육위(六偉)66)의 노래를 부르네.

어영차.

어영차, 들보 동쪽으로 만두를 던지니, 대덕산 이름이 길이 헛되지 않네. 반드시 훌륭한 이웃에는 훌륭한 덕이 있으니, 선한 집안의 무덤이 이 산중에 있도다.

어영차, 들보 서쪽으로 만두를 던지니, 화골법(火骨法)이 무엇이길래 불자(佛者)들이 심히 미혹되는가.

세속의 풍습이 무지하여 이를 차마 행하니, 선조의 혼령이 어찌 슬프게 울지 않겠는가.

어영차, 들보 남쪽으로 만두를 던지니, 가래나무와 소나무가 묘를 둘러싸서 쪽보다 푸르네.

한결같이 유지(遺志)를 따라 부지런히 배양하니, 대대로 효자가 있음을 바야흐로 알겠도다.

어영차, 들보 북쪽으로 만두를 던지니, 첩첩이 쌓인 북망산이 높고도 높구나.

비록 서양에서 온 심목인(深目人)67)이 있더라도 여기에서 응당 알 길이 없도다.

어영차, 대들보 위로 만두를 던지니, 상서로움을 내려주는 것은 모두 하늘의 복이네.

---

66) 육위(六偉): ≪문체명변≫에 의하면 상량식에서 동서남북상하 여섯 방위에 만두를 던지며 '아랑위(兒郞偉)'라는 시를 읊으므로 그것을 '육위사(六偉詞)' 또는 '육위송(六偉頌)'이라고도 한다.

67) 심목인(深目人): 심목고비(深目高鼻), 즉 눈이 움푹 들어가고 코가 우뚝한 서역인(西域人).

저와 같이 푸르고 푸르니 비록 멀다 하지만, 이 이치가 밝고 밝아
서 전혀 속이지 않도다.

어영차, 들보 아래로 만두를 던지니, 활짝 또 영원히 생각하는 집
이 있네.

무덤에 이것이 없으면 전하기 어려우니 세상에 아버지가 있는 자
에게 부치도다.

삼가 바라건대 들보를 올린 이후에는,

섬돌과 주춧돌이 이지러지지 않고, 당우(堂宇)가 점점 튼튼해지리라.

많은 자손이 빨리 달려오리니 바야흐로 기린과 봉황 같은 자제들
이 정연함을 보겠네.

수많은 어린이들이 소 먹이고 나무하며 침범하기 어려우니, 어찌
소와 양이 예사롭게 침범하는 것을 근심하겠는가.

병자년(丙子年, 1936) 겨울 11월 상순(上旬)에 종사랑(從仕郎) 성균
관박사(成均館博士) 인주(仁州) 장시원(張始遠)은 찬술하다.

○ 祭閣上樑文

張始遠

祖賢而有孝子肖孫　克竣肯構且堂之巨役
地近而得豊原厚麓　爰擧聚葬幷祭之盛儀
奚但古制苟完
庶幾先靈斯格
竊惟小南處士慶州李公諱一雨字德潤甫
寒布之色
溫玉之姿
六十餘年城市之居　不知廣逐朋隊

萬千所事家庭之樂　惟在順承親心

遭大故而哀毀無時　常處堊土之湫陋

體遺命而拮据有度　益致義金之滋繁

夜執論文　實做柳公綽之小齋出就

日分給餉　殆同李宗諤之一庫規模

皆是從德性之由來

亦可知道理之磨勵

慕父號錦南而稱小　美哉謙恭之自存

慮國墟漢北而志長　嗚乎經綸之誰識

建友弦之樓而集聰俊才子　外借麗澤之相資

計誓矢之筭而購新明科書　内懷歐洋之幷立

奈狐猜之伺發　幾被坑焚

易麛噬之悔萌　竟至罷撤

於焉萬念之漸自休矣

然則一生之復何爲哉

看花卉而驗時移　任他光陰之遲速

掩蓬蓽而忘俗務　修吾分數之安閒

教子孫太峻嚴　或見肉袒之恐罪

御婢僕尙寬貸　每思手爛之美言

憾太祖益齋之阡闕螭龜　殫獨力而賁飾神道

敬當世牧隱之文重鼎呂　排衆論而引刻竃辭

奄及完處地甲慶宜設之年　不堪怙恃之痛極

且念遺民生辛苦苟活之日　何用讌集之耗虛

乃曰岳乎武乎　爾其惠貧族之租苞凍丐之衣屬

胡云壽也福也　我不貴多客之詩頌雜倡之歌調

顧惟今人耳目之未安

最在先兆體魄之難說

厭彼邱而遽付火　是可忍耶

厝各域而易廢香　容或然也

肆卜一岡　花園之連穴

當爲屢世　楸邱之成行

久近之歲月雖殊　更應神理會合之稍慰

悽悵之霜露旣降　亦有苗裔瞻掃之俱便

祭何必紛紛　墓庭精莫若同一

閣不敢草草　齋舍永宜期於千

饌而豆果而邊　取容易之垢滌

牆以甓門以鐵　戒无妄之災延

楣奚求別懸　手書二字而猶健

址難得親拓　身嬰一疾而愈深

豈意哲人之其萎

遽作能事之未畢

臨終之付托懇惻　舌强口而絲毫皆言

備盡之式度整齊　指諸掌而繩尺可見

哀棘之誠孝尤篤　亟圖訖功

襄樹之禮制纔行　仍爲董役

就路上不避風雨　野老咨嗟而猶知詡稱

哭墳前必號穹壤　匠工咸服而益加登築

庸助百尺樑之脩擧

兹唱六偉歌之兒郎

兒郎偉

(兒郎偉)抛梁東　大德山名長不空

必有其隣方是德　善家之墓此山中

(兒郎偉)抛梁西 火骨法何佛甚迷

俗習無知忍行此 先靈倘不啾啾啼

(兒郎偉)抛梁南 楸松環壟碧於藍

一遵遺志勤培植 世世方知有孝男

(兒郎偉)抛梁北 纍累卭山且嵼屴

縱有西來深目人 於斯應是無由識

(兒郎偉)抛梁上 生祥下瑞皆天餉

蒼蒼如彼雖云遐 此理明明儘不誑

(兒郎偉)抛梁下 翼然又有永思舍

墓而無是難爲傳 寄於世間有父者

惟願上梁之後

砌礎無虧 堂宇漸鞏

雲仍宜彈奔走 方見麟鳳之次第

衆多童豎難犯牧樵 詎患牛羊之尋常侵觸

歲丙子冬十一月上旬

從仕郎 成均館博士 仁州 張始遠 撰

유사(遺事)

이상악(李相岳)

　부군의 성은 이씨(李氏)이고, 휘는 일우(一雨)요, 자는 덕윤(德潤)으로 경주인(慶州人)이며 익재(益齋) 선생 휘 제현(齊賢)의 후손이다. 조선 영조(英祖) 때에 공훈으로써 대구 민충사(愍忠祠)에 배향된 휘 무실(茂實)의 6세손이다. 조부의 휘는 증열(曾悅)로 문장과 글씨로써 저명하였다. 부친의 휘는 동진(東珍)이요, 자는 금남(錦南)이며 부인은 경주 이씨(慶州李氏) 휘 학래(學來)의 따님이다.

　고종(高宗) 경오년(庚午年, 1870)에 대구 집에서 부군이 태어났다. 체격과 인품이 온화하고 빼어났으며 음성이 청아하였다. 아이들과 더불어 장난치는 것을 좋아하지 않았으며 항상 어른의 곁을 떠나지 않았다. 나이가 아직 10세가 되지 않았을 무렵 선친(先親)과 더불어 같은 처소에서 잠잘 때 몸을 뒤척여 모습이 어지러웠기 때문에 조심하지 않는 것으로 선친이 훈계하였다. 그 다음날 밤에는 허리띠로 문고리에 몸을 매어서 마음대로 흔들리고 움직이지 못하게 하였다. 스승에게 나아가 독서함에 미쳐서는 글의 뜻을 이해하는 데에 오로지 힘썼고 기억하고 외는 데 힘을 기울이지 않았다. 그러므로 스승이 도리어 고민스러운 점이 많았다. 이에 말하기를, "이 아이는 실지(實地)의 공부를 따르니 훗날 반드시 지식과 행동이 아울러 발전할 것이다."라고 하였다. 나가서는 윗사람을 공경하고 들어와서는 어버이를 사랑하였으니 이는 가르칠 필요 없이 천성(天性)에서 나온 것이다.

25세 갑오년(甲午年, 1894) 봄에 부친의 명을 받들어 친족들을 불러 400두락(斗落)의 땅으로 의장(義庄)을 설치하였다. 혼인·장례·교육·홍수·가뭄 구휼·길거(拮据)68)하는 등의 방법과 지략은 모두 부군이 손수 스스로 빈틈없이 조리 있게 처리하였는데 선친의 뜻에 털끝만큼도 어긋남이 없었다.

　　갑진년(甲辰年, 1904)에 서울을 유람하였다. 세상의 수준이 점점 달라지는 것을 보고, 선비가 이 세상에 살면서 옛날 것에만 고수할 수 없으며, 또한 열국(列國)이 동쪽으로 점점 세력을 뻗쳐오는 형세 속에서 지식으로 경쟁하려면 영재를 교육하는 것이 첫째의 일이라고 여겼다. 돌아와서 집안에 아뢰니 선친께서 기뻐하면서 장려하고 허락하였다. 이에 동서양 고금의 서적 수천 종을 구매하고 경상남북도에서 통달하고 총명한 인재들을 초치(招致)하여 일 년에 수십 명씩 양성하였다. 서루(書樓)를 '우현(友弦)'이라 명명(命名)하였는데 대개 상인(商人) 현고(弦高)가 미리 알아서 군사들에게 음식을 주어 위로하여 나라를 구한 뜻69)에서 취하였다. 또한 호를 '소남(小南)'이라 하였으니, 아버지 금남공(錦南公)의 뜻을 잘 계승하려는 까닭이었다. 이에 당일에 여러 선비들이 굳이 요청하였으나 부군의 겸양을 어떻게 할 수 없었다.

　　을사년(乙巳年, 1905) 봄에 선친의 상을 당했는데 몹시 슬퍼하여

---

68) 길거(拮据): 새가 둥지를 짓느라 손발과 입을 함께 움직여서 열심히 일하는 모양이다. 애쓰는 모양을 가리킴. ≪시경≫ 〈빈풍(豳風) 치효(鴟鴞)〉에 나온다.

69) 노 희공(魯僖公) 33년에 진(秦)나라가 정(鄭)나라를 치러 가는데, 정(鄭)나라의 상인(商人) 현고(弦高)가 주(周)나라에 가서 장사하려던 차에 도중에 진나라 군사를 만나 정 목공(鄭穆公)의 명이라고 하면서 우선 부드러운 가죽 4개를 바치고 소 12마리를 보내어 군사들을 위로하는 잔치를 벌이게 하였다 급히 역마를 보내 정 목공에게 이러한 사실을 보고하여 미리 대비하게 하였다. 이에 진나라 군대를 거느리고 온 장수 맹명(孟明)은 정나라에 충분한 대비가 되어 있다고 판단하고 물러갔다(≪春秋左氏傳≫ 僖公 33年).

몸이 상하면서도 예제(禮制)를 지켰다. 이미 상을 마치고 선친의 뜻이 혹여 이루지 못할까 더욱 두려워하여 의장(義庄)과 서루(書樓)에 힘을 다하고 달마다 항상 곤궁한 친족 중에 혹 살 곳을 얻지 못한 자들을 살폈다. 한가한 날에 또 서루에 올라 여러 선비들의 공부를 물으며 말하기를, "근래에 무엇을 실제로 터득하였는가? 기억하고 외는 것은 귀하게 여기기에 부족하다. 대저 서책은 옛사람의 조박(糟粕)[70]이니 다만 뜻을 풀이하고 음미하면 그만이니 집착하지 말고 얽매이지 말아야 한다. 항상 내 마음속에 먼저 주견(主見)을 세우고 반복하여 사색한 이후에 터득하라."고 하였다.

간혹 신진 선비로서 지나간 왕조의 인물과 정치의 득실을 언급하는 자가 있으면 부드러운 안색과 온화한 말투로 답하기를, "대저 선비는 상론(尙論)[71]을 귀하게 여기지만 먼저 그 처지와 시기를 살펴는 것이 옳을 듯하다. 만약 오늘날에 지금의 나를 기준으로 옛날의 고인을 논한다면 항상 전인(前人)이 실수한 폐단이 있게 된다. 혹 양기초(梁起超)가 공부자(孔夫子)를 논함에, '그 대부를 비난하는 것이 아니면 백성들에게 알게 할 수 없다'라는 구절에서, 한 쪽 편을 든다면 '역(易)'이라 하고 '시(時)'라 한 것은 크고도 성스럽다. '시(時)'라는 것은 이것은 전제시대(專制時代)가 아니겠으며, '성(聖)'은 부자만한 이가 없는데 한 명의 성인으로써 가능하겠는가? 대저 정치는 일정한 선량(善良)이 없고 그 때에 맞게 베풀 뿐이니 지금으로

---

70) 조박(糟粕): 술을 거르고 남은 술 찌꺼기. 참된 도(道)는 언어와 문장으로써는 전할 수 없으므로 옛 사람의 언어와 저서로써 현재까지 전해오는 것은 다만 술 찌꺼기와 같은 것일 뿐이라는 말이다. 《莊子》〈天道〉

71) 상론(尙論): 고인(古人)의 언행(言行)과 인품을 논함. 《맹자》〈만장 하(萬章下)〉의 "천하의 훌륭한 선비를 벗으로 사귀는 것이 만족스럽지 못할 경우에는 또 위로 올라가 옛사람을 논한다[以友天下之善士爲未足, 又尙論古之人]."라는 말에서 나온 것이다.

써 옛날에 미치지 못한 것을 논하는 것이 어찌 옳겠는가? 또한 행동은 준엄하게 하되 말은 겸손하게 하는 것[72]은 바로 지금이 아니겠는가? 대저 마음에 두면 말로 드러나고 말로 드러나면 문장이 되는 것은 선비에게는 흔한 일이니, 후일에 서로 나뉘어 각각 거처할 때에 편지로써 서로 교유하지 않는 것이 좋을 듯하다."라고 하였다. 이로써 고금을 강론하였는데 10년 동안 싫어하거나 게으른 모습이 조금도 없었다. 마침내 시속(時俗)에 구애를 받아 폐쇄한 이후로는 문을 닫고 칩거하였으며 단지 스스로 집안의 일을 엄숙히 다스렸을 뿐이었다.

불초(不肖)한 우리들이 풍조(風潮)를 추구하여 명을 따르지 않을 뿐만 아니라 거금을 탕진할 때가 자못 많았으나 전혀 엄한 꾸짖음이 없었고 문득 돈을 갚아주기까지 하였다. 혹 회사 창립을 청하면 바로 허락하며 말하기를, "이는 우리 집안에 내려오는 비결(秘訣)이다. 토지를 사서 설치하는 것은 몇 가구가 생활하는데 지나지 않지만 이러한 경영은 무려 몇 백 가구의 생계가 살아나니 어찌 좋지 않겠는가?"라고 하였다. 그 후에 내가 불민함으로써 손해를 보아 혹 근심하는 기색을 띠고 있으면 문득 말하기를 "손해를 보는 자는 너 한 사람이고 이득이 있는 자가 수백 명이라면 그 효과가 과연 어떠하겠는가?"라고 하였다. 이것이 우리 아버지의 평소의 뜻이 아니겠는가. 또 토지와 금전을 처리하는 등에 이르러서는 한결같이 일정한 규정을 두었으니 관계되는 사람들이 한 번도 문간에 이른 자가 없었다. 그러므로 항상 옆에 있는 자들이 보면 일개 한미한 선비의 모습에 불과할 뿐이었다.

---

72) "나라에 도가 있을 때는 말과 행동이 높고 바르지만, 나라에 도가 없을 때는 행실을 높게 하고 말은 낮추어 겸손하게 할지니라[邦有道 危言危行 邦無道 危行言孫]." (≪論語≫ 〈憲問〉)에서 나온 말.

병오년(丙午年, 1906)에 선산(善山) 장천면(長川面)의 소작인들이 덕을 칭송할 뜻으로 비석을 80여냥(餘兩)에 샀다. 그것을 들은 날에 좌우의 사람들을 불러 타이르며 말하기를, "내가 은혜를 베푼 것이 없는데 어찌하여 유용한 돈을 가지고 쓸모없는 곳에 낭비하는가. 차라리 이 돈으로 뽕나무 묘목을 사서 부업(副業)을 장려하여라. 이 것이 내가 원하는 것이다."라고 하였다. 바로 그날 비석을 산 대금을 돌려주었다. 이후에 비석을 세우고자 하는 자가 경산(慶山)과 현풍(玄風) 등지에 모두 예닐곱 곳이 있었는데 모두 미리 알고는 멈추게 하였다.

경신년(庚申年, 1920) 가을에 약목면(若木面) 동안동(東安洞) 일대가 수재(水災)를 당하여 집들이 유실되고 전복되자 직접 가서 위문하고 2500여금(餘金)으로 구휼하였다. 그 해 1월에 수재민(水災民)들이 비석을 세워 덕을 칭송하겠다 하니 사람을 시켜 가서 보게 하고는 끝내 그 비석을 묻어 버리게 하였다. 또 약목의 동락학원(東洛學院)이 유지하기가 어렵다고 하니 벼 10석(石)을 기증하여 도와주었다. 익재(益齋) 선조(先祖)의 신도비(神道碑)는 여러 세대가 지나도록 세울 겨를이 없었는데 비를 꾸미는 일을 전담하였기에 종중에서 의논하여 표창비(表彰碑)를 세우려 하였으나, 부군(府君)이 힘써 막아서 성사되지 못하였다. 또 원근(遠近)에서 유학(留學)하는 자들이 학자금이 궁핍함을 요청하면 빈번이 주었고, 혹 진취(進就)할 것 같은 기대가 있으면 금전의 다소(多少)를 따지지 않고 학업을 마치게 해주었다.

정사년(丁巳年, 1917)에 모친상을 당하여 애도를 표하기를 이전의 부친상과 같이 하였다. 항상 상주가 거처하는 방에 있으면서 피눈물을 흘리는 겨를에 선대인(先大人) 양세(兩世)의 유묵(遺墨)을 수습하였다. 비록 짧고 간단한 종이 쪽지일지라도 하나하나 아껴서 지키고 비단으로 단장하여 이름하기를 《양세연묵첩(兩世聯墨帖)》이라 하였다. 불초하고 무식하여 삼가 잘 지키지 못한 책임을 스스로 느끼며 그것을 적어서 묵첩 아래에 달았다. 상복(喪服)을 마치고는, '오랫동안 칩거한 나머지 심신이 쇠약한 듯하니 감히 조심하지 않겠는가'라고 생각하고는 이에 중국을 유람하였다. 만리장성을 보고 절구 한 수를 읊었는데, "만일 이 힘을 옮겨 하천 제방을 쌓았다면, 천년이 지난 지금까지 덕정(德政)이 어떠하겠는가?"라고 하였다. 명산(名山)과 대천(大川), 누각의 화려한 곳을 달포동안 두루 관람하고 돌아왔다. 이때부터 집안일을 나에게 맡기고 세상과 스스로를 단절하여 종일토록 단정히 앉아 있었으니 마치 진흙인형과 같았다. 간혹 기분이 우울하고 마음이 답답할 때가 있으면 홀로 이리저리 거닐며 시를 읊었기 때문에 작은 책상자에는 단지 약간의 시편(詩篇)만 있었다.

경오년(庚午年, 1930) 10월 14일은 바로 부군의 회갑(回甲)이었다. 우리들이 장차 경사를 치르는 준비를 갖추고자 하니 명하여 말하기를, "전(傳)에서 말한,[73] 비통함이 배가 되어야 마땅하거늘 어찌 차마 술자리를 마련할 수 있겠는가? 내가 옛 말씀을 따르고자 해서가 아니라 스스로 차마 못하는 바이다."라 하고는 준비한 금전을 곤궁하여 의탁할 곳이 없는 자들에게 모두 주었다. 하루는 나를 불러 말하기를, "세도(世道)는 이미 만회(挽回)할 수 없으며 또한 시명(時命)을 받지도 못하였다. 이는 고인이 말한 '절물(絶物)'이라는 것이다. 지금 윤기(倫氣)가 모두 사라지면 무덤을 떠나고 친척을 버리는 것이 상례(常例)이니 누가 막을 수 있겠는가? 나는 이것이 두려워

---

73) 이천(伊川) 선생이 말하기를, "사람이 부모가 없으면 자신의 생일에 마땅히 슬픈 마음이 배나 더할 것이니, 또 어찌 차마 술자리를 마련하고 풍악을 벌여 즐거워할 수 있겠는가. 만일 부모가 모두 생존해 계신 자라면 그리해도 괜찮다[伊川先生曰 人無父母 生日 當倍悲痛 更安忍置酒張樂 以爲樂 若具慶者 可矣]."라고 하였다.

장차 4대 이하의 선영(先塋)을 오환(五患)이 없는 곳을 특별히 선택하여 한 곳에 이장하려 하는데 어떠한가?"라고 하였다. 나는 세월이 오래되었기 때문에 미안(未安)하다고 어려워하자 부군이 말하기를, "오늘 미안한 것이 그 후일에 묘지가 실전(失傳)되는 것과는 과연 어떠하겠는가? 너는 내가 살아있는 동안에 감독하는 것을 피하지 말라."고 하였다. 묘역 내의 계단(階段)과 제각(祭閣)과 재고(齋庫) 등을 차례대로 도모하고 일일이 협의하여 결정하였다.

갑술년(甲戌年, 1934)부터 가벼운 병의 증세가 조금 있었는데 신음이 항상 많았으나 가볍게 의약(醫藥)을 드시지 않았으며 마음을 평안하게 하고 기운을 펼치는 것으로 양생(養生)의 방법으로 삼았다. 어느 날에 사문(斯文) 최종한(崔宗瀚) 씨에게 이르기를, "동방(東方)의 옛날 서적들이 열람을 받지 못할 뿐만 아니라 심지어 고물(古物)로 매각(賣却)되어 마침내 버려지는 곳으로 모두 돌아가니 매우 애석하다. 널리 구하여 사두고 간혹 보고자 하는 자가 있으면 바로 허락하게. 또한 보려는 자가 없더라도 공경히 보관하여 후일을 기다리면 우리나라의 정화(精華)가 어쩌면 실추되지 않을지 또한 알 수 없다네. 이런 생각을 한 지가 이미 오래되었으나 더불어 의논할 자가 없었으니 그대가 도모하는 것이 어떻겠는가?"라고 하였다. 곧바로 산격동(山格洞)에 있는 집을 샀으나 이로부터 병세가 점점 심해졌다.

이때에 내가 묘지(墓地)와 재고(齋庫)를 지으려고 하였는데 묘역(墓域)은 이미 이루어졌으나 제각(祭閣)은 짐짓 아직 준공하지 못하였다. 부군께서 몸소 살필 수 없었으므로 화공(畵工)에게 명하여 그림을 그려서 완상하게 하였다. 이에 경계하여 말하기를, "이장(移葬) 후에는 절세(節歲)와 기제(忌祭)는 폐지하고, 제각(祭閣)에서 봄가을의 두 차례 제사만 지낼 것이며, 포와 과일 각각 세 품목과 현주(玄酒)를 올려라."라고 하였다. 또 이르기를 "내가 죽는 날 원근(遠近)에 부고(訃告)하지 말라. 내가 죽고 사는 것은 사람들과 조금도 관계가 없으니 괜히 친구들이 헛되이 왕래하게 하겠는가?"라고 하였다.

숨기운이 드디어 끊어지려 하였는데 우리들이 두려워하며 정침(正寢)에 들기를 청하니 말하기를, "내일이 바로 명절(名節)이니, 불길(不吉)한 염려가 있을 것 같으면 행사를 하고 난 이후면 좋겠다."고 하며 조금도 고통스러워하는 모습이 없었다. 날이 새려고 할 무렵에 명하기를, "행사를 행하였느냐? 나를 정침으로 옮겨라."고 하였다. 드디어 정침에 들어가 자리를 바로하고는 얼마 지나지 않아 돌아가셨으니 병자년(丙子年, 1936) 8월 15일이었다. 몸 전체에는 타박의 흔적이 조금도 없었고 평생 질병의 고통이 없었으며, 치아와 머리카락은 중년과 차이가 없었고 피부는 몇 달이나 병들어 약해졌지만 염습(殮襲)[74]하는 날에 이르도록 죽었는지 깨닫지 못할 정도였다. 어찌 유독 청명(淸明)함을 품부(稟賦)받아도 정밀한 공부를 더하지 않았다면 이와 같을 수 있겠는가? 유언을 받들어 화원(花園)의 가족묘지에 간방(艮方)을 등진 언덕에 장사지냈다.

배위는 수원 백씨(水原 白氏) 백교근(白曒根)의 따님이었는데, 어여쁘고 온순하며 부인의 덕을 지녔다. 부군보다 10년 앞선 정묘년(丁卯年, 1927)에 세상을 떠났다. 5남 1녀를 낳았는데 아들은 상악(相岳), 상무(相武), 상간(相偘), 상길(相佶), 상성(相城)이요, 사위는 윤홍열(尹洪烈)이다. 상악(相岳)은 3남 4녀를 낳았는데 아들은 석희(碩熙), 탁희(卓熙), 숙희(叔熙)이고, 사위는 김한석(金漢錫), 한규대(韓圭大), 최한웅(崔漢雄)이며, 하나는 아직 시집가지 않았다. 상무(相武)는 4남 4녀를 낳았는데 아들은 철희(哲熙), 달희(達熙), 열희(烈熙), 설희(卨熙)이고, 사위는 서병직(徐丙直)이며, 나머지는 아직 시집가지 않았다. 상

---

74) 염습(殮襲): 죽은 사람의 몸을 씻긴 다음, 옷을 입히고 염포(殮布)로 묶는 일.

간(相偘)은 자식이 없어 상길(相佶)의 둘째 아들인 법희(法熙)를 후사로 삼았다. 상길(相佶)은 5남을 낳았는데 섭희(涉熙), 법희(法熙), 합희(合熙), 엽희(葉熙), 납희(納熙)이다. 윤홍열(尹洪烈)은 4남 4녀를 낳았는데 아들은 성기(聖基), 봉기(鳳基), 중기(重基), 병기(炳基)이고, 사위는 배만갑(裵萬甲)이며, 나머지는 아직 시집가지 않았다.

아, 어찌 차마 말할 수 있겠는가? 나는 학문이 보잘것없을 뿐만 아니라 새로운 풍조(風潮)에 치달리느라 가정에 어떤 사업이 있는지 알지 못하였다. 문득 아버지의 상(喪)을 당해 천지 간에 편안하지 못하였으나 떳떳한 마음은 항상 사라지지 않았다. 전형(典型)을 미루어 생각해보니 날이 멀어질수록 날로 잊어버리는 애통함이 있을까 두렵다. 그러므로 평소 보고 들은 것을 대략 기술하여 후일 갱장(羹牆)75)의 바탕으로 삼고자 하니, 어찌 감히 조금이라도 사실과 어긋남이 있어서 곧장 다른 사람이 되어버리는 경계를 범할 수 있겠는가? 삼가 세상의 군자들이 어쩌면 가련히 여겨 채택해줄지의 여부는 알지 못하겠다.

불초(不肖) 고애자(孤哀子) 상악(相岳)은 눈물을 흘리며 삼가 기록한다.

○ 遺事

李相岳

府君姓李諱一雨字德潤慶州人 益齋先生諱齊賢之后也 入我英廟 以功勳配享大邱愍忠祠 諱茂實之六世孫也 祖諱曾悅 以辭翰筆篆著 考諱東

---

75) 갱장(羹牆): 늘 지극하게 사모하는 것을 말한다. 요 임금이 죽은 뒤에 순 임금이 담장을 대해도 요 임금의 모습이 보이고 국을 대해도 요 임금이 보였다는 고사가 있다. ≪後漢書 卷63 李固列傳≫

珍號錦南 配慶州李氏諱學來女

高宗庚午 生府君于大邱里第 骨相溫秀 語音淸郎 不嬉與兒遊戱 常不
離長者側 年未十歲時 與先大人同處寤寐時 轉展紊亂 故先大人戒之以
不敬 其翌夜 以腰鞶繫身於門環 不得自由撓動 及就師讀書 專務義解 不
注記誦 故師還有煩惱處多 而曰此兒從實地工夫 他日必知行幷進云爾
出而敬長 入而愛親 不待敎而從天性中出來

二十五歲甲午春 承庭命招門族 以四百斗地 設義庄 婚葬敎育水旱救
恤拮据等方略 皆府君手自綜理 而於親志毫無少違

甲辰 遊京師 觀世級稍異 自以爲士生斯世 不可膠守舊轍 且列國東漸
之勢 以知識競爭 則育英爲第一義務 歸白家庭 先大人卽欣然獎許之 乃
購得東西洋古今書籍數千種 招延南北道通敏才士 一年養成數十人式 名
樓曰友弦 蓋取諸商人弦高預知犒軍救國之義也 且號曰小南 以其克承錦
南之義也 乃當日諸士之固請 而府君之謙抑 不得已者也

乙巳春 遭先大人喪 哀毀守制 旣闋 尤恐先志或未就 專力于義庄與書
樓 月常考窮親之或有不得其所者 暇日且登樓 問其諸士之課工曰 近日
得如何實見得也 記誦不足貴也 夫書古人糟粕 只令解義諷味而已 勿爲
泥著 勿爲羈絆 常令吾胸中 先立主見 反覆思繹 后乃得

或有新進之士 言及往朝人物與政治得失 則以怡顔順辭答之 曰夫士貴
尙論 而先審其地與時 似爲乃可 若以今日今我 論其古日古人 常有前人
失之之弊云 或以梁起超論孔夫子 不非其大夫 民不可使知之句 右袒則
曰易曰時之義大且聖 時者 此非專制時代歟 聖莫若夫子而以一聖能之乎
夫政治 無一定善良 措其時而已 豈以今日論古之未及 可乎 且危行言遜
其非今日乎 夫存諸心則發於言 言發而爲文 士子之常例 則日後相分各
處之時 勿以書翰相交 似好 以是 講論古今 十年間 少無厭倦之像 卒爲
拘於時 閉鎖自後 杜門蟄伏 只自肅淸家庭間事而已

不肖輩逐奔風潮 不惟不遵命 蕩費巨金頗多 而一無峻責 輒與報給 或

請以劦立會社 則輒許之曰 是吾家遺訣也 貿置土地 不過幾戶生活 而此
等經營 無慮數百口計活 則無奈可乎 其後 余以不敏見損 或有憂色則輒
曰 損之者汝一人 而得之者數百人 則其效果何如 是其非吾父之素志乎
且至於土地金錢處理等 一有定規 而關係輩 一無踵門 故常以在側者觀
之 不過一寒士樣子而已

丙午年 善山長川面 作人輩以頌德之意 買石八十餘兩 聞之之日 招諭
右人曰 吾無施惠 何奈以有用之金 浪費於無用之地 寧以此金貿桑苗而
獎副業 是吾願也 卽日 石代金還給焉 繼后欲立石者 慶山玄風等地 凡六
七處 而皆預知使寢之

庚申秋 若木東安洞一帶 罹水災 家戶流失顚覆 躬往慰問 以二千五百
餘金恤給矣 其年十一月 災民立石頌德云 故使人往視之 竟埋其石 且若
木東洛學院維持艱澁云 故以租十石寄助焉 益齋先祖神道碑 屢世未遑
獨擔賁隨 故全宗議立表彰碑 而府君力拒之而未爾 且遠近留學者 請以
學資困乏 則輒與之 而或有似進就之望 則不計多少 而使之卒業焉

丁巳 丁內艱 致哀如前喪 常處堊室 泣血之暇 收拾先大人兩世手墨 雖
零片寸紙一一愛護 粧以錦帖 名之曰兩世聯墨帖 自傷其不肖無識不謹典
守之責 書而尾其下 服闋以爲久蟄之餘 心身似衰削 敢不敬歟 因遊中原
觀萬里長城 吟一絶句曰 若移此力河堤築 千載如今德政何 名山大川樓
觀壯麗之地 周覽月餘而還 自是 家事付諸不肖 與世自絶 終日端坐 如泥
塑人 或有氣紆心鬱之時 則獨自散步吟詠 故巾衍只有略干詩什

庚午十月十四日 卽府君晬辰也 不肖輩將欲爲稱慶之具 則命之曰 傳
云當倍悲痛 安忍置酒乎 余非欲遵古訓 而自有所不忍也 以營辦之金 畢
給於窮之無托者焉 一日召不肖曰 世道旣不能挽回 又不受時命 是古人
所謂絶物也 今倫氣盡斁則離墳棄親 例也 孰能御之 余爲是之懼 將欲以
四世以下先塋 別擇無五患之地 一域移葬 如何 不肖以歲久未安難之 則
曰與其今日之未安 其於後日之域或爲失傳 果何如 汝其勿避敦事于余在

世之日 兆域內 次第階級與祭閣齋庫等圖 一一商定焉

自甲戌以來 少有微痾之症 呻吟常多而不輕試醫藥 以平心敍氣 爲攝
養之道 日又謂崔斯文宗瀚氏 曰東方舊日書籍 不啻無披閱者 甚至賣却
于古物 肆盡歸休棄之地 甚可惜也 廣求貿置 或有求覽者 卽許之 且無有
而敬以藏之 以待後日 則海東精華之或不墜 亦未可知也 營之已久 而無
可與議者 子爲圖之如何 卽買屋于山格洞 自是 病勢漸沈

于時也 不肖營築墓地齋庫 兆域已成 而祭閣姑未竣也 府君未能親審
命畵工寫眞而玩賞 因戒之曰 移葬後 節歲與忌祭廢止 於祭閣 只行春秋
兩祀 而以脯果各三品玄酒薦焉 又謂余歸日 遠近間勿爲訃告 余之去來
少無關於時人 則謾使知舊空費往來乎

氣息遂奄奄 不肖輩恐懼 請入于正寢 則曰明日卽節日也 似有不淨之
慮 行事後乃可 少無辛吟之狀矣 昧爽仍命之 曰行事乎 移我于寢 遂入寢
正席 頃刻而逝 乃丙子八月十五日也 全體少無撲傷之痕 平生無疾病之
苦 齒髮無異中年 皮膚數月間瘐削 而至斂日 不覺已化 豈獨以稟受之淸
明 而不有用工之精密 烏能爾哉 以遺命葬于花園家族地負艮之原

配水原白氏 噭根之女 婉順有婦德 先府君十年 丁卯卒 生五男一女 相
岳相武相侃相偌相城 尹洪烈 相岳生三男四女 碩熙卓熙叔熙 金漢錫韓
圭大崔漢雄 一未嫁 相武生四男四女 哲熙達熙列熙卨熙 徐丙直 餘未嫁
相侃無育以相偌二男法熙爲嗣 相偌生五男涉熙法熙合熙葉熙納熙 尹洪
烈生四男四女聖基鳳基重基炳基裵萬甲餘未嫁

嗚乎 尙忍言哉 不肖 不惟蔑學 馳騁新潮 不知家庭間有何事業 奄遭大
故 穿壤莫逮 而秉彝之衷 尙未泯也 追想典型 恐有日遠日忘之痛 故略記
平日見聞 欲以爲後日羹醬之資 則豈敢一毫有爽實 以犯其便是別樣人之
戒哉 伏未知世之君子庶或垂憐而採擇之否

不肖孤哀子 相岳 泣血謹識

발문(跋文)

조용언(趙鏞彦)

나는 서생(書生)으로 달성(達城)에 살고 있는 사람이다. 여러 해 전에 이씨(李氏)의 의장(義庄)에 대한 이야기를 많이 들었으나 그 실상은 상세히 알지 못하였다. 최종한(崔宗瀚) 일재(一齋) 선생이 ≪성남세고(城南世稿)≫ 1책을 나에게 맡겼는데, 내가 받들어 살펴보니 바로 이장(李庄)의 주인이었다. 공의 부자가 남긴 것을 '성남(城南)'이라 일컫는 것은 월성 이씨(月城李氏)이고 호가 금남(錦南), 소남(小南)으로 두 '남(南)'이기 때문이라고 한다. 금남공(錦南公)의 성은 이씨(李氏)이고 휘는 동진(東珍)이며, 아들의 휘는 일우(一雨)이고 호는 소남(小南)이다.

시와 문장이 약간 있는데 어떤 것은 웅건(雄健)하고 고풍(古風)스러우며, 어떤 것은 전아(典雅)하고 청담(淸淡)하니 진실로 세상의 조충(雕虫)[76]하는 자와는 견줄 바가 아니다. 그러나 이것은 숭상하기에 부족하니 크나큰 경륜(經綸)과 크나큰 계획이 있었다. 처음 금남공은 한미(寒微)한 겨레로서, 천하를 평안하게 하려는 의지를 품었으나 시대를 만나지 못하였다. 이에 솔잎과 대추를 먹고 해진 신발을 신었는데, 증식한 토지를 나눔에 전체를 포기하고 친족과 인척

---

76) 조충(雕蟲): 조충전각(雕蟲篆刻)의 준말로, 벌레 모양이나 전서(篆書)를 새기듯이 미사여구(美辭麗句)로 글을 꾸미는 작은 기예(技藝)를 말한다.

에게 골고루 나누어주고 의장을 세웠다. 소남공이 아버지의 뜻을 잘 계승하여 의장을 늘려서 그 운영을 넉넉하게 하였다.

한 번 나라 안을 유람하여 외적이 음흉하게 탐내는 것을 포착하고는 아직 침범하지 않은 땅을 준비하려 하였다. 높다랗게 누각을 건축하여 이름을 '우현(友弦)'이라 짓고는 지혜롭고 준수한 선비들을 널리 맞이하였다. 아, 성대하도다! 두 분 공(公)으로 하여금 범씨(范氏)의 땅을 다스리게 했다면 어찌 다만 고소(姑蘇)에 그쳤을 뿐이겠는가. 대개 의장(義庄)을 시행하는 뜻은 진실로 지금의 친척으로 하여금 단지 스스로 배부르고 스스로 안일하게 하려는 것이 아니라 그 풍요로움을 사용하여 조금씩 친척의 친척에게 점점 미친다면 천하의 사람들을 평안하게 할 수 있을 것이다. 그러나 끝내 그 뜻을 아는 자는 없고 다만 배부른 것을 기뻐할 따름이다. 현루(弦樓)77)를 넓히는 것은 문장(文章)과 사설(辭說)을 취하기 위해서가 아니라 외적이 이르는 날에 현고(弦高)78)와 같은 사람을 얻지 못하면 우현루 또한 적들의 손에 부서지기 때문이다.

아, 두 분 공(公)이 죽음에 이르러서 어찌하여 죽더라도 부고(訃告)하지 말라는 경계가 있었다고 하는가? 후에 스스로 평가를 잘한다고 말하는 자가 오직 '자선(慈善)'이라 말하고 '육영(育英)'이라 말할 따름이니, 더욱 탄식할 만하다. 지금 이 유고(遺稿)는 바로 두 분 공(公)에게는 한 점의 고기이고 술 찌꺼기이지만 그러나 세상을 경계

---

77) 현루(弦樓): 원문의 현루(絃樓)는 현루(弦樓)의 오자로 보임.

78) 현고(弦高): 춘추시대 노 희공(魯僖公) 33년에 진(秦)나라가 정(鄭)나라를 치러 가는데, 정나라 상인 현고(弦高)가 도중에 진나라 군사를 만나 정 목공(鄭穆公)의 명이라고 하면서 우선 부드러운 가죽 네 개를 바치고 소 12마리를 보내어 군사를 먹이게 하고는, 급히 역마를 보내 정 목공에게 이러한 사실을 보고하여 미리 대비하게 하였다. 이에 진나라 군대를 거느리고 온 장수 맹명(孟明)은 정나라에 충분한 대비가 되어 있다고 판단하고 물러갔다. ≪春秋左氏傳 僖公33年≫

하는 목탁이 될 수 있다. 또한 훗날 역사를 편집하는 자가 이것을 깊이 생각한다면 반드시 두 분 공께서 귀의한 곳을 찾아낼 수 있고 또한 내 말이 잘못되지 않았음을 알 것이다. 글을 마치는 날에 세상은 다르지만 뜻은 같은 감정을 스스로 견디지 못해 이에 말미에 기록하노라.

기축년(己丑年, 1949) 12월 입춘일(立春日)에 함안(咸安) 조용언(趙鏞彦)은 삼가 기록하노라.

○ 跋

趙鏞彦

余以書傭 寄生於達府者 有年耳雷李氏義庄之說 而未得詳其實矣 崔宗瀚一齋先生 以城南世稿一冊 託於余 余奉而審之 乃李庄之主人 公父子遺蹟而謂之城南者 以其氏月城 號兩南之故也云 錦南公姓李 諱東珍 其子諱一雨 號小南

詩與文若干 而或健或古 或雅或淡 實非世之雕虫者所比 然此不足尙也 有大經綸大措畫者 始錦公以寒素之族 抱均天下之志 而時不遭矣 乃以食松棗履弊屣 分殖之土田抛其全均族戚立庄 小翁善繼父之志 增於庄以優其運

一遊國中 摰得外賊之兇貪 欲以備未雨之土 隗築一樓 名曰友弦 廣延智謀俊乂之士 於戲盛矣 使兩公者 易范氏之地 則奚止乎姑蘇而已哉 蓋施庄之義 實非使今之族戚 徒自飽自逸 用其裕 稍稍浸及於族戚之族戚 則可以均天下之人矣 而終無知其意者 但悅肥己 絃樓之延 非爲取文章辭說 而賊到之日 不得如弦高者 樓且見鎖於賊手

噫唏 兩公之得喪 其云何若肆其有死而莫訃之戒歟 後之自謂善爲評者 惟曰慈善 曰育英而已 則尤可吁矣 今此之稿 寔爲兩公之一臠糟粕 然足

可爲警世之鐸 且來日輯史者 深想乎此 則必探得兩公之心之所歸 亦識
余言之不爽也 卒書之日 自不勝世異志同之感 庸識于卷尾

　　己丑 十二月 立春日 咸安趙鏞彦 謹識

발문(跋文)

이상무(李相武)

아, 나의 조부이신 금남부군(錦南府君)과 선친이신 소남부군(小南府君)께서 돌아가심에 이미 향기는 가라앉고 소리는 끊어졌도다. 남은 시문과 옛날 자취는 아직도 먼지 쌓인 상자 안에 보관되어 있다. 예전에 나의 큰 형님께서 그 산일(散佚)된 것을 수습하여 사문(斯文) 최종한(崔宗瀚) 씨에게 간청하여 잘못을 바로잡고 차례대로 편집하였다. 처음부터 끝까지 정밀하게 생각하여 두 세대의 유문(遺文)을 합하여 2권 1책으로 만들고 ≪성남세고(城南世稿)≫라 제목하여 오랫동안 세상에 전해지길 바랐지만 그 일을 끝마치지 못하고 돌아가셨으니 하늘이 우리 집안에 어찌 이리도 심한 재앙을 내려주는가.

두 세대의 경륜(經綸)과 지업(志業)을 추억하면 무너진 세상의 큰 범위를 구제하지 않음이 없었으나 가시덤불과 같은 세상을 만나 끝내 널리 시행하지 못하였으니, 애통하고 안타까운 마음을 어찌 감히 이루 다 말할 수 있겠는가? 다행스럽게도 입언(立言)과 행장(行狀)과 묘갈(墓碣) 등이 대략 갖추어졌으니 백세토록 불후(不朽)할 것이다. 불초한 내가 다시 어찌 감히 그 사이에 한 마디라도 실상과 다른 말을 하겠는가? 이에 수조(繡棗)79)에 부치니 혹 큰 형님이 남긴 뜻에 만 분의 일이라도 저버림이 없기를 바란다.

---

79) 수조(繡棗): 인쇄라는 뜻으로, 대추나무 판에 새겨 책을 인쇄한 데서 유래함.

일을 마치는 날에 불초(不肖) 차손(次孫) 상무(相武)는 삼가 쓰노라.

○ 跋

李相武

嗚呼 我王考錦南府君 先考小南府君之歿 已薰沈而響絶矣 遺文舊蹟
尙奔在塵箱 昔我伯兄 收拾其散佚 乃懇請於崔斯文宗瀚氏 訂其訛編其
次 自始至終 克費精思 兩世遺文 合爲二卷一冊 而題之曰城南世稿 期圖
壽傳于世矣 未克卒業而逝 天於我家 何降割之偏也 追想兩世經綸志業
則無非救頹俗之大範圍 而値世枳棘 竟不得廣施 痛惜之私 曷敢勝言 惟
幸諸立言家狀碣 大略備之 則可以不朽於百世矣 不肖更何敢一言爽實於
其間 玆付繡棗 庶或無負於伯兄遺志之萬一也否
役訖之日 不肖次孫 相武 謹書

한문본 성남세고(城南世稿)

城南世稿期圓壽傳于世矣未克卒業而逝天於我
家何降割之偏也追想兩世經綸志業則無非救額
俗之大範圍而值世板蕩克不得廣施痛惜之私曷
敢勝言惟辛諸立言家狀碣大略備之則可以不朽
於百世矣不肖更何敢一言爽實於其間兹付補棗
庶或無負於伯兄遺志之萬一也否役訖之日不肖
次孫相武謹書

警世之鐸壬叅日輯史者潑想乎此則必撥得兩公
之心之所歸亦識余言之不爽也卒書之日自不勝
世異志同之感庸書春風始終監役而不懈者弦樓
之二士崔氏也

檀君紀元四千二百八十二年己丑十二月立春日

咸安趙鏞彦書于飛山僦屋

嗚呼我王考錦南府君先考小南府君之歿已薰沆
而響絕矣遺文舊蹟尚存在塵箱昔我伯兄收拾其
散佚乃懇請於崔斯文宗瀚氏訂其訛編其次自始
至終克費精恩兩世遺文合爲二卷一冊而題之曰

庄以優其選一遊國中摹得外賦之鬼食欲以備未

雨之士魄藥一樓名曰友弦廣延智謀後义之士於

戲盛美使兩公者易范氏之地則羮止乎姑蘇而已

哉蓋施庄之義實非使今之族戚徒自飽自逸用其

裕稍稍浸及於族戚則可以均天下之人矣

而終無知其意者但悅肥己絃樓之延非為取文章

辭說而賊到之日不得如弦高者樓且見鎖於賊手

噫唏兩公之得蹇其云何若肆其有死而莫計之戒

嫩後之自謂善為評者惟曰慈善曰育英而已則尤

、可吁矣今此之稿寔為兩公之一齎糟粕照足可為

跋

余以書備寄生於達府者有年耳雷李氏義庄之說

而未得評其實矣崔宗瀚一齋先生以城南世稿一

冊記於余奉而審之乃李庄之主人公父子遺蹟

而謂之城南者以其氏月城號兩南之故迺云鎬南

公姓李諱東珍其子諱一雨號小南詩與文若干而

或健或古或雅或淡實非世之雕虫者所比然此不

足尚也有大經綸大措畫者始錦公以寡妻之族抱

均天下之志而時不遭矣乃以食松麨復弊徙分殖

之土田拋其全均族戚立庄小翁善繼父之志增於

城南世稿卷之二

終

間有何事業奚遭大故窆壤莫逮而棄藥之哀尚未

泯也追想典型恐有日遠日忘之痛故略記平日見

間欲以爲後日羹牆之資則豈敢一毫有溢實以犯

其役是別樣人之戒哉伏未知世之君子庶或垂憐

而採擇之否不肖於哀子相岳泣血謹識

瘦削而至飫日不覺己化豈徒以裹受之淸明而不

有用工之精密烏能爾哉以遺命莽于花園家族地

負艮之原配水原白氏曉根之女婉順有婦德先府

君十年丁卯卒生五男一女相岳相武相侃相佶相

城尹洪烈相岳生三男四女碩熙章熙叔熙金漢錫

韓圭大崔漢雄一未嫁相武生四男四女哲熙達熙

列熙卨熙徐丙直餘未嫁相侃無育以相佶二男法

熙爲嗣相佶生五男涉熙法熙合熙業熙納熙尹洪

烈生四男四女聖基鳳基重基炳基襄萬甲餘未嫁

鳴乎尚忍言哉不肖不惟羡學馳騁新潮不知家庭

子時也不卜營葬墓地靜庫兆域己成而祭閣姑未
竣也府君未能親審命畫工寫眞而玩賞因成之日
移置後節歲與忌祭廢止於祭閣只行春秋兩祀而
以脯果各三品玄酒薦焉又謂余歸日遠開勿爲
計告余之去來少無關於時人則謨使知舊空賓往
來乎氣息逐每福不肯董忍濯蒜八于正寢則囬明
日卽節日也似有不淨之慮行事後乃可少與辛吟
之狀矣昧爽仍命之日行事乎移我于寢邊八寢正
席頃刻而逝乃丙子八月十五日也 全體少無損傷
之痕平生無疾病之苦齒變無異中年安寢數月間

何不肯以歲久未安難之則曰與其今日之未安耕

於後日之或高失傳果何如汝其勿避敦事于余枉

世之日兆域內次第階級與祭閣齋庫等圖一一商

定焉自甲戌以來少有微痾之症呻吟常多而不輕

試醫藥以平心叙氣為攝養之道曰又謂崔斯文宗

瀚氏曰東方舊日書籍不啻無披閱者甚至賣却于

古物肆盡歸休棄之地甚可惜也廣求買置或有求

覽者即許之且無有而敬以藏之以待後日則海東

精華之或不墜亦未可知迺營之已久而無可與議

者子為圖之如何即買屋下山榕洞自是病勢漸沈

千載如今德政何名山大川樓觀壯麗之地周覽歷
餘而還自是家事付諸不肖與世自絶終日端坐卯
泥塑人或有氣衍心鬱之時則獨自散步吟詠故卯
衍只有略干詩仟庚千十月十四日卽府君晬辰迺
不肖輩將欲爲稱慶之具則命之曰傳云當倍悲痛
安忍置酒乎余非欲遵古訓而自有所不忍也以營
辦之金畢給於竆乏無托者焉一日召不肖曰世道
旣不能挽回又不受時命是古人所謂絶物逃今倫
氣盡斃則辭墳棄親例迺孰能禦之余爲是之懼將
欲以四世以下先塋別擇無五患之地一域移塋如

使人往視必竟埋其石且若木東洛學院維持艱澁

云故以祖十石寄助焉益齋先祖神道碑屢世未遑

獨擔責隊故全宗議立表彰碑而府君力拒之而未

爾且遠近雷學者請以學資困乏則輒與之而或有

似進就之望則不計多少而使之卒業焉丁巳丁內

艱致哀如前堊常處堊室泣血之暇收拾先大人兩

世手墨雖零片寸紙一一愛護粧以錦帖名之曰兩

世聯墨帖自傷其不肖無識不謹典守之責而尾

其下服闋以爲久蟄之餘心身似衰削敢不敬歟因

遊中原觀萬里長城吟一絶句曰若移此力河堤築

之者數百人則其效果何如是其非吾父之素志守
且至於土地金錢處理等一有定規而關係輩一無
踵門故常以往側者觀之不過一寒士樣子而已丙
午年善山長川面作人輩以頌德之意買石八十餘
兩聞之之日拈諭右人曰吾無施惠何奈以有用之
金浪費於無用之地寧以此金貿桑苗而獎副業是
吾願也卽日石代金還給馬繼后欲立石者慶山玄
風等地凡六七處而皆預知使寢之庚申秋若木東
安洞一帶罹水災家戶流失顛覆躬往慰問以二千
五百餘金恤給矣其年十一月災民立石頌德云故

治無一定善良措其時而已豈以今日論古之未及
可乎且危行言遜其非今日乎夫存諸心則發於言
言發而為文士子之常例則日後相分各處之時勿
以書翰相交似好以是講論古今十年間少無厭倦
之像卒為拘於時開鎖自後杜門蟄伏只自肅淸家
庭閒事而已不肯輩逐奔風潮不惟不導命蕩費正
金顧多而一無峻責輒與報給或請以物三會社則
輒許之曰是吾家遺訓也貿置土地不過幾戶生活
而此等經營無慮數百口計活則無柰可乎其後余
以不敏見損或有憂色則輒曰損之者汝一人而得

書樓月常考竆親之或有不得其所著暇日且登樓
問其諸士之課工曰近日得如何實見得也記誦不
足貴也夫書古人糟粕只令解義諷味而已勿為泥
著勿為羈絆常令吾脣中先立主見反覆思繹后盡
得或有新進之士言反往朝人物與政治得失則以
怡顏順辭答之曰夫士貴尚論而先審其地與時似
為乃可若以今日今我論其古日古人常有前人失
之之弊云或以梁起超論孔夫子不非其大夫民不
可使知之句右祖則曰易曰時之義大且聖時者此
非專制時代歟聖莫若夫子而以一聖能之宇夫政

斗地設義庄婚聖教育水旱救恤拮据等方略皆府
君手自綜理而於親志毫無少違甲辰遊京師觀世
級稍異自以為士生斯世不可膠守舊轍且列國東
漸之勢以知識競爭則育英為第一義務歸白家庭
先大人即欣然獎許之乃購得東西洋古今書籍數
千種招延南北道通敏才士一年養成數十人式名
樓曰友弦蓋取諸商人陡高頗知犒軍救國之義也
且號曰小南以其克承錦南之義也乃當日諸士之
固請而府君之謙抑不得已者迎乙巳春遭先大人
棗哀毀守制既闋九恐先志或未就專力于義庄與

之后也入我英廟以功勳配享大邱愍忠祠諱茂實

之六世孫也祖諱曾悅以辭翰筆篆著考諱東珍號

錦南配廣州李氏諱學來女高宗庚午生府君于大

邱里第骨相溫秀語音清郎不嬉與兒遊戲常不離

長者側年未十歲時與先大人同處窹寐時轉展齋

亂故先大人戒之以不敬其翌夜以腰聲驚身於門

環不得自由撓動及就師讀書專務義解不注記誦

故師還有煩惱處多而曰此兒從實地工夫他日必

知行并進云爾出而敬長入而愛親不待敎而從天

性中出來二十五歲甲午春承庭命招門族以四百

遺志勤培植世世方知有孝男拋梁北纍纍邱山且

前尨繼有西來淺目人於斯應是無由識拋梁上生

祥下瑞皆天餉蒼蒼如彼雖云退此理明明儘不誣

拋梁下翼㹞又有汞恩舍墓而無是難寫傳寄於世

間有父者惟願上梁之後砌礎無虧堂宇漸翠雲仍

空彈奔走方見麟鳳之次萊泉多童豎難犯收樵証

患牛羊之尋常侵囓歲丙子冬十一月上旬從仕郎

成均館博士仁州張始遠撰

遺事

府君姓李諱一雨字德潤慶州人益齋先生諱齊賢

奚求別懸手書二字而猶健址難得親拓身嬰一疾

而愈湥豈意哲人之其萋邊作能事之未畢臨終之

付托懇惻舌強口而絲毫皆言備盡之式度整齊指

諸掌而繩尺可見哀棘之誠孝尢萬亞圖訖功襄樹

之禮制繼行仍爲董役就路上不避風雨老咨嗟

而猶知訽稱哭墳前必號穹壤匠工咸服而益加登

藥庸助百尺樑之脩皐玆唱六偉歌之兒郎兒郎偉

拋梁東大德山名長不空必有其隣方是德善家之

墓此山中拋梁西火骨法何佛甚迷俗習無知忍行

此先靈倘不啾啾啼拋梁南揪松環蘢碧於藍一遵

帖恃之痛極且念遺民生辛苦苟活之日何用讌集

之耗虛乃曰岳乎武乎爾其惠貧族之祖芭凍乞之

衣屬胡云壽也我不貴客之詩頌雜倡之歌

調顧惟今人耳目之未安最恇兌兆軆魄之難說厭

彼邱而遽付火是可恐耶曆各域而易廢香容或胘

也肆卜一岡花園之連穴當爲屢世楸邱之成行久

近之歲月雖殊夏應神理會合之稍慰悽愴之霜露

既降亦有苗裔瞻掃之俱優祭何必紛紛墓庭精莫

若同一閣不敢草草齋舍永期於千饌而亘果而

邊取容易之垢滌牆以廈門以鐵戒无妄之災延楹

小美哉謙恭之自存慮國墟漢北而志長鳴乎經綸
之誰識建友弦之樓而集聰俊才子外借麗澤之相
資計誓夫之籌而購新明科書内懷歐洋之并立奏
狐猜之伺發幾被坑焚易麝噬之悔萌竟至罷撤於
焉萬念之漸自休矣照則一生之復何爲哉看花卉
而驗時移往徃他光陰之遷逮掩蓬蓽而忘俗務修吾
分數之安閒教子孫太峻嚴或見肉袒之恐罪御婢
僕尚寬貸每恩手爛之美言憾太祖益齋之阡闌螭
龜殫獨力而貢飭神道敬當世牧隱之文重鼎呂排
泉論而引刻龕辭奄及完處地甲慶空設之年不堪

祭閣上樑文

祖賢而有孝子肖孫克竣肯搆且堂之工役地近而

得豐原厚麓爰卜聚塋幷祭之盛儀矣但古制苟完

庶幾先靈斯格竊惟小南處士慶州李公諱一雨字

德潤甫寒布之色溫玉之姿六十餘年城市之居不

知廣逐朋陵萬千所事家庭之樂惟往順承親心遭

大故而哀毀無時常處堊土之湫陋體遺命而拮据

有度益致義金之滋繁夜執論文實倣柳公綽之小

齋出就日分給餉殆同李宗諤之一庫規模皆是從

德性之由來亦可知道理之麞勵慕父諒錦南而禰

為仁以政家樂善以裕人嗚乎石可轉也名不可湮

也著雍攝提格流火節冶城宋浚弼撰

豎碣告由文

崔宗瀚

恭惟我公介石之貞冰壺之格見明守正定由天得

本之惟孝資之惟學言貴析理行無邊幅亦恥俗儒

徒事口目論古暨今不羈不束屹然障瀾公益是力

李房重藏范庄復拓多少經綸被世所爾獨善子家

歲暮亦懲嗚乎觀化霜己四痾英英不昧緬懷如昨

賁豫琢珉君子顯刻卜吉致潔襟佩趨逐敢告厥由

永世不沏

金漢錫韓圭大徐丙直餘味行外孫男女八尹聖基

鳳基重甚炳基襄萬甲餘幼公晚生朱墨之家能自

拔俗卓厀有之弘量遠識休休有長者風釆邁言謹

行篤篤有學家軌度盡孝悌於父母兄弟先世未違

嘗經紀有方無有不盡分處約已厚人輕財好義利

澤之及物無親疎貴賤蓋其規範智略非今世之人

所可儔也若使遭遇淸明展其所蘊則亦足以經綸

民國而竟窮悴以歿於城塵草澤之間吁可歎也厭

而遠近之人懷仁慕德之不衰後承繁衍且穀有方

與未艾之像斯亦可謂報施矣銘曰

托子以成之嘗曰世亂族散罹有塚墓矣傳之患周
禮昭穆之葬可法也就花園先山內擇一光潤之地
高家族其塋之兆域而其下置齋舍齊癘之宮典祀
之廳一省煥照而祭閣姑未竣也閣成之日將慶家
祭行時祭墓祭於此而儀節合時宴饌品有常數皆
公所商定也丙子八月十五日終享年六十七塋于
花園負艮原配水原白氏暾根女賢有婦德生戊辰
歿丁卯墓與公同原異墳子男五相岳相武相玧相
佶相城女一適尹洪烈孫男十二碩熙卓熙叔熙哲
熙達熙烈熙萬熙涉熙法熙合熙棄熙納熙女八適

不樂居之無幾微見於色撖之與兄弟友愛庭無間言

遇先忌齊敬致如在躬專力役竪益齋先生神道之

碑敎子姪慈而義御家衆恩而咸喜施予見人之窮

傾困而不愛焉嘗於甲朝禁子弟飾慶以其資分與

隣里之窮乏承先志慶山設義庄歲收四百邑穀以

周宗族貧者而婚喪養老育才之費咸出焉及世敎

衰築友弦書樓以養士購書萬卷雜以海外諸書以

發其牢騷慷慨之氣自是十年有志之士多出其中

卒敓不喜者撲徹之又以憂聖賢書籍將泯沒無傳

欲倣古白石之倒置屋藏書以待後之學者役未就

余以銘于阡者余嘗聞公倜儻有氣義憂樂與人共
之由是華聞傾江左今考其述得其詳忠誠孝友
朐朐是儒者人也公諱一雨字德潤慶州人系出新
羅佐命功臣謁平益齋文忠公齊賢其顯祖也考諱
東珍號錦南地廣州李氏學來女公以高宗七年庚
午生幼而稟性仁惠聰慧過人讀書劬業日有進就
及長慨然自語于心曰人生世間事業甚大大而尊
王庇民小而平章九族皆分內事也事親承順無違
旨既孤先公手蹟雖片紙零墨皆敬重之粧帖以遺
後嘗爲母夫人優處築一室賮屬鉅萬及戌母夫人

先王古國也禮義綱常依舊不變矣烏或展其平日
所未展之志耶身雖凶而其不凶者猶栢善人君子
之名固不得與草木同腐則公之令名卓行將五百
世而不朽矣余既忝在交遊之末而屢記其一二人
輕言淺何敢當是寄平素敬愛之至義不免後死之
責不揆妄越謹就案本中略加隱括之如右世之立
言君子倘恕其僭而采擇之則幸也

歲白兔小春節下澣月城朴承祚謹狀

墓碣銘

小南處士李公既沒之三年胤相岳述其事行而

尚矣倫孝悴行於家躬行仁義和信孚於人發之言
語謂然若芰荷之荒數著之文章沛然若江河之直
瀉視者懼而疎者慕近者說而遠者服仁慈之性高
谿之識剛毅自守之操琢磨及人之益求之吾黨中
鮮見其傳迅若植休明之世得其蘊則可以
賁飾洪猷羽翼斯文無苑不當而照此積棣濱藏不
而哲人難容世運之否矣其言之文騰吾道之鏊矣
滿天陰雨一星孤明泉鳥紛咻獨鶴長唳昆山之王
雖白美矣而不能售其價大阿之鋏非不銳矣亦不
能武其鋩瓢然厭此濁世而潔身高舉吾知地下乃

男相岳相武相侃相佶相燧女尹洪烈相岳生三男

四女男碩熙卓熙叔熙女金漢錫彝圭大崔溪雄一

幼相武生四男四女男酉熙達熙熙鳳熙女徐氏

直餘幼相侃以相佶二子法熙爲嗣相佶生五男

熙法熙出合熙葉熙納熙尹洪烈生四男四女男聖

基鳳基重基炳基女蕖萬甲餘不盡錄嗚乎賦旣厚

受於天而生何不得其時迺言其資稟則精明剛果

言其氣稟則取介廉潔讀書必欲精密而絕浮泛之

習制行迺欲端飭而無矯異之舉孤路并立而不恥

其志之高尚迺鐵輪旋頂而不易其守之堅確也敎

文謂崔斯文宗瀚曰東方舊日書籍將至休棄之境
吾欲廣求買置或有求覽者則許之否則藏而保守
以待後日或未知古人精華之因此不泯血營之己
久無可與議者子其圖之方買一屋於山格洞有志
未就而病勢沈劇呼子若孫戒之曰後輩後節歲藏
忌祭廢止只行春秋兩祀於祭閏以脯果各三品玄
酒薦焉且吾瞑目後勿為通訃於遠近知舊謫實征
來之勞也言訖遂瞑而逝丙子八月十五日也享年
六十七用遺命葬于花園家族地向坤之原配水原
白氏瞰根之女有婦行先十年丁卯沒生五男一女

治經月餘而還庚辛十月日即公晬辰家人欲為稱
慶之具命止之日寔飲樂樂本非吾意況當倍加悲
痛之自孚乃以辦備之金盡散於貧窮無托者焉一
日詔子姪曰狂瀾旣倒天旣不能以隻手挽回又不受
時命是古人所謂絕物也吾人之類不知倫紀之為
何事而駸駸然日化於禽獸之域背親戚棄墳墓固
非異事吾家先世墳墓散往各處勢難保守將欲別
擇無㥦之地移塋四世以下先塋於一域之內以
為後於守護且防後弊沒其敦事以遂吾願也自是
常有微痛之症試藥之暇以平心叙氣為攝養之方

以卹給東洛學院備經敍荒維持甚歝以十石租寄
助益齋先生神道碑積世未遑獨力擔當以遂尊衛之
誠遠近雷學者懲以學資困之則必優念而使之
卒業焉世方滔滔公獨恢恢守人所不能守之操行
人所不能行之事雖其天質之固然而尤見其篤守
先業迺有不墜之患矣丁已遭內難送終凡節如前
棗讀禮之暇收拾先世遺墨雖斷爛寸紙一一愛護
以錦爲粧名之曰兩世聯墨帖自責其不謹與守之
罪而書于尾服關遊覽中華觀萬里長城吟一絶曰
若移此力河堤築千載如今德政何歷觀名山大川

益而吾家先世之遺規□營之未幾或有敗損而有
憂色則從容諭之曰土地有定限不過幾個戶生活
而若此等事吾有損失則得利者衆何足效區區俗
子輩較其利害之為哉家甚富饒許多錢穀處理可
謂煩劇而一向有預定之規小無窘急之時素性慈
詳廉潔既惠人而常以為不足為惠尋閒之費節約
珠甚而至於血窮救亂雖傾廩物無吝惜之態是以
善山漆谷玄風慶山等地數千戶賴為生活者欲報
其德方謀刻石以頌之竟使人給其役費而力寢之
庚申春若木東安一洞陷為水窟躬往慰問捐正額

語云論是非得失者其心未可知也況危行言遜聖
人有戒其默而容者其非吾輩今日之地耶非惟言
語而文詞亦外也諸賢各杠東西異日相分之後勿
以書翰相通只以心相交足矣觀八先察其心術之
邪正不輕許與或有言行纖微之失九切規砭故人
之知者盖少而知之者必歉焉之如嚴師矣十數年
間講論經旨刮磨義理養成數百多士毫無厭倦之
意世道日非竟拘於時而見廢焉遂閉門斂跡城市
山林優遊忘世以律身正家為一部當道理子姪輩
或役於新潮諸以韧立會莊則輒許之曰是公眾之

考問諸士之課工曰今日有何實見得近古人之爲
學先立主見反覆思繹讀其書而踐其言貌其理而
致其志飽喫真腴光輝自著若窗心於記誦之末則
用力愈苦而終不免泥著爲絆之患意思溧撓見解
空礙施措萬事離自不得當狀之道今人之不及古人
蓋由此此人式有語及古今治亂聖賢出處者則必
正色答之曰學者須是忠信篤敬實無僞詐於言
語萬於持守有撥湯之疾而勉密物之弘慎與或之
機而服克已之訓知之篤踐之姿發一言行一事人
皆矜式而慕効之斯乃爲謹身虛事之道而徒務言

東漸之勢自以爲士生斯世不可膠守舊轍歸白先

公乃刱立一廣廈以爲育英之計而扁之曰友玆蓋

取古商人禱軍被國之義而又購得東西洋新舊書

籍數千種廣延左右省聰俊之才定其課程本之以

舊學而潤之以新識沺濡於義理之中循蹈於規矩

之內遠近有志之士間風興起者日益坌集庠舍不

容而有一代彬彬之風矣乙巳先公寢疾藥餌之奉

躬執不怠竟遭罔極凡附身附棺之節必稱於禮哀

毁守制終三年如一日嘗念先志之或有未就益專

力於義庄與書樓而窮親之不得其所者必救急之

究演繹精密體認常曰讀書能不一字放過可知古

人用意而自家亦有得晦菴夫子於讀書寧密無疎

吾寧失於密而不可失於疎也甲午公年纔二十五

慨然有敦宗恤貧之意稟于先公而出捐四百斗地

營置義庄嚴立條規使遠近諸族賴免婚娶敎育水

旱疾病之憂先公有志於此者蓋屢年而承順志意

毫無違拂盡刀綜劃以圖永世古有范文正吳中之

舉而世己邈矣吾東五百年來士大夫家行之者絶

無而僅有是豈徒一家之美事其有關於世敎者亦

不尠矣甲辰遊京洛世級變憻風潮振盪洞窺西歐

女高宗七年庚午生公于大邱府第容兒端雅姿稟
穎敏纔學語受字讀一見輒解不與羣兒戲劇常侍
父母之側以進退唯諾爲日用節度嘗與先公同處
一室夜深後睡魔方濃不覺四肢轉側以致衾亂先
公以不敬戒之其翌夜解其腰鞶繫身於門無得任
意搖動是公十歲時事而自孩提其操心居敬類多
如此及出就外傅專心受業不煩敎督一字一句或
不放過必曉其旨義既讀小學而以愛親敬兄隆師
親友之訓服膺以銘之又於大學而以誠意正心修
身齊家之事實踐而行之以至郡書及諸經必浚

許之落石如我公能遇之古人所謂知我者鮑子正

此迎今焉已矣回顧天地其誰容我鍾期一去即斷

琴絃李白不在空對樑月鳴乎玉京逝矣幽明隔矣

能知我輩之來哭乎亦能知我輩之衷情乎嗚乎哀

哉

行狀

公諱一雨字德潤號小南姓李氏其先慶州人益齋

先生諱齊賢爲顯祖也　元陵盛際有諱茂實以功

勳享大邱愍忠祠寔公之六代祖也祖諱曾悅辭翰

筆篆著於當世考諱東珍號錦南妣廣州李氏學來

時又非常事多拘礙以此恭俟玆敢稽遲伏惟尊靈

庶賜默佑惠歆今夕歆我單巵

又　　　　徐基夏金容璇申鉉復

嗚乎人生七旬非曰不壽以公仁德豈止於此人事

多端非曰不成以公抱負豈止於此儲蓄不富不多

博施多方尚有不足經營不為不備害人卽止不顧

自利隱於几案而常懷大庇之策不出戶庭而洞觀

大界之勢潔身如玉亦能淸濁幷呑定志如秤不離

富貴輕重一言何莫非忠一事何莫非恕公之一生

忠恕而已百世之下復有幾人嗚乎愚拙如我公能

先考漫墨片蔑寶護追斯二者何用不窆七百田庄

先人出義萬卷書櫟亦是先意黙繼善述非公維何

義庄之約濟宗族計友朌之營濟全觧謨以是十年

多士輻湊雖無大作心志不渝如渠不才亦亦趍走

一無所取公甞特愛彙緣州載曝之义雨知我者公

知公者我不言而信不面而知去歲春正公曰有懍

今之書籍營利人有舊漢書籍棄壁遺逡貿鄿藏閣

子意何如妾余買屋山格一隅治垣未完公忽奄謝

聞訃臨殯甞抑涙濡去夏夢寐宛接容儀謷責如常

生者有愧怩辛衷亂素禰養志潑黙恩蒜將改宏制

東鄰既晚壙不能詩追後挽幅慟不盡泄今我來斷

病草姜結松菊惟存獨保晚節友弦樓上秋月皎潔

門庭依舊几筵將設哭想音容如夢前轍惟靈不昧

庶幾或歆

又　　　　　崔宗瀚

於休我公金王之資冰蘗之操海東先覺嶺南獨趉

眼掛二洋心衡千古舊經新編骨奀膚酈不羈不惑

屹我中梁作事治工持己閨女公益如渴避名如忱

掌治萬金門無論胕枘校立社人莫知由家庭授受

不待文周光之大本孝友頭顱賁祖幽隱獨擔重責

求賢養士有書千帙余以幽眘亦資庭切源源相從
契若磁鐵形骸相忘不較齒列磨礱以義閑或惰逸
飭躬惟謹言行有截一動一靜尺寸不失理家孝友
節文有秩死喪之哀孤窮之恤施及鄉黨咸有稱說
隣郡道路有碑有碣慈善事業永年不滅時移世遷
萬事顚佚薄宦彈淚常憂添堂濁流滔滔誰與儔匹
友朋零落南離北別裕有餘慶龍鳳俊傑克敬克孝
善繼善述小同文若次第繞膝如蘭斯馨如芝斯茁
賀者塡門弔者亦迭少壯幾時隙駒瞬瞥其柰一祟
稀而不耋謙牧之心蘭音金鼓衆口相傳眞夢難詰

宛委十楹序書備廩以待後長有來莘莘于彼四方

課學討論日就月將造士之懇實當序庠輕財好義

令聞孔章追隨日盛頌溢南鄉同志結契惠攜禰祥

庶相無斁少蓉寵光所以祝公眉壽無疆胡不惠我

遽爾相忘跳丸不任奄及終祥依怖儀形月掛空樑

愛而不見仰天芘芘同情合辭告此衰腸薦雖單栖

各辭心杳不昧者存毋吐茲鍚

又

　　　　金尚默

唉宇公字天賦美質處世不苟慕華務實與人酬接

和氣洋溢越在方强己自標揭力援近規師遵往哲

久許驅馳涓埃未復歲寒松柏倚若長城云胡不淑

大命遽忙嶺嶲蕭索少微晦精吾徒無祿哲人云凶

千里落落蘭音莫憑病未躬疹藝未臨壙今來匍匐

承秘儀形一聲長呼難作泉壤伏惟不昧庶歆此誠

又

學契代表李壽麒金光鎭

猗公天稟超出夷常其器可貴空主空璋其才可用

維檍維樟其儀如何皎潔淸揚梅吐月夜蓮擢秋塘

其志如何高邁昂昂淩雲鴻鵠嘶風驌驦具茲衆美

何施不當雲雷未施遭時不臧歲暮新亭滿目悲傷

大隱在心城市何妨往潮濁浪不漸衣裳有翼弦樓

寒士拙規　自牧恬淡　公德公益　滿腔丹心　守死自靖

斷斷靡他　遠邇事頌　萬口咸碑　欲晦彌彰　闇然自修

避名如儜　守智若愚　末俗紛華　視若凂己　鏡明水止

獨保天機　伊志顏學　寔興懷　大業未究　世我相違

於道於國　積抱杞憂　昊天漠漠　無與晤語　大廈之傾

一木難支　狂瀾之障　隻手無柰　齎志以沒　後死有責

運値百六　壽僅六七　壬京乘化　仲秋明月　大人心靈

赤子不夭　受天明命　專以歸納　自古賢哲　志業未畢

氣數之憾　於公何憾　令子迭趨　典型紹述　福善餘慶

益昌後祿　余本腐儒　賴公提挈　鈍質未化　險路難涉

旿衡宇内一日昭廓推以惠人救時教育犧牲巨萬

弦樓棚設招延多士四方爭趨繼以餽廩日月刮磨

農工商兵政法理化民族盛衰地歷推移務東西

開發新知隨村各充蔚有成就學海中心文風興作

愧余匪材喬枉講席十年于兹一心商確世道多舛

桑海變易卷而懷之靜觀默察維時之艱青黃未接

志士灰心勇夫頓足剛毅中立不撓不屈想慕希文

先憂後樂義庄排置普惠宗族輕財貴義積而能散

東國千年義規備完月城華閥益齋餘蔭百世青氈

城市雲林錦南遺志光大迨尋齊家以體教子有嚴

又　朴淵祚

文短意長　九原難作　千古此悲　公靈不昧　庶其歆玆

金玉其質　水月其操　志潔行方　言溫氣和　飄然塵世

雲中瑞鶴　天質之美　亦須學力　寸敏思緻　透見澈

不由師受　獨造精明　遂大舊發　篤志力行　俗儒之陋

掃除粃糠　末學之弊　痛加規繩　喫緊精髓　敦尚彝倫

克孝克悌　雅勅循循　前後親炙　經帶三年　根基既立

傷通孚允　行誼敦厚　令聞彰宣　世運變態　燭照幾先

閉關守株　衆皆昏蒙　綱紀敗壞　虛僞成風　憂道憂世

獨自悲傷　穎波特立　卓然先覺　聯絡海外　購入新籍

行貞素屢肆有令聞播遠逾通偉彼慶野有庄如范

承模擴規世皆歆艷晚昔城西有櫻友弦風志青英

斯可見焉容物雅量忽人惠風餘蔭滿庭玉樹蘭叢

優閒晚節宴享大年何期一疾奄化而仙厭世滄桑

遽脫延歉凡知公者曠不沾裾況我世好志氣夙親

襄同昌社亦接芳隣自遭板蕩我蔀南山風雨疾病

自絕往還不見芝顔二十星霜顔雖相違心豈相忘

有可感焉兒蒙學助曾泯一謝實由財阻臥病未死

忍聞公逝俯仰今昔病枕凝涕生而未覿猶云可悵

翹茲大別永隔泉壤遣兒替哭陳誄數行涙替清真

范氏庄開歲有秋南州衿佩友弦樓克家盍子嘉猷

足餘澤從知久不收

滔滔洪水涉無津復失吾鄉第一人天不憖遺何太

厄夜浚無寐看星頓

又

徐基夏

灑落曾袊玉潤清六旬踐履不偏傾煙雲滿地孤峰

秀風雨侵晨一燭明管鮑未曾同日死牙期偶得并

時生舊交許怨能知否太上元來易忘情

祭文

崔鉉達

先德積厚公生克肖慈善之心儒雅之操守謹青氈

復題淚今朝未死情

又　張采達

溫恭謙讓渾然天屈指吾南孰有先氣像春風和靄
裡曾濃秋水淡清邊育經營鄉道頌家全規範子

又

孫傳萬事無心公樂去花園秀岳是安阡

又　柳志寧

早攬風潮世事知華容非是俗人儀敦宗倣范曾捐
土養士友弦廣設帷祭閣新規循禮簡藏書遺計揩

又

時空一心交義終無改回首青山我自悲

又　金榮斗

益齋餘蔭錦南翁百世增光繼述功後樂先憂文正

志吳中設義惠無窮

回狂初志竟難伸泫泊琴書獨守眞世道多儒溷夢

起蒼凉嶺藪暗傷神

又

　　　　李基馨

金精玉潔是素賦斯世如公有幾人往歲泫憂墮士

氣友弦樓起復彬彬

自做南州一活佛念人高義迥超倫仁聲不朽無窮

在泡界歸眞豈足響

鶯鵑超庭又善述前頭萬里古家聲生平知已於何

月城賢裔降維庚　金玉其姿瑩澈精　性篤奉先誠意

迴恩推衆恤善端　生七旬未滿嗟堪惜　二賢橫侵柰

莫爭自托萬難欽德久　悲吾後死淚盈睛

又

崔莊弘

縱橫我淚異諸人　兩代受恩老此身　處事冰淸無點

累出言金惜穆純眞　靑春素志誰能識　白首心懷世

不覩地下相逢應有日　丹旌不忍出西鄰

又

朴淵祚

慈祥豈弟出天資　崛起南陽大有爲　萬卷新書看至

理超照洋海覺先知

한문본 성남세고(城南世稿)　313

一勿論何祭儀物淸水一器時果三品存皮魚肉乾脯

二器合六種以外絶對勿用事

一現今世人擧皆沈淪於勞苦中則若擅行娛樂難免

神人共憤矣切勿無故燕樂事

附錄

挽

崔鉉達

中秋三五月偏明此夜間公上玉京慈善門闌承世

德悲哀閭巷見人情田開慶野曾敦族書滿弦樓舊

育英臥病未能成一誄臨風只有淚縱橫

又

都甲模

一各所先塋一處繼塟后山地墓齋及所屬土地以錦

南公門中所有名稱且八山口以月城李氏世塟之

地刻石立碑事

一新塟近地耕土幾何買受別爲拮据用于門中而管

理者擇於子孫中可堪人任期分定事

一喪事凡百故韓主稷之言準則事

一通訃書勿行但於親戚口報事

一佛俗禮喪中喪後絶對禁止事

一發靷時采諏式場擇於中間間地使一般賓客此地

謝絶但族親幾人埋塟監視事

以誠信爲經勤儉爲緯心常存愛物志常欲廣濟常自

警戒曰徒費人之勞力飼此安樂吾無出刀報答則是

爲公理之罪實大所以所施僅至族親閒事而常懷歎

眹今又此老矣汝曹各自勤誠守保則庶免凍餒矣其

外先入遺志不得不望諸沒曹子孫中焉耳

一勿爲放心墮志以勤儉謹順爲標勿汚辱先人德業

事

一使子孫敎授技藝之學各自食力事

一懇蓄財力設立財團法人如自作農㘴定而奬勵社

會事業等事

己頃於甲乙東擾時挈家入峽經三年乃還則想似其
時己見失矣夏徙何處得來庶免其不仁之誅也歔泣
痛恨穹壞莫逮年來從父兄賓戚閒往往得口傳詩句
數十幷挽祭附錄瞻玆一篇藏諸篋裡或未知爲後昆
相傳追慕之萬一否

雜著

遺戒

吾曾聞歐美人年至三十例以遺書置之余病賓非壽
常況年近七旬乎顧其間因汝曹子姪之長育課業未
能積蓄財力未遑副先府君之遺志是所歉恨故略身

豈不爲子孫傳家之寶歟缺不肖不學無識共府君詩

文遺稿皆佚落無傳僅蒐略千篇而追慕之際遍見古

笥中有此遺墨休紙故不勝羹牆之感綴爲墨帖粧以

玻瓈爲五帖又聯於先王考遺墨之下名之曰兩世聯

墨帖而敢叙其顚末用以示後世子孫之鑑戒嗚乎黃

金萬鎰明珠千斛豈足以換此世寶也哉

先考府君遺稿跋

嗚乎此吾先君子平日遺墨也不肖年淺識淺嘗推記

餘日未能蒐錄乙巳春每遭大故襄封纔訖恰開巾衍

則已散佚無存嗚乎小子不謹典守之責尤無所逃也

敬書兩世聯墨帖後

吾先府君幼失怙家極貧嘗以松片柿葉習字以學書

及長從塾師讀經史既又以家計貧窶無以供滫瀡養

從事什一業稍饒乃撤歸故里至七旬屢臺而終鳴乎

此吾府君平生之大槩而遺詩佚墨雖不能盡錄然今

此殘紙片墨卽府君衰老不倦之一証物也蓋府君雖

老精力不衰每早起讀中庸數遍便取新聞紙帶及封

函紙類精心書字背面皆如塗漆以他人觀之不過一

係小墨休紙而已無所適用以不肖子觀之一紙一片

皆吾府君精誠心畫之彼往而爲百世不泯之寶墨也

歲寒詩一篇手抄詩稿略干不肯童子時嘗聞諸鄉黨
父老長者府君晚歲常以手顫為病不便於弄腕故每
以左手書字今其戈波之間或不無左腕之迹然其字
畫之精練體裁之正美尚有活潑潑氣像個個金玉珠
璣也不肯謹蒐府君詩稿遺墨略干編成一集次以歲
寒詩弁序一篇帖成一錄以為傳家之寶藏而惜乎小
孫曾於童屮時眊眛無識截其後段作為紙鳶之用今
其無處合開襟之句以下便作斷片遂使完璧有缺嗚
乎痛矣此為小孫終身之至恨而姑錄於此留作子孫
之鑑云爾

挽　淘濟

白首從遊結近隣幾回酬唱老懷新夏期春暎開詩硯

人去空雷案上塵

暮春與諸益扶病遊東湖

雨歇東湖景色新看多春水放舟人桃花氣暖懶吟篆

楊柳風微岸醉巾抱病長時憐沈約著書無價愧庭均

若令老骨持滿健負釣煙江豈厭頻

跋

王考府君遺墨後識

王考府君遺稿零墨散佚殆盡而家傳巾衍之藏有此

九一

兄俱白首天地雷半身唏噓復鳴咽涓涓淚滿巾莫如

教後昆家業命猶新

挽李梧庭宗勉

去年哭其弟今年哭其兄天道誠叵測中心是纏緜于

嗟公與我同凾又同庚見善互相師遇事互相戒六旬

如一日未嘗少拂情音變難接奈何鄙吝各生孰不愛

其行忠信是高擎冰鏡隱無跡魚鳥不欺誠不遇未展

才撥悶候藥行若徒當時路貪夫盡肅清一朝鑾轊使

何名向帝城園社將宸寶庭戶失光明嘆嘆一灑淚青

山送丹旌

猶復嘉謨待少年體得健康相伯仲樓遲鄉井亦團圓

鱸溪座滿呼聲動如柏如陵祝壽筵

新綠成陰四月天慶筵高設碧溪邊傾城寶筵呈華祝

溢海椿鱸樂暮年歌聲遠入間雲逞舞袖低回錦簟圓

二十三人同一醉世間多頌做奇緣

挽朴安義基福

去年六月日談笑共欣悅那知未一周遽作幽明諐孝

友爲廣宅忠恕作良田子孫能世守公實不永眠

挽李崗堂英勉

我家與君家兄弟各二人我弟已遲沒君兄尚屈伸兩

下山吟

後來應說此爲前　前到題詩已十年　荷杖人歸紅樹裡

出門僧指白雲邊　那時要飲山泉水　一路遙通市霤煙

做造淸緣何處是　征車回首却忘厭

次張鉉柱壽韻

入間一甲總稱壽　綠髮紅顏罕所儔　早把經綸投貨市

晚辭榮辱臥田疇　一心無競眞爲福　萬事從寬是喜壽

子樂妻歡開遘日　茅簷山影似禪幬

祝癸酉生朴其敦外二十三人同時晬宴二首

和氣氤氳一席天　廿家同慶喜無邊　奈何盛讌空前輩

蓬門誰慰異鄉心煙生遠樹歸山鳥天近空潭下夕陰

有感吟

白屋徵求無一物負薪歸市淚連棋

智巧今人此古過摸明秘跡日繁多寫眞不用傳神法

蓄樂何難和雪歌萬里飛行凌鳥翼百邦談笑接聲波

惟看道德芭簾物苦樂人間竟若何

賞楓

朝暉猗立靜無聲華麗莊嚴不一名天女下機千錦曝

將軍出馬萬旗行變粧非爲看人態全由素質淸

長使世間吟賦爾翠紅飛葉足三生

荷蓑閒步過林薄　採女蠻人整野簪　漂杵遙鳴殘歲色

野吟

翔千仞獨樓梧

朱冠錦翼來雲翰　自與群雞飲啄殊　紫陌春風多別樹

戲贈妓馬來鳳

莫笑城西煙火客　世間名利意輕微

一門松樹市聲稀　峀雲起滅凝新恩　苔石斑斕證舊非

塵衣曾未換荷衣　應是青山拒我歸　半壁梅花詩韻吐

晼來雖有終婚嫁　怕悵子平已白頭

自兩停書夢永鷗　莫使是非論俗筆　每臨文酒異時流

君詩瀝得成爲帙萬斛珠璣可吐含

和此隱庄夜話 二首

每得詩罇共醉醒數陪年老喜延庭稀微役色虛生白

蕭琴松聲細滴青皐世紛爭波浪地有誰披讀廢殘經

相逢莫說相離事海內親朋似曉星

世事續紛過夢場翻如爲雨復爲陽聊知物態珠今古

肯向時人說短長萬戶煙塵迷峀色一樓風月儲書香

開吟 二首

吟同白髮雖多日且恨年光去自心

身老猶存分外求名山遍踏又江洲憑胨倚几吟雲岫

他年繒繳終無奈岸岸莓苔菰米香

從遊昔日并巾車晚到罇前白髮餘城郭多年韜姓字
琴書無意愧林盧時艱關枾能荷任寺薄庵刀亦可居
但使靈犀須遠照伊今難起病相如

庭沙未得著莓苔巾屨頻頻去復回案上時吟蘇軾韻
堂中常滿孔融栢書帷少捲晴峰近門柳輕垂暮雪開
莫道殘梅無興處再見圓月仲春來

與到居然詠復酣松堂永夜聞清談星河倒影催明滅
霜鴈流聲度兩三野曙盧明東渡樹巘鐘清澈遠山臺

萬邦多亂獨書林古道今來便陸沉寶食憂無顏樂足

梁絲徒有墨悲潑青春屆花江湖趣白髮多懋市瀾心

莫殺長吟何自苦山河已具但遺音

南村夜會

一旦城西獨掩扉寒蹤曾是被拓柿文章未借江湖筆

病骨長如沈約衣捲巷人眠犬吠息滿天霜白月華飛

此時老與須無際久立溪橋其惜歸

次達句社霜滂韻

濛濛豪羽自隨陽每爾來時菊正芳夜令不眠高度月

天長何主獨嘶霜...遷塞萬孤斷刀天空酒檔濛陽

野酒初醒衣漸冷萬家煙出下山陰

小春與諸益登達城

凌秋同醉碧江間菜盡孤城此又還築密排窖吟白社

辜遠無計買青山樓臺近市風煙重鳥鵲繞林夕照

落落何由頻會得可憐樽裡總衰顏

待梅

東閣懷君雪滿城幾時冰骨返魂生知應煮酒風流遠

怪底成詩韻格輕高士不來空想夢佳人雷約謾牽情

謾吟

紅蕉帳穩金爐煥只火囱前痩影橫

晚開亭樹舊禪林　應是山翁物外心　江碧沙明雖舊

雨斜煙鎖一聲淒　彈琴此地疑仙跡　擊磬何年聞梵音

不使名區終廢置　喚來雲鶴好相尋

題徐畬農九耕齋舍

滿山松柏晝昏昏　碑面蒼苔不見痕　齋舍高簷分野寺

石臺幽逕入田村　潑藏書袟瞥晤澤　採取江頭可薦魂

晚學香山歸歟地　藍輿邐迤近郷園

散步達嘅

孫吟散策入高林　不是辛勤別搆尋　及到邐邐人罕少

始看天穹地盆凝　清間便作趣堂趺　嘉辭還如悟道心

斗屋潛居獨樂天世情開盡一燈清夜氣風已息牀如水

岐道方昏覺此迷久歷星霜鬢欲衰病骨忽蘇鴻鴈又幾年

若谷松抱竻洋淵河流愁冷盡百川

開函話舊夜遲遲海白西躔淡月斜萬庶事常多着後援

何時能得悟前非枕聽鴻鴈鷇江近街散魚蝦認海肥

今日偏成雙鬢白當年良籌總虛違

借問藏身度幾秋早從西市久居雷多時濟衆燒丹藥

閉戶窮經老白頭窅津寒梅千畏淨軒迎圓月百塵休

喚鶴亭

生來志樂無求外架上琴書足遠遊

憶昔論爭多似夢提壺聲裡總虛空

訪院堡崔春田郊居

桑麻門巷隔後斜愛爾郊居數飲過荳藥前畦秋雨積

蟬聲高樹晚涼多清袂只爲升蘭室絕調寧能和雪歌

借問鄰翁休鋤日稻花香裡樂如何

遊崔進士聽琴亭

葭露蒼蒼一感生江橋依舊岸沙明書樓獨對暮山色

琴匣空畱流水情風月故人今又到汀洲眠鷺莫相驚

可憐手植庭梧樹秋葉年年護自清

滴滯庄夜話三首

萬家如海復燈明烱烱何由感自主是夜兼春清夜黯

一年重臘老偏驚時艱愧飲新椒釀俗易無聞爆竹聲

遙憶風塵兒子事只添頭上幾霜莖

　　小泉松齋來訪

褋期一掃萬塵休又是裝梅歲色流每值暫離搯做夢

豈知相對更招愁樽淒燈影人依枕夜近難聲月墜樓

松桂南山君去後那堪懷思正悠悠

　　酬尹止巖

風塵一散各西東偶得開懷暫許同江縣早辭紅蓼月

山囱閒臥綠蘿風淵明自是吟歸去柳下何曾怨阮窮

壁間曾未圖盃豈是南陽梁父吟

歲暮有懷

茫茫康廓兼清感恨多從醉裏生业塞風塵猶未定

十年書劍獨無成閨房刀尺疎燈影商旅家鄉遠鴈情

遙憶具邦逃竄者無人能聽九霄聲

聞金陵兵事憶姪相定

悵望金陵忽八微紛紛離亂信書稀十年風雪常多病

萬里兵塵獨未歸江上殘梅懷故國天涯明月倚寒衣

園中鳴鶴待君久回神翮翻須莫達

除夕乘立春

千載如今德政何

夜下楊子江

玻函燈電耀江流豪壯還加赤壁遊半夜風煙吹撒盡

漁村明月載空舟

登黃鶴樓

碟煙巍歌荻花秋攜酒今登黃鶴樓無數文章相武地

悠悠今日水空流

偶吟

白首徒存意氣沈是非休處卽山林忘機已託閒鷗趣

高蹈猶同老鶴心門外羅塘看可畏臼中烘炭戒尤淡

楊柳

含煙帶雨繞長洲一半牽愁一半幽細弄風鞭低拂馬

翠成雲黛暗登樓新詞裊裊春將暮羌笛鳴鳴月未休

老去猶憐垂釣客下枝堪繫漁舟

綠陰

西原芳樹雨初晴霧盖重重積翠生已與殘花須絕戀

尚餘飛絮最關情晚風飄蕩波微動濃墨淋漓畫自成

灑洗凝如臨水榭幽人頂露濕襟清

登山海關觀萬里長城

勢若長虹飲海波登臨堪笑始皇呵若移此力河堤築

小南遺稿

詩

題此隱庄 二首

峨嵋山下是吾州晚計新成近市樓邂世還嫌藏峽裡
觀時端合枕街頭窓含霜月雙砧窩酒煥金爐萬籟休
門外囂塵迢不染紛紛何理武陵舟

銀河掛屋斗星低難罷西隣聞夜啼歲暮寒梅聊共賦
樓高明月幾多題霜華欺曙窓還白鷗響搖眠枕轉迷
事事如今求一體昔人何說物無齊

有條畫行之七八百年而不壞偉矣若李翁所爲蓋
與范氏法略相近吾知其可以久歟翁之子一雨又
倍增其田守其法不懈云云

戶布煩擾郎招里正議曰得錢五萬八千以防之
可以充歲齒戶布於是僉謀出錢如其數納之自是
村無戶布村中入乃爲翁設詩會永石佳處大諸窐
以癸翁翁詩曰懸藤垂葛錯巖根斷壑陰陰白晝昏
山影倒溪雲葉落瀑流奔石雪花翻煙霞地僻千年
寺未秦明百姓村棋局詩罇餘興在相攜帶月八
染門其風韻父如此
贊曰余觀自古好施之人多躬積者以己之所歷知
人之足恤也朕或出於一時義氣而難繼或昧於親
疎之分而不能平則亦未善也惟范文正義庄者極

不恤族親孚厭翁素無期功之親計族人疎屬總六
十五家乃割稻田四百二十七斗地置別庄貯其所
八每春二月家給糧一石正朝秋夕則予錢二千有
寒者予一萬過時未娶者二萬未嫁者三萬而其遇
凱歲里中及父母墳墓所在人皆有賑給婦翁家後
亦卒困則歲贍其口糧及將死擇稻田五十斗地以
與婦弟容根云時有錢者皆得官容根嘗在京為翁
圖沙斤窯訪日八五千緡可以得之翁復書曰吾家
居春不知草生冬不知夜雪是亦仙也察訪於我何
有哉容根又言翁能詩嘗寓梧晥山村見官差來督

其平日言行之萬一而安敢有一毫溢美有損於府

君之謙德且獲罪于當世之君子哉不肖子一雨泣

血謹書

傳

曹兢燮

李錦南翁名東珍字士直慶州人生大邱府幼喪父

而居貧年二十三未娶隣有廣州李翁學來家富而

能相人見其兒異之欲妻以女李媼憙曰吾女安得

與乞兒為婦李翁曰此非若所知卒婚之婚之夕慶

其聘幣惟青布一段而已翁少學書旣掇而操子母

錢積至屢鉅萬廣置土田旣而歎曰吾可獨享此而

城南世稿卷之二

二十下

徐粲均徐錫淵一雨生四男一女男相岳相武相侃

相佶女尹洪烈時雨生四男相定相和佰相旴相

岳生三男二女碩熙卓熙叔熙女幼相武生四男四

女哲熙達熙烈熙愒熙女徐丙直餘幼相佶生五男

洙熙法熙合熙葉熙納熙相定生重熙女襄基式相

和生龍熙忠熙太熙旴生昌熙鑑熙女幼鳴乎府

君天性溫仁寬厚自奉甚薄而見入困厄心動矜惻

乎事無不歸順誠子孫常導以善不以言而必以身

恩所以救之處事必審接人必和與宗黨議信義有

先之孤露餘生追思如昨昊天之慟曷有其極玆述

易底氣像

乙巳春以背瘡委褥不肯聞安東嚴醫之賢聘來八

見醫年八十府君不悅曰欲治七耋病人遠勞八耋

老人可乎人命在天順受其正而已且考終乃福也

非不幸也汝曹勿以我病爲焦慮唯當謹守家訓也

辭氣泰然有若平日言訖而逝乃三月二十日也享

年七十襄封于伏賢巖先兆下酉坐配廣州李氏學

來之女賢懿婉淑佐君子無違少公五歲而辛丑十

月十二日生後公十二年丁巳正月二十九日卒祔

府君墓左生二男二女男長即不肖一雨次時雨女

曰己能愛人則人必愛己不能愛人則人不愛己

是故愛己者當須愛人

又論立志之端曰凡志被人勸勉則薄弱而難進自

悟而行者方是強毅而有成血一種心血者不可與

圖成事勤誠二字乃吾人最重要立脚始終處古人

云毫釐之差千里之謬究竟善惡之分不過源於一

念之微云

平生辭氣平溫緩厚容貌順碩恬淡一以誠信爲本

其有言諾必踐無違無閒親疎雖遇年少一切待以

敬愼少無忽諸其於子孫輩亦無苛責常有嚴正和

夏以一緡錢貰人授出或疑其一緡之損均也何必

乃爾曰貰人而見損其物在世遺河而見損亦為廢

物夏無舊用處吾是以惜之此蓋大眼公世之語也

云爾平生用意尊注於人世相濟故凡所施為一無

害公利私之端耳

嘗誨不肖曰汝愼勿以財害義夫財者天地間輪行

公有之物人之始生豈嘗有抱持而來者乎朕而有

得有不得此任其人懶惰與節儉之間耳

又誨處事之道曰謹愼處事則設有所失終必無患

故怨行事則雖有所得後必有禍其論待人之道則

即東山書院舊基仍貿置碑道屋及位田二十五斗地以備

守補之資又祖曾暨考妣墓幷設石物一新焉

嘗欲設救貧所療病所以濟無依窮乏者㑄事巨力

紬有志未就每以是爲恨所以分襟記中有曰後來

子孫倘不忘今日未遑之事而行之歟繄此等語意

多矣

雖七旬邵齡每當祖先忌日則必躬自行事且省墓

時距离一二舍而必徒步往來不肖輩悶其筋力難

強告以替行一幷不聽焉

嘗語人曰古有行路者遺失一緡錢於河梁甚惜之

家人製進生紬周衣一具固却之不服常衣服儉而

潔冬止於木夏止於苧奢華之物不近於身

子孫輩欲謀添置土地輒止之曰與其富裕而子孫

怠傲不若不富而子孫勤誠但當謹守世業可也云

耳

府廳藏板閣所有周興嗣千字本卽五代祖考手書

而歲久刑破府君以新梓釐正其畫改刊之置諸閣

中蓋筆法蒼勁人多有請額聯者

癸未年暨八鄉九代祖考妣墓碣壬寅建伏賢嚴齋

祠翌年癸卯重修五代祖東山書院碑閣 大邱府城 南龜巖下

者府君終不許曰吾欲永存爲公益非爲他也云爾

頒年牛疫大熾頗有食肉中毒者府君所畜牛枉漆
谷等地喂養者來告云牛已病及其未斃賣於庖丁
可以代立小犢也府君責曰寧一牛斃豈可以此爲
利遺毒傷人乎終不許矣居無何牛病得差里人咸
曰此牛之甦因主人陰德之所致也

嘗不食家養之狗曰雖畜生同鼎而食者心有所不
忍也

眸日人有饋生鯉六七尾長皆數尺府君怵然曰父
母劬勞之日豈可戕害生物哉因使人放諸河流焉

也何忍視凍餒乎卽命雇人備以藁薦火木指示其

處俾免禦凍後乃就寢焉

或有勸官啣者府君微笑曰吾以樗櫟之材曾無抱

關之責而徒竊虛名心實恥之堅拒不從年躋七旬

只一布衣而已

曾於漆谷佳佐洞買一株松立壽木之備後偶過其

地見其蒼蒼特立路傍身大數圍蔭蔽甚寬府君

其愛之翕洞人曰田夫之避暑者行路之休憩者常

止於此樹下則此樹之庇人甚大吾不忍伐遂翕承

存而歸從他買其村焉其後人有以高價欲買其樹

其於隣里窮交者必有資助而常在人講之先雖疎

遠不識人未嘗有請求而全恕者戊子之荒賑給坊

民且於流丐者糜粥以食之日常數百人

甲午春以二百三十斗地分給于姻戚特捐四百斗

地俾爲宗族中婚嫁喪葬及饑荒救恤之備名曰李

庄其后宗族表其事立碑于達城東北通衢府君聞

而禁止竟是不得乃曰此只是吾宗中子孫遵守爲

戒而已何必誇張乃爾使族人移立于伏賢嚴先塋

下

嘗於冬寒過見路傍流丐露宿歸語家人曰俱是人

無自欺之爲以程子之訓吾之心正則天地之心亦
正吾之氣順則天地之氣亦順矣之句揭諸座右爲
終身銘佩之符而雖當忽遽倉猝之際常有雍容自
得底意思焉
場圃之間勿令遺粟必親自拾取寸紙有遺惜之如
金至於新聞帶紙不過爲零片無用而猶且收拾以
資間隙寫書墨跡疊稠少無餘白其他如等棄之物
嘗經人功者必爲之收藏以待有需用其規模條理
類多如此
每見鰥寡孤獨之人油然於惻緩忽有恫每值歲節

二十二

嘗恨貧無以菽滫之養從入得二百金殖子母貨於
慶山郡月三往來風雨不避囊備大呂數枚摘松葉
和啖而饑路遇斃彘拾其完隻而穿之如是凡五六
年利息稍贏矣一日喟然歎曰吾所以飢渴勞苦者
只為救貧也今既有資復何加焉乃招集遠近之人
椎牛釀酒悉蕩其券而歸慶之人士咸歎之
丙寅遭母夫人喪哀毀備至以塋地未卜服喪四年
及葬而止自是之后杜門蟄居不屑於名途日對經
傳搜賾微奧之旨一以修齊為要設塾於門外聘師
以教諸子雖獨處隱微之際儼然若神明之照臨一

府君爲五世高祖諱爾燦曾祖諱弘大祖諱甲新考

諱曾恍以辭翰著妣慶州崔氏以憲廟丙申四月六

日生府君于大邱府第三歲失怙惟母子相依旣貧

且子無堂內至親之護母氏以針工爲活及長艱於

學習每承慈訓寫字於沉石硫黃松片背腹受墨如

漆以是鈍於引火母夫人嘗曰何時得了一束紙使

吾兒習字又値秋晚節拾柿葉書之

一日行過城闉遇官隸持令紙問以所書府君不能

對因歎日人生世間未有學識與昆虫無異遂决意

入塾努力勤孝自是學業稍進

是可謂秉彝所同遠近無異者也生等以若干聞目

觀之事不可泯默玆以齊聲仰籲于澄淸旬宣之下

伏願特賜鑑燭具由登　聞俾李東珍首蒙褒典則

南嶺好義之士必將接踵而起矣是則閤下之賜也

曷不休哉豈不盛哉謹冒昧以陳

　　遺事

府君姓李諱東珍字士直號錦南貫慶州益齋先生

諱齊賢之後也九代祖諱倫禔值龍蛇亂以功贈嘉

善始居大邱至諱茂實英廟戊申佐監司黃璿爲安

陰假守討嶺賊有功錄勳揚武配享大邱愍忠祠於

臨歸而資斧以送之雖使鄭莊復起似無以過焉而
本無心於仕路甘百年於巖穴其恬雅之操純粹之
氣溢於辭色如八芝蘭之室不賢而能如是乎此其
可褒者二也又有卓乎難及者今年正月初十日宰
羊置酒招集宗族割其畜折半而付之族中婚娶之
過時者使之趁行貧窶之無業者賴而得生若逢歡
歲均分賑施一依朱文公社倉之規而行之其言若
出金石可感神明此无其可褒者三也生等此訴非
徒一面之論亦一鄉之論也非獨一鄉之論也行人
過客爲之躑躅而歎息痴男愚婦亦皆相顧而嗟其

中贈一等功臣五衛將陞東山書院別祠李公茂實

五世孫也東珍早孤家貧善事偏母體勿欺之訓而

秋毫莫取承勤讀之敎而夙宵靡懈及其長也念切

菽水開舖於玉山一舍之地朝往暮歸以展省定行

之數年幸致千金人謂之孝感母以天年終薦祭以

禮三年居廬過於哀毀幾絕僅甦此其可褒者一也

自少好學藥處爽塏若聞道義之士躬自邀請同盃

而食同牀而宿所討論者性理之書也所講究者經

濟之策也如有詩入韻士聞風訪來則登山臨水竟

日忘歸而許久雷連少無厭色當寒而製衣而著之

之愚篤猶尚銘佩感服事公如親父公亦視如己子

歟未遂萬一之誠者十年于茲而孰謂公亦無復有

意於世而奄忽棄逝也嗚乎公之諸胤克肯乃德承

順家業滿庭羣彧薰陶自萬公家未艾之福從茲可

慰公之芳名懿德想不泯於來世則靈其無憾矣復

何有憾憾于今夕哉

呈營狀

　　　大邱面各洞

伏以鄉里之間苟有一事之善一行之異猶可汲汲

焉仲薦圖所以襃揚激勸之道而況一人而兼衆善

者乎生等所居面前洞有李東珍者越在戊申錄勳

荒辭略陳萬一之誠庶賜歆格

又

張志必

嗚乎今世何世公是何人公焉辭世奈蒼者夏厭吾

嘗聞有志者未嘗無其成其或有繼而經之者耶嗚

呼哀哉

又

朴寅煥

嗚乎公之器宇軒昂性質和平居家以儉接人以禮

喜怒不形於色而不求名利專事周窮宗族得其歡

心鄉黨稱其仁聞疏太傅之散金不獨專美於古而

范文正之義庄庶幾復覩於今豈不猗歟以若寅煥

孤以恩范公之庄片石堪語北海之延賓客常滿詞
壇奇格效體於曠世文章風流標致此肩於晉代衣
冠餘波之及世皆欽仰而誼重情浚如我者其誰七
臺之年不為不壽而於我如失怙恃闾閻八室音容
永秘前日繡襒之情後日依仰之忱竟至於雲虛而
水東如渠孤子竟歸何地春風之日秋月之夕轉展
長吁無時非恩公之時無日非恩公之日而自不覺
噎塞而魂銷添燈脩夜公其知未猗歟我公積此德
蔭餘慶縣縣二蘭長春王潤其質麟孫滿庭不食之
報遐世無疆則公何有憾棗制有限明將掇遊謹以

旣明矣鑑此情私

又　　　　李廣錄

嗚乎哭者出於哀之餘也哀者出於情之感也哭不
能盡哀哀不能盡情情之所餘豈不以文備述乎痛
夫痛矣易邁者日月無窮者情契也自公之沒于世
候忽再暮于兹而伊昔承懽依然若昨日間事也公
之顏色瞭然在目公之聲音肅然在耳公之性行曒
然在心其在目在耳者或可與歲月俱忘而其在心
者將畢此生而可忘耶於休我公庭闈以孝處身
家以儉教子女以義處宗族以睦接朋友以信恤貧

篤於家庭仁厚之風聞於遠近則此莫非天之福善

餘慶而宜乎公之承逝而無憾者矣嗚乎慟哉不佞

之追遊門屛者二十有餘載而有事則相酬有急則

相濟講討之工實有益於師友之問答怡說之情寔

爲密於親戚之敦睦公之視我如鮑叔之於管仲也

我之仲公如范滂之於郭泰也嗚乎人之生死如寒

暑晝夜之相代則寄歸之理有所不免一疾纏身百

草不靈一聲痛哭萬事已矣日月不居襄封奄迫情

無柰理此懷何及最所吞恨者不佞之先考緬禮適

値公之靈駕祖道之日未參臨壙之哭勢無可奈靈

之於事親可謂供其職而盡其道矣家貧無資難以
讀書間從師友私淑諸人而書之筆之人稱獨步公
之於文可謂極其工而得其妙矣性氣溫和言語恭
謹接人以禮臨下以寬馨香之德如有襲於芝蘭吧
吒之聲未嘗至於犬馬公之於爲人可謂恂恂之君
子矣赤手成業身致千金割田分區排置義庄婚姻
祭祀措畫有規公之於宗族可謂肥敦睦而篤友愛
矣歲時捐金賙給窮交挾助奉養兼供祭儀有時置
酒以文會友觴詠暢叙親故舊公之於朋友可謂
友其德而以仁輔也治家有範敎養子孫孝悌之行

莫攀音容顧我萍踪夙旅江鄉惟公知遇託契迎常

勢此松葛蔦情同蔓蟄懽戚吉苦恩若兄弟每遊此地

念斷汎親如獸投壙如魚走淵今焉已矣涕泗滂漣

欲歸漢北不能前悠悠此痛曷其有垠爰下佳城

錦江之濱柳拂雄葷花潑淚痕略具菲薄恫愊粗伸

不昧尊靈庶歆精醴

又　　　　　　宋秉奎

嗚乎慟哉公早失所怙偏養慈母一動一靜不違母

訓出告反面盡其子職而家亦貧窶菽水難繼至誠

奉養惟說親志隣里之所艶歎鄉黨之所欽服則公

又　　金允性

身居草澤志存經濟繡歈其德菽粟其味世皆以華
公獨以素世皆自求公獨自守邱園泉石萬巾逍遙
有田可耕有書可娛釃酒拈朋月夕花朝披襟臨風
猿鶴江湖吁嗟公兮懷寶未舊若値坦道可展驥步
若遇順風可搏鵬圖屌陋鬱幽不慍焉政爲政一家
矜式鄉隣遠邇觀感起渝廉頑曾吞雲夢無物不容
惠同春風無施不公無親無疎咸知愛敬窝月之念
人之不幸夢耶眞耶天實難諶初委林第謂不沈淡
候爾乘化竟喪我心蕙蘭其馥鸞鳳其祥杳朕莫追

又　　　　宗生冕雨

雍容德儀稟天眞誠敬心工日惕乾故舊同歡疏老

宅族宗共義范公田病客無由臨壙詫迷兒替送哭

靈輀薤歌一曲知何向巖號伏賢可蓬賢

祭文　　　張寬相

嗟嗟錦南而至然耶將責于疇彼天無奈自聞公逝

五內如虧匪爲公盡亦非吾私人謂錦南克終其事

我獨不厭謂不展意知公一生我不敢辭汪洋其懷

幷容其規謂我不蒙開示其藏今焉已矣萬念俱凵

日月孔駛惟沐永秘病又在身奠不親視鳴乎哀哉

靈駕翩翩向北阡伏賢嚴號此中傳諸宗諒重分庄

日二孝哀多泣血年名利無心終白首芝蘭滿室屬

靑氈不堪涕淚彷徨久何事仙班掃一邊

又

族姪基德

吾家族叔秉哲尊孝悌高政垂法言銀鉤勁筆追先

祖重刊千字惠兒孫

千畝義田割腴壞規模宏遠感澆仁別擇賢宗掌歲

計均數四十六家人

麒麟大兒能善述發謀學校知所先縱然斯世無遺

憾臨空不勝淚如泉

有田靑紫紛紛如怯夢當時誰似布衣全

又
裴南喬

福善壽仁見理明古來稀少死垂名義庄救乏諸宗
黨交道闊窮幾友生閨瑟倂和稱婦德庭蘭雙茁繼
家聲果朕無憾人間事永誇耶禁涕淚橫

又
金在僖

城西淑氣鍾天眞淸灑衣冠獨出塵廣置義庄宗族
睦爲成家塾子孫仁老大今歸誰與學後生追慕泣
傷辰一拜仍訴千古刖凄凉山月下江濱

又
族姪亨雨

小少情親七十年偏蒙知仲久交全算裴古宅書傳

業花樹敦風義買田後死故人空有淚平生同志獨

登仙想應孝胤追公意世講陳荀不墜先

又　　　　　　　　徐錫止

世事元來若是哉空默而笑有時哀近年宿約皆翻

局落日悲歌獨含栖萬善要從何處得一言無復此

心開我猶不似人間在魂夢川原共往來

又　　　　　　　　裴正燮

朝無清議野遺賢身後聲名益重前一事片言皆可

法短篇餘墨愛堪傳玩　大隱優遊市警世高風義

賢巖松柏忽含悲天意瞽瞽欲問誰一闋薤詞江上
路白雲黃鶴杳難期

又　　　　崔采顥

日夕相酬不暫離暮年交契許心知泉菴日晏攜筇
處野社燈殘對酒時
悲歡如夢七旬間華屋靑山一瞬還聽罷輇歌揮淚
別此生無處接容顏
死生元是命由天天道於仁報應先樹德方知餘蔭
厚滿堂聰慧子孫賢

又　　　　鄭周亮

嶺洛高風問幾人吾公德業獨超倫芝蘭繞室兼仁

孝花樹成庄說戚親哀挽寫情知也否佳城云下夢

耶眞上天已驗人間事善報將看慶福臻

又

申鉉穆

義庄今觀范公賢幾處春廚不絶煙自此仁風磨百

世荒碑人讀錦江邊

憂浚時事鬂成絲把酒長吟慷慨詩古社黃花小院

竹溪朋野動相隨

喪亂嗟余八峽中迷津一筏賴於公歲久音容猶自

記路遞書信每難通

瀟灑城西屋書度長年兒孫承世業鄉黨頌公賢

語語守前訓心心牖衆員丹旌科日下執緋淚如銘

又

白文斗

自公之醫斷竹焉以為親自公之少壯狀葛又焉姻

自公之休老日逐接華茵光陰如逝水居黙己七旬

今年看花處那堪少一人公之處世也勤苦又好仁

積書遺子孫散財施窮貧筆蹟家家在德音處處均

古人堂專美今世獨絕倫髻纓非素願白頭一布巾

為公誦家法寶樹滿庭春為公歌薤曲雙袖淚潺潺

又

李英淵

公好文房客左虛四友茵聞言如藥石接氣渾芳春

炯照靈犀鑑常時吐膽囷論文有酒日請誦無眠晨

責善薰陶力不徒師友仁有疑問常質臨事解如神

論財不言刺鮑叔知仲貧近年詞寂寞相說野褓頌

前夜夢何怪欲看卽抵閫道逢研堂老忽聽苦吟呻

卽到挨牀褥如常老病身是日相摩手安知求哉人

嗚乎公去兮誰望八城隔漠漠海山月凄涼空獨頓

嗚乎公去兮世事難諶眞祇信百年好情何限七旬

公如無負我夢寐或相臻

又　　　　　徐奉均

於我甚與君未見已多辰里人忽報公羽化初聞澟

淚滿衣巾在生我是無生計雖死君猶不死人有子

二人誠且孝盡言如鳳又如麟苟通事物能知分不

墜家聲可保身世沓恨我獨羨臨風悲淚一恭伸

又　都允浩

清雅容儀謹厚姿隱居城市不求知身常檢飭超塵

累志在經綸貴賑施誼重姻戚能好禮喜迎實友共

論詩也應泉路無餘憾種德庭蘭福後綏

又　宋秉奎

憶昔丙戌歲怡朕感慨新旅遊達之社一見弟兄親

何其甚於鄕之遠歟此非趐環一區親目親耳者之

所激勵欽歎雖在百世之下必有仰慕效成之美矣

豈不偉歟美哉

　讀李庄碑感吟

　　　　　尹成垣

史傳范氏義今見李公仁縱朕父范義難有子純仁

此家兼是義邦俗可興仁

　挽詞

　　　　　金德坤

君我生同丙申歲日居月諸七十春疏狂性習我無

用宏遠規模君度詢設塾邀師敎二子歡金闕友和

六親人生事業無過此況復兼之五福均貧病由來

寂無聞焉今以錦南之事易地觀則周而約之
義還似出於三賢之右矣何其如是盡美也其氏卿
來系與捐施實蹟已詳于碑銘不必疊架而有二男
天姿王成其繼述之孝無愧於乃家者又諸孫皆屹
如偉如充佻德字將有大進之望此非昌門之朕乎
肆以其族咸口爛議曰公之心潔如永義輞如毛凡
我諸宗與其涵於身而不恡孰若芳松世而有斐且
愈久烜燦者莫如勒石之堅而不磷云釀成是役者
實非公之心也儘其宗族之不謀而同則公雖欲禁
而不居其在衆議何大矣哉義之感人之溑且切也

使我一國將復爲興仁者也茲構數行四律安得狀

睦義之萬一乎云爾哉

爲閒人風小鬪欄世情強半分毫難抵死得聞梅家

毀平生怒視鶉寒漏手金箱期不徵中腸鐵柱欲

餒歡歸南獨出姑蘇說今日吾東昔范看

題李庄碑後　　　　殷子杓

夫義人所同秉之彝而解能養之者何也有或庫於

私而忿焉者有泥於俗而未遑者故必有不審不泥

之操能浚肮行之此非智德兼備烏能爾哉在漢惟

疏馬二人能徹其積及宋范文正特置庄收族此後

又　　徐奎欽

秦之言曰相攻如仇讎蘇氏譜云親盡高路人古今
人情何有異哉余與錦南李君子素習知者有年其
初而困中而秦晚而食而居在繁華之地不役於耳
目杜門塞兒常看詩書愛賓客世間人慾不得上來
以是令聞己盈於一省矣乃者招宗族姻戚割其土
三分二均排共分立定約条此似懲於秦鐔於蘇也
無乃范公之後身張家之古範歟眞吾東初見第一
人其外蘭薰玉潔之行皆從義字中來何待更架傳
曰一家興仁一國興仁此非獨錦南一家之興仁能

風盖其學問底力也乃於甲午春計籌家儲五之三
則傳子二子一則派給兩塔及姻戚以其二付諸宗
族乃四百斗水田美庄也此可謂操約施博積而能
散者矣噫張公之同居范氏之義庄往古或難而不
意復見於此世也盖公自齠少之年慨然有是心到
此飢荒之歲能斷肤行之苟非淑人君子豈能若是
哉因賀一韻以備風謠之見採云爾
惜公才德老書欄一易行之世所難人於積善多餘
慶天必陽春屬大寒不惟親戚和而悅能使賢愚感
且歡文正家家千載後李庄高義較相看

成蹊桃李曜門欄富且為仁自古難七十齊家舉煙

火一千范敏濟飢寒出人不意人咸服行我當為我

獨歡寄語世間愛錢癖乘除得失錦南看

晚卜城西一角巾仁耕義耨未全貧瑩如冰主人誰

凂信及豚魚物亦馴文學疃中不空酒孟嘗門下幾

親人如余老邁猶承款澹泊交情久要新

又　　　　　李景龍

錦南吾黨之耆德也自幼天性溫和不違慈訓存心

文學夙官靡懈及長家貧無以為養求略干財殖未

幾年獲數千金儉約治產怡雅自持亦能有忌人之

天厭而自得者也且其二子克遵家訓俱以謹拙見

稱天之報施善人果如是夫或曰昔晏子辭邑人有

言曰非惡富也恐失富也今錦南之義田設有不肖

後孫不能賣也無賴族人亦不敢窺也則此其非守

富之長策乎余曰此非言也董子曰明其道不計

其功明其誼不謀其利原夫錦南初心只知在我之

道誼不計在彼之功利若逆加功利之心預有得失

之慮則是假仁義也烏可曰君子哉如子之言以世

俗之心度君子之心也言者首肯而退余記見聞使

後之覽斯文者知吾言之不誣焉爾

名訪於范文正而文正位高祿豐不難千畝之賞今
錦南地卑財絀能捐四百之畝若易地則其田非特
四百又推而廣之則可以及一鄉可以及一國惜乎
其所處者卑而所恃者狹也又有可仲於尋常著往
來賓客不論風雨寒暑長霄外舍朝飱暮饗坦夷如
己家而少無厭薄之色常恐供給之不美其視多積
厚有升粟分文不肯割施乞兒丐婦驅逐可送者相
去高何如哉又有可敬者早失學問晚攻翰墨聲色
芬華一切不近蕭若一寒士遊心於道義之場筆
以善書名詩以得格聞其槖賦之美刻苦之工可謂

題李庄錄後 幷詩　　　　密陽朴亨南

李錦南名東珍字士直世居達城幼喪父無他兄弟

家貧母老無以爲養乃從事於經紀之場蓋爲菽水

之難繼非素志也天道福善所業銖累寸積自朒長

進遠至中年僅脫貧竇之名乃喟然歎曰吾聞賢而

多財則損其志愚而多財則益其過吾愚之愚者也

若又營營苟求必至於悔吝與其多而益過不若少

而寡過乃罄其產業股分於二子二女以作勤力免

飢之資其餘四百畝盡付於宗族中收其歲入以時

周給貧有節文其宗蓋爲二十九家云矣噫義田之

於古人也各處所在田土之數各人所給名目之別一
一列錄于左以此遵行而慶山吾之群邑故田土專在
於此捨他零瑣之處從其延衮之地而給之事其優當
校耳列錄中在條二十四斗地則吾欲以賓客之供遊
觀之費焉噫此吾數十年勤勞得者也然以知其天地
間公物故不敢私自擅用而所擅用者只此而已其或
怒之耶否以若斗筲之手敢擬車斛之用尚患不足未
逞於窮交貧憐可恨後來某人中儻不念今日未逞之
事而行之哉

附錄

義庄之意而實無范公之義故不曰義而曰李盖謂李

氏庄迎凡我宗族無或恃此少懈加以勤儉嗣而添補

承有恆產因有恆心謹敦好禮之人將不乏於我宗族

子孫須各勉焉歲甲午春正月書于李庄卷首

記

分土列錄記

夫財人之所同欲故聚之難而散之亦難也記曰賢者

積而能散曾子曰財散則民聚然則散之尤難也明矣

古之高散者或閜之於不知之人施之於不報之地而

今吾則給吾宗族姻戚非散之逆即有之耳安可此方

余早失怙惰所學蔑如進無用於世退沒策於家踽踽

眉眉惟一失業等棄之物也至已已困極志拙求債二

百文行辭公古事於玉山之七年乙亥多撤卷而歸所

息為數千金織畜勤力于玆十八年間子女婚嫁已畢

改算各處所在田土田為二百六十斗畓為九百九

十四斗地也於分足矣此可以為奉祀無憾亦可以衣

食我子孫脈而以尊祖愛子之心推念宗族姻戚皆是

同根餘生若有飢飽不均則豈無足寒心之理也哉就

其中田八十斗地與畓一百五十斗地散給姻戚畓四

百斗地劃付宗族以為我同飽之資名之曰孝庄敢慕

矣生面具地少妻弱子不無岨峿寂昧之歎亦不無墳

墓親戚之恩此歎此恩何特苦貧之比也望勿輕舉十

加遠慮爲可可吾亦有出村之意者久後將有成事之

日則當同去就矣未知何如也

答戚姪

即承安字可喜凡事人則生奸何至十餘日尚未八里

又待本官徃還迤事果至寬則雖無諱託必將天成望

以至誠實苦何必待諱託後可耶凴諒焉

序

李庄序

下不覺淚潛然

鼓句

逆旅餘生俱是恨　支離一夢孰能醒

龍氣千年淵上寺　蟬聲六月雨中山　龍淵寺

地僻婚姻惟兩姓　村窮籬落僅三家

書

答

向聞遠行之説心甚惻然意欲棄暇間汪意所在虛矣

今見書意尢不勝悵悶果君有久遠之志而欲作八峽

之擧則猶之可迤若不勝貧乏而出此念則似未免姿

白雲流水鳥啼來惜如今日無多日既飲三柸又一柸

鬢髮星星身已老百年俯仰愧參才

酬金畹山

十載分襟後惟君古意存江湖身易老歲月志空煩山

色迎春媚林光帶水昏任情移晚興華月照殘罇

挽崔領官處主

辛丑秋八月崔公去上仙緬憶生平事一心無愧天和

氣敦友睦高義好施捐南營戎事急身瘁馬鞍穿令嚴

戢猛虎政簡捕鳴蟬戰陣無殺氣活佛至今傳所唯知

我厚貌到布衣前此行縱無定齒小反爲先蕭蕭楓葉

梧里南澗吟

懸藤垂葛錯巖根　斬崒陰陰畫欲昏　山影倒溪雲葉落

瀑流觸石雪花翻　煙霞地僻千年寺　禾黍秋明百姓村

晚酌開吟餘韻在　相呼攜月入柴門

登湧泉寺

秋風又是鬢邊聞　松柏蒼蒼鶴一羣　臍得清緣仙不遠

繞登數仞俗相分　方今天下無間界　太古山中有白雲

憐爾擔柴負永者　梵王宮殿奉香勤

同權野樵訪友山中

詩仙起我上天台　袂下秋生眼忽開　碧樹蒼苔人臥在

適來紅掃添佳句老去風流豈偶然

送人歸湖西三首

蕭蕭羸馬向金泉雪涮前程雨滿天愛子襟懷清似鏡

只憐風月不憐錢

歲暮孤懷重復重盤桓不去倚寒松囪前暗動梅花氣

甕裏新醅竹葉濃歸心如水終難住世路多歧未易逢

莫向離亭空悵惘人緣有數更相從

驛路天寒客馬催嶺高湖闊肯頻來與君一面交如水

傾我片心熱未灰吟罷空懸他夜月夢殘猶憶故山梅

閉門風雪孤鴻夕誰解離愁送酒栢

城南世稿卷之一

錦南遺稿

詩

生朝述懷

昔年此日我初生此日重回白髮成老大偏浼風樹感
劬勞敢忘羲義情黃梅雨歇麥初熟南極星輝天復明
少不勤工今莫及願言兒子樹風聲

晚春登東山

滿目芳菲澹蕩天清溪一曲小橋前大都日出人成海
古郭春漲酒釀泉落花微雨蝶初散垂柳繁陰鶯自遷

城南世稿目錄 終

墓碣銘

竪碣告由文

祭閣上梁文

遺事

跋

暮春與諸益扶病遊東湖

跋

王考府君遺墨後識
敬書兩世聯墨帖後
先考府君遺稿跋

遺哦

附錄

挽詞
祭文
行狀

有感吟

賞楓

下山吟

次張鉉柱壽韻

觀癸酉生朴基敦外二十三人同時晬宴二
首

挽朴安義基福

挽李甜堂基鉉

挽李梧庭宗勉

挽浦濟

小春與諸益登達城

待梅

謾吟

南村夜會

次達句社霜鴻韻

酬友人 三首

和此隱庄夜話 二首

閒吟 二首

戲贈妓馬采鳳

野吟

聞金陵兵事憶姪相定

除夕兼立春

小泉松蕣來訪

酬天止嚴

訪院坌崔春田郊居

遊崔進士聽琴亭

湳濟庄夜話 三首

喚鶴亭

題徐畬農九羅齋舍

散步達城

小南遺稿

　詩

　題此隱庄 二首

　楊柳

　綠陰

　登山海關觀萬里長城

　夜下楊子江

　登黃鶴樓

　偶吟

　歲暮有懷

附錄

題李庄錄後 幷詩

題李庄碑後 幷詩

讀李庄碑感吟

挽詞

祭文

呈營狀

道事

傳

卷之二

酬金晚山

挽崔領官處圭

絶句

書

答

答戚姪

序

李莊序

記

分土烈錄記

城南世稿目錄

卷之一

錦南遺稿

詩

生朝述懷

晚春登東山

送人歸湖西 三首

梧里南澗吟

登湧泉寺

同權野樵訪友山中

哉世無其人余以是尤悼惜云爾

歲己卯陽復月上澣永川崔宗瀚謹序

則於公少無有幸不幸而世之徒竊祿虛尚文者覽斯
集也豈不竦然自懼而有立廉之風哉余從小南孝公
遊者久矣公歿後二年嗣子相岳示篋襄一篇曰此吾
先人手抄王考實紀及先人世晚年漫閒吟者也先人手
澤不忍欲泯滅而非敢公世藏諸笥傳諸後矣願爲我
編次一言之如何余揖曰詩云孝子不匱殆今日斯家
之謂歟義不敢辭因盥手敬讀兩公本末不可以文字
求之專徃德業上而業之本末則兩公相爲表裏故合
一爲二卷是烏足謂全體之闡明哉意誰復能撫之編
八于寒泉篇文正范公之下安定胡氏之末同其美也

德行本也文藝末也無德之文雖多奚以哉今是集也

兩世詩只略千而弁附錄成卷者也讀其詩則風韻麗

落意恩清遠庶想其一點無埃之像觀其附錄則德行

完備規模并方足以為屬世可師之範滿腔是公益風

指者經綸父仁而于孝淑而于孝述之人孝頌李庄瞷

窮之美而不知是由於同一覆之仁世皆賀強樓養

士之美而不識其適天未雨之綢若使舉而措之均天

下亦何難之有照而不遇非兩公之不幸卽世之不幸

而且從古偉人巨子之業亦不過隨其分盡其力而已

소남 이일우 년보

이상규(경북대)

소남(小南) 이일우(李一雨, 1870~1936)는 경주이씨로 시조는 신라시대 알평공(謁平公)의 제73세손이며 중시조 거명공(居明公)의 제39세손이며, 고려시대에 익제공(益齊公)의 제18세손으로 파조로는 논복공(論福公) 제10세손, 무실공(茂實公) 제6세손, 동진공(東珍公)의 아들이다. 공의 휘는 일우(一雨), 자는 덕윤(德潤), 호는 소남(小南), 성은 이씨(李氏)로, 그 선대는 경주사람이다. 익재(益齋) 휘 제현(齊賢)이 공에게 현조(顯祖)가 된다. 원릉(元陵)1) 성세(盛世) 때 휘 무실(茂實)이라는 분이 공훈으로써 대구의 민충사(愍忠祠)에 배향되었는데 이분이 바로 공의 6대조이다. 조부의 휘는 증열(曾悅)인데 문장과 글씨가 당대에 저명하였다. 부친의 휘는 동진(東珍)이고 호는 금남(錦南)이다. 모친은 광주 이씨(廣州李氏) 이학래(李學來)의 따님이다.

특히 동진공 이후 이 집안을 "경주이장가(慶州李庄家)"라고 한다. 이 명칭은 금남(錦南) 이동진(李東珍, 1836.4.6~1905.3.5) 공이 〈이장서(李庄書)〉에 밭 260두락과 논 994두락 가운데 밭 80두락과 논 150두락을 친지들에게 고루 나누어 주고 논 400두락은 종족에게 농사를 짓도록 하여 의식 걱정이 없도록 하면서 '李庄'은 '義庄(지혜로운 재

---

1) 원릉(元陵): 영조(英祖)의 능. 동구릉(東九陵)의 하나로 건원릉의 왼쪽 언덕에 있으며 후에 그의 계비(繼妃) 정순왕후(貞純王后)가 같이 묻혔다. 현재 경기도 구리시 동구동에 있다.

산 형성과 그 회향함)'의 뜻을 생각하였으나 범공(范公, 범중엄(范仲淹)
을 말한다)의 의미가 없으므로 '義'를 대신하여 '李'라하고 '庄, 농막
장'은 스스로를 낮춘다는 의미로 경주 '이장가(李庄家)'라 하여 후손
들이 조금도 태만하지 않고 근검절약하여 함께 도우며 살기를 바라
는 동진공의 깊은 뜻을 담고 있다.

소남 이일우는 대구지역의 근현대 흐름에 여러 가지 방면에 매우
중요한 영향을 미친 분으로 조선후기에서 근대로 이행하는 전형적
인 민족 자산의 이행과정을 이끄는 핵심 인물이다. 특히 일제 강점
기에 대구광학회를 이끌며 국채보상운동을 대구광문회와 함께 추
진한 핵심 인물이다. 소남 이일우 선생은

첫째, 1905년 〈우현서루〉를 개설하여 많은 신지식정보를 제공하
고 한편 우국지사를 배출하였고, 또 교남학교 등을 설립의 기초를
놓은 대구의 계몽교육의 선구자이다.

둘째, 구한말 대구를 중심으로 아들인 상악(相岳)과 더불어 광산
개발, 섬유산업, 주정회사, 금융기관, 언론기관 설립과 운영을 통한
민족자산을 축적하고 근대산업 기술을 발전시킨 대구 근대산업화
의 중심인물이다.

셋째, 독립운동가 상정(相定), 일제저항 시인 상화(相和), 초대 IOC
위원 상백(相佰)과 대한체육회사격연맹 제4대 회장 상오(相昨) 등 집
안의 인재 양성뿐만 아니라 많은 독립지사들을 후원하고 독립운동
을 지원한 인물이다.

넷째, 당시 대구의 지주와 자산가들이 비난의 대상이 되었으나
소남 이일우는 소작농들에게는 호의를 베풀어 모범적인 대지주로
서 노블레스 오블리제(noblesse oblige)를 실천한 인물로 평가된다.

1683년 11월 13일~1736년 10월 25일 무실공 계실(啓實) 5대조.

1836년 4월 6일~1905년 3월 20일 소남의 아버지인 동진(東珍)공, 자는 사직(士直), 호는 금남(錦南) 부인은 광주이씨 이인당(1840~1917)이며 맏아들 일우(一雨, 1870.10.4~1936.8.15), 둘째아들 시우(時雨, 1877.3.4~1908.8.22)를 두었다. 동진공은 중후한 인품과 총명한 기개를 겸비한 인물로 알려져 있다. 동진공은 어린 시절의 가난을 뛰어넘는 근면한 노력으로 낙동강을 통한 어염미두의 유통 사업과 경산과 청도 지역의 채금사업으로 벌인 2백원을 자산으로 하여 방적, 영농 사업으로 대구, 경산, 청도 등지에 일천 수백 두락의 전지를 마련하였다. 동진공은 3대 독자 소년가장으로 가업을 일으켜 대성하였으나 늘 겸손하게 학문을 존숭하고 가난하고 힘든 이웃을 위해 헌신한 인물이다.2) 이장가(李庄家)의 문호를 열어낸 분으로 조선말 사회적 격동기에서도 가난한 이웃을 본심으로 도와주는 부의 사회적 환원을 몸소 실천한 경세가로서 훗날 대구지역의 계몽운동의 씨앗을 뿌린 인물이다. 1901년 3월 11일과 1904년 5월 10일 《황성신문》에 금남 동진공은 "자비와 덕의 마음으로서 빈민을 구휼하였다."라는 기사를 통해서도 대구의 부호로서 이미 기반을 확보하였으며 이를 사회에 나누어 주는 미담은 그의 후손가에 교훈으로 실천덕목으로 살아남게 되었다.

1870년 10월 4일 소남 이일우 탄생. 아버지 금남공(錦南公) 이동진(李東珍, 1836.11.13~1905.3.20)과 어머니 광주 이씨 학래(學來)의 여 이인당(1841.10.13~1917.1.19) 사이에 맏아들로 태어났다. 소남

---

2) 동진공과 그의 아들 소남공의 부자 문집인 《성남세고(城南世稿)》가 남아 있다. 그 외에 '이장서(李庄序)', '이장비문(李庄碑文)' 등을 통해 동진공의 가업의 성취 과정과 그의 인품을 읽을 수 있다.

이일우의 자는 덕윤(德潤), 호는 소남(小南)이며 1870년 10월 4일에 태어나서 1936년 8월 15일 67세로 하세하였다. 맏아들(相岳, 1886.9.24~1941.1.8), 배 달성 서씨 서병오(徐丙五)3) 5여 법경(法卿), 재취 전주 이씨 신영(信泳)의 장녀 명득(命得), 둘째아들 상무(相茂, 1893.7.3~1960.1.30), 배 달성 서씨 상춘(相春)의 여 응조(應祚), 재취 평산 이씨 성원(性原) 여 원임(元任), 셋째 아들 상간(相侃, 1898.8.5~1916.7.15), 배 성주 이씨 정준(貞俊) 여 계수(季守), 넷째아들 상길(相佶, 1901.1.23~1968.1.27), 배 성주 도씨 문환(文煥) 여 학수(鶴殊), 다섯째 아들 상성(相城, 1928.4.2~1993.1.16), 배 단양 우씨 도형(道亨) 여 문안(文安)을 두었다. 이장가의 소남 이일우는 1904년 〈우현서루〉를 설립하여 대구의 근대 교육과 계몽운동의 중심적 활동을 하였고 민족 독립운동과 국채보상운동과 근대 산업의 흐름에 큰 영향력을 미친 인물이다. 재지기반은 금남공에서 튼튼하게 다져온 재지기반을 기초로 하여 근대적 민족 자본으로 전환, 성장해 갔던 대표적인 사례에 속한다. 고종(高宗) 7년 경오년(庚午年, 1870)에 대구부(大邱府)의 집에서 공을 낳았는데, 용모가 단아하고 타고난 성품이 영민하였다고 한다. 겨

---

3) 본관은 달성(達城). 호는 석재(石齋). 영남출신으로 일찍이 군수를 지냈다. 1901년을 전후하여 중국 상해(上海)로 가서 그때 그곳에 망명중이던 민영익(閔泳翊)과 친밀히 교유하면서 그의 소개로 당시 상해에서 활동하던 유명한 중국인 서화가 포화(蒲華), 오창석(吳昌碩) 등과 가까이 접촉하여 많은 영향을 받았다. 1909년도 상해와 일본을 여행하였고, 중국에 머무르는 동안 특히 포화와 매우 밀접한 관계를 가지며, 그의 문인화법의 영향을 받은 문기(文氣) 짙은 묵죽(墨竹) 등 사군자를 그리게 되었다. 글씨는 매우 격조 있는 행서(行書)를 남겼다. 대구에 살면서 영남 일원의 대표적 서화가로 최대의 명성을 누렸다. 1922년 대구에서 교남서화연구회(嶠南書畫研究會)를 발족시켜 회장이 된 뒤, 서화연구생들을 지도하였다. 서동균(徐東均)과 성재휴(成在烋)가 그 시기의 그의 제자이다. 1922년부터 서울에서 조선미술전람회(朝鮮美術展覽會, 鮮展)가 열리게 되자 박영효(朴泳孝), 정대유(丁大有), 김돈희(金敦熙), 김규진(金圭鎭) 등과 더불어 '서(書)와 사군자' 부심사위원을 여러 번 역임하였으나 한 번도 작품을 출품하지는 않았다.

우 말을 배우고 글자 읽기를 배울 무렵에 한번 보면 바로 이해하였고 뭇 아이들과 어울려 장난질 하지 않고, 항상 부모의 곁에서 시중들며, 나아가고 물러나며 부름에 대답하는 ≪소학(小學)≫의 가르침으로 일상생활의 절도로 삼았다. 일찍이 부친과 더불어 한 방에 거처하였는데 밤이 깊어지자 졸음 귀신이 점점 짙어져서 자신도 모르게 온몸을 뒤척이다가 문란(紊亂)에 이르게 되었다. 부친께서 조심하지 않음을 경계하자 이튿날 밤에는 허리에 두른 띠를 풀어서 문에 몸을 묶고 임의대로 흔들리고 움직이지 못하게 하였다. 이는 공이 열 살 때의 일이었으니 어릴 때부터 조심(操心)하고 거경(居敬)하는 것이 대부분 이와 같았다.

1875년 금남공은 경산에서 경영하던 점포를 정리하고 돌아올 때, "원근의 사람들을 불러 모아 소를 잡고 술을 걸러서 그 문서를 모두 탕감해주었다."는 것에서 그의 성품이 드러난다. 뿐만 아니라 1901년과 1904년의 ≪황성신문(皇城新聞)≫의 〈광고(廣告)〉를 통해서 알 수 있듯이 가난하고 억울한 사람들을 위해 그가 행한 행적은 세상 사람들에게 칭송받았다.[4]

1876년 소남의 아버지인 금남공 이동진으로부터 한학 공부하였다. 금남공으로부터 물려받은 조상을 섬기고 자손끼리 서로 아끼며 나누고 사랑하는 가풍과 대인 겸양충신의 처세관의 훈도와 근검절약의 유훈은 소남공 대에 와서 실천궁행함으로써 지금까지 이장가

---

4) ≪황성신문≫, 1901.03.11, 〈廣告〉. "大邱居李景龍 商販狼狽 負通數萬兩矣 前領官崔處生 都事李善行參奉徐志敏 前順天徐志淑 五衛將金聲達崔聖祚馬驥興 都正郭義賢前積城金允蘭 幼學李重來 族人李俊秀 諸氏出義捐金 公通了勘是爲難忘之恩 玆以廣告 僉君子照諒焉 李景龍 告白"
≪황성신문≫, 1904.05.10, 〈廣告〉. "義城居前參奉申圭植氏는 이文學孝敬으로 顯然一郡라고 大邱居李東軫氏는 義捐萬金을 救恤窮塞貧寒하야 慈德之心으로 著名○○하기로 廣告함 ○○金義順 告白"

(李庄家, '李庄'이라 함은 감히 '義庄'의 뜻을 생각함이나 실상은 범공(范公 풀이름 범, 곧 금남공 자신을 낮춤)의 '義'가 없으므로 '義'라 하지 않고 '李'라고 하니 곧 '李庄家'란 뜻이다. '庄'은 풀섶으로 만든 농막처럼 이가를 낮춘, 겸양의 뜻이 담겨 있다.)의 정신으로 전승되고 있다. 집밖에 나가서 스승에게 배움에 이르러서는 마음을 오로지하여 학업을 받았는데 스승의 가르침과 감독을 번거롭게 하지 않았다. 한 글자나 한 구절에도 조금도 그냥 지나치지 않고 반드시 그 뜻을 깨쳤다. 이미 ≪소학≫을 읽고는 부모를 사랑하고 윗사람을 공경하며 스승을 높이고 벗을 친하게 여기는 가르침을 가슴속에 두고 명심하였다. 또한 ≪대학(大學)≫에서는 성의(誠意), 정심(正心), 수신(修身), 제가(齊家)의 일을 실천하여 행하였다. ≪논어(論語)≫, ≪맹자(孟子)≫ 및 여러 경전에 이르러서는 반드시 깊이 연구하고 연역(演繹)하여 정밀하게 체득하였다. 항상 말하기를, "책을 읽을 때 한 글자라도 함부로 지나치지 않아야 고인(古人)의 의도를 알 수 있고 스스로 일가(一家)를 이룰 수 있다. 그리고 회암(晦菴) 선생의 '책을 읽음에 차라리 정밀하게 할지언정 성글게 하지 말라'는 가르침을 스스로 터득하여, 나는 차라리 정밀한 데에서 실수할지언정 성근 데에는 실수할 수가 없다."라고 하였다.

1876년 일본 함포 공격과 강화도조약으로 조선의 강압적 개방.

1877년 3월 4일, 동진공의 둘째 아들 시우공(時雨公)이 태어났다. 1908년 8월 22일 하세함. 일우공의 아우 시우공은 자는 내윤(乃允) 호는 우남(又南)이며 김해 김씨 김신자(愼子, 법명 화수(華秀), 1876.3. 20~1947.4.7) 사이에 상정(相定, 1897.6.10~1947.9.10), 상화(相和, 1901.4.5~1943.3.21), 상백(相佰, 1903.8.5~1966.4.14), 상오(相晤, 1905.7.16~1969.8.15)를 두었다.

1886년 9월 20일 소남의 맏아들 상악(相岳, 1886.9.20~1886.11.27, 초취 달성 서병오의 여 법경, 재취 전주 이씨 이영의 여 명득) 태생. 상악은 자 성담(聖膽), 호는 긍남(肯南)으로 소남의 뒤를 이어 대구지역의 유력한 사업가로 존경을 받았다.

1893년 7월 3일 소남의 둘째 상무(相武, 1893.7.3~1960.1.30, 초취 달성 서씨 상춘의 여 응조, 재취 평산 이씨 성원 여 원임) 태생.

1893년 대구 객주 상인들이 청도, 밀양 객주 상인들 하관포의 임궁 객주에 가입하였다.

1893년 10월 18일 소남의 장녀 숙경(淑瓊, 1893.10.18~), 파평 윤홍열(尹洪烈)의 처. 소남 이일우의 사위인 윤홍렬은 대구 태생으로 달성학교 교장인 윤필오의 장남이다. 박정희 전 대통령과 대구사범 동기이며 호남정유 서정귀의 장인이기도 하다. 사립 달성학교를 졸업하고 일본 와세다고등학원과 메이지대 법과를 다녔다. 그는 끝까지 창씨개명을 거부하고 달성학교 동창인 동암 서상일과 조양회관을 건립하는 데 힘을 보탰다. 1928년 일왕 궁궐폭파 사건으로 사형된 김지섭 열사의 유해가 대구에 도착해 추도식을 하던 중 격문으로 된 추도문을 읽은 죄목으로 일경에 연행되기도 했다. 요시찰대상이었던 그는 1930년부터 일경의 감시를 피해 광복 때까지 칠곡군 약목면에서 광산업을 했다. 그러면서 만주에서도 광산을 경영했다. 그의 아들 성기씨는 광산 경영이 독립군과의 접촉을 위한 방편이었다고 주장했다. 광복 후 대구로 온 윤홍렬은 이우백 등과 대구시보를 창간해 사장이 된다. 하지만 1945년 10월 신탁통치반대와 관련한 필화사건으로 미군정으로부터 탄압을 받아 신문사는 이듬해 폐간됐다. 그는 그해 3월 경북광업주식회사를 설립해 상무 취체역을 하면서 건국활동을 했다. 1946년 10월 미군정청이 남한 입법기구설치에 관한 법령을 발표하면서

도별로 입법의원을 뽑은 가운데 경북의 경우 1, 2선거구에서 각각 윤홍렬과 서상일이 당선됐다. 하지만 이듬해 병을 얻어 웅지를 펴지 못하고 사망했다.

1894년 갑오년에 공의 나이가 겨우 25살 무렵 개연(慨然)히 종족(宗族)에게 돈독(敦篤)하고 가난한 이를 구휼하려는 뜻을 가지고 선공(先公)에게 여쭙고는 400마지기의 땅을 출연(出捐)하여 의장(義庄)을 설치하고 규정(規定)을 엄격하게 세워, 멀고 가까운 여러 종족들로 하여금 혼인, 장례, 교육, 홍수, 가뭄, 질병의 우환에 대비하게 하였다. 선공께서 여기에 뜻을 둔 지가 여러 해가 되었으므로 뜻을 받들어 따르고 조금이라도 어기거나 어긋남이 없었으며, 온 힘을 다해 계획하여 오래도록 유지되기를 도모하였다. 옛날에 범문정(范文正)이 오현(吳縣)에서 거행(擧行)하였으나5) 세월이 이미 멀다. 우리 조선에는 500년 이래로 사대부 집안에서 그것을 행한 자가 전혀 없거나 겨우 있었으니 이것이 어찌 다만 한 집안의 아름다운 일일 뿐이겠는가. 세교(世敎)에 관련되는 것이 또한 적지 않을 것이다.

1895년 4월 일본인 상공인들이 대거 대구 남문 부근 이주.

1895년 고종의 을미개혁, 신교육제 시행, 소학교 및 사범학교, 상공학교, 외국어학교 등 설립.

1897년 6월 10일 조카 상정(相定) 태생.

1898년 8월 5일 소남의 3자 상간(相侃, 1898.8.5~1916.7.15, 배 성주 이씨 정준의 여 계수) 탄생.

1898년 8월 이일우는 수창상회(壽昌商會, 일명 수창사(壽昌社))를 설립하

---

5) 범문정은 북송의 명재상인 범중엄(范仲淹)으로, 문정은 그의 시호이다. 소주(蘇州)의 오현(吳縣) 출신으로, "종족이란 조상의 입장에서 보면 똑같은 자손이다."라고 하며, 그들 중의 가난한 자들을 보살피고 친목을 돈독히 하였다. ≪小學 嘉言≫

여 대구지역 상인들의 거점으로 삼고, 대일무역의 거점인 부산의 동래(東萊)와 하단(下湍)에 그 지점을 두었다. 수창상회는 '상업홍왕(商業興旺)과 상권보호(商權保護)'를 목적으로 설립한 상인조합으로 개항 이후 부산항을 거점으로 물화(物化)를 저장하고 물가를 관리하기 위한 지점으로 각각 설치하였던 것이다.6)

1898년 9월, 소남 이일우는 독립협회 대구경부 지회, 개진협회, 흥화학교 지교, 달성학교 설립을 지원함.

1901년 3월 11일 ≪황성신문≫ 소남의 아버지인 금남 이동진이 이웃을 도운 내용의 글이 실림.

1901년 1월 11일, 이상정 장군의 배 권기옥(1901.1.11~1988.4.19) 평안남도 중화군 설매리에서 권돈각과 장문명 사이 1남 4녀 중 둘째딸 태생.

1901년 1월 23일 상길(相佶, 1901.1.23~1968.1.27, 배 성주 도씨 문환의 여 학수) 탄생.

1901년 4월 5일, 조카 상화(相和) 태생.

1904년 5월 10일 ≪황성신문≫ "가난한이를 구휼"한 소남의 아버지인 금남 이동진의 관련 기사.

1903년 경부성 철도 부설공사.

1903년 8월 5일, 조카 상백(相佰, 1903.8.5~1966.4.14) 이시우(1877~1908) 공과 김신자(1876~1947) 사이에 태생.

1904년 갑진년(甲辰年)에는 서울을 유람하였다. 세도(世道)가 변하고 유학의 풍조(風潮)가 사라져서 서구 문명이 동양으로 옮기는 정세를 통찰하고는, 선비로서 이 세상을 살아가며 옛 전통에만 얽매여 지켜서는 안 된다고 생각하였다. 돌아와서 선공께 아뢰고는

---

6) ≪壽昌商會社規則≫, 1898.8.

바로 넓은 집 하나를 창립(刱立)하여 영재를 교육할 계획을 세우
고 현판(懸板)을 '우현(友弦)'이라 하였다. 대개 옛날 상 나라 사람
(商人) 현고(弦高)가 군사들에게 음식을 베풀어 위로하고 나라를
구제한 뜻7)을 취하였으며, 또한 동서양의 신구(新舊) 서적 수천
종을 구입하여 좌우로 넓게 늘여놓았다. 총명하고 준수한 인재를
살펴 교육과정을 정립하고, 옛 학문을 근본으로 삼아 새로운 지
식으로 윤색하였다. 의리(義理)의 가운데에서 무젖고 법도(法度)
의 안에서 실천하게 하였다. 멀고 가까운 데에서 뜻이 있는 선비
로서 소문을 듣고 흥기한 자가 날마다 운집(雲集)하여 학교에서
수용할 수 없었으니 한 시대에 빛나는 풍모(風貌)가 있었다. 우현
서루(友弦書樓) 의숙 설립하여 동서고금의 서적 수천 종을 비치
하고 팔도 준재들을 숙식시키며 양성하였다. 당시 열국지사들이
모여 나라를 지키는 일에 힘을 모우는 구심점의 역할을 하였다.
'우현(友弦)'은 "'萬古志士 顯考'를 벗으로 삼는다는 뜻"이 담겨 있
다. "대구 서문 외에 있는 유지신사 이일우는 일반 동포를 개도할
목적으로 자본금을 자당하여 해지에 우현서루라 하는 집을 건축
하고 내외국에 각종 신학문 서적과 도화를 수만여 종이나 구입하
여 적치하고 신구학문에 고명한 신사를 강사로 청빙하고 경상
일도 내에 있는 총준 자제를 모집하여 그 서루에 거접케 하고
매일 고명한 학술로 강연 토론하며 각종 서적을 수의 열람케 하

---

7) 노 희공(魯僖公) 33년에 진(秦)나라가 정(鄭)나라를 치러 가는데, 정(鄭)나라의 상
   인(商人) 현고(弦高)가 주(周)나라에 가서 장사하려던 차에 도중에 진나라 군사를
   만나 정 목공(鄭穆公)의 명이라고 하면서 우선 부드러운 가죽 4개를 바치고 소
   12마리를 보내어 군사들을 위로하는 잔치를 벌이게 하였다 급히 역마를 보내 정
   목공에게 이러한 사실을 보고하여 미리 대비하게 하였다. 이에 진나라 군대를 거
   느리고 온 장수 맹명(孟明)은 정나라에 충분한 대비가 되어 있다고 판단하고 물러
   갔다. (≪春秋左氏傳≫ 僖公 33年)

여 문명의 지식을 유도하여 완고의 풍기를 개발시키게 한다는데, 그 서생들의 숙식 경비까지 자당한다 하니 국내에 제일 완고한 영남풍습을 종차로 개량 진보케 할 희망이 이씨의 열심히 말미암아 기초가 되리라고 칭송이 헌전한다니 모두 이씨같이 공익에 열심하면 문명사회가 불일 성립될 줄로 아노라."(≪해조신문≫, 1908.4.22)라고 소개하고 있다. 이 우현서루를 거쳐 간 인물로는 장지필, 윤세복, 안확 등이 있다.

1904년 6월 일본인 1천명 대구일본동문회 조직.

1904년 8월 대구 일본거류민회 설립.

1905년 8월 29일 을사조약, 통감부 설치와 국권 상실. 국치일.

1905년 3월 20일, 소남공의 아버지 금남공 동진 하세함. 을사년(乙巳年, 1905)에 선공께서 심한 병으로 몸져 누우시자 약을 달이는 봉양을 몸소 맡아 게으르게 하지 않았으나 끝내 망극(罔極)함을 만났다. 무릇 상례(喪禮)를 치루는 법도는 반드시 예절에 알맞게 하였으며, 몸을 훼상(毁傷)하면서까지 예제(禮制)를 지켰는데 삼년상을 마치는 것이 마치 하루처럼 똑같았다. 일찍이 선공의 뜻에 간혹 다하지 못한 것이 있을까 염려하여, 더욱 의장(義庄)과 서루(書樓)에 전력을 다하였고 곤궁한 친족 중에 살 곳이 없는 자에게는 반드시 구급(救急)하였다. 소남 이일우는 타고난 성품이 자상하고 청렴(淸廉)하였으며 이미 남에게 은혜를 베풀고는 항상 은혜가 되기에 부족하다고 여겼다. 예사로운 비용은 매우 심하게 절약하였으나 어려운 사람을 구휼하고 난리를 구제함에 이르러서는 비록 곳간을 털더라도 애당초 인색하고 아끼는 태도가 없었다. 이 때문에 선산(善山), 칠곡(漆谷), 현풍(玄風), 경산(慶山) 등지의 수천 가구 가운데 여기에 힘입어 생활하는 자들은 그 덕을 갚고자 하여 바야흐로 돌에 새겨 칭송하기를 도모하였다. 마침내 사람을 보내 일하는 비용을 지급하게 하고는 애써 말렸다.

1905년 달서여학교 설립. 서상돈과 이일우가 주도. 근대적인 여학교.
1906년 고종의 흥학조칙(興學詔勅) 발표. 이에 따라 경상도관찰
사 신태휴는 흥학훈령(興學訓令) 발표. 이미 이 전 1898년 3월 경
북 청도에서 신교육 기관인 사립유천학교 설립, 1899년 7월 대구
사립 달성학교, 1905년 달서여학교가 설립되었다.

1905년 2월 이일우는 우현서루 내에 시무학당(時務學堂)을 설립하고 학
문에 뛰어난 사람은 초빙하여 학당장으로 모시고 지식 발달에
유용한 신구서적과 신문 잡지를 구입하여 비치하였다. 1911년 일
제에 의해 우현서루와 시무학당을 강제 폐쇄되고 강의원(講義院)
으로 운영되었다. 당시 우현서루에는 중국으로부터 수천 종의 서
적을 수입하여 비치하였다. 그 후 소남의 맏아들 상악(相岳)이 최
남선과 협의 하여 상해로부터 추가로 중국 도서를 수입하였다.
1952년 소남의 손자인 석희(碩熙)가 중화민국 18년 상해 상무서
관에서 영사한 ≪사부총서(四部叢書)≫를 비롯한 동양 문학, 역
사, 철학, 문집 등 3,937권의 우현서루에 있던 소장도서를 경북대
학교 중앙도서관 고도서실 〈友弦書樓(古友)〉에 기증하여 보존하
고 있다. 소남이 설립한 〈우현서루〉는 신문화 신사상을 접하고
익힐 수 있는 신학문과 신교육의 요람이었다. 당시 중국으로부터
시무학당 개설을 통한 계몽기 인재양성 기관이었다.

1905년 7월 16일, 조카 상오(相旿) 태생.

1905년~1906년 1차 대구성곽 철거.

1906년 1월 김광제와 서상돈이 중심이 되어 대구광문사 설립. 장지연,
장지필, 윤세복 등 25일 의원단 구성한 후에 일본인 상업회의소
와 대항. 금연단체회의 구성하였다. 동년 7월에 이일우가 중심이
되어 대구광학회를 설립하고 대구광문사와 함께 국채보상운동

을 전개하였다.

1906년 3월 사범학교 관덕정 자리에 설립, 김윤란, 서상돈, 정규옥, 서병오, 이선형, 서돈순, 서우순, 서상하, 서상규, 최성조, 이장우, 정재래, 곽의견, 이석진, 박치서, 이일우 등 발기인. 기금조성에 참여.

1906년 3월 29일 달명의숙 설립. 대한협회 대구지회에서 이일우는 동년 국문야학교 설립 제안하고 이종면, 서기하, 김재열과 함께 설립 연구위원을 맡음. 동년 6월 대한협회 대구지회에서 설립한 노동야학교에 이일우는 교사로 활동. 협성학교 설립에도 직접 관여하고 임원개선, 교과목 선정, 학사행정 등에 관여하였다.

1906년 6월 1906년 3월 [농공은행조례] 제정에 따라 6월 14일까지 주식모집 이후 창립총회를 통한 농공은행을 설립하였다. 당시 자본금 20만원이었는데 이상악이 70주를 가진 주주로 참여하였다.

1906년 8월 대구지역에 계몽운동단체로 대구광문사(大邱廣文社, 김광제, 서상돈 등)가 설립되었고 이와 함께 동년 8월에 이일우가 중심이 되고 최대림, 이종면, 윤필오, 김선구, 윤영섭 등 대구광학회(大邱廣學會)가 결성되어 교육흥학(敎育興學), 민지개발(民智開發), 상업발달(商業發達)을 내세우고 특히 교육흥학과 민지개발을 위해 학교설립, 박물관, 도서관, 박람회, 토론회, 연설회, 도서전시회 등의 사업들을 추진하였다.

1906년 8월 현 대구 상공회의소의 전신인 대구민의소 설립. 1907년 2월 대구상무소(대구조선인 상업회의소)로 개편, 1915년 10월 대구상업회의소로 통합, 1930년 10월 대구상공회의소로 개편되었다.

1906년 9월 대구에 거주하는 일본인들이 결성한 거류민단과 일본인 상업회의소에 맞서는 대구상무소(객주조직)를 결성하였다. 이일우는 박기돈, 정재학, 이병학, 이영면 등 25명으로 구성하는 의원단을 결성하여 일본 상권에 대항하는 운동을 전개하였다.

1906년 2월 대구광문사를 중심으로 사립보통학교 건립 신청.

1906년 2차 대구성벽 철거. 박중양 관찰사와 일본거류민단이 주도함. 이
　　　　에 소남 이일우는 중립적인 입장을 취하였다.

1906년 3월 소남 이일우는 달명의숙 설립, 낙육제에 공립대구중 대구시
　　　　립양성학교설립, 대구사범(광덕정) 설립을 위한 설립기금을 출
　　　　연하였다.

1906년 4월 농공은행설립에 관한 건, 칙령 발표에 이어 소남의 맏아들
　　　　상악(相岳) 70주 주주.

1906년 8월 대구광학회를 발기한 이일우는 우현서루에 사무소둔 대구시
　　　　의소를 개설하였다. 그리고 독립의식 고취와 계몽교육과 민지개
　　　　발을 위한 학교설립 박물관, 도서관, 사무학당을 설립을 주도하
　　　　였다. 1906년 8월 대구광학회 결성. 이일우가 발기인이 되어 최대
　　　　림, 이종면, 윤영섭, 김선구, 윤필오, 이종면, 이쾌영이 중심이 되
　　　　어서 대구광학회 결성. 독립을 위해 교육으로 국민정신을 양성.
　　　　이일우는 대구광학회는 "우리나라가 위기에 닥쳐 있고 망하게
　　　　된 것은 민지가 개발되지 못했기 때문"이라고 지적하면서 "독립
　　　　의 권한을 부식하려면 교육으로 국민의 정신을 양성하는 것과
　　　　같은 일이 없다"고 주장. 대구광학회의 사무실은 이일우가 설립
　　　　했던 우현서루를 사용하였다.

1906년 대구농공은행 70주 주식 매입.

1906년 대한자강회 창립.

1906년 대구상무소 등 조직 결성, 박기돈, 정재학, 이병학, 이영면, 이일우
　　　　등 대구 재계 유력 인사들 중심.

1906년 10월 ≪대한자강회월보≫ 4, 본회회보 42쪽, "1906년 8월 대구정
　　　　거장에 도착ᄒᆞ민 당지 유지 신사 수십 명이 김선구(金善久) 씨의
　　　　예선통지ᄒᆞᆷ을 인ᄒᆞ야 정거장에 출영ᄒᆞ야 광학회 사무소로 전도

하니 즉 소위 우현서루요, 해 서루는 당지 유지 이일우 씨가 건축 경영흔 빈니 동변에 서고가 유흐야 동서서적 수백 종을 저치흐고 도서실 자격으로 지사의종람을 허흐야 신구학문을 수의 연구케 흔 처이라." 하여 우현서루를 소개하고 있다.

1907년 1월 29일 대구광문사를 대동광문회로 명의 변경을 위한 특별회의 개최, 박해령(회장), 김광제(부회장), 서상돈(부회장) 선출. 국채 일천삼백만 보상운동의 시작.

1907년 2월 21일 금연상채회 명의로 북후정에서 대구광문회의 실행단체 인 민의소 설치.

1907년 2월 대구광문사를 대동광문회로 명칭 변경, 국체보상운동(김광 제, 서상돈, 이일우 중심) 전개, 일본의 동아동문회와 청나라의 광학회와 국제 교육 교류 전개.

1907년 2월 21일 이일우는 대구광학회를 중심으로 대구민의소 단연회 설치. 국채보상을 위한 적극적인 활동 전개.

1907년 3월 국채지원금수합사무소 설치.

1907년 4월 대구시의소가 설립되었는데 대구광학회의 이일우가 주도함. 대구에서의 계몽운동은 1898년 독립협회 대구지회 설립과 함께 1906년 서상돈 김광제가 중심이 된 대구광문사(대동광문회로 명 의 변경)와 인민대의소를 한 축으로 하고 이일우가 주도한 대구 광학회와 대구시의소가 또 다른 한 축이 되어 각종 교육 사업과 더불어 국체보상운동을 발의하여 추진하게 되었다.

1907년 4월 30일 국채보상운동의 일환으로 금연상채소(금연상채회, 단연 동맹회) 운동으로 국체보상 모금 운동을 결의하고 서상돈이 1천 원, 정재학 4백원, 김병순, 정규옥, 이일우는 가각 1백원 기부.

1907년 5월 협성학교 설립. 정재학, 서돈순, 윤필오 등 주도함.

1907년 7월 25일 대구단연회 보상소에서 ≪대한매일신보≫ 광고를 냄.

이현주, 서상돈, 정재학, 이종면, 이일우 등.

1907년 7월 대한협회(대한자강회) 창립. 계몽운동회 구상. 대한 제국 시기 계몽 운동을 전개했던 국민 교육회(國民敎育會)[1904년], 대한자강회(大韓自强會)[1906년 4월], 대한협회(大韓協會)[1907년 11월], 그리고 지역 학회 운동의 일환으로 조직된 서북학회(西北學會), 호남학회(湖南學會), 기호학회(畿湖學會), 교남교육회(嶠南敎育會), 관동학회(關東學會), 신민회(新民會) 등의 계몽 운동 단체와 이와 연관된 계몽 운동가들은 신교육 구국 운동에 선도적인 역할을 했다. 그 결과 1907년부터 1909년 4월까지 설립된 사립학교 수는 3,000여 개교에 달하였다. 경상북도의 경우 계몽 운동이 확산되면서 선각적인 개화 인사들의 노력으로 학교 설립이 매우 활발하였다. 그 결과 경상북도에서는 1905년부터 1909년 3월 1일까지 155개교의 사립학교 인가를 청원했다.

1907년 대구연성학교 설립, 협성학교 이충구, 계남학교, 가산학교 설립.

1907년 이일우의 동생이자 상정, 상화, 상백, 상오의 아버지 이시우(李時雨, 1877~1908) 하세.

1908년 1월 25일 대한협회 대구지회 발기인 대회 달본소학교에서 개최.

1908년 3월 6일 대한협회 대구지회 임시회의 개최. 장재덕, 최대림, 이일우, 양재기, 박기돈, 이종면 6인이 임원선정위원 구성.

1908년 3월 25일 대한협회 대구지회 창립을 위한 특별 총회. 회장 박해령, 부회장 서봉기, 평의원 이일우, 서병오, 이종면, 최대림 등. 이일우 등 대구광학회 계열의 인사들이 주도하였다.

1908년 3월 총설학교 교남교육회와 연계.

1908년 5월 대한협회 대구지회 이일우 제안으로 국문야학교 설립제안 설립연구위원으로 이일우, 이종면, 백일용, 서기하, 김재열 등 선임.

1908년 6월 대한협회 대구지회 노동야학교 개설. 교장 현경운, 교사로 최시영, 이쾌영, 이종면, 김재열, 김봉업, 서기하, 이은우, 허협, 이일우가 담당. 대한협회 대구지회에서는 협성학교, 수창학교 설립운영에도 깊이 관여하였다.

1908년 9월 15일 대한협회 대구지회 통상총회에서 이일우 실업부장에 선임. 소남 이일우는 이 기간 동안 대구 경북 지역의 산업 발달을 위해 많은 노력을 기울였다.

1908년 9월 5일 대한협회 대구지회는 국권회복단(달성친목회)과 협력. 남형우, 안희제, 서상일, 신상태, 이근우, 김용선, 이일우 등 참여.

1908년 9월 대한협회 대구지회 통상총회에서 식산흥업을 강화하기 위해 초대 실업부장에는 대구광학회 발기인이었던 이일우가 맡았다. 이어 서병규, 최재익이 맡아 식림 장려를 강화하였다. 특히 이일우는 식산흥업의 장려를 위해 교육진흥과 계몽운동을 적극 추진하였다.

1908년 11월 19일 대한협회 대구지회 임시 평의회, 박중양이 추진한 대구부 성곽 2차 철거 시에 이일우는 중립적인 입장 표명하였다.

1908년 12월 대한협회 대구지회에서는 대구애국부인회와 연계하여 국채보상운동을 전개하였다.

1909년 1월 대한협회 대구지회에서는 통상총회 평의원, 식림장려.

1909년 3월 25일 대한협회 대구지회 제2회 임원 선거에서 이일우 평의원에 선출.

1909년 5월 4일 대한협회 대구지회 평상총회에서 이일우 실업부장에 선출.

1909년 7월 대한협회 대구지회 연구위원 이일우, 최재익, 서기하 등 참여.

1909년 경상농공은행 설립운영.

1909년 교육부인회(여자 교육회) 결성, 이일우 계수 김화수(김신자라고도 함. 이상정, 이상화의 어머니)를 비롯한 100여 명이 결성. 서상돈,

이일우가 발기하여 설립한 대구사립달서여학교의 운영지원을 하였다. 김화수는 200원의 기금을 마련하여 달서여학교에 기부하고 부인야학교를 설립하여 20여 명의 부녀자들을 교육하였다.

1910년 3월 대한협회 대구지회 창립 2주년 기념 총회 회장 이교섭, 부회장 이종면, 총무 이일우 등 선임. 대한협회 강령 〈본회 7강령의 의지〉를 이일우가 기초함, 그 내용은 ① 교육의 보급 ② 산업의 개발 ③ 생명재산의 보호, ④ 행정제도 개선 ⑤ 관민폐습 ⑥ 근면저축 실행, ⑦ 권리의무 책임복종 사상고취. 대한협회 대구지회를 통해 소남 이일우의 계몽 교육운동과 민족자본 구축을 위한 그의 사상이 반영되어 있다.

1910년 한일 병합 조약(韓日併合條約, 韓国併合ニ関スル条約 かんこくへいごうにかんするじょうやく)은 1910년 8월 22일에 조인되어 8월 29일 발효된 대한제국과 일본 제국 사이에 일방적인 위력에 의해 이루어진 합병조약(合倂條約)이다. 한일 합방 조약(韓日合邦条約)이라고도 불린다. 대한제국의 내각총리대신 이완용과 제3대 한국 통감인 데라우치 마사타케가 형식적인 회의를 거쳐 조약을 통과시켰으며, 조약의 공포는 8월 29일에 이루어져 대한제국은 일본 제국의 식민지가 되었다. 한국에서는 국권피탈(國權被奪), 경술국치(庚戌國恥) 등으로 호칭한다. 을사조약 이후 급격하게 기울던 대한제국은 결국 일본 제국에 강제 편입되었고, 일제 강점기가 시작되었다. 한편 병탄 조약 직후 황현, 민영환, 한규설, 이상설 등 일부 지식인과 관료층은 이에 극렬히 반대하여 자결하거나 독립운동을 전개하였다. 한일 병탄 직후 14만 명이 독립운동에 참여하였다

1910년 달성친목회 사건(조선국권회복단 중앙총회), 이일우는 이 사건에 연루되어 일경에 조사를 받았다. "1910년대 달성친목회는 한말

계몽운동이 활발했던 대구지역을 배경으로 경상도 일대 나아가 국외 독립운동 세력과 연계하여 민족운동을 전개한 비밀결사였다. 달성친목회는 대한협회 대구지회의 청년조직의 성격을 가진 계몽운동 단체였으나 한일병합으로 인해 활동이 정지되었다. 그 뒤 1913년 1월 대구 앞산에 소재한 안일암 시회에서 새로운 구성원이 참여한 가운데 달성친목회는 재건되었다. 재건 달성친목회는 대종교의 이념을 수용하면서 민족독립을 위한 비밀결사로 재조직되었다. 달성친목회는 강유원간친회와 함께 대구를 중심으로 경상도 일대까지 영향력을 넓혀갔다. 이때 달성친목회는 대구 권총사건이 발생하자 태궁상점을 기반으로 계몽운동노선을 견지하였다. 또한 1919년 3.1운동을 계기로 독립운동 자금 모집 운동과 독립청원서 운동에 참여하는 등의 실천 활동을 벌였다. 그러나 재건 달성친목회의 민족운동은 관련자의 밀고에 의해 일제의 탄압을 받고 좌절되었다. 이 과정에서 일제 사법당국은 달성친목회를 국권회복단이라는 이름을 붙였고, 경찰은 조선을 덧붙여 조선국권회복단이라 하였다. 따라서 달성친목회는 한말 계몽운동 시기에 결성된 이래로 계몽운동의 노선에서 독립을 전망하고 실천한 비밀결사였다. 그리고 이 운동은 1920년대 이후 대구지역에서 문화운동과 자본증식 운동을 내용으로 하는 실력양성운동 노선으로 이어졌다."[8]

1911년 대구전기회사 서상돈, 정규옥, 이석진, 정재학, 이병학, 정해붕, 김홍조 등과 함께 이일우 중역.

1911년 〈우현서루〉가 일제에 의해 강제 철폐, 신교육 기관인 강의원(講義

---

8) 김일수, 〈1910년대 달성친목회의 민족운동〉, 《韓國學論集》 45, 2011, 261~285쪽 참고.

院)으로 운영(교남학교의 전신), 홍주일 교장.

1912년 7월 대구은행 설립계획서 총독부에 제출. 정재학, 이일우, 이종면, 이병학, 장길상, 최준, 배상락 등 서명.

1912년 8월 26일 대구은행 발기인 대회, 정재학, 이일우, 이종면, 장길상, 최준, 배상락, 이병학 등과 함께 이사로 설립참여. 이일우는 900주 소유주주 및 이사.

1912년 〈은행령〉 개정과 일본 자본가들이 대구 지주들을 끌어 들여 설립한 선남상업은행에는 투자를 하지 않았다.

1913년 5월 29일 대구은행 창립총회. 정재학 은행장, 이일우 주주 참여.

1913년 5월 31일 대구지역 지주조합 설립, 150명 중에 전답 50두락 이상 지주는 김덕경, 박병윤, 이영면, 서병조, 이장우, 최만달, 서철규, 정재학, 이일우, 정해붕 등 10인.

1913년 7월 7일 대구은행 대구본점 설립이사.

1914년 4월~1916년 3월 조선총독부 제령 제7호에 근거하여 부제 실시에 따라 대구부협의회 구성. 제1기 정회원 조선인 5명, 일본인 5명으로 구성되었는데 정해붕, 최달만, 이일우, 서병조, 서병규 5인.

1915년 이일우의 조카 상화 서울 중동학교 진학. 당시 전진한의 집에 기숙.

1916년 3월~1918년 4월 조선총독부 제령 제7호에 근거하여 부제 실시에 따라 대구부협의회 구성. 제2기 정회원 조선인 5명, 일본인 5명으로 구성되었는데 박기돈, 정해붕, 서병조, 이일우, 이종면 5인.

1917년 1월 29일 정사년(丁巳, 1917)에 소남의 어머니 광주이씨 이인당 하세. 모친상을 당하여 장례의 모든 절차를 부친상 때처럼 하였다. 예서(禮書)를 읽는 겨를에9) 선대의 유묵(遺墨)을 수합하였는

---

9) 부모의 상중(喪中)에 있음을 뜻함. 옛날 부모의 상중에는 다른 책을 보지 않고 오직 예서(禮書)에 있는 상제(喪祭)에 관한 것만을 읽었던 데서 온 말이다.

데, 비록 조각조각의 조그마한 종이라도 하나하나 애호(愛護)하여 비단으로 단장하였다. ≪양세연묵첩(兩世聯墨帖)≫이라 이름을 짓고는 그것을 맡아서 지키지 못한 잘못을 자책하여 말미(末尾)에 적었다. 상복(喪服)을 벗고는 중국을 유람하며 만리장성(萬里長城)을 보고 절구 한 수를 읊었는데, "만일 이 힘을 옮겨 하천 제방을 쌓았다면, 천년이 지난 지금까지 덕정(德政)이 어떠하겠는가?"라고 하였다. 명산(名山)과 대천(大川)을 두루 관람하고 한 달여를 지내고 돌아왔다.

1917년 이일우의 조카 상화는 현진건, 백기만과 함께 프리트판 시집 ≪거화(炬火)≫를 간행하였다.

1918년 계림농림(주) 임업 관련 회사 설립에 최준, 서병조, 진희규, 서창규, 편동환, 정재학, 김홍조 등과 함께 이일우 중역.

1918년 조선물산무역(주) 우피, 미곡, 면포 등 무역 거래 회사, 정재학, 이병학, 이장우, 서병조와 함께 이일우 중역으로 참여.

1919년 3월 8일 대구 만세시위 운동. 이상화, 백기만 주도. 이 사건으로 일경에 감시를 피해 서울 박태원의 하숙집에 은거하였다. 이 사건과 연루되어 소남 이일우는 일제의 강압으로 대구의 토호들 대부분과 함께 자제단에 이름을 올렸으나 일제를 위한 일체의 행동을 하지 않았다. 일제는 3.1운동 확산 저지를 위한 대구부내 조선인들을 중심으로 자제회단을 결성하여 3.1만세운동의 확산을 저지하려고 하였다. 단장으로는 경상도관찰사인 박중양, 발기인으로 이병학, 이장우, 정해붕, 이일우, 이영면, 정재학, 한익동, 김홍조, 서경순, 장상철, 서철규, 서병원 등이었다. 대구를 대표하는 계몽운동의 지도자이자 재계의 유력 인사와 일체 협력 단체인 교풍회 회원으로 구성되었다. 이 기간 소남 이일우는 조카 상정과 상화의 반일활동과 관련하여 일제로부터 강압적 탄압과 회유를 받았을 것으로 추정된다.

1919년 6월 이일우 제령7호 위반사건 관련 일경에 신문을 당하였다. "죽
　　은 동생의 아들 이상정이란 자는 일본에서 부기 공부를 했다는
　　데, 그는 원래가 방탕무뢰하여 항상 내가 감독은 하고 있으나 지
　　금부터 한 달 쯤 전에 가출하여 현재 행방을 알 수 없는 상태인데,
　　혹은 그와 신문하는 것과 같은 말이 있었는지는 모르겠다. 그도
　　3~4만원의 재산이 있다."10)라고 진술하였다. 이러한 전후 사정
　　을 보더라도 소남 이일우는 일제로부터 심한 압박을 받고 있었던
　　것으로 추정된다.

1919년 경상북도 물산공진회 결성.

1919년 소남 이일우는 설립된 최초의 근대식 면방직회사 설립 감사. 설립
　　당시 민족계 기업체로서는 최대 규모의 근대식 제조업체로, 민족
　　의 성원과 기대 속에서 김성수(金性洙)에 의해 설립되었다. 1900
　　년대 초부터의 일본의 면직물 및 면방직 자본의 거센 진출에 대
　　항하여 자립경제를 수립하기 위하여 전국적으로 민족자본을 규
　　합, 민족기업임을 표방하면서 설립하였다. 창립 당시의 경영진은
　　사장에 박영효(朴泳孝), 전무에 박용희, 오늘날의 이사인 취체역
　　에는 이강현, 선우전, 윤상은, 안종건, 김성수, 감사역에는 장두
　　현, 이일우, 장춘재, 박승직, 조설현 등이었다.

1920년 경신년(庚申年) 봄에 약목면(若木面) 동안리(東安里) 한 동네가 수
　　굴(水窟)에 빠졌는데, 봄소 가서 위문하고 많은 액수를 내어 구휼
　　해주었다. 동락학원(東洛學院)은 흉년을 두루 겪어서 유지하기가
　　매우 곤란하였는데 열 섬의 곡식을 기부하였다. 익재(益齋) 선생
　　의 신도비는 대대로 세울 겨를이 없었는데 혼자 힘으로 담당하여

---

10) 《한국민족독립운동사료집》 7, 44쪽.

존위(尊衛)11)하는 정성을 이루었다. 원근에서 유학(留學)하는 자들이 학자금이 궁핍하다고 간청하면 반드시 넉넉하게 염려해주어 그들이 학업을 마치게 하였다. 세상은 바야흐로 도도(滔滔)한데 공은 홀로 넓고 넓어서 남들이 지키지 못하는 지조를 지켰고 남들이 행하지 못하는 일을 행하였다. 비록 타고난 자질이 본디 아름답지만 선대의 사업을 돈독히 지켜서 실추시키지 않으려는 생각이 언제나 있었음을 알 수 있다.

1920년 1월 민족적 성향에 있던 한익동, 서상일, 이응복, 이우진, 정운해, 최원택, 이상정 등 자산가, 변호사, 지식인 등이 대구청년회 결성과 참여.

1920년 4월 28일 경일은행 설립 주주총회.

1920년 7월 경상공립은행, 경일은행(설립이사 이일우)

1920년 대구은행 이일우 900주 주주.

1920년 조카 이상백 일본으로 건너가 그 이듬해 4월 와세다고등학권(早稻田高等學院) 제1부 문과 입학.

1920년 4월 경일은행 설립.

1920년 경상도 칠곡군 주사(主事)직을 잠시 역임하였던 것으로 보이는데, 정확한 년대를 확인하지 못하였다.

1921년 고려요업주식회사에 소남의 둘째 아들인 상무(相茂) 이사로 참여.

1921년 9월 이일우가 설립한 우현서루에서 출범한 교남학교는 1921년 9월 홍주일, 김명지, 정운기 등이 우현서루(대구 팔운정)에서 사설학습강습소로 출발하여 설립하였다. 교남학교 설립은 이일우 선생의 지원과 그를 따르던 홍주일, 김명지, 정운기가 주동하여 학교를 설립하게 된다. 1940년 10월 서병조가 이를 인수하여 대

---

11) 존위(尊衛): 조상의 유적을 존중하여 지킴.

류학교로 교명을 바꾸고 재단명칭을 대봉교육재단으로 명명하였다. 1948년 1월 25일 대봉교육재단은 대륜교육재단으로 변경하였다가 1971년 서병조는 대륜교육재단 설립 50주년 기념식을 하였고 1963년 5월 다시 재단이 변경되어 오늘에 이르고 있다.

1922년 8월 경상북도산업자문위원 위원 이일우, 산업자문위원에는 진희규, 정해붕, 이일우, 서병조, 문명기, 김명옥 등. 임업, 산업, 상공업, 무역 분야 자문위원에는 이일우, 우상학, 권병선, 한익동, 박정준, 이기소, 문명기 등이다.

1922년 9월 대구곡물시장 개장, 경상북도산업자문위원 정해붕, 서병조, 한익동, 이일우.

1922년 이일우 칠곡공립보충학교 학생 학비 지원.

1922년 소남의 맏아들 상악이 대구의 초최의 염직공장인 동양염직 창업주였다. ≪조선주조사≫, 1935 참조.

1923년 대구은행에 이일우 900주주.

1923년 7월 7일 대구 상공인 중심으로 대구락부 창립. 서상일, 김의균, 김재환, 박기돈, 백남채, 서병원, 서병조, 서철규, 양대경, 윤홍렬, 이상린, 이상악, 이선호, 장직상, 정봉진, 한익동 등이 참여. 특히 이일우의 맏아들 이상악과 윤홍렬이 함께 참여하고 있다.

1923년 상화는 〈나의 침실로〉를 발표하였다.

1924년 조양무진주식회사 주주 이상악.

1924년 조카 상백 와세다대학(早稻田大學) 문학부 철학과 입학. 1927년 동대학교 대학원 진학 동양학, 사회학 연구.

1922년 임술년(壬戌年) 정월 경상북도 칠곡군 약목면 복성리 약목면사무소 내에 "전주사이일우연의기념비(前主事李一雨捐義記念碑, 전 주사 이일우의 의로움을 바친 것을 기념하는 비석)"이 세워졌다. 1922년 이일우가 칠곡공립보충학교 학생들에게 학비를 전액 지원해

준 것에 보답하여 세운 비석으
로 자연석 대석에 각진 호패형
으로 만들어 세워져 있다. 자연
석 받침돌과 네모난 호패형 비
신으로 이루어져 있으며, 높이
는 119cm, 너비는 전면 42.4cm
측면 14cm이다. 전면 중앙에 세
로로 "전주사이일우연의기념비
(前主事李一雨捐義記念碑)"라는
명문이 새겨져 있고 좌우측에
는 4언절구의 시가 새겨져 있

전주사이일우연의기념비
(前主事李一雨捐義記念碑)

다. 〈우측〉에는

先公義庄 선친께서 마련한 의장을

曠世昌基 세상에 드물게 기반을 넓혔네.

繼志潤色 선친의 뜻을 이어 더욱 빛냈으니,

有實無私 진실을 지닌 채 사사로움이 없었네.

〈좌측〉에는

惠究存沒 은혜가 산 자와 죽은 자까지 미쳤으니,

感泣髓肌 감동이 살갗과 뼛속까지 사무치도다.

不待輪章 높다랗게 빛내기를 기다리지 않아도,

已成口碑 구전하는 비석이 이미 이루어졌네.

라는 시가 새겨져 있다. 우측면에는 "壬戌 正月 朔立"이 새겨져
있어 이 비석이 건립된 일자가 1922년 임술년(壬戌年) 정월 초하
루임을 알 수 있다. 원래 이 비석은 칠곡군 약목면사무소[약목면
복성리 1004번지] 좌측편에 11기의 비석이 있었는데 약목면 약목
로 98[복성리 847-12번지] 도로가에 있던 것을 도로 정비 시에

면사무소 내로 이동하였다가 다시 약목면사무소 신축 공사로 인해 남계리에 있는 약목 평생학습복지센터 앞으로 다시 이동하였다.

1925년 대구은행 이일우 1200주주, 이사 이일우, 이종면 등.

1925년 대구 용진단 단장 이상정, 항일운동에 적극 참여.

1925년 5월 경 이상정 중국 망명.

1926년 4월 20일 펑위상 장군이 장쭤린, 우페이푸, 연합군의 공격으로 이상정은 장자커우로 퇴각, 장자커우에서 권기옥 항공처 부행장(소위) 임명. 서왈보의 소개로 펑위상의 막료였던 유동열과 만남.

1926년 10월 6일 바오터우 만주인 집 셋집에서 이상정과 권기옥 결혼.

1926년 11월 이상정과 권기옥 바오터우를 떠나 베이징에 도착.

1926년 상화는 ≪개벽≫ 70호에 〈빼앗긴 들에도 봄은 오는가〉 발표.

1927년 이상익은 대구은행 1,200주 소유주주 및 이사.

1927년 소남 이일우는 7월 대구은행 이사에서 물러남.

1927년 대구상공협회-1) 조선 경제권 공동이해, 2) 조선인의 생존권 발취

1927년 대구은행 주주, 이일우 1천 200주.

1927년 9월 30일 소남 이일우 배 수원백씨 하세. 배위는 수원 백씨(水原白氏) 백교근(白曒根)의 따님으로 부인의 행실이 있었는데, 공보다 십년 앞선 정묘년(丁卯年, 1927)에 돌아갔다. 5남 1녀를 낳았는데, 아들은 상악(相岳), 상무(相武), 상간(相侃), 상길(相佶), 상성(相城)이고, 사위는 윤홍열(尹洪烈)이다. 상악은 3남 4녀를 낳았는데, 아들은 석희(碩熙), 탁희(卓熙), 숙희(叔熙)이고, 사위는 김한석(金漢錫), 한규대(韓圭大), 최한웅(崔韓雄, 최남선(崔南善)의 아들)이며 딸 하나가 있다. 상무는 4남 4녀를 낳았는데, 아들은 철희(哲熙), 달희(達熙), 열희(烈熙), 설희(卨熙)이고, 사위는 서병직(徐丙直)이고 딸들이 있다. 상간은 상길의 둘째 아들 법희(法熙)로 대를 이었다. 상길은 5남을 낳았는데, 섭희(涉熙), 법희(法熙, 공의

셋째 아들 상간의 호적에 오름), 합희(合熙), 기희(冀熙), 납희(納熙)이다. 윤홍렬은 4남 4녀를 낳았는데, 아들은 성기(聖基), 봉기(鳳基), 중기(重基), 병기(炳基)이고, 사위는 배만갑(裵萬甲)이다. 둘째 사위는 서정귀인데, 박정희 대통령과 대구사범동기로 호남정유 사장과 충무 민주당 국회의원을 역임하였다. 나머지는 다 기록하지 않는다.

1927년 대구출신 이종암이 1919년 3.1운동 이후 동년 11월 10일 중국 지린[吉林]에서 김원봉(金元鳳), 윤세주(尹世胄), 이성우(李成宇) 등 12명과 함께 일제에 대한 전면적 폭력투쟁을 목적으로 하는 의열단을 창립하여 활동하였다. 독립군 군자금을 모집하기 위해 1925년 7월 잠입하여 1927년 대구에서 자금모집 활동을 하다가 일본 경찰에 붙잡혔다. 대구고보를 나온 이종암과 백기만, 이상화가 함께 연루되어 상화가 구금되었다.

1927년 12월 조카 상백 와세다대학(早稻田大學) 농구부 인솔 미국원정.

1927년 신간회를 조직하여 민족 해방운동을 보다 효과적으로 전개. 노차용, 장택원, 정대봉, 이상화 등이 관여함.

1928년 4월 2일 소남의 막내아들 상성(相城, 1928.4.2~1993.1.16, 배 단양 우씨 도형의 여 문안) 태생. 일반외과 전문의, 의학박사, 대구시 의사회회장, 경북대학교총동창회장.

1928년 대구은행과 경남은행이 합병되어 경상합동은행으로 설립될 당시 이사로 있었던 이일우는 930주를 보유한 주주가 되었다. 그러나 1931년 경상합동은행 주식을 전부 매각하고 은행 투자를 정리하여 맏아들 상악(相岳)이 경영 주체로 적극 활동하게 된다.

1928년 소남의 맏아들 상악은 ≪시대일보≫를 인수하여 창간된 〈중외일보사〉에 자본을 투자. 상악의 딸 무희(茂熙)와 동주인(東州人) 최한웅(崔漢雄, 부친 최남선(崔南善)) 연계.

1928년 경상합동조합 이일우 330주.

1928년 대구은행과 경남은행 합병 경상합동은행 설립, 이일우 930주 주주.

1928년 ≪시대일보≫ 인수, 이상악.

1928년 ≪시대일보≫ 인수 ≪중외일보≫ 지분 지주, 이상악.

1928년 ≪중외일보≫ 자본 투자, 이상악.

1928년 6월 이일우와 이상악 송덕비 건립. 1923년 수해, 1924년 한해 등
　　　으로 소작농들의 피해가 가중되면서 생산물 60%이상의 도지를
　　　수취한 대구의 악덕지주 정재학, 서우순, 장길상, 장직상, 이병학,
　　　최재교, 마석룡, 이상태 등의 명단이 공개되는 상황이었다. 그러
　　　나 1928년 재해를 맞아 청도군의 소작농들은 지주 이일우와 이상
　　　악이 도지 수취를 대폭 인하하고 구휼미를 나누어 구제함으로
　　　이에 송덕비를 건립하였다. 이상악은 소작인 3~4백여 명에게 정
　　　도 5두씩 나누어주고 특히 재해가 심했던 각북면에는 정조 30석
　　　을 구휼미로 무이자로 배급함여 구제하였다(≪동아일보≫ 1928.
　　　6.18, ≪중외일보≫ 1930.5.30).

1929년 소남으로부터 경영권을 이어받은 맏아들 상악은 조양무진회사
　　　210주 주주.

1930년 9월 29일 소남 이일우는 환갑잔치 비용을 절약하여 솜, 옷 200벌
　　　을 이웃사람들에게 기증. 경오년(庚午年, 1930) 10월 며칠은 공의
　　　회갑(回甲)이었다. 집안 식구들이 경사를 치르는 물품을 갖추고
　　　자 하였으나 공은 명하여 그만두게 하고 말하기를, "잔치를 열어
　　　마시며 즐기는 것은 본래 나의 뜻이 아니다. 하물며 비통함이 배
　　　가(倍加)되는 날에 있어서랴."고 하고는 마련한 돈을 빈궁하고 의
　　　탁할 곳이 없는 사람들에게 모두 나누어 주었다. 하루는 자손들
　　　을 불러 말하기를, "거친 물결이 하늘까지 넘쳐나니 이미 한손으
　　　로는 만회할 수가 없다. 또한 시운(時運)을 받지 못하는 것은 옛

사람이 이른바 절물[絶物, 세상과 고립됨]이는 것이다. 우리와 같은 사람은 윤리와 기강이 어떤 일인지 알지 못하여 조금씩 금수(禽獸)의 영역에 날마다 동화되어 친척을 버리고 분묘(墳墓)를 버리는 것이 진실로 이상한 일이 아니다. 우리 집안의 선대의 분묘는 곳곳에 흩어져 있으니 사정상 보수(保守)하기 어려웠다. 장차 특별히 오환(五患)12)이 없는 지역을 선택하여 4세 이하의 선영을 한 구역 안으로 이장하여 수호하기에 편하게 하고 또한 후세의 폐단을 막게 하여라. 너희들이 그 일을 감독하여 나의 소원을 이루어다오."라고 하였다. 이로부터 항상 조그마한 질병의 증상이 있었는데 약을 쓰는 겨를에 마음을 평온하게 기운을 펼치는 것으로 양생(養生)하는 방도로 삼았다. 또한 사문(斯文)13) 최종한(崔宗瀚)에게 일러 말하기를, "동방의 옛날 서적이 장차 버려질 지경에 이르렀으니 내 널리 구해 사두고자 하네. 혹 서적을 보고자 하는 사람이 있으면 허락하고 그렇지 않으면 보관하여 지키면서 후일을 기다리게. 혹 옛 사람의 정화(精華)가 되는 원인은 알지 못하더라도 이것은 없어지지는 않을 것이네. 경영한지 이미 오래되었으나 더불어 의논할 자가 없었으니 그대는 그렇게 도모해주게."라고 하였다. 바로 산격동(山格洞)에 가옥 한 채를 샀으나 품은 뜻을 이루지 못한 채 병세가 심각해졌다. 자손들을 불러 경계하며 말하기를, "이장한 후에는 절세(節歲)와 기제(忌祭)는 폐지하라. 다만 봄과 가을에는 제각(祭閣)에서 두 번 제사지내고 포와

---

12) 오환(五患): 묏자리를 잡을 때 피하여야 할 다섯 곳이다. 곧 후일에 도로가 날 자리, 성곽이 들어설 자리, 개울이 생길 자리, 세력 있는 사람이 탐낼 자리, 농경지가 될 자리이다. 일설에는 마을이 들어설 자리, 도자기를 구울 만한 자리도 이에 포함된다고 한다. ≪增補四禮便覽 喪禮5 治葬≫

13) 사문(斯文): 유교(儒敎)에서 도의(道義)나 문화(文化)를 이르는 말이다. 또는 유학자를 높여 이르는 말이기도 하다.

과일 각 세 품목으로 현주(玄酒)를 올려라. 또한 내가 눈을 감은 후에는 원근에 사는 친구들에게 부고(訃告)하여 부질없이 왕래하는 수고로움을 끼치게 하지 말라."고 하였다. 말을 마치고 편안하게 서거하였다.

1930년 이상백 일본 농구부 창설과 상무이사.

1930년 8월 대구 경일은행과 경남 밀양은행을 합병하여 경상공립은행으로 합병.

1930년 이일우의 맏아들 상악이 조선국자제조주식회사 설립이사 자본 8만원으로 설립. 1939년에는 자본금이 32만원으로 크게 증식.

1931년 성주 소작인 지세를 지주인 소남 이일우가 부담. 소작인 부담해야할 소작료가 늘어나자 소작인들의 생활이 곤궁해지는 것을 보고 소작인이 담당하는 지세를 지주인 이일우가 담당하여 소작인들을 지원하였다. 당시 비난의 대상이 되었던 대구의 대지주들과는 달리 이일우와 그의 아들 이상악은 소작인들에게 도지(賭地)를 인하하거나 지세(地稅)를 대납해 줌으로써 소작인들로부터 칭송을 받았으며 노블레스 오블리제(noblesse oblige)를 몸소 실천하였다.

1931년 경상합동은행 주식 처분. 맏아들 이상악이 경영 일선에 나섬.

1931년 중외일보 임원진, 사장에 안희제, 이사에 이우식, 이상협, 최윤동, 문관협, 박규석, 이상악, 장길상, 감사에 이판수, 유시혁, 진희무.

1933년 2월, ≪삼천리≫ 잡지 1933년 2월호의 별책부록인 ≪조선사상가총관(朝鮮思想家總觀)·반도재산가총람(半島財産家總覽)≫(A6판, 120면)은 〈대구〉의 자산가 명단이 실려 있다. △ 100만원 이상 정재학(鄭在學) 서병국(徐丙國) 장길상(張吉相) 추병화(秋秉和) 김태원(金泰源) △ 50만원 이상 서병조(徐丙朝) 이일우(李一雨) 정해붕(鄭海鵬) △ 30만원 이상 서병린(徐丙麟) 서병항(徐丙恒) 서철규

(徐喆圭) 서창규(徐昌圭) △ 10만원 이상 이근상(李根庠) 서병주
(徐丙柱).

1936년 8월 15일 병자년(丙子年, 1936) 8월 15일이었으며 소남 이일우는
　　　향년 67세로 하세하였다. 유명(遺命)에 따라 화원(花園) 가족묘지
　　　에 곤방(坤方)을 향하는 언덕에 장사지냈다.

1937년 경북상공(주) 이상익 주주.

1937년, 소남의 조카 이상정의 동생 시인 이상화가 중국 베이징과 난징
　　　방문 3개월 머뭄. 귀국할 때 가지고 온 형님(상정)의 육필 원고(2
　　　권 분량)는 일경에 압류당하여 잃어버렸다.

1937년 경북상공주식회사 이사, 교육진흥, 산업발전, 문화계몽 서창규,
　　　이상악 등 이사.

1937년 광성초자공업주식회사 이상악 자본금 10만 주주 및 감사.

1937년 대구약주양조주식회사 주식, 주주 정운용, 이상악 등 이사.

1937년 대구양주양조주식회사 이사 사돈 안병규 경북무진주식회사 자본
　　　금 200만 주주

1937년 이상악은 대동주조주식회사 자본금 10만 주주 및 감사.

1937년 대구약주양조(주) 이상악 이사.

1938년 경북무진 주식회사 중역 이상악 2381주 대주주, 정운용, 윤상태,
　　　서병원, 이상익 등 이사.

1938년 조양무진주식회사에 이상악 자본 투자. 조양무진주식회사가 대
　　　구무진주식회사, 포항무진주식회사, 김천무진주식회사가 합병되
　　　어 경북무진주식회 설립. 이상악은 총주식 4만주 중 2,381주의
　　　대주주가 되었다.

1938년 이일우의 조카 상정은 신한민주혁명당 조직, 중앙위원 겸 군사
　　　부장.

1939년 광성초자공업(주) 이상악은 감사를 맡았다.

1939년 이상악은 경북상공주식회사 이사 선출

1939년 이상악은 대동주조주식회사 감사, 대구약주양조주 이사.

1939년 이상악 조선국자제조회사 자본금 32만원 증자.

1939년 6월 와세다대학(早稻田大學) 재외특별연구원자격으로 2년 6개월 동안 중국 체재. 그 기간 동안 소남에게 체재 경비 700원의 거금을 요청하자 이일우 선생은 흔쾌히 맏아들 상악을 통해 송금.

1939년 11월 동진공과 일우공의 양대 시문집 ≪성남세고(城南世稿)≫를 최종한이 서문을, 이상악이 유사를, 이상무가 발문을 쓰고 이상화가 편집하여 간행하였다.

1940년 3월 중국 체재 중이었던 상백은 몽양(夢陽) 여운형(呂運亨) 만남. 그해 중국 육군유격대훈련학교 교수.

1940년 10월 서병조가 인수했던 대륜학교재단을 대봉교육재단으로 명의를 바꿈.

1941년 1월 8일 소남의 장자 상악 하세.

1942년 1월 조선임전보국단 경북지부 부인부 결성. 동 2월 군용기 5대에 해당되는 거액을 헌납. 박중양, 서병조(서상돈의 둘째아들), 장직상, 신현구, 서상일 등의 반민족 행위가 자행됨.

1942년 이일우의 조카 상정은 화중군사령부 고급막료로 난징전, 한커우전에 참전하였다. 그후 태평양전쟁 종결과 동시에 육군중장으로 승진되어 일본군 북동부 방면에 최고사령관으로 무장해제의 임무와 동포들의 보호를 위한 활동을 하였다.

1944년 10월 조카 상백은 건국동맹에 가입. 동년 12월 조선독립연맹과의 연락을 담당하여 중국에 파견.

1945년 3월 21일 조카 시인 상화 하세.

1945년 8월 15일 조카 상백은 이만규, 이여성, 김세용, 이강국, 박문규, 양재하 등과 더불어 건국준비위원회 기획처를 구성. 동 건국위

총무 역임.

1945년 8월 조카 상백은 경성대학 교수 사회학 담당.

1947년 4월 조카 상백은 서울대학교 문릭과대학 교수.

1948년 1월 25일 대륜교육재단 설립.

1947년 8월 27일 이상정이 어머니의 사망 소식을 받고 고국으로 귀국.

1947년 10월 27일 조카 뇌일혈로 이상정 하세.

1951년 조카 상백 대한체육회 부회장 피선.

1952년 7월 조카 상백 제15회 헬싱키올림픽대회 한국선수단 총감독.

1955년 3월 조카 상백은 김정희 여사와 결혼. 그해 서울대학교에서 문학 박사학위 취득.

1956년 11월 조카 상백은 제16회 맬버른올림픽대회 한국선수단장.

1960년 1월 31일 소남의 둘째 상무 하세.

1960년 8월 조카 상백 제17회 로마올림픽대회 대한올림픽위원회 대표.

1964년 1월 조카 상백 대한올림픽위원장, 그해 10월 IOC위원 피선.

1966년 4월 14일, 조카 상백 심근경색으로 하세.

1989년 7월 9일 소남 이일우 계배 울산 박씨 홍선 하세.

1970년 3월 5일 상악의 계배인 전주 이명득 여사 하세. 대한부인회 대구 시 지부장, 대구적십자사 경북지부 부회장 역임.

경주이장가 소남공 가계[1]

[소남(小南) 이일우(李一雨)]

소남 이일우(日雨, 1868.10.4~1836.8.15)
　배 수원백씨 성희(聖熹) 여 자화(自和, 1868.10.7~1927.9.30)
　계배 울산 박씨 종로(鍾魯) 여 홍선(興先, 1907.10.16~1989.7.9)

1) 맏아들 상악(相岳, 1886.9.24~1941.1.8)
　배 달성 서씨 병오(丙五) 여 법경(法卿, 1886.11.27)
　계배 전주 이씨 신영(信泳) 여 명득(命得, 1897.2.3~1970.3.5)
○맏아들 석희(碩熙, 1920.1.17~1990.2.8)
　배 순흥 안씨 병규(炳圭)의 여 귀동(貴童, 1922.6.2~2007.10.4)[2]
　맏아들 재철(1942~2008)
　배 수원백씨 종애(種愛), 원호(1978~, AST 네트웍스 대표), 배 경주 배
　　씨 배한아(裴瀚娥, 1982~) 장자 준서(濬瑞, 2009~)와 둘째 준혁(濬
　　赫, 2010~) 여 미경(1972~) 선경(1975~) 진경(1976~)

---

1) ≪경주 이씨 익제공파 소경공파후, 논복공파보≫, 대보사간, 2013. 기준으로 하였기
　때문에 생몰년대의 변화가 있을 수 있음. 아울러 이재주 준비위원장의 진술을 토
　대로 하여 작성되었음.
2) 귀동(貴童, 1922.6.2~2007.10.4)은 안귀홍, 경북대 병원장 안두홍의 누나, 영남의료
　원장을 역임한 안종철의 고모.

여 재주(在珠 , 1947~) 부 밀양 손일식(孫一植), 맏아들 손보성(1968~, 피
부과원장) 배 이지원(1972~), 둘째아들 손준성(1974~, 대검찰청
정책과장)3) 배 김수진(1978~), 딸 민정(1971~) 부 정연호(1967~)
(피부비뇨과원장)

여 재숙(在淑, 1950~) 부 김해 김씨 김상흡(金相洽), 딸 김보경(1975~)
부 정대호(1972~, 상수도사업본부), 맏아들 김정용(1977~, 사업)
배 이경미(1977~), 딸 보미(1975~), 딸 김보윤(1978~)

재란(在蘭, 1953~) 부 충주 박씨 박영철(朴英哲, 정형외과원장). 맏아들
박성기(1976~, 나래정형외과원장), 배 김연정(1978~, 이화약국
장), 딸 지민(1979~, 대구국제학교행정팀장) 부 김준영(1977~, 경
대의대 교수)

둘째아들 재일(在日, 1955~, 서남기업주식회사 대표이사)

배 밀양 박씨 윤경(倫慶, 1957~, KK(주)(전 경북광유) 대표이사), 맏아
들 인호(寅鎬, 1983~, 변호사, 공인회계사), 배 순천 박씨 희수
(1986~) 여 혜령(1981~, 보훈병원 비인후과 과장) 부 성주 이씨
이동현(李東鉉, 신경외과 전문의)

셋째아들 재용(在庸, 1962~, 사업, (주)횡성 신경외과의사 KCM)

배 의령 남씨 주현(周鉉, 1964~), 맏아들 건호(健鎬, 1989~, 군 복무중),
여 연지(妍芝, 1993~)

○둘째아들 탁희(卓熙, 1921.12.12~1996.8.17)

배 성주 이씨 근상(根庠) 여 정옥(貞玉, 1928.6.12), 재수(在洙 , 1950~)
배 아주 신씨 선의(善議, 1953), 둘째아들 재호(1951~, 전 신세계
건설 대표), 배 평산 신씨 혜정(惠晶, 1955~), 셋째아들 재구(在九,
1956~, 정형외과, 병원장) 배 남평 문씨 재원(哉元, 1959~), 넷째

---

3) 김광림(金光琳)은 경북 안동 국회의원, 새누리당 정책위원장 의장의 사위.

아들 재혁(在爀, 1963~, 이비인후과 병원장) 배 안동 권씨 영희
(玲姬, 1964), 여 재성(在星, 1953~) 부 고성 이씨 이동수(李東守,
산부인과 원장), 여 지연(知姸, 1960~) 부 김해 김씨 김재연(金宰演,
신경외과 원장)

○ 셋째아들 숙희(叔熙, 1925.9.4~1984.6.26, 전 적십자 병원장)

　배 함령 김씨 학진(鶴鎭) 여 윤자(潤子, 1930.6.20~, 카톨릭대학병원소
아과과장), 맏아들 재원(在元, 1957~) 배 월성 손씨 숙자(淑子,
1961~), 둘째아들 재근(在根, 1960~) 배 수원 백씨 희정(喜晶,
1962~), 셋째아들 재준(在晙, 1961) 배 탐진 최씨 정숙(貞淑, 1962)

○ 여 소요(小姚, 1906.2.20~), 부 김한석(金漢錫)

○ 여 차요(且姚, 1907.10.13), 부 청주인 한규대(韓圭大)

○ 여 무희(茂熙, 1918.2.29~1978.7.10), 부 동주인 최한웅(崔漢雄, 최남선
(崔南善)의 자, 서울대 의대교수)[4]

○ 여 수희(壽熙, 1923.2.29~2015.11.25), 부 여주인 이경형(李畉衡, 동경대
출신, 서울대 교수)

2) 둘째아들 상무(相武, 1893.7.30~1960.1.30)

　배 달성 서씨 상춘(相春) 여 응조(應祚, 1893.1.22~1918.10.5)

○ 맏아들 철희(哲熙, 1918.10.22~2001.2.15)

　배 밀양 박씨 남극(南極) 여 영진(永珍, 1923.2.20~?), 맏아들 정호(正浩,
1943~, 신경정신과 인제대 교수) 배 여주 이씨 원희(源姬, 1947~) (안

---

4) 최남선(崔南善, 1890년 4월 26일~1957년 10월 10일)은 상악(相岳)의 딸 무희(茂熙,
1918~?)의 부군인 동주 최씨 최한웅(崔漢雄, 1918~2002)은 최남선과 연주 현씨
사이에 태어난 맏아들로 서울대 의대교수를 지냈다. 그러니까 상악(相岳)과 최남
선이 사돈 관계로 《중외일보》 인수에 대한 투자가 이루어졌던 것으로 보이며
최남선은 중국으로부터 많은 서책을 수입하고 또 대구와 서울의 교류 역할을 담
당했던 것이다.

과전문의), 둘째아들 재권(在權, 1956~) 배 용인 이씨 규희(圭姬, 1960~), 여 정교(貞嬌, 1949~) 부 반남 박씨 박상우(朴相雨), 여 재원(在媛, 1953~) 부 인동 장인복(張仁福), 여 재향(在香, 1959~) 부 김창일(金昌一)

○둘째아들 달희(達熙, 1921.10.15~2007.12.11, 국립검역소장)

　배 남원 양씨 천손(千孫)의 여 익자(益子, 1925.7.6~), 맏아들 재웅(在雄, 1953~, 성형외과전문의) 배 김해 김씨 정희(禎姬, 1954~), 둘째아들 재홍(在洪, 1955~) 배 전주 이씨 덕원(德媛, 1958~), 셋째아들 재형(在亨, 1957~2009) 배 밀양 박씨 학수(鶴壽, 1961~), 여 재숙(在淑, 1949~) 부 김해 김씨 김기철(金基哲), 여 재옥(在玉, 1951~), 부 현풍 곽씨 곽무헌(郭武憲)

○셋째아들 열희(烈熙, 1924.12.18~2012.8.9, 전 경대 치대 학장)

　배 밀양 박씨 문웅(文雄) 여 부남(富南, 1931~),5) 맏아들 재창(在昶, 1957~, 정형외과전문의) 배 능성 구씨 정연(貞延, 1960~), 여 재영(在瑩, 1953~) 부 영천 이씨 이경락(李景洛), 여 재정(在貞, 1960~) 부 인천 채씨 채인돈(蔡仁敦), 여 은정(垠靜, 1964~) 부 고창 오씨 오재윤(吳在允), 여 재미(在美, 1967~, 재미)

○넷째아들 설희(卨熙, 1936.7.13~, 재미 대학교수)

　배 청주 한씨 설봉

○여 명희(明熙, 1916.6.25~2002) 부 달성인 서병직(徐丙直)

---

5) 박중양(朴重陽, 1872년 5월 3일~1959년 4월 23일), 상무의 셋째 아들 열희(烈熙)의 부인인 박부남(朴富南, 1931~?)의 아버지는 박문웅(朴文雄, 1890~1959)이고 조부가 박중양이다. 소남 이일우이 1936년에 하세하였으므로 박중양과 사돈관계라는 어불성설이나 다만 소남의 사후에 소남의 손자이자 전 경북 치대 학장을 지낸 열희(烈熙)의 아버지 상무(相武)와 사돈격이 된다. 이러한 사실을 분영하게 파악하지 않고 소남 이일우와 박중양이 사돈 관계로 추정하고 친일 세력으로 몰아세우려는 견해는 잘 못된 것이다.

○여 경희(瓊熙, 1923.10.24~) 부 김해인 허탁(許琢)

○여 양희(良熙, 1929.12.28~) 부 김성호(金聖鎬)(재미)

○여 영희(英熙, 1933.6.16~) 부 죽산 박씨 박상덕(朴相德)

3) 셋째아들 상간(相侃, 1898.8.5~1916.7.15)

　배 성주 이씨 정준(貞俊) 여 계수(季守, 1896.3.9~1936.8.24)

　계자 법희(法熙, 생부 상길, 1927.3.8~1986.12.18)

　배 은진 송씨 재호(在顥) 여 경호(慶鎬, 1938.8.19~?), 맏아들 재인(在仁,
　1961~, 에스테크 사장) 배 경주 손씨 영희(永熙, 1965~), 둘째아
　들 재황(在晃, 1963~, 서울대공학박사) 배 고흥 유씨 류연(柳鳶,
　1968~)

4) 넷째아들 상길(相佶, 1901~1968)

　배 성주 도씨 문환(文煥) 여 학수(鶴殊, 1904~1983)

○맏아들 섭희(涉熙, 1923~1991)

　배 김해 김씨 홍범(洪範) 여 순희(順熙, 1928~?), 맏아들 재우(在禹, 1949
　~, 내과전문의, 고신대교수) 배 칠원 제씨 인선(仁仙, 1953~), 둘째
　아들 재신(在信, 1954~) 배 탐진 안씨 향경(香瓊, 1959~), 셋째아
　들 재훈(在勳, 1957~) 배 김해 김씨 수영(秀英, 1961~), 여 재경(在
　瓊, 1952~) 부 예천 임씨 임태진(林台鎭, 외과의사), 여 숙경(淑璟,
　1959~) 부 전주 이씨 이영근(李英根)

○둘째아들 법희(法熙) → 상간의 계자.

○셋째아들 합희(合熙, 1928~2005, 한일교과서협회 한국측 수석대표)6)

---

6) 그의 큰아버지 이상악의 딸은 육당 최남선의 아들과 결혼하여 사돈을 맺었다. 이
　인연으로 이상악의 조카이자 이열희의 사촌인 이합희는 육당 최남선이 만든 문예
　지 '소년'의 출판사인 동명사에서 장기간 부사장직을 맡는다.

배 이안 박씨 기정(其定) 여 인숙(仁淑, 1933~), 맏아들 재명(在明, 1955
~, 흥국공업대표) 배 안동 장씨 장명심(張明心, 1958~), 둘째아들
재순(在淳, 1958~) 배 수원 최씨 최옥열(崔玉烈, 1958~), 셋째아들
재하(在廈, 1961~) 배 김해 김씨 김경연(金京燕, 1961~), 여 미미
(1963~) 부 금령 김씨 김대영(金大暎)

○넷째아들 엽희(葉熙, 1931~, 성덕 도교교구장)

배 상산 박씨 장훈(章勳) 여 경애(敬愛, 1939~?), 맏아들 재민(在旼,
1968~), 둘째아들 재관(在寬, 1970~, 레디언코리아 사장) 배 경주
김씨 김양수(金良洙, 1974~), 여 재은(1965~) 부 밀양 박씨 박헌
식(朴憲植)

○다섯째아들 납희(納熙, 1933~)

배 달성 서씨 의수(義洙) 여 옥자(玉子, 1940~1999), 맏아들 재성(在晟,
1967~) 배 동래 정씨 정문주(鄭文珠, 1971~), 둘째아들 성원(晟源,
1969~) 배 해평 윤씨 윤혜정(尹惠正, 1974~), 여 재현(在睍, 1965
~) 부 수원 백씨 백오규(白伍奎)

5) 다섯째아들 상성(相城, 1928~1993, 대구시의사회회장, 경북대
   의대교수)

배 단양 우씨 도형(道亨) 여 문안(文安, 1933~)

○맏아들 승봉(承鳳, 1955~, 울산고려의원병원장)

배 진주 강씨 인형(仁馨) 여 영숙(英淑, 1956~), 맏아들 재영(在濚, 1981
~), 여 정은(妊恩, 1983~)

○둘째아들 창봉(昌鳳, 1956~, 태평양제약지점장)

배 능성 구씨 익모(益謨) 여 윤옥(潤玉, 1955~2005), 맏아들 재찬(在璨,
1984~, 서울중앙지법 판사), 여 정아(妊娥, 1986~)

○셋째아들 길호(吉鎬, 1964~, 정형외과전문의)

배 진양 강씨 우용(又用) 여 지은(智恩, 1977), 여 윤정(玧妌, 2010~), 현정(炫妌, 2012~)

○여 동희(東熙, 1957) 부 전의 이씨 이헌실(李憲實)

○여 원희(沅熙, 1959~1999) 부 김해 김씨 김상범(金尙範)

6) 여 숙경(淑瓊, 1893)

부 파평 윤씨 윤홍렬(尹洪烈, 대구일보시장)[7]

[우남(又南) 이시우(李時雨)]

우남(又南) 이시우(時雨, 1877.3.4~1908.8.22)

배 김해 김씨 도근(道根) 여 화수(華秀, 1876.3.20~1947.4.7), 김신자(金愼子)라고도 함.

1) 맏아들 상정(李相定, 1897.6.10~1947.10.27, 독립운동가. 아호(雅號)는 청남(晴南), 산은(汕隱). 대한독립군 중장. 이직우(李直又) 혹은 이연호(李然皓)라고도 부름)

배 초취 청주 한씨 정원(鼎源) 여 문이(文伊, 1897.5.7~1966.6.12)

○맏아들 중희(重熙, 1918~1990, 대학교수)

배 창령 성씨 태련(胎連, 1923~1993), 중희(重熙)의 자식으로는 맏아들 재현(在賢) 배 경주 김씨 김인숙(金仁淑), 둘째아들 재윤(在允) 배

---

7) 윤홍렬(尹洪烈, 1893~1947년 2월 19일), 남조선과도입법위원회 의원과 대구시보사 사장 역임. 윤영주, 윤성기, 윤덕주(尹德珠, 1921년 6월 23일~2005년 7월 8일 [5]), 농구선수, 대한체육회 부회장·명예회장 역임. 서정귀(徐廷貴, 1919~1974), 4대·5대 국회의원, 재무부 차관(1960년), 호남정유사 사장 역임. 윤홍렬과 허억(許億, 1889~1957)은 사돈 간이다.

평해 황씨 황영숙(黃英淑), 셋째아들 재건(在建) 배 경주 김씨 순금(順今), 넷째아들 봉화(奉和) 배 밀양 박씨 박은자(朴銀子), 다섯째아들 재익(在益) 배 경주 김씨 김현숙(金賢淑), 여섯째아들 창훈(昌勳) 배 여양 진씨 진혜경(陣惠敬), 여 재진(在珍) 부 충남 여씨 여인상(呂寅相).

○여 선희(善熙) 부 경주인 배기식(裵基式).

　배 재취 권기옥(權基玉, 1901.1.11~1988.4.19, 여성 최초의 비행사, 대한독립군 대령)

2) 둘째아들 상화(相和, 1901.4.5~1943.3.21, 항일저항 민족시인)

　배 달성 서씨 서온순(徐溫順, 다른 이름은 서순애(徐順愛), 1902.9.18~1984.1.4)

○맏아들 용희(龍熙, 1926~1950)

○둘째아들 충희(忠熙, 1934~, 전 흥국공업사 대표)

　배 영일 정씨 정태순(鄭泰順), 맏아들 재상(在祥, 1969~) 배 경주 정씨 정희주(鄭喜珠, 1971~), 둘째아들 재열(在烈, 1970~), 여 승은(承恩, 1968) 부 안능 강씨 강문석(姜文碩).

○셋째아들 태희(太熙, 1938~) 미국으로 이민.

　배 진주 강씨 강옥순(姜玉順, 1940~) 재미. 맏아들 재성(在晟, 1971~) (재미), 여 윤선(胤先, 1973~, 재미)

3) 셋째아들 상백(相佰, 1903.8.5~1966.4.14, 사학자 겸 체육행정가. 국제올림픽위원회 위원. 아호(雅號)는 상백(想白), 백무일재(百無一齋))

　배 김해 김씨 계용(癸用) 여 정희(貞喜, 1924.6.11~)

　계자 영희(1938~1991, 생부 상오)

배 당진 최씨 최신자(崔信子, 1941~), 맏아들 재훈(在勛, 1971~) 배 김
해 김씨 김현숙(金賢淑, 1975~), 여 윤진(1972~) 부

4) 넷째아들 상오(相旿, 1905.7.16~1969.8.15, 수렵가, 바둑인. 아
호(雅號)는 모남(慕南).

배 달성 서씨 병원(丙元) 여 연희(蓮姬, 1910.5.9~1984.10.21)

○맏아들 창희(昌熙, 1935~)

배 영천 이씨 이홍자(李弘子, 1942~), 재하(在夏, 1965~) 배 문화류씨
문선정(文善貞, 1968~), 여 연진(沇珍, 1967~) 부 경주 김씨 김진
영(金鎭永), 여 화진(和珍, 1970~)

○둘째아들 영희, 상백 양자.

○셋째아들 광희(光熙, 1945~)

배 재령 이씨 이윤숙(李允淑, 1952~) 여 정진(定珍, 1978~), 부 죽산 박
씨 박성준(朴晟濬), 여 성진(星珍, 1981~)

○넷째아들 원오(垣墺, 1947~2010)

배 경주 최씨 최수연(崔水榮, 1955~), 맏아들 재준(在埈, 1988~), 여 수
진(秀珍, 1981~) 부 월성 이씨 이원희(李元熙), 여 경진(炅珍,
1982~)

○다섯째아들 종희(宗熙, 1947~, 중국해운대표)

배 성산 배씨 배효경(裵曉慶, 1960~), 맏아들 재화(在和, 1990~), 여 여
진(如珍, 1986~)

○여 남희(南熙, 1931~) 부 윤온구(尹溫求)

○여 겸희(謙熙, 1933~) 부 밀양 박씨 박창암(朴蒼巖, 1923.5.15~2003.11.
10, 군인, 정치가. 아호(雅號)는 만주(滿洲), 허주(虛舟), 농부(農
夫). 대한민국 군사영어학교 1기 출신. 대한민국 육군 준장 전역.)

찾아보기

감영(監營)   95
경산(慶山)   42, 187, 212, 223, 244, 411,
    419
경산군(慶山郡)   100
권야초(權野樵)   28, 65
금남유고(錦南遺稿)   19
금릉(金陵)   129
기희(冀熙)   215, 435
김광진(金光鎭)   196, 197
김덕곤(金德坤)   61
김상묵(金尙默)   199
김영두(金榮斗)   185
김용선(金容璇)   205, 425
김원산(金畹山)   29
김윤성(金允性)   82
김재희(金在僖)   77
김한석(金漢錫)   215, 225, 247, 434, 444
나재사(羅齋舍)   138
남제(湳濟)   143, 161
남제장(湳濟庄)   135
남촌(南村)   143
납희(納熙)   107, 215, 225, 248, 435, 448
논어(論語)   208, 211, 215, 414
달구사(達句社)   64, 71, 144
달성(達城)   45, 102, 139, 140, 252
달희(達熙)   107, 215, 225, 247, 434, 445
대학(大學)   208, 414
덕윤(德潤)   207, 222, 230, 240, 409, 412
도갑모(都甲模)   178

도윤호(都允浩)   63
동거(同居)   51
동락학원(東洛學院)   212, 244, 430
동산서원(東山書院)   95, 104
동안동(東安洞)   244
동안리(東安里)   212, 430
동자(董子)   47
동진(東珍)/이동진(李東珍)   45, 95, 97,
    99, 104, 112, 207, 222, 240, 252, 409,
    411
동호(東湖)   162
마광(馬光)   57
만리장성(萬里長城)   124, 213, 429
맹자(孟子)   166, 208, 414
목은(牧隱)   232
문정범공(文正范公)/범공(范公)/범문정
    공(范文正公)/범씨(范氏)/범문정
    (范文正)   17, 39, 46, 51, 52, 54, 57,
    60, 71, 89, 114, 184, 187, 208, 253,
    410, 414, 416
박기복(朴基福)   157
박연조(朴淵祚)   180, 190
박인환(朴寅煥)   93
박형남(朴亨南)   45
배기식(裵基式)   107, 450
배남교(裵南喬)   76
배만갑(裵萬甲)   215, 225, 248, 435
배정섭(裵正燮)   75
백교근(白皦根)   214, 224, 247, 434

백문두(白文斗)　68

범장(范庄)　228

법희(法熙)　107, 215, 225, 248, 434, 447

병기(炳基)　215, 225, 248, 435

복현암(伏賢巖)　71, 78, 102, 104, 107

봉기(鳳基)　215, 225, 248, 435

사근찰방(沙斤察訪)　113

사직(士直)　45, 99, 112, 411

산격동(山格洞)　203, 214, 246, 437

산해관(山海關)　124

상간(相侃)　107, 215, 225, 247, 412, 416, 434, 447

상길(相佶)　107, 215, 225, 247, 248, 412, 417, 434, 447

상무(相武)/이상무(李相武)　107, 215, 247, 256, 257, 412, 415, 434, 444

상무(相武)　225

상백(相佰)　107, 410, 414, 417, 450

상성(相城)　215, 225, 247, 412, 434, 435, 448

상악(相岳)　16, 107, 215, 222, 225, 240, 247, 248, 410, 415, 420, 422, 434, 435, 442

상오(相旿)　107, 410, 420, 451

상정(相定)/이상정(李相定)　107, 129, 410, 414, 416, 449

상화(相和)　107, 410, 414, 417, 450

서규흠(徐奎欽)　54

서기하(徐基夏)　186, 205

서농구(徐農九)　138

서루(書樓)　134, 202, 210, 241, 242, 419

서병식(徐丙直)　225, 247

서병직(徐丙直)　107, 215, 434, 445

서봉균(徐奉均)　67

서석연(徐錫淵)　107

서석지(徐錫止)　74

서찬균(徐粲均)　107

석희(碩熙)　107, 215, 225, 247, 420, 434, 442

선산(善山)　212, 244, 419

설희(卨熙)　215, 225, 247, 434, 445

섭희(涉熙)　215, 225, 248, 434, 447

성기(聖基)/윤성기(尹聖基)　215, 225, 248, 435

성남(城南)　104, 252

성남세고(城南世稿)　15, 252, 256, 259, 411, 440

소광(疏廣)　57, 80, 93

소남(小南)　207, 231, 241, 252, 409, 412, 442

소학(小學)　207, 413

송병규(宋秉奎)　64, 85

송재(松齋)　131

송준필(宋浚弼)　222, 226

숙희(叔熙)　107, 215, 225, 247, 434, 444

시우(時雨)　107, 411, 417, 424, 449

신현목(申鉉穆)　71

신현복(申鉉復)　205

안연(顔淵)　192

안자(晏子)　46, 47

알평(謁平)　222

약목면(若木面)　212, 244, 430

양세연묵첩(兩世聯墨帖)　166, 167, 213, 244, 429

양자강(楊子江)　125

열희(烈熙)　107, 215, 225, 247, 434, 445

엽희(葉熙)　107, 225, 248, 448

옥산(玉山)　95

우현(友弦)　253

장시원(張始遠)　230, 236

장영달(張永達)　183

장지필(張志必)　92, 419, 420

장천면(長川面)　244

장현주(張鉉柱)　155

정주량(鄭周亮)　73
조용언(趙鏞彦)　252, 254
종자기(鍾子期)　134, 186, 205
주례(周禮)　224
주문공(朱文公)　97
중기(重基)　215, 225, 248, 435
중희(重熙)　107, 449
증열(曾悅)　99, 207, 240, 409
차은장(此隱庄)　120, 147
창희(昌熙)　107, 451
철희(哲熙)　107, 215, 225, 247, 434, 444
청금정(聽琴亭)　134
최영호(崔永顥)　72
최재홍(崔在弘)　179
최종한(崔宗瀚)　17, 202, 214, 228, 246,
　　252, 256, 437
최처규(崔處圭)　30
최춘전(崔春田)　133

최한웅(崔韓雄)　215, 247, 434, 435, 444
최현달(崔鉉達)　177, 187
충희(忠熙)　107, 450
탁희(卓熙)　107, 215, 225, 247, 434, 443
태희(太熙)　107, 450
포숙(鮑叔)　65, 86, 186, 205
한규대(韓圭大)　215, 225, 247, 434, 444
합희(合熙)　107, 215, 225, 248, 435, 447
현고(弦高)　209, 241, 253, 418
현루(弦樓)　15, 182, 184, 185, 187, 191,
　　197, 200, 232, 253
형희(鎣熙)　107
홍대(弘大)　99
화원(花園)　183, 214, 224, 247, 439
환학정(喚鶴亭)　137
황학루(黃鶴樓)　126
회암(晦菴)　208, 414

성남세고(城南世稿)

© 경주이장가(慶州李庄家) 이일우, 2016

1판 1쇄 인쇄__2016년 09월 10일
1판 1쇄 발행__2016년 09월 20일

지은이__이동진(李東珍)·이일우(李一雨)
역주자__박영호(朴英鎬)

펴낸곳__도서출판 경진
　　　　펴낸이__양정섭
　　　　등록__제2010-000004호
　　　　블로그__http://kyungjinmunhwa.tistory.com
　　　　이메일__mykorea01@naver.com

공급처__(주)글로벌콘텐츠출판그룹
　　　　대표__홍정표
　　　　편집__송은주　디자인__김미미　기획·마케팅__노경민　경영지원__안선영
　　　　주소__서울특별시 강동구 천중로 196 정일빌딩 401호
　　　　전화__02) 488-3280　팩스__02) 488-3281
　　　　홈페이지__http://www.gcbook.co.kr

값 32,000원
ISBN 978-89-5996-516-8 93800